唐人小说

汪辟疆 —— 校录

中国文化入门读本

人民文学出版社

图书在版编目(CIP)数据

唐人小说/汪辟疆校录. —北京:人民文学出版社,2018

(中国文化入门读本)

ISBN 978-7-02-014222-4

Ⅰ.①唐… Ⅱ.①汪… Ⅲ.①古典小说-小说集-中国-唐代 Ⅳ.①I242.7

中国版本图书馆CIP数据核字(2018)第086217号

| 责任编辑 | 朱卫净 尚 飞 吕昱雯 |
| 装帧设计 | 高静芳 |

出版发行	人民文学出版社
社 址	北京市朝内大街166号
邮政编码	100705
网 址	http://www.rw-cn.com
印 刷	莱芜市圣龙印务有限责任公司
经 销	全国新华书店等
开 本	890毫米×1240毫米 1/32
印 张	12
插 页	2
字 数	247千字
版 次	2019年8月北京第1版
印 次	2019年8月第1次印刷
书 号	978-7-02-014222-4
定 价	50.00元

如有印装质量问题,请与本社图书销售中心调换。电话:010-65233595

序

唐代文学，诗歌小说，并推奇作。稽其起原，盖二者并与贡举为倚伏也。宋赵彦卫《云麓漫钞》云："唐世举人，先藉当世显人，以姓名达诸主司。然后投献所业，逾数日又投，谓之'温卷'。如《幽怪录》《传奇》等皆是。盖此等文备众体，可见史才、诗笔、议论。至进士，则多以诗为贽。今有唐诗数百种行于世者是已。"景安生际绍熙，去唐匪远，《四库总目》尝推其言有根据，盖不诬也。风会既开，作者弥众。才杰之士，各拾所闻，搜奇则极于《山经》《十洲》，语怪则逾于《齐谐》《列异》。于是道箓三清之境，佛氏轮回之思；负才则自放于丽情，摧强则酣呕于侠义。罔不经纬文心，奔赴灵囿，繁文绮合，缛旨星稠；斯亦极稗海之伟观，迈齐梁而轶两京者欤！虽流风所届，藉肆诋諆，而振采联辞，终归明密。宋刘贡父尝言："小说至唐，鸟花猿子，纷纷荡漾。"洪景卢亦言："唐人小说，小小情事，凄惋欲绝，洵有神遇而不自知者。"两公博洽儒宗，立言不苟，辨微知味，独具会心；要非秉正卫道者所能梦见。惜乎小说一体，《汉志》既别九流，宋元以还，儒者益加摈弃。逮于有明，久郁斯起；文士嗜奇，喜窥秘册，书贾贸利，独标异书。于是割裂篇章，诡立品目，书帕短册，充牣市朝。而唐宋仅存之古本，沉霾于砂泥粪土之中，益费爬梳；斯又唐稗之一厄也。兹为重加董理，俾复旧观。勘斠则谡正于旧椠，疏说则备征诸往史。其所不知，窃附阙闻之义。自秋徂冬，凡得文若干篇，厘为上下卷。上卷次单篇，下卷存专著。篇章先后，则以作者时代次之。唐稗嘉篇，粗萃于此。己巳十二月彭泽汪国垣辟疆。

序例

一、本编分上下二卷：上卷录单篇，下卷录专著。其他唐人杂记，近于琐碎者，虽间有隽永可味之小品，本编概从割弃。

一、唐人小说，宋初修《太平广记》，大部分已收入。本编取材，即以许刻《广记》为主。其所不备，或间有脱误者，则用《道藏》《文苑英华》《太平御览》《资治通鉴考异》《太平寰宇记》《明钞原本说郛》《顾氏文房小说》《全唐文》及涵芬楼影印之旧本唐人专集小说校补。至明代通行之《古今逸史》《说海》《五朝小说》《历代小史》，清人之《正续说郛》《龙威秘书》《唐人说荟》等丛刻，或擅改篇名，或妄题撰者，概不据录。

一、唐人小说，多有同出一源，而所载各异者。《广记》往往兼收，分散各卷。兹为便于参考计，依题附录。其采入史传，如《吴保安》《谢小娥》之类。演为大曲鼓词，如宋曾布《水调七遍》咏冯燕、赵德麟《商调蝶恋花》十阕咏莺莺之类，皆与本文关系较深，概为移录；俾读本传者，得以互参。

一、本编于各篇之后，将作者略历及本篇来源，各加按语，分疏于篇末，俾读者于故事之产生、演变，有所参考。惟唐宋人杂著笔录，有一事而考订互见，则录其时代较早者。余皆割弃，以省篇幅。

一、唐人小说，元明人多取其本事，演为杂剧传奇。本编亦将其剧名撰人，综述于后。俾治唐稗者，得由此而进治元明剧曲；而治元明杂剧大曲者，亦可由此而追溯本事。惟编者见闻有限，缺略在所难免，希读者随时指正。

一、唐人说部专书，如段成式《酉阳杂俎》、张读《宣室志》、苏鹗《杜阳杂编》、范摅《云溪友议》之属，本应酌录数则，以备一种。惟原书尚在，不难购读，姑从阙如。若《玄怪录》、《续玄怪录》、《集异记》、牛肃《纪闻》、《甘泽谣》、裴铏《传奇》、《三水小牍》，或散在丛书，或备存《广记》，其文既为传奇之体，而书不易得，悉得甄录。故唐稗虽繁，而佳篇略备于是矣。

目录

序		001
序例		001

上卷

古镜记	王　度	003
补江总白猿传	缺　名	018
游仙窟	张文成	024
枕中记	沈既济	046
任氏传	沈既济	054
离魂记	陈玄祐	061
柳氏传	许尧佐	065
李章武传	李景亮	071
柳毅	李朝威	079
霍小玉传	蒋　防	097
南柯太守传	李公佐	106

谢小娥传	李公佐	115
庐江冯媪传	李公佐	121
李娃传	白行简	123
三梦记	白行简	132
东城老父传	陈鸿	139
长恨歌传	陈鸿	145
莺莺传	元稹	169
周秦行纪	韦瓘	191
湘中怨解	沈亚之	199
异梦录	沈亚之	203
秦梦记	沈亚之	206
冯燕传	沈亚之	209
无双传	薛调	214
上清传	柳珵	220
秀师言记	缺名	223
虬髯客传	杜光庭	225
杨娼传	房千里	234
郑德璘	缺名	236
冥音录	缺名	239

下卷

玄怪录　　　　　　牛僧孺　245

叙录　　　　　　　　　　　245

崔书生　　　　　　　　　246

元无有　　　　　　　　　248

张佐　　　　　　　　　　258

岑顺　　　　　　　　　　260

齐推女　　　　　　　　　263

郭元振　　　　　　　　　267

续玄怪录　　　　　　李复言　270

叙录　　　　　　　　　　270

杨恭政　　　　　　　　　271

张逢　　　　　　　　　　274

定婚店　　　　　　　　　280

薛伟　　　　　　　　　　284

李卫公靖　　　　　　　　287

杜子春　　　　　　　　　290

张老　　　　　　　　　　296

纪闻 牛　肃 300

叙录 300

牛应贞 301

吴保安 303

集异记 薛用弱 309

叙录 309

徐佐卿 310

蔡少霞 311

王维 314

王涣之 317

韦宥 319

甘泽谣 袁　郊 320

叙录 320

陶岘 321

圆观 324

懒残 325

红线 327

许云封 330

传奇 裴　铏 335

叙录 335

昆仑奴 336

聂隐娘 339

裴航 342

崔炜 345

孙恪 350

韦自东 354

陶尹二君 356

三水小牍 皇甫枚 359

叙录 359

王玄冲 361

王知古 362

步飞烟 366

绿翘 370

却要 372

王公直 373

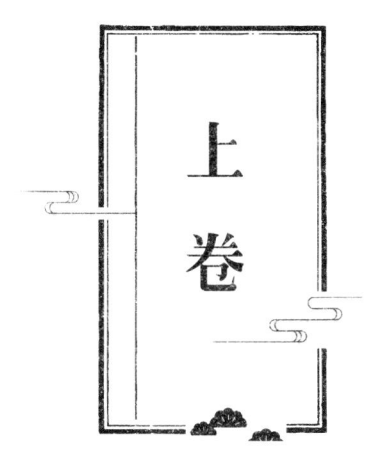

上卷

古镜记

王度 撰

据《太平广记》校录
用《太平御览》校补
标题依唐人旧题

隋汾阴侯生，天下奇士也。王度常以师礼事之。临终，赠度以古镜，曰："持此则百邪远人。"度受而宝之。镜横径八寸，鼻作麒麟蹲伏之象，绕鼻列四方，龟龙凤虎，依方陈布。四方外又设八卦，卦外置十二辰位，而具畜焉。辰畜之外，又置二十四字，周绕轮廓，文体似隶，点画无缺，而非字书所有也。侯生云："二十四气之象形。"承日照之，则背上文画，墨入影内，纤毫无失。举而扣之，清音徐引，竟日方绝。嗟乎，此则非凡镜之所同也。宜其见赏高贤，自称灵物。

侯生常云："昔者吾闻黄帝铸十五镜，其第一横径一尺五寸，法满月之数也。以其相差各校一寸，此第八镜也。"虽岁祀攸远，图书寂寞，而高人所述，不可诬矣。昔杨氏纳环，累代延庆；张公丧剑，其身亦终。今度遭世扰攘，居常郁怏，王室如毁，生涯何地，宝镜复去，哀哉！今具其异迹，列之于后，数千载之下，倘有得者，知其所由耳。

大业七年五月，度自御史罢归河东，适遇侯生卒，而得此镜。至其年六月，度归长安，至长乐坡，宿于主人程雄家。雄新受寄一婢，颇甚端丽，名曰鹦鹉。度既税驾，将整冠履，引镜自照。鹦鹉遥见，即便叩首流血，云："不敢住。"度因召主人问其故。雄云："两月前，有一客携此婢从东来。时婢病甚，客便寄留，云：'还日当取。'比不复来，不知其婢由也。"度疑精魅，引镜逼之。便云："乞命，即变形。"度即掩镜，曰："汝先自叙，然后变形，当舍汝命。"婢再拜自陈云："某是华山府君庙前长松下千岁老狸，大行变惑，罪合至死。遂为府君捕逐，逃于河渭之间，为下邽陈思恭义女，思恭妻郑氏（五字据《太平御览》九百十二补），蒙养甚厚，嫁鹦鹉与同乡人柴华。鹦鹉与华意不相惬，逃而东，出韩城县，为行人李无傲所执。无傲，粗暴丈夫也，遂劫（原作将，据《御览》改）鹦鹉游行数岁，昨随至此，忽尔见留。不意遭逢天镜，隐形无路。"度又谓曰："汝本老狐，变形为人，岂不害人也？"婢曰："变形事人，非有害也。但逃匿幻惑，神道所恶，自当至死耳。"度又谓曰："欲舍汝，可乎？"鹦鹉曰："辱公厚赐，岂敢忘德。然天镜一照，不可逃形。但久为人形，羞复故体。愿缄于匣，许尽醉而终。"度又谓曰："缄镜于匣，汝不逃乎？"鹦鹉笑曰："公适有美言，尚许相舍。缄镜而走，岂不终恩？但天镜一临，窜迹无路，惟希数刻之命，以尽一生之欢耳。"度登时为匣镜，又为致酒，悉召雄家邻里，与宴谑。婢顷大醉，奋衣起舞而歌曰："宝镜宝镜！哀哉予命！自我离形，于今几姓？

生虽可乐，死必不伤。何为眷恋，守此一方！"歌讫，再拜，化为老狸而死。一座惊叹。

大业八年四月一日，太阳亏。度时在台直，昼卧厅阁，觉日渐昏。诸吏告度以日蚀甚。整衣时，引镜出，自觉镜亦昏昧，无复光色。度以宝镜之作，合于阴阳光景之妙。不然，岂合以太阳失曜而宝镜亦无光乎？叹怪未已。俄而光彩出，日亦渐明。比及日复，镜亦精朗如故。自此之后，每日月薄蚀，镜亦昏昧。

其年八月十五日，友人薛侠者，获一铜剑，长四尺，剑连于靶；靶盘龙凤之状，左文如火焰，右文如水波，光彩灼烁，非常物也。侠持过度，曰："此剑侠常试之，每月十五日，天地清朗，置之暗室，自然有光，傍照数丈。侠持之有日月矣。明公好奇爱古，如饥如渴，愿与君今夕一试。"度喜甚。其夜，果遇天地清霁。密闭一室，无复脱隙，与侠同宿。度亦出宝镜，置于座侧，俄而镜上吐光，明照一室，相视如昼。剑横其侧，无复光彩。侠大惊，曰："请内镜于匣。"度从其言，然后剑乃吐光，不过一二尺耳。侠抚剑，叹曰："天下神物，亦有相伏之理也。"是后每至月望，则出镜于暗室，光尝照数丈。若月影入室，则无光也。岂太阳太阴之耀，不可敌也乎？

其年冬，兼著作郎，奉诏撰国史，欲为苏绰立传。度家有奴曰豹生，年七十矣。本苏氏部曲，颇涉史传，略解属文，见度传草，因悲不自胜。度问其故。谓度曰："豹生常受苏公厚遇，今见苏公言验，是以悲耳。郎君所有宝镜，是苏公友人河南苗季子所遗苏公者，苏公爱之甚。苏公临亡之岁，戚戚不乐，常召苗生谓曰：'自度死日不久，不知此镜当入谁手？今欲以蓍筮一卦，先生幸观之也。'便顾豹生取蓍，苏公自揲布卦。卦讫，苏公曰：'我死十余年，我家当失此镜，不知所在。然天地神物，动静有征。今河、汾之间，往往有宝气，与卦兆相合，镜其往彼乎？'季子曰：'亦为人所得乎？'苏公又详其卦，云：'先入侯家，复归王氏。过此以往，莫知所之也。'"豹生言讫涕泣。度问苏氏，果云旧有此镜，苏公薨后，亦失所在，如豹生之言。故度为苏公传，亦具言其事于末篇，论苏公蓍筮绝伦，默而独用，谓此也。

大业九年正月朔旦，有一胡僧，行乞而至度家。弟勣出见之。觉其神采不俗，更邀入室，而为具食，坐语良久。胡僧谓勣曰："檀越家似有绝世宝镜也。可得见耶？"勣曰："法师何以得知之？"僧曰："贫道受明录秘术，颇识宝气。檀越宅上每日常有碧光连日，绛气属月，此宝镜气也。贫道见之两年矣。今择良日，故欲一观。"勣出之。僧跪捧欣跃，又谓勣曰："此镜有数种灵相，皆当未见。但以金膏涂之，珠粉拭之，举以照日，必影彻墙壁。"僧又叹息曰："更作法试，应照见腑脏。所恨卒无药耳。但以金烟薰之，玉水洗之，复以金膏珠粉如法拭之，藏之泥中，亦不晦矣。"遂留金烟玉水等法，行之，无不获验。而胡僧遂不复见。

其年秋，度出兼芮城令。令厅前有一枣树，围可数丈，不知几百年矣。前后令至，皆祠谒此树，否则殃祸立及也。度以为妖由人兴，淫祀宜绝，县吏皆叩头请度。度不得已，为之以祀。然阴念此树当有精魅所托，人不能除，养成其势。乃密悬此镜于树之间。其夜二鼓许，闻其厅前磊落有声，若雷霆者。遂起视之，则风雨晦暝,缠绕此树,电光晃耀,忽上忽下。至明,有一大蛇,紫鳞赤尾,绿头白角,额上有王字,身被数创,死于树。度便下收镜,命吏出蛇,焚于县门外。仍掘树,树心有一穴,于地渐大,有巨蛇蟠泊之迹。既而坟之,妖怪遂绝。

其年冬,度以御史带芮城令,持节河北道,开仓粮赈给陕东。时天下大饥,百姓疾病;蒲陕之间,疠疫尤甚。有河北人张龙驹,为度下小吏,其家良贱数十口,一时遇疾。度悯之,赍此入其家,使龙驹持镜夜照。诸病者见镜,皆惊起,云:"见龙驹持一月来相照,光阴所及,如冰着体,冷彻腑脏。"即时热定,至晚并愈。以为无害于镜,而所济于众,令密持此镜,遍巡百姓。其夜,镜于匣中,冷然自鸣,声甚彻远,良久乃止。度心独怪。明早,龙驹来谓度曰:"龙驹昨忽梦一人,龙头蛇身,朱冠紫服,谓龙驹:'我即镜精也,名曰紫珍。常有德于君家,故来相托。为我谢王公,百姓有罪,天与之疾,奈何使我反天救物!且病至后月,当渐愈,无为我苦。'"度感其灵怪,因此志之。至后月,病果渐愈,如其言也。

大业十年,度弟勣自六合丞弃官归,又将遍游山水,以为长往之策。度止之曰:"今天下向乱,盗贼充斥,欲安之乎?且吾与汝同气,未尝远别。此行也,似将高蹈。昔尚子平游五岳,不知所之。汝若追踵前贤,吾所不堪也。"便涕泣对勣。勣曰:"意已决矣,必不可留。兄今之达人,当无所不体。孔子曰:'匹夫不夺其志矣。'人生百年,忽同过隙,得情则乐,失志则悲,安遂其欲,圣人之义也。"度不得已,与之决别。勣曰:"此别也,亦有所求。

兄所宝镜，非尘俗物也。勋将抗志云路，栖踪烟霞，欲兄以此为赠。"度曰："吾何惜于汝也。"即以与之。勋得镜，遂行，不言所适。

至大业十三年夏六月，始归长安，以镜归，谓度曰："此镜真宝物也！辞兄之后，先游嵩山少室，降石梁，坐玉坛。属日暮，遇一嵌岩，有一石堂，可容三五人，勋栖息止焉。月夜二更后，有两人：一貌胡，须眉皓而瘦，称山公；一面阔，白须，眉长，黑而矮，称毛生。谓勋曰：'何人斯居也？'勋曰：'寻幽探穴访奇者。'二人坐与勋谈久，往往有异义出于言外。勋疑其精怪，引手潜后，开匣取镜。镜光出，而二人失声俯伏。矮者化为龟，胡者化为猿。悬镜至晓，二身俱殒。龟身带绿毛，猿身带白毛。即入箕山，渡颍水，历太和，视玉井。井傍有池，水湛然绿色。问樵夫，曰：'此灵湫耳。村间每八节祭之，以祈福祐。若一祭有阙，即池水出黑云，大雹浸堤坏阜。'勋引镜照之。池水沸涌，有雷如震，忽尔池水腾出池中，不遗涓滴，可行二百余步，水落于地。有一鱼，可长丈余，粗细大于臂；首红额白，身作青黄间色；无鳞有涎，蛇形龙角；嘴尖，状如鲟鱼；动而有光，在于泥水，困而不能远去。勋谓蛟也，失水而无能为耳。刃而为炙，甚膏，有味，以充数朝口腹。遂出于宋汴。汴主人张琦家有女子患，入夜，哀痛之声，实不堪忍。勋问其故。病来已经年岁，白日即安，夜常如此。勋停一宿，及闻女子声，遂开镜照之。痛者曰：'戴冠郎被杀！'其病者床下，有大雄鸡，死矣；乃是主人七八岁老鸡也。游江南，将渡广陵扬子江，忽暗云覆水，黑风波涌，舟子失容,虑有覆没。勋携镜上舟,照江中数步,明朗彻底,风云四敛,波涛遂息,须臾之间,达济天堑。跻摄山麹芳岭,或攀绝顶,或入深洞,逢其群鸟,环人而噪,数熊当路而蹲,以镜挥之,熊鸟奔骇。是时利涉浙江,遇潮出海,涛声振吼,数百里而闻。舟人曰:'涛既近,未可渡南。若不回舟,吾辈必葬鱼腹。'勋出镜照,江波不进,屹如云立。四面江水,豁开五十余步;水渐清浅,鼋鼍散走。举帆翩翩,直入南浦。然后却视,涛波洪涌,高数十丈,而至所渡之所也。遂登天台,周览洞壑。夜行佩之山谷,去身百步,四面光彻,纤微皆见,林间宿鸟,惊而乱飞。还履会稽,逢异人张始鸾,授勋《周髀》《九章》及《明堂》《六甲》之事。与陈永同归。更游豫章。见道士许藏秘,云'是旌阳七代孙,有咒登刀履火之术'。说妖怪之次,更言丰城县仓督李敬慎家有三女遭魅病,人莫能识。藏秘疗之无效。勋故人曰赵丹,有才器,任丰城县尉。勋因过之。丹命祗承人指勋停处。勋谓曰:'欲得仓督李敬慎家居止。'丹遽命敬慎为主,礼勋。因问其故。敬曰:'三女同居堂内阁子,每至日晚,即靓妆炫服。黄昏后,即归所居阁子,灭灯烛。听之,窃与人言笑声。及至晓眠,非唤不觉。日日渐瘦,不能下食。制之不令妆梳,即欲自缢投井。无奈之何。'勋谓敬曰:'引示阁子之处。'其阁东有窗。恐其门闭固而难启,遂昼日先刻断窗棂四条,却以物支柱之如旧。至日暮,敬报勋曰:'妆梳入阁矣。'至一更,听之,言笑自然。勋拔窗棂子,持镜入阁,照之。三女叫云:'杀我婿也!'初不见一物。悬镜至明,有一鼠狼,首尾长一尺三四寸,身无毛齿;有一老鼠,亦无毛齿,其肥大可重五斤；又有守宫，大如人手，身披鳞甲，焕烂五色，头上有两角，长可半寸，尾长五寸已上，尾头一寸色白，并于壁孔前死矣。从此疾愈。其后寻真至庐山，婆娑数月，或栖息长林，或露宿草莽，虎豹接尾，豺狼连迹，举镜视之，莫不窜伏。庐山处士苏宾，奇识之士也，洞明《易》道，藏往知来，谓勋曰：'天下神物，必不久居人间。今宇宙丧乱，他乡未必可止，吾子此镜尚在，足下卫，幸速归家乡也。'勋然其言，即时北归。便游河北，夜梦镜谓勋曰：'我蒙卿兄厚礼，今当舍人间远去，欲得一别，卿请早归长安也。'勋梦中许之。及晓，独居思之，恍恍发悸，即时西首秦路。今既见兄，勋不负诺矣。终恐此灵物亦非兄所有。"数月，勋还河东。

大业十三年七月十五日，匣中悲鸣，其声纤远，俄而渐大，若龙咆虎吼，良久乃定。开匣视之，即失镜矣。

❖ ❖ ❖

按此文原载《异闻集》，《太平广记》二百三十采之，而改题《王度》。《太平御览》九百十二引其程雄家婢一段，而题作隋王度《古镜记》。明刻《五朝小说》遂本之，以入六朝小说，不题唐人，故《说荟》亦未收。惟《文苑英华》七百三十七顾况《戴氏广异记序》乃谓："国朝燕公《梁四公记》，唐临《冥报记》，王度《古镜记》，孔慎言《神怪志》，赵自勤《定命录》，至如李庾成、张孝举之徒，互相传说。"云云。则是此文，事虽出隋代，记则实入唐初。证以顾况所言，当可信也。作者王度，两《唐书》不详其生平。文中既自称大业七年五月，自御史罢归河东；六月，归长安；八年四月，在台；冬，兼著作郎，奉诏撰国史。后又云，大业十年，度弟勋自六合丞弃官归，将遍游山水。是度固尝为著作郎修国史，而弟勋则尝为官六合丞矣。《旧唐书》一九二《隐逸传》云："王绩，字无功，绛州龙门人。隋大业中应孝悌廉洁举，授扬州六合县丞，非其所好，弃官还乡里。"《新唐书》一九六《隐逸传》亦云："绩举孝悌廉洁，不乐在朝，求为六合丞。以嗜酒不任事，时天下大乱，因劾遂解去，叹曰：'网罗在天下，吾且安之。'乃还乡里。"末云："初兄凝为隋著作郎，撰《隋书》未成，死。绩续余功，亦不能成。"据此，颇疑王勋当为王绩之误。度或为凝之改名。因绩尝罢六合县丞，而凝且以著作郎撰修《隋书》未成，皆与本文所称吻合也。惟小说事既凭虚，撰人尤多假托。晋宋以来，此风大畅。姑存其说可也。至晁公武《郡斋读书志》类书类，有《古镜记》一卷。晁氏云："右书未详撰人，纂古镜故事。"旧钞衢本，镜本作今。其云古今故事者，盖取以古为镜之义。晁氏故取之以入类书。自当别为一书，不能据后人误改而强为牵合也。

又按此篇纪古镜事，虽为述异志怪之体，要不尽无影响。篇中言苏绰从苗生得此镜，是此镜固尝在苏家矣。刘𫗧《隋唐嘉话》云："仆射苏威有镜，殊精好。曾日蚀既，镜亦昏黑无所见。威以为左右所污，不以为意。他日日蚀半缺，其镜亦半昏如之。于是始宝藏之。后柜内有声如磬，寻之，乃镜声也，无何而子夔死。后更有声，无何而威败。后不知所在云。"（《太平广记》三百三十亦引之，下注云出《传记》，是刘𫗧《传记》与《隋唐嘉话》一书而异名矣）苏威为苏绰子，《北史》《隋书》并有传。是《嘉话》云云，必向来有此传说，且亦出于苏家也。观于此，则王度此篇之纪镜异，实有所本；抑或有意综合六朝以来言镜异之说，以恢宏其文；而又纬以作者家世仕履，颠倒眩惑，使后人读之，疑若可信也。

又按古今小说纪镜异者，此为大观矣。其事有无，姑勿论。即观其侈陈灵异，辞旨诙诡，后人摹拟，汗流莫及。上承六朝志怪之余风，下开有唐藻丽之新体。洵唐人小说之开山也。唐人记镜异者，尚有数事，虽不必同出一源，而辞皆可玩。酌录数则，以资互勘。

《异闻录·李守泰》一则云：

天宝三载五月十五日，扬州进水心镜一面，纵横九寸，青莹耀日。背有盘龙，长三尺四寸五分，势如生动。玄宗览而异之。进镜官扬州参军李守泰曰："铸镜时，有一老人，自称姓龙名护，须发皓白，眉如丝垂下至肩，衣白衫。有小童相随，年十岁，衣黑衣，龙护呼为玄冥。以五月朔忽来，神采有异，人莫之识。谓镜匠吕晖曰：'老人家住近，闻少年铸镜，暂来寓目。老人解造真龙，欲为少年制之，颇将惬于帝意。'遂令玄冥入炉所。扃闭户牖，不令人到。经三日三夜，门左洞开。吕晖等二十人于院内搜觅，失龙护及玄冥所在。镜炉前获素书一纸，文字小隶，云：'镜龙长三尺四寸五分，法三才，象四气，禀五行也。纵横九寸，类九州分野。镜鼻如明月珠焉。开元皇帝圣通神灵，吾遂降祉。斯镜可以辟邪，鉴万物；秦始皇之镜，无以加焉。'歌曰：'盘龙！盘龙！隐于镜中。分野有象，变化无穷。兴云吐雾，行雨生风。上清仙子，来献圣聪。'吕晖等遂移镜炉，置船中。以五月五日午时，乃于扬子江铸之。未铸前，天地清谧。兴造之际，左右江水，忽高三十余尺，如雪山浮江。又闻龙吟，如笙簧之声，达于数十里。稽诸古老，自铸镜以来，未有如斯之异也。"帝诏有司别掌此镜。

至天宝七载，秦中大旱，自三月不雨至六月，帝亲幸龙堂，祈之，不应。问昊天观道士叶法善曰："朕敬事神灵，以安百姓，今亢阳如此，朕甚忧之。亲临祈祷，不雨，何也？卿见真龙否乎？"对曰："臣亦曾见真龙。臣闻画龙，四肢骨节，一处得似真龙，即便有感应。用以祈祷，则雨立降。所以未灵验者，或不类真龙耳。"帝即诏中使孙知古引法善于内库遍视之。忽见此镜，遂还奏曰："此镜龙真龙也。"帝幸凝阴殿，并召法善祈镜龙。顷刻间，见殿栋有白气两道，下近镜龙。龙鼻亦有白气，上近梁栋。须臾，充满殿庭，遍散城内，甘雨大澍。凡七日而止。秦中大熟。帝诏集贤待诏吴道子图写镜龙，以赐法善。(《太平广记》二百三十一引)

《博异志·敬元颖》一则云：

天宝中有陈仲躬，家居金陵，多金帛。仲躬好学，修词未成，乃携数千金，于洛阳清化里假居一宅。其井尤大，甚好溺人。仲躬亦知之，志靡有家室，无所惧。仲躬常抄习不出。月余日，有邻家取水女子，可十数岁，怪每日来于井上，则逾时不去，忽堕井中而溺死。井水深，经宿方索得尸。仲躬异之。闲乃窥于井上，忽见水影中一女子面，年状少丽，依时样妆饰，以目仲躬。仲躬凝睇之，则红袂半掩其面微笑，妖冶之姿，出于世表。仲躬神魂恍惚，若不支持然，乃叹曰："斯乃溺人之由也。"遂不顾而退。

后数月，炎旱，此井亦不减。忽一日，水顿竭。清旦，有一人扣门，云："敬元颖请谒。"仲躬命入，乃井中所见者。衣绯绿之衣，其制饰铅粉，乃当时耳。仲躬与坐而讯之，曰："卿何以杀人？"元颖曰："妾实非杀人者。此井有毒龙，自汉朝绛侯居于兹，遂穿此井。洛城内都有五毒龙，斯乃一也。缘与太一左右侍龙相得，每相蒙蔽。天命追征，多故为不赴集役，而好食人血，自汉以来，已杀三千七百人矣。而水不曾耗涸。某乃国初方堕于井，遂为龙所驱使，为妖惑以诱人，用供龙所食。其于辛苦，情非所愿。昨为太一使者交替，天下龙神，尽须集驾。昨夜子时，已朝太一矣。兼为河南旱，被勘责。三数日，方回。今井内已无水，君子诚能命匠淘之，则获脱难矣。如脱难，愿于君子一生奉养。世间之事，无所不致。"言讫，便失所在。仲躬乃当时命匠，令一信者与匠同入井中。但见异物，即令收之。至底无别物，唯获古铜镜一枚，面阔七寸八分。仲躬令洗净安匣中，焚香以洁之。斯乃敬元颖也。

一更后，忽见元颖自门而入，直造烛前设拜。谓仲躬曰："谢以生成之恩,煦衣浊水泥之下。某本师旷所铸十二镜之第七者也。其铸时,皆以日月为大小之差。元颖则七月七日午时铸者也。贞观中为许敬宗婢兰苕所堕,以此井水深,兼毒龙气所苦,人入者闷绝,故不可取。遂为毒龙所役。幸遇君子正直者,乃获重见人间尔。然明晨内,望君子移出此宅。"仲躬曰:"某以用钱僦居,今移出,何以取措足之所?"元颖曰:"但请君子饰装,一无忧矣。"言讫,再拜云:"自此去不复见形矣。"仲躬遽留之,问曰:"汝以红绿脂粉之丽,何以诱女子小儿也?"对曰:"某变化无常,各以所悦。百方谋策,以供龙用。"言讫,即无所见。

明晨,忽有牙人扣户,兼领宅主来谒仲躬,便请仲躬移居,夫役并足。到斋时,便到立德坊一宅中。其大小价数,一如清化者。其牙人云:"价直契书,一无遗阙。"并交割讫。后三日,会清化宅井,无故自崩。兼延及堂隍东厢,一时陷地。仲躬后文战,累胜。大官所有要事,未尝不如移宅之绩效也。

其镜背有二十八字,皆科斗书。以今文推而写之,曰:"维晋新公二年七月七日午时,于首阳山前白龙潭铸成此镜,千年后世。"于背上环书,一字管天文一宿。依方列之,则左有日而右有月。龟龙虎雀,并依方安焉。于鼻四旁,题曰:"夷则之镜"。(《顾氏文房小说·博异志》,据《广记》改数字)

《原化记·渔人》一条云:

苏州太湖,入松江口。贞元中,有渔人载小网数船,共十余人,下网取鱼,一无所获。网中得物,乃是镜而不甚大。渔者忿其无鱼,弃镜于水。移船下网,又得此镜。渔人异之,遂取其镜视之,才七八寸,照形悉见其筋骨脏腑,溃然可恶。其人闷绝而倒。众人大惊。其取镜鉴形者,即时皆倒,呕吐狼藉。其余一人不敢取照,即以镜投之水中。良久,扶持倒吐者,既醒,遂相与归家,以为妖怪。明日,方理网罟,则所得鱼多于常时数倍。其人先有疾者,自此皆愈。询于故老:"此镜在江湖,每数百年一出,人亦常见。"但不知何精灵之所恃也。(《太平广记》二百三十一引)

《国史补·扬州贡镜》一条云:

扬州旧贡江心镜,五月五日扬子江所铸也。或言无百炼者,六七十炼则止。易破难成,往往有鸣者。(按此则与《异闻集》李守泰所进水心镜一事可互参。《国史补》所纪多近实,与小说有别。岂天宝间果有此一段传说耶?)

《松牕录·浙右渔人》一条云:

李德裕,长庆中廉问浙右。会有渔人于秦淮垂机网下深处,忽觉力重异于常时,及敛就水次,卒不获一鳞,但得古铜镜,可尺余,光浮于波际。渔人取视之,历历尽见五脏六腑,血萦脉动,竦骇气魄,因腕战而坠。渔人偶话于旁舍,遂闻之于德裕。尽周岁,万计穷索水底,终不复得。(《太平广记》二百三十二引。)(按此事与《原化记》所载《渔人》一事相类。唐人小说,大抵皆撷拾传闻,故彼此互见也。)

《三水小牍·元稹》一则云：

丞相元稹之镇江夏也，尝秋夕登黄鹤楼，遥望汉江之湄，有光，若残星焉。乃令亲信某往视之。某遂棹小舟，直诣光所，乃钓船中也。询彼渔者，云："适获一鲤，光则无之。"亲信乃携鲤而来。既登楼，公庖人剖之，腹中得镜一，如古大钱。以面相合，背则隐起双龙，虽小，而鳞、鬣、爪、角，悉具。精巧且莹，常有光耀。公宝之，置卧内巾箱之中。及相公薨，镜亦亡去。

《太平广记》二百三十二有《陴湖渔者》云：

徐宿之界，有陴湖，周数百里。两州之莞蒯萑苇，迨芰荷之类，赖以资之。天祐中，有渔者于网中获铁镜，亦不甚涩，光犹可鉴，面阔五六寸，携以归家。忽有一僧及门，谓渔者曰："君有异物，可相示乎？"答曰："无之。"僧曰："闻君获铁镜，即其物也。"遂出之。僧曰："君但将往所得之处照之，看有何睹。"如其言而往。照见湖中无数甲兵。渔者大骇，复沉于水。僧亦失之。耆老相传："湖本陴州沦陷所致。"图籍亦无载焉。（按《广记》不载出处）

补江总白猿传

不著撰人

据《顾氏文房小说》校录

标题依《唐志》

梁大同末，遣平南将军蔺钦南征，至桂林，破李师古、陈彻。别将欧阳纥略地至长乐，悉平诸洞，罙入深阻。纥妻纤白，甚美。其部人曰："将军何为挈丽人经此？地有神，善窃少女，而美者尤所难免。宜谨护之。"纥甚疑惧，夜勒兵环其庐，匿妇密室中，谨闭甚固，而以女奴十余伺守之。尔夕，阴风晦黑，至五更，寂然无闻。守者怠而假寐，忽若有物惊悟者，即已失妻矣。关扃如故，莫知所出。出门山险，咫尺迷闷，不可寻逐。迨明，绝无其迹。

纥大愤痛，誓不徒还。因辞疾，驻其军，日往四遐，即深凌险以索之。既逾月，忽于百里之外丛筱上，得其妻绣履一只，虽浸雨濡，犹可辨识。纥尤凄悼，求之益坚。选壮士三十人，持兵负粮，岩栖野食。又旬余，远所舍约二百里，南望一山，葱秀迥出。至其下，有深溪环之，乃编木以度。绝岩翠竹之间，时见红彩，闻笑语音。扪萝引縆，而陟其上，则嘉树列植，间以名花；其下绿芜，丰软如毯。清迥岑寂，杳然殊境。东向石门，有妇人数十，帔服鲜泽，嬉游歌笑，出入其中。见人皆慢视迟立，至则问曰："何因来此？"纥具以对。相视叹曰："贤妻至此月余矣。今病在床，宜遣视之。"入其门，以木为扉。中宽辟若堂者三。四壁设床，悉施锦荐。其妻卧石榻上，重茵累席，珍食盈前。纥就视之。回眸一睇，即疾挥手令去。诸妇人曰："我等与公之妻，比来久者十年。此神物所居，力能杀人，虽百夫操兵，不能制也。幸其未返，宜速避之。但求美酒两斛，食犬十头，麻数十斤，当相与谋杀之。其来必以正午后，慎勿太早，以十日为期。"因促之去，纥亦遽退。

遂求醇醪与麻犬，如期而往。妇人曰："彼好酒，往往致醉。醉必骋力，俾吾等以彩练缚手足于床，一踊皆断。尝纫三幅，则力尽不解。今麻隐帛中束之，度不能矣。遍体皆如铁，唯脐下数寸，常护蔽之，此必不能御兵刃。"指其傍一岩曰："此其食廪，当隐于是，静而伺之。酒置花下，犬散林中，待吾计成，招之即出。"如其言，屏气以俟。

日晡，有物如匹练，自他山下，透至若飞，径入洞中。少选，有美髯丈夫长六尺余，白衣曳杖，拥诸妇人而出。见犬惊视，腾身执之，披裂吮咀，食之致饱。妇人竞以玉杯进酒，谐笑甚欢。既饮数斗，则扶之而去。又闻嬉笑之音。良久，妇人出招之，乃持兵而入。见大白猿，缚四足于床头，顾人蹙缩，求脱不得，目光如电。竞兵之，如中铁石。刺其脐下，即饮刃，血射如注。乃大叹咤曰："此天杀我，岂尔之能。然尔妇已孕，勿杀其子，将逢圣帝，必大其宗。"言绝乃死。

搜其藏，宝器丰积，珍羞盈品，罗列案几。凡人世所珍，靡不充备。名香数斛，宝剑一双。妇人三十辈，皆绝其色，久者至十年。云，色衰必被提去，莫知所置。又捕采唯止其身，更无党类。旦盥洗，着帽，加白袷，被素罗衣，不知寒暑。遍身白毛，长数寸。所居常读木简，字若符篆，了不可识，已，则置石磴下。晴昼或舞双剑，环身电飞，光圆若月。其饮食无常，喜啖果栗；尤嗜犬，咀而饮其血。日始逾午，即欻然而逝。半昼往返数千里，及晚必归，此其常也。所须无不立得。夜就诸床嬲戏，一夕皆周，未尝寐。言语淹详，华旨会利。然其状，即猳玃类也。今岁木叶之初，忽怆然曰："吾为山神所诉，将得死罪。亦求护之于众灵，庶几可免。"前月哉生魄，石磴生火，焚其简书。怅然自失曰："吾已千岁，而无子。今有子，死期至矣。"因顾诸女，泛澜者久，且曰："此山复绝，未尝有人至。上高而望，绝不见樵者。下多虎狼怪兽。今能至者，非天假之，何耶？"

纥即取宝玉珍丽及诸妇人以归，犹有知其家者。纥妻周岁生一子，厥状肖焉。后纥为陈武帝所诛。素与江总善。爱其子聪悟绝人，常留养之，故免于难。及长，果文学善书，知名于时。

◆◆◆

按《太平广记》四百四十四引此传而题作《欧阳纥》，下注出《续江氏传》。此据《顾氏文房小说》家藏宋本校录，字句与《广记》小有异同，较《广记》为胜。本传，《唐书·艺文志》著录子部小说家，题为"补江总白猿传"。不著撰人。《宋志》同。《郡斋读书志》取以入史部传记类，亦不著撰人，但云"述梁大同末欧阳纥妻为猿所窃，后生子询。《崇文目》以为唐人恶询者为之。"《直斋书录解题·小说类》云："欧阳纥者，询之父也。询貌猕猿，盖常与长孙无忌互相嘲谑矣。此传遂因其嘲广之，以实其事。托言江总，必无名子所为也。"云云。唐时风气，往往心所不慊，辄托文字以相诟，如本传及《周秦行纪》皆是已。李牛倾轧，或有所召。惟率更忠孝气节，冠冕唐初，文章书法，颉颃虞、李。不知何以致此无妄之谤，斯足慨已。后世魏道辅撰《碧云骃》以毁范文正、文潞国，且托名于梅尧臣，又其下焉者也。此文本无足取，前人辨之已详。就文而言，要亦可诵。特录存之，而附录《本事诗》《四部正讹》二则于后，俾便参证焉。

孟棨《本事诗》云：

国初长孙太尉见欧阳率更姿形么陋，嘲之曰："耸膊成山字，埋肩畏出头。谁言麟阁上，画此一猕猴。"询亦酬之曰："索头连背暖，漫裆畏肚寒。只缘心混混，所以面团团。"太宗闻之而笑曰："询此嘲曾不为皇后耶？"（按此则又见刘悚《隋唐嘉话》卷中）

胡应麟《四部正讹》曰：

《白猿传》，唐人以谤欧阳询者。询状颇瘦，类猿猱，故当时无名子造言以谤之。此书本题《补江总白猿传》，盖伪撰者托总为名，不为诬诟，兼以诬总。噫！亦巧矣。率更世但贵其书，而不知其忠孝节义，学问文章，皆唐初冠冕，至今了然史策，岂此辈能污哉？率更子通，亦矫矫有父风，而皆为书名所掩。余亦惜欧氏不在彼也。

按此传虽为诬诟而作，然亦实有所本。汉焦延寿《易林》（坤之剥）曾云："南山大玃，盗我媚妾。"晋张华撰《博物志》亦云："蜀山南高山上，有物如猕猴，长七尺，能人行健走；名曰猴玃，一名化，或曰猳玃。同行道妇人有好者，辄盗之以去，人不得知。其年少者终身不得还，十年之后，形皆类之，意亦迷惑，不复思归。有子者辄送还其家，产子皆如人。有不食养者，其母辄死，故无不取养也。及长与人无异。"（任昉《述异记》所载略同）据此，撰者或有意牵合二说，而又具形象化出之欤。

幼时曾闻诸长老言："昔洪迈撰《夷坚志》，徐铉撰《稽神录》，皆晚年闲居多暇，门生故吏，诡言求合，又多撷拾故书雅记，所已言者，重述之，以资谐谑。二公随笔记之，不加别择。故卷帙充牣，实则多重复也。"兹姑录其一事，以概其余。

曾慥《类说》引《稽神录·老猿窃妇人》一则云：

晋州舍山有妖鬼，好窃妇人。有士人行至舍山，夜失其妻，旦而寻求，入深山。一大石，有五六妇人共坐，问曰："君何至此？"具言其故。妇人曰："贤夫人昨夜至此，在石室中。吾等皆经过为所窃也。将军窃人至此，与行容彭之术。每十日一试，取素练周缠其身及手足,作法运气,练皆断裂。每一试,辄增一匹,明日当五匹。君明旦至此伺之。吾等当以六七匹急缠其身。俟君至,即共杀之,可乎?"其人如期而往。见一人貌甚可畏,众妇以练缚之,至六匹。乃直前格之,遂杀之。乃一老猿也。因获其妻,众妇皆得出。其怪遂绝。

游仙窟

张文成 撰

据忠州李氏平等阁钞本校录

若夫积石山者，在乎金城西南，河所经也。《书》云："导河积石，至于龙门。"即此山是也。仆从汧陇，奉使河源。嗟命运之迍邅，叹乡关之眇邈。张骞古迹，十万里之波涛；伯禹遗踪，二千年之坂嶝。深谷带地，凿穿崖岸之形；高岭横天，刀削岗峦之势。烟霞子细，泉石分明，实天上之灵奇，乃人间之妙绝。目所不见，耳所不闻。

日晚途遥，马疲人乏。行至一所，险峻非常：向上则有青壁万寻，直下则有碧潭千仞。古老相传云："此是神仙窟也；人迹罕及，鸟路才通。每有香果琼枝，天衣锡钵，自然浮出，不知从何而至。"

余乃端仰一心，洁斋三日。缘细葛，溯轻舟。身体若飞，精灵似梦。须臾之间，忽至松柏岩，桃华涧，香风触地，光彩遍天。见一女子向水侧浣衣，余乃问曰："承闻此处有神仙之窟宅，故来祗候。山川阻隔，疲顿异常，欲投娘子，片时停歇；赐惠交情，幸垂听许。"女子答曰："儿家堂舍贱陋，供给单疏，只恐不堪，终无吝惜。"余答曰:"下官是客,触事卑微,但避风尘,则为幸甚。"遂止余于门侧草亭中,良久乃出。余问曰:"此谁家舍也?"女子答曰:"此是崔女郎之舍耳。"余问曰:"崔女郎何人也?"女子答曰:"博陵王之苗裔,清河公之旧族。容貌似舅,潘安仁之外甥;气调如兄,崔季珪之小妹。华容婀娜,天上无俦;玉体逶迤,人间少匹。辉辉面子,荏苒畏弹穿;细细腰支,参差疑勒断。韩娥宋玉,见则愁生;绛树青琴,对之羞死。千娇百媚,造次无可比方;弱体轻身,谈之不能备尽。"

须臾之间,忽闻内里调筝之声,仆因咏曰:"自隐多姿则,欺他独自眠。故故将纤手,时时弄小弦。耳闻犹气绝,眼见若为怜。从渠痛不肯,人更别求天。"片时,遣婢桂心传语,报余诗曰:"面非他舍面,心是自家心;何处关天事,辛苦漫追寻!"余读诗讫,举头门中,忽见十娘半面,余即咏曰:"敛笑偷残靥,含羞露半唇,一眉犹叵耐,双眼定伤人。"又遣婢桂心报余诗曰:"好是他家好,人非着意人;何须漫相弄,几许费精神。"

于时夜久更深,沉吟不睡,彷徨徙倚,无便披陈。彼诚既有来意,此间何能不答!遂申怀抱,因以赠书曰:"余以少娱声色,早慕佳期,历访风流,遍游天下。弹鹤琴于蜀郡,饱见文君;吹凤管于秦楼,熟看弄玉。虽复赠兰解珮,未甚关怀;合卺横陈,何曾惬意!昔日双眠,恒嫌夜短;今宵独卧,实怨更长。一种天公,两般时节。遥闻香气,独伤韩寿之心;近听琴声,似对文君之面。向来见桂心谈说十娘,天上无双,人间有一。依依弱柳,束作腰支;焰焰横波,翻成眼尾。才舒两颊,孰疑地上无华;乍出双眉,渐觉天边失月。能使西施掩面,百遍烧妆;南国伤心,千回扑镜。洛川回雪,只堪使叠衣裳;巫峡仙云,未敢为擎靴履。忿秋胡之眼拙,枉费黄金;念交甫之心狂,虚当白玉。下官寓游胜境,旅泊闲亭,忽遇神仙,不胜迷乱。芙蓉生于涧底,莲子实深;木栖出于山头,相思日远。未曾饮炭,肠热如烧;不忆吞刃,腹穿似割。无情明月,故故临窗;多事春风,时时动帐。愁人对此,将何自堪!空悬欲断之肠,请救临终之命。元来不见,他自寻常;无故相逢,却交烦恼。敢陈心素,幸愿照知!若得见其光仪,岂敢论其万一!"书达之后,十娘敛色谓桂心曰:"向来剧戏相弄,真成欲逼人。"余更又赠诗一首,其词曰:"今朝忽见渠姿首,不觉殷勤着心口。令人频作许叮咛,渠家太剧难求守。端坐剩心惊,愁来益不平。看时未必相看死,难时那许太难生。沉吟坐幽室,相思转成疾。自恨往还疏,谁肯交游密!夜夜空知心失眼,朝朝无便投胶漆。园里华开不避人,闺中面子翻羞出。如今寸步阻天津,伊处留心更觅新。莫言长有千金面,终归变作一抄尘。生前有日但为乐,死后无春更着人。只可倡伴一生意,何须负持百年身?"

少时,坐睡,则梦见十娘,惊觉揽之,忽然空手。心中怅怏,复何可论!余因乃咏曰:"梦中疑是实,觉后忽非真。诚知肠欲断,穷鬼故调人。"十娘见诗,并不肯读,即欲烧却。余即咏曰:"未必由诗得,将诗故表怜。闻渠掷入火,定是欲相燃。"十娘读诗,悚息而起。匣中取镜,箱里拈衣。祛服靓妆,当阶正履。余又为诗曰:"薰香四面合,光色两边披。锦障划然卷,罗帷垂半敲。红颜杂绿黛，无处不相宜。艳色浮妆粉，含香乱口脂。鬓欺蝉鬓非成鬓，眉笑蛾眉不是眉。见许实娉婷，何处不轻盈！可怜娇里面，可爱语中声。婀娜腰支细细许，瞳眬眼子长长馨。巧儿旧来镌未得，画匠迎生摸不成。相看未相识，倾城复倾国。迎风帔子郁金香，照日裙裾石榴色。口上珊瑚耐拾取，颊里芙蓉堪摘得，闻名腹肚已猖狂，见面精神更迷惑。心肝恰欲摧，踊跃不能裁。徐行步步香风散，欲语时时媚子开。靥疑织女留星去，眉似姮娥送月来。含娇窈窕迎前出，忍笑妌娠返却回。"余遂止之曰："既有好意，何须却入？"然后逶迤回面，娅姹向前。十娘敛手而再拜向下官，下官亦低头尽礼而言曰："向见称扬，谓言虚假，谁知对面，恰是神仙。此是神仙窟也。"十娘曰："向见诗篇，谓非凡俗，今逢玉貌，更胜文章。此是文章窟也。"

仆因问曰："主人姓望何处？夫主何在？"十娘答曰："儿是清河崔公之末孙，适弘农杨府君之长子。就成大礼，随父住于河西。蜀生狡猾，屡侵边境。兄及夫主，弃笔从戎，身死寇场，茔魂莫返。儿年十七，死守一夫；嫂年十九，誓不再醮。兄即清河崔公之第五息，嫂即太原公之第三女。别宅于此，积有岁年。室宇荒凉，家途窘弊。不知上客从何而至？"仆敛容而答曰："下官望属南阳，住居西鄂。得黄石之灵术，控白水之余波。在汉则七叶貂蝉，居韩则五重卿相。鸣钟食鼎，积代衣缨；长戟高门，因循礼乐。下官堂构不绍，家业沦胥。青州刺史博望侯之孙，广武将军巨鹿侯之子。不能免俗，沉迹下寮。非隐非遁，逍遥鹏鷃之间；非吏非俗，出入是非之境。暂因驱使，至于此间。卒尔干烦，实为倾仰。"十娘问曰："上客见任何官？"下官答曰："幸属太平，耻居贫贱。前被宾贡，已入甲科；后属搜扬，又蒙高第。奉敕授关内道小县尉，见管河源道行军总管记室。频繁上命，徒想报恩；驰骤下寮，不遑宁处。"十娘曰："少府不因行使，岂肯相顾？"下官答曰："比不相知，阙为参展，今日之后，不敢差违。"十娘遂回头唤桂心曰："料理中堂，将少府安置。"下官逡巡而谢曰："远客卑微，此间幸甚。才非贾谊，岂敢升堂！"十娘答曰："向者承闻，谓言凡客；拙为礼贶，深觉面惭。儿意相当，事须引接。此间疏陋，未免风尘。入室不合推辞，升堂何须进退！"遂引入中堂。

于时金台银阙，蔽日干云。或似铜雀之新开，乍如灵光之且敞。梅梁桂栋，疑饮涧之长虹；反宇雕甍，若排天之矫凤。水精浮柱，的烁含星；云母饰窗，玲珑映日。长廊四注，争施玳瑁之椽；高阁三重，悉用琉璃之瓦。白银为壁，照曜于鱼鳞；碧玉缘阶，参差于雁齿。入穹崇之室宇，步步心惊；见傥阆之门庭，看看眼眩。遂引少府升阶。下官答曰："客主之间，岂无先后？"十娘曰："男女之礼，自有尊卑。"下官迁延而退曰："向来有罪过，忘不通五嫂。"十娘曰："五嫂亦应自来，少府遣通，亦是周匝。"则遣桂心通，暂参屈五嫂。十娘共少府语话，须臾之间，五嫂则至。罗绮缤纷，丹青昤晔。裙前麝散，髻后龙盘。珠绳络翠衫，金薄涂丹履。余乃咏曰："奇异妍雅，貌特惊新。眉间月出疑争夜，颊上华开似斗春。细腰偏爱转，笑脸特宜嚬。真成物外奇稀物，实是人间断绝人。自然能举止，可念无比方。能令公子百重生,巧使王孙千回死。黑云裁两鬓,白雪分双齿。织成锦袖麒麟儿,刺绣裙腰鹦鹉子。触处尽开怀,何曾有不佳!机关太雅妙,行步绝娃婶。傍人一一丹罗袜,侍婢三三绿线鞋。黄龙透入黄金钏,白燕飞来白玉钗。"

相见既毕,五嫂曰:"少府跋涉山川,深疲道路,行途届此,不及伤神。"下官答曰:"俛仰王事,岂敢辞劳!"五嫂回头笑向十娘曰:"朝闻乌鹊语,真成好客来。"下官曰:"昨夜眼皮瞤,今朝见好人。"即相随上堂。珠玉惊心,金银曜眼。五彩龙须席,银绣缘边毡;八尺象牙床,绯绫帖荐褥。车渠等宝,俱映优昙之花;玛瑙真珠,并贯颇梨之线。文柏榻子,俱写豹头;兰草灯心,并烧鱼脑。管弦寥亮,分张北户之间;杯盏交横,列坐南窗之下。各自相让,俱不肯先坐。仆曰:"十娘主人,下官是客。请主人先坐。"五嫂为人饶剧,掩口而笑曰:"娘子既是主人母,少府须作主人公。"下官曰:"仆是何人,敢当此事!"十娘曰:"五嫂向来戏语,少府何须漫怕!"下官答曰:"必其不免,只须身当。"五嫂笑曰:"只恐张郎不能禁此事。"众人皆大笑。

一时俱坐。即唤香儿取酒。俄尔中间,擎一大钵,可受三升已来,金钗铜环,金盏银杯,江螺海蚌;竹根细眼,树瘿蝎唇;九曲酒池,十盛饮器,觞则兕觥犀角,厎厎然置于座中,杓则鹅项鸭头,泛泛焉浮于酒上。遣小婢细辛酌酒,并不肯先提。五嫂曰:"张郎门下贱客,必不肯先提。娘子径须把取。"十娘则斜眼佯瞋曰:"少府初到此间,五嫂会些频频相弄!"五嫂曰:"娘子把酒莫瞋,新妇更亦不敢。"酒巡到下官,饮乃不尽。五嫂曰:"胡为不尽？"下官答曰："性饮不多，恐为颠沛。"五嫂骂曰："何由叵耐！女婿是妇家狗，打杀无文；终须倾使尽，莫漫造众诸！"十娘谓五嫂曰："向来正首病发耶？"五嫂起谢曰："新妇错大罪过。"因回头熟视下官曰："新妇细见人多矣，无如少府公者；少府公乃是仙才，本非凡俗。"下官起谢曰："昔卓王之女，闻琴识相如之器量；山涛之妻，凿壁知阮籍为贤人。诚如所言，不敢望德。"十娘曰："遣绿竹取琵琶弹，儿与少府公送酒。"琵琶入手，未弹中间，仆乃咏曰："心虚不可测，眼细强关情。回身已入抱，不见有娇声。"十娘应声即咏曰："怜肠忽欲断，忆眼已先开。渠未相撩拨，娇从何处来？"下官当见此诗，心胆俱碎。下床起谢曰："向来唯睹十娘面，如今始见十娘心；足使班婕好扶轮，曹大家阁笔，岂可同年而语，共代而论哉！"请索笔砚，抄写置于怀袖。

抄诗讫，十娘弄曰："少府公非但词句妙绝，亦自能书；笔似青鸾，人同白鹤。"下官曰："十娘非直才情，实能吟咏；谁知玉貌，恰有金声。"十娘曰："儿近来患嗽，声音不彻。"下官答曰："仆近来患手，笔墨未调。"五嫂笑曰："娘子不是故夸，张郎复能应答。"十娘来语五嫂曰："向来纯当漫剧，元来无次第，请五嫂当作酒章。"五嫂答曰："奉命不敢，则从娘子；不是赋古诗云，断章取意，唯须得情，若不惬当，罪有科罚。"十娘即遵命曰："关关雎鸠，在河之洲。窈窕淑女，君子好逑。"次，下官曰："南有樛木，不可休息。汉有游女，不可求思。"五嫂曰："折薪如之何？匪斧不克。娶妻如之何？匪媒不得。"又次，五嫂曰："不见复关，泣涕涟涟。及见复关，载笑载言。"次，十娘曰："女也不爽，士二其行。士也罔极，二三其德。"次，下官曰："榖则异室，死则同穴；谓余不信，有如皦日。"五嫂笑曰："张郎心专，赋诗大有道理。俗谚曰：'心欲专，凿石穿。'诚能思之，何远之有！"其时，绿竹弹筝。五嫂咏筝曰："天生素面能留客，发意关情并在渠。莫怪向者频声战，良由得伴乍心虚。"十娘曰："五嫂咏筝，儿咏尺八：'眼多本自令渠爱，口少元来每被侵。无事风声彻他耳，教人气满自填心。'"下官又谢曰："尽善尽美，无处不佳，此是下愚，预闻高唱。"

少时，桂心将下酒物来：东海鲻条，西山凤脯；鹿尾鹿舌，干鱼炙鱼；雁醢荇菹，鹑臘桂糁；熊掌兔髀，雉臇豻唇。百味五辛，谈之不能尽，说之不能穷。十娘曰："少府亦应太饥。"唤桂心盛饭。下官曰："向来眼饱，不觉身饥。"十娘笑曰："莫相弄！且取双六局来，共少府公赌酒。"仆答曰："下官不能赌酒，共娘子赌宿。"十娘问曰："若为赌宿？"余答曰："十娘输筹，则共下官卧一宿；下官输筹，则共十娘卧一宿。"十娘笑曰："汉骑驴则胡步行，胡步行则汉骑驴；总悉输他便点。儿递换作，少府公太能生。"五嫂曰："新妇报娘子：不须赌来赌去，今夜定知娘子不免。"十娘曰："五嫂时时漫语，浪与少府作消息。"下官起谢曰："元来知剧，未敢承望。"局至。十娘引手向前，眼子盱䁠，手子腽脂；一双臂腕，切我肝肠；十个指头，刺人心髓。下官因咏局曰："眼似星初转，眉如月欲消。先须捻后脚，然后勒前腰。"十娘则咏曰："勒腰须巧快，捻脚更风流。但令细眼合，人自分输筹。"

须臾之间，有一婢名琴心，亦有姿首，到下官处，时复偷眼看；十娘欲似不快。五嫂大语瞋曰："知足不辱，人生有限。娘子欲似皱眉，张郎不须斜眼。"十娘佯作色瞋曰："少府关儿何事，五嫂频频相恼！"五嫂曰："娘子向来频盼少府，若非情想有所交通，何因眼脉朝来顿引？"十娘曰："五嫂自隐心偏，儿复何会眼引！"五嫂曰："娘子不能，新妇自取。"十娘答曰："自问少府，儿亦不知。"五嫂遂咏曰："新华发两树，分香遍一林；迎风转细影，向日动轻阴。戏蜂时隐见，飞蝶远追寻；承闻欲采摘，若个动君心？"下官谓："为性贪多，欲两华俱采。"五嫂答曰："暂游双树下，遥见两枝芳；向日俱翻影，迎风并散香。戏蝶扶丹萼，游蜂入紫房；人今总摘取，各著一边厢。"五嫂曰："张郎太贪生，一箭射两垛。"十娘则谓曰："遮三不得一，觅两都卢失。"五嫂曰："娘子莫分疏，兔入狗突里，知复欲何如！"下官即起谢曰："乞浆得酒，旧来伸口，打兔得獐，非意所望。"十娘曰："五嫂如许大人，专拟调合此事。少府谓言儿是九泉下人，明日在外处，谈道儿一钱不直。"下官答曰："向来承颜色，神气顿尽；又见清谈，心胆俱碎。岂敢在外谈说，妄事加诸？忝预人流，宁容如此！伏愿欢乐尽情，死无所恨。"

少时，饮食俱到。薰香满室，赤白兼前：穷海陆之珍羞，备川原之果菜；肉则龙肝凤髓，酒则玉醴琼浆；城南雀噪之禾，江上蝉鸣之稻；鸡臗雉臇，鳖醢鹑羹；椹下肥肫，荷间细鲤；鹅子鸭卵，照曜于银盘；麟脯豹胎，纷纶于玉叠；熊腥纯白，蟹酱纯黄；鲜鲙共红缕争辉，冷肝与青丝乱色；蒲桃甘蔗，橘枣石榴；河东紫盐,岭南丹橘;敦煌八子柰,青门五色瓜;太谷张公之梨,房陵朱仲之李;东王公之仙桂,西王母之神桃;南燕牛乳之椒,北赵鸡心之枣,千名万种,不可具论。下官起谢曰:"予与夫人娘子,本不相识,暂缘公使,邂逅相遇。玉馔珍奇,非常厚重,粉身灰骨,不能酬谢。"五嫂曰:"亲则不谢,谢则不亲。幸愿张郎,莫为形迹。"下官答曰:"既奉恩命,不敢辞逊。"当此之时,气便欲绝,不觉转眼,时复偷看十娘。十娘曰:"少府莫看儿!"五嫂曰:"还相弄!"下官咏曰:"忽然心里爱,不觉眼中怜。未关双眼曲,直是寸心偏。"十娘咏曰:"眼心非一处,心眼旧分离。直令渠眼见,谁遣报心知!"下官咏曰:"旧来心使眼,心思眼即传。由心使眼见,眼亦共心怜。"十娘咏曰:"眼心俱忆念,心眼共追寻。谁家解事眼,副着可怜心?"于时五嫂遂向果子上作机警曰:"但问意如何,相知不在枣。"十娘曰:"儿今正意密,不忍即分梨。"下官曰:"勿遏深恩,一生有杏。"五嫂曰:"当此之时,谁能忍耐。"十娘曰:"暂借少府刀子割梨。"下官咏刀子曰:"自怜胶漆重,相思意不穷。可惜尖头物,终日在皮中。"十娘咏鞘曰:"数捺皮应缓,频磨快转多。渠今拔出后,空鞘欲如何!"五嫂曰:"向来渐渐入深也。"

即索棋局,共少府赌酒。下官得胜。五嫂曰:"围棋出于智慧,张郎亦复太能。"下官曰:"智者千虑,必有一失;愚者千虑,亦有一得。且休却。"五嫂曰:"何为即休?"下官咏曰:"向来知道径,生平不忍欺。但令守行迹,何用数围棋!"五嫂咏曰:"娘子为性好围棋,逢人剧戏不寻思。气欲断绝先挑眼,既得速罢即须迟。"十娘见五嫂频弄,佯瞋不笑。余咏曰:"千金此处有,一笑待渠为。不望全露齿,请为暂噸眉。"十娘咏曰:"双眉碎客胆,两眼判君心。谁能用一笑,贱价买千金。"当时有一破铜熨斗在于床侧,十娘忽咏曰:"旧来心肚热,无端强熨他。即今形势冷,谁肯重相磨!"下官咏曰:"若冷头面在,生平不熨空。即今虽冷恶,人自觅残铜。"众人皆笑。

十娘唤香儿为少府设乐,金石并奏,箫管间响:苏合弹琵琶,绿竹吹筚篥;仙人鼓瑟,玉女吹笙。玄鹤俯而听琴,白鱼跃而应节。清音叩咷,片时则梁上尘飞;雅韵铿锵,卒尔则天边雪落。一时忘味,孔丘留滞不虚;三日绕梁,韩娥余音是实。十娘曰:"少府稀来,岂不尽乐!五嫂大能作舞,且劝作一曲。"亦不辞惮。遂即逶迤而起,婀娜徐行。虫蛆面子,妒杀阳城;蚕贼容仪,迷伤下蔡。举手顿足,雅合宫商;顾后窥前,深知曲节。欲似蟠龙宛转,野鹄低昂。回面则日照莲花,翻身则风吹弱柳。斜眉盗盼,异种嫱姑;缓步急行,穷奇造凿。罗衣熠耀,似彩凤之翔云;锦袖纷披,若青鸾之映水。千娇眼子,天上失其流星;一搦腰支,洛浦愧其回雪。光前艳后,难遇难逢;进退去来,希闻希见。两人俱起舞,共劝下官。下官遂作而谢曰:"沧海之中难为水,霹雳之后难为雷;不敢推辞,定为丑拙。"遂起作舞。桂心哐哐然低头而笑。十娘问曰:"笑何事?"桂心曰:"笑儿等能作音声。"十娘曰:"何处有能?"答曰:"若其不能,何因百兽率舞?"下官笑曰:"不是百兽率舞,乃是凤凰来仪。"一时大笑。五嫂谓桂心曰:"莫令曲误!张郎频顾。"桂心曰:"不辞歌者苦,但伤知音稀。"下官曰:"路逢西施,何必须识!"遂舞,著词曰:"从来巡绕四边,忽逢两个神仙。眉上冬天出柳,颊中旱地生莲。千看千处妩媚,万看万处嫶妍。今宵若其不得,剩命过与黄泉。"又一时大笑。

舞毕,因谢曰:"仆实庸才,得陪清赏,赐垂音乐,惭荷不胜。"十娘咏曰:"得意似鸳鸯,情乖若胡越。不向君边尽,更知何处歇!"十娘曰:"儿等并无可收采,少府公云'冬天出柳,旱地生莲',总是相弄也。"下官答曰:"十娘面上非春,翻生柳叶。"十娘应声曰:"少府头中有水,那不生莲华?"下官笑曰:"十娘机警,异同着便。"十娘答曰:"得便不能与,明年知有何处。"于时砚在床头,下官因咏笔砚曰:"摧毛任便点,爱色转须磨。所以研难竟,良由水太多。"十娘忽见鸭头铛子,因咏曰:"嘴长非为嗍,项曲不由攀。但令脚直上,他自眼双翻。"五嫂曰:"向来大大不逊,渐渐深入也。"于时乃有双燕子,梁间相逐飞。仆因咏曰:"双燕子,联翩几万回。强知人是客,方便恼他来。"十娘咏曰:"双燕子,可可事风流。即令人得伴,更亦不相求。"酒巡到十娘,下官咏酒杓子曰:"尾动惟须急,头低则不平。渠今合把爵,深浅任君情。"十娘咏盏曰:"发初先向口,欲竟渐伸头。从君中道歇,到底即须休。"下官欻然而起谢曰:"十娘词句,事尽入神;乃是天生,不关人学。"五嫂曰:"张郎新到,无可散情,且游后园,暂适怀抱。"

其时园内:杂果万株,含青吐绿;丛花四照,散紫翻红。激石鸣泉,疏岩凿磴。无冬无夏,娇莺乱于锦枝;非古非今,花鲂跃于银池。婀娜蓊茸,清冷飕飗;鹅鸭分飞,芙蓉间出;大竹小竹，夸渭南之千亩；花合花开，笑河阳之一县；青青岸柳，丝条拂于武昌；赫赫山杨，箭干稠于董泽。余乃咏花曰："风吹遍树紫，日照满池丹。若为交暂折，擎就掌中看。"十娘咏曰："映水俱知笑，成蹊竟不言。即今无自在，高下任渠攀。"下官即起谢曰："君子不出游言，意言不胜再；娘子恩深，请五嫂等各制一篇。"下官咏曰："昔时过小苑，今朝戏后园。两岁梅花匝，三春柳色繁。水明鱼影静，林翠鸟歌喧。何须杏树岭，即是桃花源。"十娘咏曰："梅蹊命道士，桃涧伫神仙。旧鱼成大剑，新龟类小钱。水湄唯见柳，池曲且生莲。欲知赏心处，桃花落眼前。"五嫂咏曰："极目游芳苑，相将对花林。露净山光出，池鲜树影沉。落花时泛酒，歌鸟感鸣琴。是时日将夕，携樽就树阴。"当时，树上忽有一李子落下官怀中。下官咏曰："问李树：如何意不同？应来主手里，翻入客怀中？"五嫂则报诗曰："李树子，元来不是偏。巧知娘子意，掷果到渠边。"于时，忽有一蜂子飞上十娘面上。十娘咏曰："问蜂子：蜂子太无情，飞来蹈人面，欲似意相轻？"下官代蜂子答曰："触处寻芳树，都卢少物华。试从香处觅，正值可怜花。"众人皆抚掌而笑。其时，园中忽有一雉，下官命弓箭射之，应弦而倒。五嫂笑曰："张郎才器，乃是曹植天然，今见武功，又复子南夫也。今共娘子相配，天下惟有两人耳。"十娘因见射雉，咏曰："大夫巡麦陇，处子习桑间。若非由一箭，谁能为解颜。"仆答曰："心绪恰相当，谁能护短长。一床无两好，半丑亦何妨。"五嫂曰："张郎射长垛如何？"仆答曰："且得不阙事而已。"遂射之，三发皆绕遮齐，众人称好。十娘咏弓曰："平生好须弩,得挽则低头。闻君把提快,再乞五三筹。"下官答曰:"缩干全不到,抬头则大过。若令脐下入,百放故筹多。"

于时,日落西渊,月临东渚。五嫂曰:"向来调谑,无处不佳,时既曛黄,且还房室,庶张郎共娘子安置。"十娘曰:"人生相见,且论杯酒,房中小小,何暇匆匆。"遂引少府向十娘卧处:屏风十二扇,画障五三张,两头安彩幔,四角垂香囊;槟榔豆蔻子,苏合绿沉香,织文安枕席,乱彩叠衣箱;相随入房里,纵横照罗绮,莲花起镜台,翡翠生金履;帐口银疽装,床头玉狮子,十重蛮驱毡,八叠鸳鸯被;数个袍袴,异种妖嬬;姿质天生有,风流本性饶;红衫窄裹小撷臂,绿袂帖乱细缠腰;时将帛子拂,还投和香烧;妍华天性足,由来能装束;敛笑正金钗,含娇累绣襦;梁家安称梳发缓,京兆何曾画眉曲。

十娘因在后,沉吟久不来。余问五嫂曰:"十娘何处去,应有别人邀?"五嫂曰:"女人羞自嫁,方便待渠招。"言语未毕,十娘则到。仆问曰:"旦来披雾,香处寻花,忽遇狂风,莲中失藕;十娘何处漫行来?"十娘回头笑曰:"星留织女,遂处人间;月待姮娥,暂归天上。少府何须苦相怪!"

于时两人对坐,未敢相触,夜深情急,透死忘生。仆乃咏曰:"千看千意密,一见一怜深。但当把手子,寸斩亦甘心。"十娘敛色却行。五嫂咏曰:"他家解事在,未肯辄相瞋。径须刚捉着,遮莫造精神。"余时把着手子,忍心不得。又咏曰:"千思千肠热,一念一心焦。若为求守得,暂借可怜腰。"十娘又不肯,余捉手挽,两人争力。五嫂咏曰:"巧将衣障口,能用被遮身。定知心肯在,方便故邀人。"十娘失声成笑,婉转入怀中。当时腹里颠狂,心中沸乱。又咏曰:"腰支一遇勒,心中百处伤。但若得口子,余事不承望。"十娘嗔咏曰:"手子从君把,腰支亦任回。人家不中物,渐渐逼他来。"十娘曰:"虽作拒张,又不免输他口子。"口子郁郁,鼻似薰穿;舌子芬芳,颊疑钻破。五嫂咏曰:"自隐风流到,人前法用多。计时应拒得,佯作不禁他。"十娘曰:"昔日曾经自弄他,今朝并悉从人弄。"下官起,谘请曰:"十娘有一思事,亦拟申论,犹自不敢即道,请五嫂处分。"五嫂曰:"但道,不须避讳。"余因咏曰:"药草俱尝遍,并悉不相宜。惟须一个物,不道自应知。"十娘答咏曰:"素手曾经捉,纤腰又被将。即今输口子,余事可平章。"下官敛手而答曰:"向来惶惑,实畏参差;十娘怜愍客人,存其死命,可谓白骨再肉,枯树重花。伏地叩头,殷勤死罪。"五嫂因起谢曰:"新妇曾闻:线因针而达,不因针而缀;女因媒而嫁,不因媒而亲。新妇向来专心为勾当,以后之事,不敢预知;娘子安稳,新妇向房卧去也。"

于时夜久更深,情急意密。鱼灯四面照,蜡烛两边明。十娘即唤桂心,并呼芍药,与少府脱靴履,叠袍衣,阁幞头,挂腰带。然后自与十娘施绫帔,解罗裙,脱红衫,去绿袜。花容满目,香风裂鼻。心去无人制,情来不自禁。插手红裤,交脚翠被。两唇对口,一臂枕头,拍搦奶房间,摩挲髀子上,一吃一意快,一勒一伤心,鼻里酸痹,心中结缭;少时眼花耳热,脉胀筋舒,始知难逢难见,可贵可重。俄顷中间,数回相接。谁知可憎病鹊,夜半惊人;薄媚狂鸡,三更唱晓。遂则披衣对坐,泣泪相看。下官拭泪而言曰:"所恨别易会难,去留乖隔,王事有限,不敢稽停;每一寻思,痛深骨髓。"十娘曰:"儿与少府,平生未展,邂逅新交,未尽欢娱,忽嗟别离,人生聚散,知复如何!"因咏曰:"元来不相识,判自断知闻。天公强多事,今遣若为分。"仆乃咏曰:"积愁肠已断,悬望眼应穿。今宵莫闭户,梦里向渠边。"

少时,天晓已后,两人俱泣,心中哽咽,不能自胜。侍婢数人,并皆歔欷,不能仰视。五嫂曰:"有同必异,自昔攸然;乐尽哀生,古来常事。愿娘子稍自割舍。"下官乃将衣袖与娘子拭泪。十娘乃作别诗曰:"别时终是别,春心不值春。羞见孤鸾影,悲看一骑尘。翠柳开眉色,红桃乱脸新。此时君不在,娇莺弄杀人。"五嫂咏曰:"此时经一去,谁知隔几年!双凫伤别绪,独鹤惨离弦。怨起移醒后,愁生落醉前。若使人心密,莫惜马蹄穿。"下官咏曰:"忽然闻道别,愁来不自禁。眼下千行泪,肠悬一寸心。两剑俄分匣,双凫忽异林。殷勤惜玉体,勿使外人侵。"十娘小名"琼英",下官因咏曰:"卞和山未斫,羊雍地不耕。自怜无玉子,何日见琼英?"十娘应声咏曰:"凤锦行须赠,龙梭久绝声。自恨无机杼,何日见文成?"下官瞿然,破愁成笑。遂唤奴曲琴,取"相思枕"留与十娘,以为记念。因咏曰:"南国传椰子,东家赋石榴。聊将代左腕,长夜枕渠头。"十娘报以双履,报诗曰:"双凫乍失伴,两燕还相属。聊以当儿心,竟日承君足。"下官又遣曲琴取"扬州青铜镜",留与十娘。并赠诗曰:"仙人好负局,隐士屡潜观。映水菱光散,临风竹影寒。月下时惊鹊,池边独舞鸾。若道人心变,从渠照胆看。"十娘又赠手中扇,咏曰:

"合欢游璧水，同心侍华阙。飒飒似朝风，团团如夜月。鸾姿侵雾起，鹤影排空发。希君掌中握，勿使恩情歇。"下官辞谢讫，因遣左右取"益州新样锦"一匹直奉五嫂，因赠诗曰："今留片子信，可以赠佳期。裁为八幅被，时复一相思。"五嫂遂抽金钗送张郎，因报诗曰："儿今赠君别，情知后会难。莫言钗意小，可以挂渠冠。"更取"滑州小绫子"一匹，留与桂心、香儿数人共分。桂心已下，或脱银钗，落金钏，解帛子，施罗巾，皆自送张郎曰："好去。若因行李，时复相过。"香儿因咏曰："大夫存行迹，殷勤为数来。莫作浮萍草，逐浪不知回！"下官拭泪而言曰："犬马何识，尚解伤离，鸟兽无情，由知怨别；心非木石，岂忘深恩！"十娘报诗曰："他道愁胜死，儿言死胜愁。愁来百处痛，死去一时休。"又咏曰："他道愁胜死，儿言死胜愁。日夜悬心忆，知隔几年秋。"下官咏曰："人去悠悠隔两天，未审迢迢度几年？纵使身游万里外，终归意在十娘边。"十娘咏曰："天涯地角知何处，玉体红颜难再遇！但令翅羽为人生，会些高飞共君去。"下官不忍相看，忽把十娘手子而别。

行至二三里，回头看数人，犹在旧处立。余时渐渐去远，声沉影灭，顾瞻不见，恻怆而去。行到山口，浮舟而过。夜耿耿而不寐，心茕茕而靡托，既怅恨于啼猿，又凄伤于别鹄。饮气吞声，天道人情；有别必怨，有怨必盈。去日一何短！来宵一何长！比目绝对，双凫失伴。日日衣宽，朝朝带缓。口上唇裂，胸间气满；泪脸千行，愁肠寸断。端坐横琴，涕血流襟，千思竞起，百虑交侵，独颦眉而永结，空抱膝而长吟。望神仙兮不可见，普天地兮知余心。思神仙兮不可得，觅十娘兮断知闻。欲闻此兮肠亦乱，更见此兮恼余心。

◆ ◆ ◆

按张文成《游仙窟》一卷，唐时流传日本。书凡数刻，中土向无传本。河世宁曾据之以补《全唐诗》，杨守敬始著录于《日本访书志》。治唐稗者，始稍稍称焉。余旧藏钞本，卷首有"平等阁"及"忠州李士棻随身书卷"二印记；卷尾有"壬午三月，借遵义黎氏影写本，重校"小字一行，乃知此本为芋仙旧藏。芋仙与纯斋有缟纻之雅。黎氏在日本，刻《古逸丛书》，尝以初印本寄李，李累索之，不以为贪。则此本原钞，或即出诸黎氏，未可知也。原钞卷首，题宁州襄乐县尉张文成作。世因定为唐张鷟所撰。鷟，字文成。深州陆泽人。两《唐书》并附见《张荐传》。鷟儿时，梦紫文鸑鷟，其祖谓是儿当以文章瑞朝廷，因以为名字。调露初，登进士第，授岐王府参军。八举皆登甲科，大有文誉。调长安尉，迁鸿胪丞。凡四参选，判策为铨府之最。员半千谓人曰："张子之文，如青钱万选万中。"时目为"青钱学士"。然性褊躁，不持士行。姚崇甚薄之。开元初，御史李全交劾鷟讪短时政，贬岭南。旋得内徙，入为司门员外郎。卒。鷟下笔敏速，言颇诙谐，大行于时，后进莫不传记。新罗、日本、东夷诸番，尤重其文。每遣使入朝，必出重金贝，以购其文。惟浮艳少理致，论著亦率诋诮芜秽。(以上摘两《唐书》本传)《大唐新语》亦称鹭后转洛阳尉。故有《咏燕诗》。其末章云:"变石身犹重,衔泥力尚微。从来赴甲第,两起一双飞。"时人无不讽咏云云。今鹭书之传于今者,有《龙筋凤髓判》及《朝野佥载》。而《游仙窟》一卷无传,其目亦不见史志及诸家著录。然据两《唐书》,既称日本、新罗争传其文,而《新语》《咏燕》与《龙筋凤髓》之作,浮艳鄙倍,与此篇辞旨,正复相同。据此,则《游仙窟》之出于张鹭,当非伪造也。惟宁州襄乐县尉结衔,两《唐书》无可考。著作署字,古人虽有常道将《华阳国志》之例,亦非习见。虽异国流传,不无歧异;然征诸史籍,不能无疑。然自此以见以俪语为传奇,其渊源固有自也。

又按《游仙窟》不传于中国,至日本人推重其书,则自唐以来,迄今弗衰,故文学蒙其影响。其流传日本之年岁可考者:据庆安五年(清顺治九年)刻本,前有文保三年(元延祐六年)文章生英房序,有"嵯峨天皇书卷之中,撰得《游仙窟》"之语。日本嵯峨天皇,当唐元和、长庆间,则是中唐时此书已流传日本矣。惟日本最古之《万叶集》卷四,有大伴家持《赠坂上大娘歌》十五首,辞意多与此书相同。后人评论,如契冲阿阇梨,遂断为出于《游仙窟》。前乎此者,尚在山上忆良《沉疴自哀文》亦引《游仙窟》云:"九泉下人,一钱不值。"山上在圣武天皇天平之世,此文为山上末年之作,正当唐开元二十一年。是此书于开元张鹭尚在之时,即已传至日本,又早于嵯峨天皇八十余年。此征诸《万叶集》可信者也。窃意张氏此书,当为早年一时兴到之作。

当时有无寓意，今不可知。惟日本当赵宋南渡之时，有西行法师传钞之《唐物语》一书，其第九章述及《游仙窟》本事，定为张文成爱慕武则天而作。平康赖《宝物集》卷四亦云："则天皇后，高宗之后也。遇好色者张文成，得《游仙窟》之文。所谓'可憎病鹊，夜半惊人'，即指当时之事也。"云云。日人幸田露伴著《蜗牛庵夜谈》，颇疑此为莲花六郎之传讹，因易之、昌宗姓张，而二人之父为张行成。（按易之、昌宗为张行成之族孙，非其父也。易之父，名希臧。见两《唐书》。）文成恰有《游仙窟》之文，遂牵合而有此一段传说。固不足深信者也。至其书辞旨浅鄙，文气卑下，了无足取。惟唐人口语，尚赖此略存。日本当朱雀天皇承平、天庆中（朱雀天皇，后唐长兴二年立），源顺奉醍醐天皇第四公主勤子内亲王之命，撰集《倭名类聚钞》二十卷，杂引《尚书》《诗》《礼》《尔雅》《说文》《方言》《释名》《广雅》《玉篇》《唐韵》《史》《汉》《白虎通》《山海经》《文选》《本草》《兼名苑》《辨色立成》《杨氏汉语钞》《四声字苑》诸书，而《游仙窟》亦引用在内。则日人于欣赏文艺之余，又兼取其名物有裨考订者也。唐人著述，日就湮没。此书虽为猥琐之小记，治唐稗者，要未能废，其名物见采于源顺书中者，今据元和三年（后水尾天皇年号，当明万历四十五年）那波道圆活字本《倭名类聚钞》，逐条摘录于下。俾未见源顺书者，得览观焉。

穷鬼　《游仙窟》云："穷鬼。"（师说伊歧须大万）——《鬼魅类》第十七

古老　《游仙窟》云："古老。"（和名于歧奈比止）今按云古老，又一云，老旧。一云，《日本纪》云老宿。——《老幼类》第十九

颜面　《四声字苑》云："颜（五奸反，训与面同），眉目间也。"《游仙窟》云："面子。"（师说加保波世，一云加保豆歧。）——《头面类》第三十

眼皮　《游仙窟》云："眼皮。"（师说万比歧，一说万奈古井。）——《耳目类》第三十一

眦　《广雅》云："眦（在诣反，又才赐反，和名万奈之利），目裂也。"《游仙窟》云："眼尾。"（师说训同上）——《耳目类》第三十一

腰　《说文》云："腰（于宵反，或作腰，和名古之），身中也。"《游仙窟》云："细细腰支。"（师说古之波势）——《身体类》第三十四

手子　《游仙窟》云："手子。"（师说云："太奈须惠。"）——《手足类》第三十八

牙床　《游仙窟》云："六尺象牙床。"（《杨氏汉语抄》云："牙床久礼度古。"）——《坐卧具类》第百八十八

筵　《说文》云："筵（音延，和名无之吕），竹席也。"《游仙窟》云："五彩龙须筵。"（今按俗又有九蝶筵依文名之）《唐式》云："席（音与藉同，训同上），荐席也。"——《坐卧具类》第百八十八

垒子　《唐韵》云："饭碗羹碗垒子各一。"（《杨氏汉语抄》云：

"垒子宇流之沼利乃佐良。")《游仙窟》云:"麟脯豹胎,纷纶于玉垒。"(今按以玉为垒子也)——《漆器类》第二百二

鱼条　《游仙窟》云:"东海鲻条。"(鱼条,读须波夜利。《本朝式》云楚割。)——《鱼鸟类》第二百十二

雉脯　《游仙窟》云:"西山凤脯。"(音甫。师说保之止利。俗用干鸟二字。)——《鱼鸟类》第二百十二

臎　《游仙窟》云:"雉臎。"(音翠。师说比太礼。)《说文》云:"臎(今按如许慎说者,俗所谓阿布良之利是),鸟尾肉也。"——《羽族类》第二百三十二

鲻　孙愐《切韵》云:"鲻(侧持反),鱼名也。"《游仙窟》云:"东海鲻条。"(鲻读奈与之。)——《龙鱼类》第二百三十六

枕中记

沈既济 撰

据《文苑英华》校录

开元七年,道士有吕翁者,得神仙术,行邯郸道中,息邸舍,摄帽弛带,隐囊而坐。俄见旅中少年,乃卢生也。衣短褐,乘青驹,将适于田,亦止于邸中,与翁共席而坐,言笑殊畅。久之,卢生顾其衣装敝亵,乃长叹息曰:"大丈夫生世不谐,困如是也!"翁曰:"观子形体,无苦无恙,谈谐方适,而叹其困者,何也?"生曰:"吾此苟生耳。何适之谓?"翁曰:"此不谓适,而何谓适?"答曰:"士之生世,当建功树名,出将入相,列鼎而食,选声而听,使族益昌而家益肥,然后可以言适乎?吾尝志于学,富于游艺,自惟当年青紫可拾。今已适壮,犹勤畎亩,非困而何?"言讫,而目昏思寐。时主人方蒸黍。翁乃探囊中枕以授之,曰:"子枕吾枕,当令子荣适如志。"

其枕青瓷,而窍其两端。生俯首就之,见其窍渐大,明朗,乃举身而入,遂至其家。数月,娶清河崔氏女。女容甚丽,生资愈厚。生大悦,由是衣装服驭,日益鲜盛。明年,举进士登第,释褐秘校;应制,转渭南尉;俄迁监察御史,转起居舍人,知制诰。三载，出典同州，迁陕牧。生性好土功，自陕西凿河八十里，以济不通。邦人利之，刻石纪德。移节汴州，领河南道采访使，征为京兆尹。是岁，神武皇帝方事戎狄，恢宏土宇。会吐蕃悉抹逻及烛龙莽布支攻陷瓜沙，而节度使王君㚟新被杀，河湟震动。帝思将帅之才，遂除生御史中丞，河西道节度。大破戎虏，斩首七千级，开地九百里，筑三大城以遮要害。边人立石于居延山以颂之。归朝册勋，恩礼极盛。转吏部侍郎，迁户部尚书兼御史大夫。时望清重，群情翕习。大为时宰所忌，以飞语中之，贬为端州刺史。

三年，征为常侍。未几，同中书门下平章事。与萧中令嵩、裴侍中光庭同执大政十余年，嘉谟密令，一日三接，献替启沃，号为贤相。同列害之，复诬与边将交结，所图不轨。制下狱。府吏引从至其门而急收之。生惶骇不测，谓妻子曰："吾家山东，有良田五顷，足以御寒馁，何苦求禄，而今及此。思衣短褐，乘青驹，行邯郸道中，不可得也。"引刃自刎。其妻救之，获免。其罹者皆死，独生为中官保之，减罪死，投驩州。

数年，帝知冤，复追为中书令，封燕国公，恩旨殊异。生五子：曰俭，曰传，曰位，曰倜，曰倚，皆有才器。俭进士登第，为考功员外；传为侍御史；位为太常丞；倜为万年尉；倚最贤，年二十八，为左襄。其姻媾皆天下望族，有孙十余人。两窜荒徼，再登台铉，出入中外，徊翔台阁，五十余年，崇盛赫奕。性颇奢荡，甚好佚乐，后庭声色，皆第一绮丽。前后赐良田、甲第、佳人、名马，不可胜数。

后年渐衰迈，屡乞骸骨，不许。病，中人候问，相踵于道，名医上药，无不至焉。将殁，上疏曰："臣本山东诸生，以田圃为娱。偶逢圣运，得列官叙。过蒙殊奖，特秩鸿私，出拥节旄，入升台辅。周旋中外，绵历岁时。有忝天恩，无裨圣化。负乘贻寇，履薄增忧，日惧一日，不知老至。今年逾八十，位极三事，钟漏并歇，筋骸俱耄，弥留沉顿，待时益尽。顾无成效，上答休明，空负深恩，永辞圣代。无任感恋之至。谨奉表陈谢。"诏曰："卿以俊德，作朕元辅。出拥藩翰，入赞雍熙。升平二纪，实卿所赖。比婴疾疹，日谓痊平。岂斯沉痼，良用悯恻。今令骠骑大将军高力士就第候省。其勉加针石，为予自爱。犹冀无妄，期于有瘳。"是夕，薨。

卢生欠伸而悟，见其身方偃于邸舍，吕翁坐其傍，主人蒸黍未熟，触类如故。生蹶然而兴，曰："岂其梦寐也?"翁谓生曰："人生之适，亦如是矣。"生怃然良久，谢曰："夫宠辱之道，穷达之运，得丧之理，死生之情，尽知之矣。此先生所以窒吾欲也，敢不受教。"稽首再拜而去。

◆◆◆

按沈氏此文，唐时已收入陈翰所编之《异闻集》。《太平广记》八十二，即据《异闻集》录入，而题为《吕翁》者也。《异闻集》今已亡佚。据《郡斋读书志》"以传记所载唐朝奇怪事类为一书"之语推之，则其书亦汇集一时通行之散篇传奇，犹后世《广记》《类说》之类。故字句间时有典窜，与他本互见者迥异。本篇据《文苑英华》校录，与《广记》采自《异闻集》者，颇有异同。如此篇主人方蒸黍句，《广记》作主人蒸黄粱为馔。后世相传之黄粱梦一语，即本《广记》。明人汤显祖作《邯郸记》剧本，传诵一时，其事益显。颇疑《文苑英华》所载，或犹是唐代通行之古本；而《广记》所采自《异闻集》者，殆经陈翰改订者也。

又按唐时佛道思想，遍播士流，故文学受其感化，篇什尤多。本文于短梦中忽历一生，其间荣悴悲欢，刹那而尽；转念尘世实境，等类齐观。出世之想，不觉自生。影响所及，逾于《庄》《列》矣。惟造意制辞，实本宋刘义庆《幽明录》所记杨林一事；而唐人所记之《樱桃青衣》（《广记》二百八十一引，不载出处），与李公佐之《南柯太守记》，皆与此篇命意相同。今《南柯太守传》既已别录，而《杨林》《樱桃青衣》二事，与此篇情节正同。附录于下，以便互参。

《太平广记》二百八十三引《幽明录》云：

宋世焦湖庙有一柏枕，或云玉枕，枕有小坼。时单父县人杨林为贾客，至庙祈求。庙巫谓曰："君欲好婚否？"林曰："幸甚。"巫即遣林近枕边，因入坼中，遂见朱楼琼室，有赵太尉在其中。即嫁女与林，生六子，皆为秘书郎。历数十年，并无思归之志。忽如梦觉，犹在枕旁。林怆然久之。（按《太平寰宇记》亦引此则，作干宝《搜神记》。今本《搜神记》无此条，当从《广记》为是。）

《太平广记》二百八十一《樱桃青衣》一条云：

天宝初有范阳卢子，在都应举，频年不第，渐窘迫。尝暮乘驴游行，见一精舍中有僧开讲，听徒甚众。卢子方诣讲筵，倦寝。梦至精舍门，见一青衣携一篮樱桃在下坐。卢子访其谁家，因与青衣同餐樱桃。青衣云："娘子姓卢，嫁崔家。今孀居在城。"因访近属，即卢子再从姑也。青衣曰："岂有阿姑同在一都，郎君不往起居？"卢子便随之。

过天津桥，入水南一坊。有一宅，门甚高大。卢子立于门下，青衣先入。少顷，有四人出门，与卢子相见，皆姑之子也：一任户部郎中，一前任郑州司马，一任河南功曹，一任太常博士。二人衣绯；二人衣绿。形貌甚美。相见言叙，颇极欢畅。斯须，引入北堂拜姑。姑衣紫衣，年可六十许，言词高朗，威严甚肃。卢子畏惧，莫敢仰视。令坐。悉访内外，备谙氏族。遂访儿婚姻未。卢子曰："未。"姑曰："吾有一外甥女子姓郑，早孤，遗吾妹鞠养，甚有容质，颇有令淑，当为儿平章，计必允遂。"卢子遽即拜谢。乃遣迎郑氏妹。有顷，一家并到，车马甚盛。遂检历择日，云后日大吉，因为卢子定。谢。姑云："聘财、函信、礼席，儿并莫忧，吾悉与处置。儿有在城何亲故，并抄名姓，并具家第。"凡三十余家，并在台省及府县官。明日下函，其夕成结。事事华盛，殆非人间。明日拜席，大会都城亲表。拜席毕，遂入一院。院中屏帷床席，皆极珍异。其妻年可十四五，容色美丽，宛若神仙。卢生心不胜喜，遂忘家属。

俄又及秋试之时。姑曰："礼部侍郎与姑有亲，必合极力，更勿忧也。"明春遂擢第。又应宏词，姑曰："吏部侍郎与儿子弟当家连官，情分偏洽。令渠为儿必取高第。"及榜出，又登甲科，授秘书郎。姑云："河南尹是姑堂外甥。令渠奏畿县尉。"数月，敕授王屋尉；迁监察，转殿中；拜吏部员外郎，判南曹。铨毕，除郎中。余如故。知制诰，数月即真。迁礼部侍郎。两载知举，赏鉴平允，朝廷称之。改河南尹。旋属驾车还京，迁兵部侍郎。扈从到京，除京兆尹，改吏部侍郎。三年掌铨，甚有美誉。遂拜黄门侍郎平章事。恩渥绸缪，赏赐甚厚。作相五年，因直谏忤旨，改左仆射，罢知政事。数月，为东都留守河南尹，兼御史大夫。自婚媾后，至是经二十年。有七男三女，婚宦俱毕。内外诸孙十人。

后因出行，却到昔年逢携樱桃青衣精舍门。复见其中有讲筵，遂下马礼谒。以故相之尊，处端揆居首之重，前后导从，颇极贵盛，高自简贵、辉映左右。升殿礼佛，忽然昏醉，良久不起；耳中闻讲僧唱云："檀越何久不起？"忽然梦觉，乃见着白衫服饰如故。前后官吏，一人亦无。回遑迷惑，徐徐出门。乃见小竖捉驴执帽，在门外立，谓卢曰："人驴并饥，郎君何久不出？"卢访其时，奴曰："日向午矣。"卢子憪然叹曰："人世荣华穷达富贵贫贱，亦当然也。而今而后，不更求官达矣。"遂寻仙访道，绝迹人世矣。

又按卢生于邯郸所遇之吕翁。汤玉茗所作之《邯郸记》，以吕翁为吕洞宾。其说沿宋人之误，至今不改。实则洞宾以开成时下第入山，在开元后，时不相及。吴曾《能改斋漫录》、赵与时《宾退录》，皆辨之甚悉。胡应麟《玉壶遐览》卷三，又证吕氏得道长生者，不仅赵氏所举数人。皆能正流俗之误，今录于下。

吴曾《能改斋漫录》卷十八云：

唐《异闻集》载沈既济《枕中记》，云开元中道者吕翁经邯郸道上邸舍中，以囊枕借卢生睡事，此之吕翁，非洞宾也。盖洞宾尝自序以为吕渭之孙，渭仕德宗朝，今云开元中，则吕翁非洞宾无可疑者。而或者以为开元，想是开成字，亦非也。开成虽文宗时，然洞宾度此时未可称翁。案本朝国史，称关中逸人吕洞宾年百余岁，而状貌如婴儿，世传有剑术，至陈抟室。若以国史证之，止云百岁。则非开元人明矣。《雅言系述》有《吕洞宾传》，云："关右人，咸通初举进士不第，值巢贼为梗，携家隐居终南，学老子法。"云。以此知洞宾乃唐末人。

赵与时《宾退录》云：

吴虎臣辨唐《异闻集》所载开元中道者吕翁，经邯郸道上邸舍中，以囊中枕借卢生睡事，谓吕翁非洞宾云云。（吴说，赵氏全录。已见前，今略去。）此皆吴说。萧东夫《吕公洞诗》云："复此经过三十年，唯应岩谷故依然。城南老树朽为土，檐外稚松青拂天。枕上功名只扰扰，指端变化又玄玄。刀圭乞与起衰病，稽首秋空一剑仙。"第五句误用吕翁事。又《唐逸史》程乡、永乐两县连接，有吕生者居二邑间，为童儿时，畏闻食气，为食黄精，日觉轻健,耐风寒,见文字及人语,率不忘。母及诸妹,每劝其食,不从,后以猪脂置酒中强使饮,生方固拒,已嘘吸其气。忽一黄金人长二寸许,自口出,即仆卧,困惫移时,方起。先是生年近六十,鬓发如漆,至是皓首。恨惋垂泣,再拜别母,去之茅山,不知所终。此又一人也。何神仙多吕氏乎?

胡应麟《玉壶遐览》云:

神仙家又有吕志真。又有吕恭、吕大郎俱得道长生。见《仙鉴》。盖不止前数人也。又吕尚亦尸解,棺中惟《六韬》。见《仙鉴》。

任氏传

沈既济 撰
据《太平广记》校录
标题依本文加传字

任氏，女妖也。

有韦使君者，名崟，第九，信安王祎之外孙。少落拓，好饮酒。其从父妹婿曰郑六，不记其名。早习武艺，亦好酒色，贫无家，托身于妻族；与崟相得，游处不间。

天宝九年夏六月，崟与郑子偕行于长安陌中，将会饮于新昌里。至宣平之南，郑子辞有故，请间去，继至饮所。崟乘白马而东。郑子乘驴而南，入升平之北门。偶值三妇人行于道中，中有白衣者，容色姝丽。郑子见之惊悦，策其驴，忽先之，忽后之，将挑而未敢。白衣时时盼睐，意有所受。郑子戏之曰："美艳若此，而徒行，何也？"白衣笑曰："有乘不解相假，不徒行何为？"郑子曰："劣乘不足以代佳人之步，今辄以相奉。某得步从，足矣。"相视大笑。同行者更相眩诱，稍已狎昵。郑子随之东，至乐游园，已昏黑矣。见一宅，土垣车门，室宇甚严。白衣将入，顾曰："愿少踟蹰。"而入。女奴从者一人，留于门屏间，问其姓第，郑子既告,亦问之。对曰:"姓任氏,第二十。"少顷,延入。郑萦驴于门,置帽于鞍。始见妇人年三十余,与之承迎,即任氏姊也。列烛置膳,举酒数觞。任氏更妆而出,酣饮极欢。夜久而寝,其妍姿美质,歌笑态度,举措皆艳,殆非人世所有。将晓,任氏曰:"可去矣。某兄弟名系教坊,职属南衙,晨兴将出,不可淹留。"乃约后期而去。

既行,及里门,门扃未发。门旁有胡人鬻饼之舍,方张灯炽炉。郑子憩其帘下,坐以候鼓,因与主人言。郑子指宿所以问之曰:"自此东转,有门者,谁氏之宅?"主人曰:"此隤墉弃地,无第宅也。"郑子曰:"适过之,曷以云无?"与之固争。主人适悟,乃曰:"吁!我知之矣。此中有一狐,多诱男子偶宿,尝三见矣,今子亦遇乎?"郑子赧而隐曰:"无。"质明,复视其所,见土垣车门如故。窥其中,皆蓁荒及废圃耳。既归,见崟。崟责以失期。郑子不泄,以他事对。然想其艳冶,愿复一见之心,尝存之不忘。

经十许日,郑子游,入西市衣肆,瞥然见之,曩女奴从。郑子遽呼之。任氏侧身周旋于稠人中以避焉。郑子连呼前迫,方背立,以扇障其后,曰:"公知之,何相近焉?"郑子曰:"虽知之,何患?"对曰:"事可愧耻,难施面目。"郑子曰:"勤想如是,忍相弃乎?"对曰:"安敢弃也,惧公之见恶耳。"郑子发誓,词旨益切。任氏乃回眸去扇,光彩艳丽如初。谓郑子曰:"人间如某之比者非一,公自不识耳,无独怪也。"郑子请之与叙欢。对曰:"凡某之流,为人恶忌者,非他,为其伤人耳。某则不然。若公未见恶,愿终己以奉巾栉。"郑子许与谋栖止。任氏曰:"从此而东,大树出于栋间者，门巷幽静，可税以居。前时自宣平之南，乘白马而东者，非君妻之昆弟乎？其家多什器，可以假用。"是时崟伯叔从役于四方，三院什器，皆贮藏之。

郑子如言访其舍，而诣崟假什器。问其所用。郑子曰："新获一丽人，已税得其舍，假具以备用。"崟笑曰："观子之貌，必获诡陋。何丽之绝也。"崟乃悉假帷帐榻席之具，使家僮之惠黠者，随以觇之。俄而奔走返命，气吁汗洽。崟迎问之："有乎？"又问："容若何？"曰："奇怪也！天下未尝见之矣。"崟姻族广茂，且夙从逸游，多识美丽。乃问曰："孰若某美？"僮曰："非其伦也！"崟遍比其佳者四五人，皆曰："非其伦。"是时吴王之女有第六者，则崟之内妹，秾艳如神仙，中表素推第一。崟问曰："孰与吴王家第六女美？"又曰："非其伦也。"崟抚手大骇曰："天下岂有斯人乎？"遽命汲水澡颈，巾首膏唇而往。

既至，郑子适出。崟入门，见小僮拥篲方扫，有一女奴在其门，他无所见。征于小僮。小僮笑曰："无之。"崟周视室内，见红裳出于户下。迫而察焉，见任氏戢身匿于扇间。崟别出就明而观之，殆过于所传矣。崟爱之发狂，乃拥而凌之，不服。崟以力制之，方急，则曰："服矣。请少回旋。"既从，则捍御如初，如是者数四。崟乃悉力急持之。任氏力竭，汗若濡雨。自度不免，乃纵体不复拒抗，而神色惨变。崟问曰："何色之不悦？"任氏长叹息曰："郑六之可哀也！"崟曰："何谓？"对曰："郑生有六尺之躯，而不能庇一妇人，岂丈夫哉！且公少豪侈，多获佳丽，遇某之比者众矣。而郑生，穷贱耳。所称惬者，唯某而已。忍以有余之心，而夺人之不足乎？哀其穷馁，不能自立，衣公之衣，食公之食，故为公所系耳。若糠糗可给，不当至是。"崟豪俊有义烈，闻其言，遽置之。敛衽而谢曰："不敢。"俄而郑子至，与崟相视咍乐。

自是，凡任氏之薪粒牲饩，皆崟给焉。任氏时有经过，出入或车马舆步，不常所止。崟日与之游，甚欢。每相狎昵，无所不至，唯不及乱而已。是以崟爱之重之，无所吝惜，一食一饮，未尝忘焉。任氏知其爱己，因言以谢曰："愧公之见爱甚矣。顾以陋质，不足以答厚意。且不能负郑生，故不得遂公欢。某，秦人也，生长秦城；家本伶伦，中表姻族，多为人宠媵，以是长安狭斜，悉与之通。或有姝丽，悦而不得者，为公致之可矣。愿持此以报德。"崟曰："幸甚！"

廛中有鬻衣之妇曰张十五娘者，肌体凝洁，崟常悦之。因问任氏识之乎。对曰："是某表姊妹，致之易耳。"旬余，果致之。数月厌罢。任氏曰："市人易致，不足以展效。或有幽绝之难谋者，试言之，愿得尽智力焉。"崟曰："昨者寒食，与二三子游于千福寺，见刁将军缅张乐于殿堂。有善吹笙者，年二八，双鬟垂耳，娇姿艳绝。当识之乎？"任氏曰："此宠奴也。其母，即妾之内姊也。求之可也。"崟拜于席下。任氏许之。乃出入刁家。月余，崟促问其计。任氏愿得双缣以为赂，崟依给焉。后二日，任氏与崟方食，而缅使苍头控青骊以迓任氏。任氏闻召，笑谓崟曰："谐矣。"初，任氏加宠奴以病，针饵莫减。其母与缅忧之方甚，将征诸巫。任氏密赂巫者，指其所居，使言从就为吉。及视疾，巫曰："不利在家，宜出居东南某所，以取生气。"缅与其母详其地，则任氏之第在焉。缅遂请居，任氏谬辞以逼狭，勤请而后许。乃辇服玩，并其母偕送于任氏。至，则疾愈。未数日，任氏密引崟以通之，经月乃孕。其母惧，遽归以就缅，由是遂绝。

他日，任氏谓郑子曰："公能致钱五六千乎？将为谋利。"郑子曰："可。"遂假求于人，获钱六千。任氏曰："鬻马于市者，马之股有疵，可买入居之。"郑子如市，果见一人牵马求售者，眚在左股，郑子买以归。其妻昆弟皆嗤之，曰："是弃物也。买将何为？"无何，任氏曰："马可鬻矣。当获三万。"郑子乃卖之。有酬二万，郑子不与。一市尽曰："彼何苦而贵买，此何爱而不鬻？"郑子乘之以归，买者随至其门，累增其估，至二万五千也。不与，曰："非三万不鬻。"其妻昆弟聚而诟之。郑子不获已，遂卖登三万。既而密伺买者，征其由，乃昭应县之御马疵股者，死三岁矣，斯吏不时除籍。官征其估，计钱六万。设其以半买之，所获尚多矣。若有马以备数，则三年刍粟之估，皆吏得之。且所偿盖寡，是以买耳。

任氏又以衣服故弊，乞衣于崟。崟将买全彩与之。任氏不欲，曰："愿得成制者。"崟召市人张大为买之，使见任氏，问所欲。张大见之，惊谓崟曰："此必天人贵戚，为郎所窃。且非人间所宜有者，愿速归之，无及于祸。"其容色之动人也如此。竟买衣之成者而不自纫缝也，不晓其意。

后岁余，郑子武调，授槐里府果毅尉，在金城县。时郑子方有妻室，虽昼游于外，而夜寝于内，多恨不得专其夕。将之官，邀与任氏俱去。任氏不欲往，曰："旬月同行，不足以为欢。请计给粮饩，端居以迟归。"郑子恳请，任氏愈不可。郑子乃求崟资助。崟与更劝勉，且诘其故。任氏良久曰："有巫者言某是岁不利西行，故不欲耳。"郑子甚惑也，不思其他，与崟大笑曰："明智若此，而为妖惑，何哉！"固请之。任氏曰："傥巫者言可征，徒为公死，何益？"二子曰："岂有斯理乎？"恳请如初。任氏不得已，遂行。崟以马借之，出祖于临皋，挥袂别去。信宿，至马嵬。任氏乘马居其前，郑子乘驴居其后；女奴别乘，又在其后。是时西门圉人教猎狗于洛川，已旬日矣。适值于道，苍犬腾出于草间。郑子见任氏欻然坠于地，复本形而南驰。苍犬逐之。郑子随走叫呼，不能止。里余，为犬所获。郑子衔涕出囊中钱，赎以瘗之，削木为记。回睹其马，啮草于路隅，衣服悉委于鞍上，履袜犹悬于镫间，若蝉蜕然。唯首饰坠地，余无所见。女奴亦逝矣。

旬余，郑子还城。崟见之喜，迎问曰："任子无恙乎？"郑子泫然对曰："殁矣。"崟闻之亦恸，相持于室，尽哀。徐问疾故。答曰："为犬所害。"崟曰："犬虽猛，安能害人？"答曰："非人。"崟骇曰："非人，何者？"郑子方述本末。崟惊讶叹息不能已。明日，命驾与郑子俱适马嵬，发瘗视之，长恸而归。追思前事，唯衣不自制，与人颇异焉。

其后郑子为总监使，家甚富，有枥马十余匹。年六十五，卒。大历中，沈既济居钟陵，尝与崟游，屡言其事，故最详悉。后崟为殿中侍御史，兼陇州刺史，遂殁而不返。

嗟乎，异物之情也有人焉！遇暴不失节，徇人以至死，虽今妇人，有不如者矣。惜郑生非精人，徒悦其色而不征其情性。向使渊识之士，必能揉变化之理，察神人之际，著文章之美，传要妙之情，不止于赏玩风态而已。惜哉！

建中二年，既济自左拾遗于金吴。将军裴冀、京兆少尹孙成、户部郎中崔需、右拾遗陆淳皆适居东南，自秦徂吴，水陆同道。时前拾遗朱放因旅游而随焉。浮颖涉淮，方舟沿流，昼宴夜话，各征其异说。众君子闻任氏之事，共深叹骇，因请既济传之，以志异云。沈既济撰。

◆ ◆ ◆

按《太平广记》四百五十二引此文，而下注沈既济撰。盖宋初固尝单行也。既济，苏州吴人，经学该博，以杨炎荐，召拜右拾遗史馆修撰。贞元时，杨炎得罪，沈亦贬处州司户参军。后入朝，位吏部员外郎，卒。撰《建中实录》十卷，人称其能。《唐书》（一三二）有传。既济既以史才见称于时，又时时出其绪余，为传奇志怪之体。观其写谲异而不失于正，讽世之语，情见乎辞矣。

离魂记

陈玄祐 撰
据《太平广记》校录
标目依本文旧题

天授三年，清河张镒，因官家于衡州。性简静，寡知友。无子，有女二人，其长早亡。幼女倩娘，端妍绝伦。镒外甥太原王宙，幼聪悟，美容范。镒常器重，每曰："他时当以倩娘妻之。"后各长成。宙与倩娘常私感想于寤寐，家人莫知其状。后有宾寮之选者求之，镒许焉。女闻而郁抑；宙亦深恚恨。托以当调，请赴京，止之不可，遂厚遣之。

宙阴恨悲恸，决别上船。日暮，至山郭数里。夜方半，宙不寐，忽闻岸上有一人行声甚速，须臾至船。问之，乃倩娘徒行跣足而至。宙惊喜发狂，执手问其从来。泣曰："君厚意如此，寝梦相感。今将夺我此志，又知君深情不易，思将杀身奉报，是以亡命来奔。"宙非意所望，欣跃特甚。遂匿倩娘于船，连夜遁去。倍道兼行，数月至蜀。

凡五年，生两子，与镒绝信。其妻常思父母，涕泣言曰："吾曩日不能相负，弃大义而来奔君。向今五年，恩慈间阻。覆载之下，胡颜独存也？"宙哀之，曰："将归，无苦。"遂俱归衡州。既至，宙独身先至镒家，首谢其事。镒曰："倩娘病在闺中数年，何其诡说也！"宙曰："见在舟中！"镒大惊，促使人验之。果见倩娘在船中，颜色怡畅，讯使者曰："大人安否？"家人异之，疾走报镒。室中女闻喜而起，饰妆更衣，笑而不语，出与相迎，翕然而合为一体，其衣裳皆重。其家以事不正，秘之。惟亲戚间有潜知之者。后四十年间，夫妻皆丧。二男并孝廉擢第，至丞尉。

事出陈玄祐《离魂记》云（按以上九字疑衍）。玄祐少常闻此说，而多异同，或谓其虚。大历末，遇莱芜县令张仲规，因备述其本末。镒则仲规堂叔，而说极备悉，故记之。

◆ ◆ ◆

按倩女离魂事，《太平广记》三百五十八已采入，而题为《王宙》，下注出《离魂记》。本文"至丞尉"句下，亦有"事出陈玄祐《离魂记》云"九字，虽属羡文，然本篇之原题与作者，固可藉以考见也。今即据以改正。至陈玄祐生平，则无可考。据本文云，大历末年，遇莱芜县令张仲规，备述本末，而为此记。则陈固大历时人矣。

又按此即元人郑德辉《倩女离魂》剧本之本事也。其事至怪而乏理解。但古今艳称，诗歌引用，遂成典实。其实类此者，尚有数事，惟此独传耳。今酌录数则。

《幽明记·庞阿》一条云：

巨鹿有庞阿者，美容仪。同郡石氏有女，曾内睹阿，心悦之。未几，阿见此女来诣阿妻，妻极妒。闻之，使婢缚之，送还石家。中路遂化为烟气而灭。婢乃直诣石家说此事，石氏之父大惊曰："我女都不出门，岂可毁谤如此。"阿妇自是常加意伺察之。居一夜，方值女在斋中。乃自拘执以诣石氏。石氏父见之，愕眙曰："我适从内来，见女与母共作，何得在此？"即令婢仆于内唤女出。向所缚者，奄然灭焉。父疑有异，故遣其母诘之。女曰："昔年庞阿来厅中，曾窃视之，自尔仿佛即梦诣阿，及入户，即为妻所缚。"石曰："天下遂有如此奇事？"夫精情所感，灵神为之冥著。灭者，盖其魂神也。既而女誓心不嫁。经年阿妻忽得邪病，医药无征。阿乃授币石氏女为妻。（《广记》三百五十八）

《灵怪录·郑生》一条云：

郑生者，天宝末应举之京。至郑西郊，日暮，投宿主人。主人问其姓，郑以实对。内忽使婢出，云："娘子合是从姑。"须臾，见一老母自堂而下。郑拜见，坐语久之。问其婚姻。乃曰："姑有一外孙女在此，姓柳氏，其父现任淮阴县令，与儿门地相埒。今欲将配君子，以为何如？"郑不敢辞。其夕成礼，极人世之乐。遂居之。数月，姑谓郑生可将妇归柳家。郑如其言，挈其妻至淮阴。先报柳氏。柳举家惊愕，柳妻意疑令有外妇生女，怨望形言。俄顷，女家人往视之，乃与家女无异。既入门下车，冉冉行庭中。内女闻之，笑出视，相值于庭中，两女忽合，遂为一体。令即穷

其事,乃是妻之母先亡,而嫁外孙女之魂焉。生复寻旧迹,都无所有。(《广记》三百五十八)

《独异记·韦隐》一则云:

大历中将作少匠韩晋卿女,适尚衣奉御韦隐。隐奉使新罗,行及一程,怆然有思,因就寝,乃觉其妻在帐外,惊问之。答曰:"愍君涉海,志愿奔而随之,人无知者。"隐即诈左右曰:"欲纳一妓,将侍枕席。"人无怪者。及归已二年,妻亦随至。隐乃启舅姑首其罪,而室中宛存焉。及相近,翕然合体。其从隐者,乃魂也。(《广记》三百五十八)

柳氏传

许尧佐 撰
据《太平广记》校录

天宝中,昌黎韩翊有诗名,性颇落托,羁滞贫甚。有李生者,与翊友善,家累千金,负气爱才。其幸姬曰柳氏,艳绝一时,喜谈谑,善讴咏。李生居之别第,与翊为宴歌之地,而馆翊于其侧。翊素知名,其所候问,皆当时之彦。柳氏自门窥之,谓其侍者曰:"韩夫子岂长贫贱者乎!"遂属意焉。李生素重翊,无所吝惜。后知其意,乃具膳请翊饮,酒酣,李生曰:"柳夫人容色非常,韩秀才文章特异。欲以柳荐枕于韩君,可乎?"翊惊栗,避席曰:"蒙君之恩,解衣辍食久之。岂宜夺所爱乎?"李坚请之。柳氏知其意诚,乃再拜,引衣接席。李坐翊于客位,引满极欢。李生又以资三十万,佐翊之费。翊仰柳氏之色,柳氏慕翊之才,两情皆获,喜可知也。

明年,礼部侍郎杨度擢翊上第,屏居间岁。柳氏谓翊曰:"荣名及亲,昔人所尚。岂宜以濯浣之贱,稽采兰之美乎?且用器资物,足以待君之来也。"翊于是省家于清池。岁余,乏食,鬻妆具以自给。

天宝末，盗覆二京，士女奔骇。柳氏以艳独异，且惧不免，乃剪发毁形，寄迹法灵寺。是时侯希逸自平卢节度淄青，素藉翊名，请为书记。洎宣皇帝以神武返正，翊乃遣使间行求柳氏，以练囊盛麸金，题之曰："章台柳，章台柳！昔日青青今在否？纵使长条似旧垂，亦应攀折他人手。"柳氏捧金呜咽，左右凄悯，答之曰："杨柳枝，芳菲节，所恨年年赠离别。一叶随风忽报秋，纵使君来岂堪折！"无何，有蕃将沙吒利者，初立功，窃知柳氏之色，劫以归第，宠之专房。

及希逸除左仆射，入觐，翊得从行。至京师，已失柳氏所止，叹想不已。偶于龙首冈见苍头以驳牛驾辎䡝，从两女奴。翊偶随之，自车中问曰："得非韩员外乎？某乃柳氏也。"使女奴窃言失身沙吒利，阻同车者，请诘旦幸相待于道政里门。及期而往，以轻素结玉合，实以香膏，自车中授之，曰："当遂永诀，愿真诚念。"乃回车，以手挥之，轻袖摇摇，香车辚辚，目断意迷，失于惊尘。翊大不胜情。

会淄青诸将合乐酒楼，使人请翊。翊强应之，然意色皆丧，音韵凄咽。有虞候许俊者，以材力自负，抚剑言曰："必有故。愿一效用。"翊不得已，具以告之。俊曰："请足下数字，当立致之。"乃衣缦胡，佩双鞬，从一骑，径造沙吒利之第。候其出行里余，乃被衽执辔，犯关排闼，急趋而呼曰："将军中恶，使召夫人。"仆侍辟易，无敢仰视。遂升堂，出翊札示柳氏，挟之跨鞍马，逸尘断鞅，倏忽乃至。引裾而前曰："幸不辱命。"四座惊叹。柳氏与翊执手涕泣，相与罢酒。

是时沙吒利恩宠殊等，翊、俊惧祸，乃诣希逸。希逸大惊曰："吾平生所为事，俊乃能尔乎？"遂献状曰："检校尚书金部员外郎兼御史韩翊，久列参佐，累彰勋效，顷从乡赋。有妾柳氏，阻绝凶寇，依止名尼。今文明抚运，遐迩率化。将军沙吒利凶恣挠法，凭恃微功，驱有志之妾，干无为之政。臣部将兼御史中丞许俊，族本幽蓟，雄心勇决，却夺柳氏，归于韩翊。义切中抱，虽昭感激之诚；事不先闻，固乏训齐之令。"寻有诏，柳氏宜还韩翊，沙吒利赐钱二百万。柳氏归翊，翊后累迁至中书舍人。

然即柳氏，志防闲而不克者；许俊，慕感激而不达者也。向使柳氏以色选，则当熊辞辇之诚可继；许俊以才举，则曹柯渑池之功可建。夫事由迹彰，功待事立。惜郁堙不偶，义勇徒激，皆不入于正。斯岂变之正乎？盖所遇然也。

◆◆◆

按尧佐，唐贞元中儒臣许康佐之弟。《新唐书·儒学·许康佐传》，称尧佐擢进士第，又举宏辞，为太子校书八年，康佐继之。尧佐位谏议大夫。《全唐文》六百三十三，录其文六篇，而此传不载。《广记》四百八十五《杂传记类》，始收之，而下题许尧佐撰。宋初文籍独盛，当有所本。至篇中所叙柳氏事，唐时盛传。孟棨《本事诗》亦载之，文异事同。惟韩任汴职以下，为尧佐传所无耳。末云开成中在梧州，闻之大梁夙将赵唯，乃其目击。此又有唐一代之嘉话也。录存于后。

孟棨《本事诗·情感第一》云：

韩翊少负才名。天宝末，举进士。孤贞静默，所与游皆当时名士，然而荜门圭窦，室唯四壁。邻有李将（失名），妓柳氏，李每至，必邀韩同饮。韩以李豁落大丈夫，故常不逆。既久愈狎。柳每以暇日隙壁窥韩所居，即萧然葭艾，闻客至，必名人。因乘间语李曰："韩秀才穷甚矣！然所与游，必闻名人，是必不久贫贱，宜假借之。"李深领之。

间一日，具馔邀韩，酒酣，谓韩曰："秀才当今名士，柳氏当今名色，以名色配名士，不亦可乎？"遂命柳从坐接韩。韩殊不意，恳辞不敢当。李曰："大丈夫相遇杯酒间，一言道合，尚相许以死。况一妇人，何足辞也。"卒授之，不可拒。又谓韩曰："夫子居贫，无以自振，柳资数百万，可以取济。柳，淑人也，宜事夫子，能尽其操。"即长揖而去。韩追让之，顾况然自疑曰："此豪达者，昨暮备言之矣，勿复致讶。"俄就柳居。来岁，成名。

后数年，淄青节度使侯希逸奏为从事。以世方扰，不敢以柳自随，置之都下，期至而迓之。连三岁，不果迓。因以良金置练囊中寄之，题诗曰："章台柳，章台柳，往日依依今在否？纵使长条似旧垂，亦应攀折他人手。"柳复书，答诗曰："杨柳枝，芳菲节，可恨年年赠离别。一叶随风忽报秋，纵使君来岂堪折。"柳以色显，独居恐不自免，乃欲落发为尼，居佛寺。后翊随侯希逸入朝，寻访不得，已为立功番将沙吒利所劫，宠之专房。翊怅然不能割。会入中书,至子城东南角,逢辎车,缓随之,车中问曰:"得非青州韩员外耶?"曰:"是。"遂披帘曰:"某柳氏也。失身沙吒利,无从自脱。明日尚此路还,愿更一来取别。"韩深感之。明日,如期而往。辎车寻至,车中投一红巾,苞小合子,实以香膏,鸣咽言曰:"终身永诀。"车如电逝,韩不胜情,为之雪涕。

是日,临淄大校,致酒于都市酒楼。邀韩,韩赴之。怅然不乐。座人曰:"韩员外风流谈笑,未尝不适,今日何惨然耶?"韩具话之。有虞候将许俊,年少被酒,起曰:"寮尝以义烈自许,愿得员外手笔数字,当立置之。"座人皆激赞。韩不得已,与之。俊乃急装,乘一马,牵一马而驰,径趋沙吒利之第。会吒利已出,即以入曰:"将军坠马,且不救,遣取柳夫人。"柳惊出,即以韩札示之,挟上马,绝驰而去。座未罢,即以柳氏授韩曰:"幸不辱命。"一座惊叹。时吒利初立功,代宗方优借,大惧祸作。阖座同见希逸,白其故。希逸扼腕奋髯曰:"此我往日所为也,而俊复能之。"立修表上闻,深罪沙吒利。代宗称叹良久,御批曰:"沙吒利宜赐绢二千匹,柳氏却归韩翃。"

后事罢,闲居将十年。李相勉镇夷门,又署为幕吏。时韩已迟暮,同职皆新进后生,不能知韩,举目为恶诗韩翃。翃殊不得意,多辞疾在家。唯末职韦巡官者,亦知名士,与韩独善。一日,夜将半,韦叩门急,韩出见之,贺曰:"员外除驾部郎中,知制诰。"韩大愕然曰:"必无此事,定误矣。"韦就座曰:"留邸状报,制诰阙人。"中书两进名,御笔不点出;又请之,且求圣旨所与。德宗批曰:"与韩翃。"时有与翃同姓名者,为江淮刺史。又具二人同进，御笔复批曰："春城无处不飞花，寒食东风御柳斜。日暮汉宫传蜡烛，轻烟散入五侯家。"又批曰："与此韩翊。"韦又贺曰："此非员外诗也？"韩曰："是也，是知不误矣。"质明，而李与僚属皆至。时建中初也。

自韩复为汴职以下，开成中，余罢梧州。有大梁夙将赵唯为岭外刺史，年将九十矣，耳目不衰。过梧州，言大梁往事，述之可听。云："此皆目击之。"故因录于此也。

李章武传

李景亮 撰
据《太平广记》校录
题依下注补传字

李章武,字飞,其先中山人。生而敏博,遇事便了。工文学,皆得极至。虽弘道自高,恶为洁饰,而容貌闲美,即之温然。与清河崔信友善。信亦雅士,多聚古物。以章武精敏,每访辨论,皆洞达玄微,研究原本,时人比之张华。

贞元三年,崔信任华州别驾,章武自长安诣之。数日,出行,于市北街见一妇人,甚美。因给信云:"须州外与亲故知闻。"遂赁舍于美人之家。主人姓王,此则其子妇也。乃悦而私焉。居月余日,所计用直三万余,子妇所供费倍之。既而两心克谐,情好弥切。无何,章武系事,告归长安,殷勤叙别。章武留交颈鸳鸯绮一端,仍赠诗曰:"鸳鸯绮,知结几千丝。别后寻交颈,应伤未别时。"子妇答白玉指环一,又赠诗曰:"捻指环相思,见环重相忆。愿君永持玩,循环无终极。"章武有仆杨果者,子妇赍钱一千,以奖其敬事之勤。

既别,积八九年。章武家长安,亦无从与之相闻。至贞元十一年，因友人张元宗寓居下邽县，章武又自京师与元会。忽思曩好，乃回车涉渭而访之。日暝，达华州，将舍于王氏之室。至其门，则阒无行迹，但外有宾榻而已。章武以为下里，或废业即农，暂居郊野；或亲宾邀聚，未始归复。但休止其门，将别适他舍。见东邻之妇，就而访之。乃云王氏之长老，皆舍业而出游，其子妇没已再周矣。又详与之谈，即云："某姓杨，第六，为东邻妻。"复访郎何姓。章武具语之。又云："曩曾有僆姓杨名果乎？"曰："有之。"因泣告曰："某为里中妇五年，与王氏相善。尝云：'我夫室犹如传舍，阅人多矣。其于往来见调者，皆殚财穷产，甘辞厚誓，未尝动心。顷岁有李十八郎，曾舍于我家。我初见之，不觉自失。后遂私侍枕席，实蒙欢爱。今与之别累年矣。思慕之心，或竟日不食，终夜无寝。我家人故不可托。复被彼夫东西，不时会遇。脱有至者，愿以物色名氏求之。如不参差，相托祗奉，并语深意。但有仆夫杨果，即是。'不二三年，子妇寝疾。临死，复见托曰：'我本寒微，曾辱君子厚顾，心常感念。久以成疾，自料不治。曩所奉托，万一至此，愿申九泉衔恨，千古睽离之叹。仍乞留止此，冀神会于仿佛之中。'"

章武乃求邻妇为开门，命从者市薪刍食物。方将具纲席，忽有一妇人持彗出房扫地。邻妇亦不之识。章武因访所从者，云是舍中人。又逼而诘之，即徐曰："王家亡妇感郎恩情深，将见会。恐生怪怖，故使相闻。"章武许诺，云："章武所由来者，正为此也。虽显晦殊途，人皆忌惮，而思念情至，实所不疑。"言毕，执彗人欣然而去，逡巡映门，即不复见。乃具饮馔，呼祭。自食饮毕，安寝。

至二更许，灯在床之东南，忽尔稍暗，如此再三。章武心知有变，因命移烛背墙，置室东西隅。旋闻室北角悉窣有声，如有人形，冉冉而至。五六步，即可辨其状。视衣服，乃主人子妇也。与昔见不异，但举止浮急，音调轻清耳。章武下床，迎拥携手，款若平生之欢。自云："在冥录以来，都忘亲戚。但思君子之心，如平昔耳。"章武倍与狎昵，亦无他异。但数请令人视明星，若出，当须还，不可久住。每交欢之暇，即恳托在邻妇杨氏，云："非此人，谁达幽恨？"

至五更，有人告可还。子妇泣下床，与章武连臂出门，仰望天汉，遂呜咽悲怨，却入室，自于裙带上解锦囊，囊中取一物以赠之。其色绀碧，质又坚密，似玉而冷，状如小叶。章武不之识也。子妇曰："此所谓'靺鞨宝'，出昆仑玄圃中。彼亦不可得。妾近于西岳与玉京夫人戏，见此物在众宝珰上，爱而访之。夫人遂假以相授，云：'洞天群仙，每得此一宝，皆为光荣。'以郎奉玄道，有精识，故以投献。常愿宝之，此非人间之有。"遂赠诗曰："河汉已倾斜，神魂欲超越。愿郎更回抱，终天从此诀。"章武取白玉宝簪一以酬之，并答诗曰："分从幽显隔，岂谓有佳期。宁辞重重别，所叹去何之。"因相持泣，良久。子妇又赠诗曰："昔辞怀后会，今别便终天。新悲与旧恨，千古闭穷泉。"章武答曰："后期杳无约，前恨已相寻。别路无行信，何因得寄心。"款曲叙别讫，遂却赴西北隅。行数步，犹回顾拭泪。云："李郎无舍，念此泉下人。"复哽咽伫立，视天欲明，急趋至角，即不复见。但空室窅然，寒灯半灭而已。

章武乃促装，却自下邽归长安武定堡。下邽郡官与张元宗携酒宴饮，既酣，章武怀念，因即事赋诗曰："水不西归月暂圆，令人惆怅古城边。萧条明早分歧路，知更相逢何岁年。"吟毕，与郡官别。独行数里，又自讽诵。忽闻空中有叹赏，音调凄恻。更审听之，乃王氏子妇也。自云："冥中各有地分。今于此别，无日交会。知郎思眷，故冒阴司之责，远来奉送，千万自爱！"章武愈惑之。

及至长安，与道友陇西李助话，亦感其诚而赋曰："石沉辽海阔，剑别楚天长，会合知无日，离心满夕阳。"章武既事东平丞相府，因闲，召玉工视所得靺鞨宝，工亦知，不敢雕刻。后奉使大梁，又召玉工，粗能辨，乃因其形，雕作槲叶象。奉使上京，每以此物贮怀中。至市东街，偶见一胡僧，忽近马叩头云："君有宝玉在怀，乞一见尔。"乃引于静处开视，僧捧玩移时，云："此天上至物，非人间有也。"章武后往来华州，访遗杨六娘，至今不绝。

◆◆◆

按《太平广记》三百四十引此文，而下注"出李景亮为作传"七字，则此文在唐时固单篇别行矣。《唐会要》："景亮，贞元十年详明政术可以理人科擢第。"他无可考。此文叙述婉曲，凄艳感人。蒲氏《志异》，专学此种。

又按唐稗志鬼异者，篇章颇多。此篇尤能摹写婉曲，故盛传于时。此外尚有《太平广记》三百三十二引《幽通记·唐晅》一篇，亦最有名。虽不必同出一源，然其叙述曲折，哀婉动人，固同一机轴也。今附录于此，俾便互参。

《广记》三百三十二引《幽通记·唐晅》云：

唐晅者，晋昌人也。其姑适张恭，即安定张轨之后。隐居滑州卫南，人多重之。有子三人，进士擢第。女三人：长适辛氏；次适梁氏；小女姑钟念，习以诗礼，颇有令德。开元中，父亡，哀毁过礼。晅常慕之，及终制，乃娶焉，而留之卫南庄。

开元十八年，晅以故入洛，累月不得归。夜宿主人，梦其妻隔花泣，俄而窥井笑。及觉，心恶之。明日，就日者问之，曰："隔花泣者，颜随风谢；窥井笑者，喜于泉路也。"居数日，果有凶信。晅悲恸倍常。后数岁，方得归卫南，追其陈迹，感而赋诗曰："寝室悲长簟，妆楼泣镜台。独悲桃李节，不共夜泉开。魂兮若有感，仿佛梦中来。"又曰："常时华堂静，笑语度更筹。恍惚人事改，冥寞委荒丘。阳原歌薤露，阴壑悼藏舟。清夜妆台月，空想画眉愁。"

是夕，风露清虚，晅耿耿不寐。更深，悲吟前《悼亡诗》，忽闻暗中若泣声，初远渐近。晅惊恻，觉有异。乃祝之曰："倘是十娘子之灵，何惜一相见叙也。勿以幽冥隔碍宿昔之爱。"须臾，闻言曰："儿即张氏也，闻君悲吟相念，虽处阴冥，实所恻怆。愧君诚心，不以沉魂可弃，每所记念，是以此夕与君相闻。"晅惊叹流涕鸣咽曰："在心之事，卒难申叙；然须得一见颜色，死不恨矣。"答曰："隐显道隔，相见殊难。亦虑君亦有疑心，妾非不欲尽也。"晅词益恳，誓无疑贰。

俄而闻唤罗敷，先出前拜，言："娘子欲叙凤昔，正期与七郎相见。"晅问罗敷曰："我开元八年典汝与仙州康家，闻汝已于康家死矣。今何得在此？"答曰："被娘子赎来，令看阿美。"阿美，即晅之亡女也。晅又恻然。须臾，命灯烛立于阼阶之北。晅趋前泣而拜，妻答拜。晅乃执手叙以平生，妻亦流涕。谓晅曰："阴阳道隔，与君久别，虽冥寞无据，至于相思，尝不去心。今六合之日，冥官感君诚恳，放儿暂来。千年一遇，悲喜兼集。又美娘又小，嘱付无人。今夕何夕，再遂申款。"

晅乃命家人列拜起居，徙灯入室，施布帷帐，不肯先坐。乃曰："阴阳尊卑，以生人为贵，君可先坐。"晅即如言。笑谓晅曰："君情既不易平生。然闻已再婚，君新人在淮南，吾亦知甚平善。"因语："人生修短，固有定乎？"答曰："必定矣。"又问："佛与道，孰是非？"答曰："同源异派耳。别有太极仙品总灵之司，出有入无之化，其道大哉。其余悉如人间所说，今不合具言，彼此为累。"晅惧不敢复问。因问欲何膳。答曰："冥中珍羞亦备，唯无浆水粥，不可致耳。"晅即令备之。既至，索别器，摊之而食，向口如尽。及彻之，粥宛然。晅悉饭其从者。有老姥，不肯同坐。妻曰："倚是旧人，不同群小。"谓晅曰："此是紫菊奶，岂不识耶？"晅方记念。别席饭其余侍者，晅多不识。闻呼名字，乃是晅从京回日，多剪纸人奴婢所题之名，问妻，妻曰："皆君所与者。"乃知钱财奴婢，无不得也。妻曰："往日常弄一金镂合子，藏于堂屋西北斗栱中，无有人知处。"晅取，果得。又曰："岂不欲见美娘乎？今已长成。"晅曰："美娘亡时襁褓，地下岂受岁乎？"答曰："无异也。"须臾，美娘至，可五六岁。晅抚之而泣。妻曰："莫抱，惊儿。"罗敷却抱，忽不见。

晅令下帘帷，申缱绻，宛如平生，但觉手足呼吸冷耳。又问冥中居何处。答曰："在舅姑左右。"晅曰："娘子神灵如此，何不还返生？"答曰："人死之后，魂魄异处，皆有所录，杳不关形骸也。君何不验梦中，安能记其身也。儿亡之后，都不记；死时，亦不知殡葬之处。钱财奴婢，君与则知。至如形骸，实总不管。"既而绸缪，夜深，晅曰："同穴不远矣。"妻曰："曾闻合葬之礼，盖同形骸；至精神，实都不见，何烦此言也。"晅曰："妇人没地，不亦有再适乎？"答曰："死生同流，贞邪各异。且儿亡，堂上欲夺儿志，嫁与北庭都护郑乾观侄明远，儿誓志确然，上下矜闵，得免。"晅闻，怃然感怀，而赠诗曰："峄阳桐半死，延津剑一沉。如何宿昔内，空负百年心。"妻曰："方见君情，辄欲留答，可乎？"晅曰："曩日不属文，何以为词？"妻曰："文词素慕，虑君嫌猜，而不为言志之事。今夕何爽。"遂裂带题诗曰："不分殊幽显，那堪异古今。阴阳途自隔，聚散两难心。"又曰："兰阶兔月斜，银烛半含花。自怜长夜客，泉路以为家。"晅含涕言叙，悲喜之间，不觉天明。

须臾，闻扣门声，翁婆使丹参传语："令催新妇，恐天明，冥司督责。"妻泣而起。与晅诀别。晅修启状以附之。整衣,闻香郁然,不与世同。问:"此香何方得?"答言:"韩寿余香。儿来,堂上见赐。"晅执手曰:"何时再一见。"答曰:"四十年耳。"留一罗帛子,与晅为念。晅答一金钿合子。即曰:"前途日限,不可久留。自非四十年内,若于墓祭祀,都无益。必有相飨,但于月尽日黄昏时,于野田中,或于河畔,呼名字,儿尽得也。匆匆不果久语,愿自爱。"言讫。登车而去,扬被久之,方灭。举家皆见。事见《唐晅手记》。

柳　毅

李朝威　撰

据《太平广记》校录

仪凤中，有儒生柳毅者，应举下第，将还湘滨。念乡人有客于泾阳者。遂往告别。至六七里，鸟起马惊，疾逸道左。又六七里，乃止。见有妇人，牧羊于道畔。毅怪视之，乃殊色也。然而蛾脸不舒，巾袖无光，凝听翔立，若有所伺。毅诘之曰："子何苦而自辱如是？"妇始楚而谢，终泣而对曰："贱妾不幸，今日见辱于长者。然而恨贯肌骨，亦何能愧避，幸一闻焉。妾，洞庭龙君小女也。父母配嫁泾川次子，而夫婿乐逸，为婢仆所惑，日以厌薄。既而将诉于舅姑，舅姑爱其子，不能御。迨诉频切，又得罪舅姑。舅姑毁黜以至此。"言讫，歔欷流涕，悲不自胜。又曰："洞庭于兹，相远不知其几多也？长天茫茫，信耗莫通。心目断尽，无所知哀。闻君将还吴，密通洞庭。或以尺书，寄托侍者，未卜将以为可乎？"毅曰："吾义夫也。闻子之说，气血俱动，恨无毛羽，不能奋飞。是何可否之谓乎！然而洞庭，深水也。吾行尘间，宁可致意邪？唯恐道涂显晦，不相通达，致负诚托，又乖恳愿。子有何术，可导我邪？"女悲泣且谢，曰："负载珍重，不复言矣。脱获回耗,虽死必谢。君不许,何敢言。既许而问,则洞庭之与京邑,不足为异也。"毅请闻之。女曰:"洞庭之阴,有大橘树焉,乡人谓之社橘。君当解去兹带,束以他物。然后叩树三发,当有应者。因而随之,无有碍矣。幸君子书叙之外,悉以心诚之话倚托,千万无渝。"毅曰:"敬闻命矣。"女遂于襦间解书,再拜以进,东望愁泣,若不自胜。毅深为之戚。乃置书囊中,因复问曰:"吾不知子之牧羊,何所用哉?神祇岂宰杀乎?"女曰:"非羊也,雨工也。""何为雨工?"曰:"雷霆之类也。"数顾视之,则皆矫顾怒步,饮龁甚异。而大小毛角,则无别羊焉。毅又曰:"吾为使者,他日归洞庭,幸勿相避。"女曰:"宁止不避,当如亲戚耳。"语竟,引别东去。不数十步,回望女与羊,俱亡所见矣。

其夕,至邑而别其友。月余,到乡还家,乃访于洞庭。洞庭之阴,果有社橘。遂易带向树,三击而止。俄有武夫出于波间,再拜请曰:"贵客将自何所至也?"毅不告其实,曰:"走谒大王耳。"武夫揭水指路,引毅以进。谓毅曰:"当闭目数息,可达矣。"毅如其言,遂至其宫。始见台阁相向,门户千万,奇草珍木,无所不有。夫乃止毅,停于大室之隅,曰:"客当居此以伺焉。"毅曰:"此何所也?"夫曰:"此灵虚殿也。"谛视之,则人间珍宝,毕尽于此。柱以白璧,砌以青玉,床以珊瑚,帘以水精,雕琉璃于翠楣,饰琥珀于虹栋。奇秀深杳,不可殚言。然而王久不至。毅谓夫曰:"洞庭君安在哉?"曰:"吾君方幸玄珠阁,与太阳道士讲《火经》,少选当毕。"毅曰:"何谓《火经》?"夫曰:"吾君,龙也。龙以水为神,举一滴可包陵谷。道士,乃人也。人以火为神圣，发一灯可燎阿房。然而灵用不同，玄化各异。太阳道士精于人理，吾君邀以听言。"

语毕而宫门辟，景从云合，而见一人，披紫衣，执青玉。夫跃曰："此吾君也！"乃至前以告之。君望毅而问曰："岂非人间之人乎？"毅对曰："然。"毅遂设拜，君亦拜，命坐于灵虚之下。谓毅曰："水府幽深，寡人暗昧，夫子不远千里，将有为乎？"毅曰："毅，大王之乡人也。长于楚，游学于秦。昨下第，闲驱泾水右涘，见大王爱女牧羊于野，风鬟雨鬓，所不忍视。毅因诘之，谓毅曰：'为夫婿所薄，舅姑不念，以至于此。'悲泗淋漓，诚怛人心。遂托书于毅。毅许之，今以至此。"因取书进之。洞庭君览毕，以袖掩面而泣曰："老父之罪，不诊坚听，坐贻聋瞽，使闺窗孺弱，远罹构害。公，乃陌上人也，而能急之。幸被齿发，何敢负德！"词毕，又哀咤良久。左右皆流涕。

时有宦人密侍君者，君以书授之，令达宫中。须臾，宫中皆恸哭。君惊，谓左右曰："疾告宫中，无使有声，恐钱塘所知。"毅曰："钱塘，何人也？"曰："寡人之爱弟。昔为钱塘长，今则致政矣。"毅曰："何故不使知？"曰："以其勇过人耳。昔尧遭洪水九年者，乃此子一怒也。近与天将失意，塞其五山。上帝以寡人有薄德于古今，遂宽其同气之罪。然犹縻系于此，故钱塘之人，日日候焉。"语未毕，而大声忽发，天拆地裂，宫殿摆簸，云烟沸涌。俄有赤龙长千余尺，电目血舌，朱鳞火鬣，项掣金锁，锁牵玉柱，千雷万霆，激绕其身，霰雪雨雹，一时皆下。乃擘青天而飞去。毅恐蹶仆地。君亲起持之曰："无惧，固无害。"毅良久稍安，乃获自定。因告辞曰："愿得生归，以避复来。"君曰："必不如此。其去则然，其来则不然。幸为少尽缱绻。"因命酌互举，以款人事。

俄而祥风庆云，融融怡怡，幢节玲珑，箫韶以随。红妆千万，笑语熙熙，后有一人，自然蛾眉，明珰满身，绡縠参差。迫而视之，乃前寄辞者。然若喜若悲，零泪如丝。须臾红烟蔽其左，紫气舒其右，香气环旋，入于宫中。君笑谓毅曰："泾水之囚人至矣。"君乃辞归宫中。须臾，又闻怨苦，久而不已。

有顷，君复出，与毅饮食。又有一人，披紫裳，执青玉，貌耸神溢，立于君左。君谓毅曰："此钱塘也。"毅起，趋拜之。钱塘亦尽礼相接，谓毅曰："女侄不幸，为顽童所辱。赖明君子信义昭彰，致达远冤。不然者，是为泾陵之土矣。飨德怀恩，词不悉心。"毅拱退辞谢，俯仰唯唯。然后回告兄曰："向者辰发灵虚，巳至泾阳，午战于彼，未还于此。中间驰至九天，以告上帝。帝知其冤，而宥其失。前所谴责，因而获免。然而刚肠激发，不遑辞候。惊扰宫中，复忤宾客。愧惕惭惧，不知所失。"因退而再拜。君曰："所杀几何？"曰："六十万。""伤稼乎？"曰："八百里。""无情郎安在？"曰："食之矣。"君忧然曰："顽童之为是心也，诚不可忍。然汝亦太草草。赖上帝显圣，谅其至冤。不然者，吾何辞焉。从此已去，勿复如是。"钱塘复再拜。

是夕，遂宿毅于凝光殿。明日，又宴毅于凝碧宫。会友戚，张广乐，具以醴醑，罗以甘洁。初，笳角鼙鼓，旌旗剑戟，舞万夫于其右。中有一夫前曰："此《钱塘破阵乐》。"旌铠杰气，顾骤悍栗,坐客视之,毛发皆竖。复有金石丝竹,罗绮珠翠,舞千女于其左。中有一女前进曰:"此《贵主还宫乐》。"清音宛转,如诉如慕,坐客听之,不觉泪下。二舞既毕,龙君大悦,锡以纨绮,颁于舞人。然后密席贯坐,纵酒极娱。酒酣,洞庭君乃击席而歌曰:"大天苍苍兮,大地茫茫。人各有志兮,何可思量。狐神鼠圣兮,薄社依墙。雷霆一发兮,其孰敢当。荷真人兮信义长,令骨肉兮还故乡。齐言惭愧兮何时忘!"洞庭君歌罢,钱塘君再拜而歌曰:"上天配合兮,生死有途。此不当妇兮,彼不当夫。腹心辛苦兮,泾水之隅。风霜满鬓兮,雨雪罗襦。赖明公兮引素书,令骨肉兮家如初。永言珍重兮无时无。"钱塘君歌阕,洞庭君俱起,奉觞于毅。毅踧踖而受爵,饮讫,复以二觞奉二君。乃歌曰:"碧云悠悠兮,泾水东流。伤美人兮,雨泣花愁。尺书远达兮,以解君忧。哀冤果雪兮,还处其休。荷和雅兮感甘羞。山家寂寞兮难久留。欲将辞去兮悲绸缪。"歌罢,皆呼万岁。洞庭君因出碧玉箱,贮以开水犀;钱塘君复出红珀盘,贮以照夜玑,皆起进毅。毅辞谢而受。然后宫中之人,咸以绡彩珠璧,投于毅侧。重叠焕赫,须臾埋没前后。毅笑语四顾,愧揖不暇。泊酒阑欢极,毅辞起,复宿于凝光殿。

翌日,又宴毅于清光阁。钱塘因酒,作色,踞谓毅曰:"不闻猛石可裂不可卷,义士可杀不可羞邪?愚有衷曲,欲一陈于公。如可,则俱在云霄;如不可,则皆夷粪壤。足下以为何如哉?"毅曰:"请闻之。"钱塘曰:"泾阳之妻,则洞庭君之爱女也。淑性茂质,为九姻所重。不幸见辱于匪人,今则绝矣。将欲求托高义,世为亲戚。使受恩者知其所归,怀爱者知其所付,岂不为君子始终之道者?"毅肃然而作,欻然而笑曰:"诚不知钱塘君屑困如是!毅始闻跨九州,怀五岳,泄其愤怒;复见断锁金,擘玉柱,赴其急难。毅以为刚决明直,无如君者。盖犯之者不避其死,感之者不爱其生,此真丈夫之志。奈何箫管方洽,亲宾正和,不顾其道,以威加人?岂仆之素望哉!若遇公于洪波之中,玄山之间,鼓以鳞须,被以云雨,将迫毅以死,毅则以禽兽视之,亦何恨哉。今体被衣冠,坐谈礼义,尽五常之志性,负百行之微旨,虽人世贤杰,有不如者。况江河灵类乎?而欲以蠢然之躯,悍然之性,乘酒假气,将迫于人,岂近直哉!且毅之质,不足以藏王一甲之间。然而敢以不伏之心,胜王不道之气。惟王筹之!"钱塘乃逡巡致谢曰:"寡人生长宫房,不闻正论。向者词述疏狂,妄突高明。退自循顾,戾不容责。幸君子不为此乖间可也。"其夕,复欢宴,其乐如旧。毅与钱塘,遂为知心友。

明日,毅辞归。洞庭君夫人别宴毅于潜景殿。男女仆妾等,悉出预会。夫人泣谓毅曰:"骨肉受君子深恩,恨不得展愧戴,遂至睽别。"使前泾阳女当席拜毅以致谢。夫人又曰:"此别岂有复相遇之日乎?"毅其始虽不诺钱塘之请,然当此席,殊有叹恨之色。宴罢,辞别,满宫凄然。赠遗珍宝,怪不可述。毅于是复循途出江岸,见从者十余人,担囊以随,至其家而辞去。

毅因适广陵宝肆,鬻其所得。百未发一,财已盈兆。故淮右富族,咸以为莫如。遂娶于张氏,亡。又娶韩氏,数月,韩氏又亡。徙家金陵。常以鳏旷多感,或谋新匹。有媒氏告之曰:"有卢氏女,范阳人也。父名曰浩,尝为清流宰。晚岁好道,独游云泉,今则不知所在矣。母曰郑氏。前年适清河张氏,不幸而张夫早亡。母怜其少,惜其慧美,欲择德以配焉。不识何如?"毅乃卜日就礼。既而男女二姓,俱为豪族,法用礼物,尽其丰盛。金陵之士,莫不健仰。居月余,毅因晚入户,视其妻,深觉类于龙女,而逸艳丰厚,则又过之。因与话昔事。妻谓毅曰:"人世岂有如是之理乎?然君与余有一子。"毅益重之。

既产,逾月,乃秾饰换服,召亲戚。相会之间,笑谓毅曰:"君不忆余之于昔也?"毅曰:"夙为洞庭君女传书,至今为忆。"妻曰:"余即洞庭君之女也。泾川之冤,君使得白。衔君之恩,誓心求报。泊钱塘季父论亲不从,遂至睽违,天各一方,不能相问。父母欲配嫁于濯锦小儿某。惟以心誓难移,亲命难背,既为君子弃绝,分无见期。而当初之冤,虽得以告诸父母,而誓报不得其志,复欲驰白于君子。值君子累娶,当娶于张,已而又娶于韩。洎张、韩继卒,君卜居于兹,故余之父母乃喜余得遂报君之意。今日获奉君子,咸善终世,死无恨矣。"因呜咽,泣涕交下。对毅曰:"始不言者,知君无重色之心。今乃言者,知君有感余之意。妇人匪薄,不足以确厚永心,故因君爱子,以托相生。未知君意如何?愁惧兼心,不能自解。君附书之日,笑谓妾曰:'他日归洞庭,慎无相避。'诚不知当此之际,君岂有意于今日之事乎?其后季父请于君,君固不许。君乃诚将不可邪,抑忿然邪?君其话之!"

毅曰:"似有命者。仆始见君于长泾之隅,枉抑憔悴,诚有不平之志。然自约其心者，达君之冤，余无及也。以言慎勿相避者，偶然耳，岂有意哉。洎钱塘逼迫之际，唯理有不可直，乃激人之怒耳。夫始以义行为之志，宁有杀其婿而纳其妻者邪？一不可也。善素以操真为志尚，宁有屈于己而伏于心者乎？二不可也。且以率肆胸臆，酬酢纷纶，唯直是图，不遑避害。然而将别之日，见君有依然之容，心甚恨之。终以人事拘束，无由报谢。吁，今日，君，卢氏也，又家于人间，则吾始心未为惑矣。从此以往，永奉欢好，心无纤虑也。"妻因深感娇泣，良久不已。有顷，谓毅曰："勿以他类，遂为无心，固当知报耳。夫龙寿万岁，今与君同之，水陆无往不适，君不以为妄也。"毅嘉之曰："吾不知国客乃复为神仙之饵。"乃相与覛洞庭。

既至，而宾主盛礼，不可具纪。后居南海，仅四十年，其邸第舆马、珍鲜服玩，虽侯伯之室，无以加也。毅之族咸遂濡泽。以其春秋积序，容状不衰，南海之人，靡不惊异。洎开元中，上方属意于神仙之事，精索道术。毅不得安，遂相与归洞庭。凡十余岁，莫知其迹。

至开元末，毅之表弟薛嘏为京畿令，谪官东南。经洞庭，晴昼长望，俄见碧山出于远波。舟人皆侧立，曰："此本无山，恐水怪耳。"指顾之际，山与舟相逼，乃有彩船自山驰来，迎问于嘏。其中有一人呼之曰："柳公来候耳。"嘏省然记之，乃促至山下，摄衣疾上。山有宫阙如人世，见毅立于宫室之中，前列丝竹，后罗珠翠，物玩之盛，殊倍人间。毅词理益玄，容颜益少。初迎嘏于砌，持嘏手曰："别来瞬息，而发毛已黄。"嘏笑曰："兄为神仙，弟为枯骨，命也。"毅因出药五十丸遗嘏，曰："此药一丸，可增一岁耳。岁满复来，无久居人世，以自苦也。"欢宴毕，嘏乃辞行。自是已后，遂绝影响。嘏常以是事告于人世。殆四纪，嘏亦不知所在。

陇西李朝威叙而叹曰：五虫之长，必以灵著，别斯见矣。人，裸也，移信鳞虫。洞庭含纳大直，钱塘迅疾磊落，宜有承焉。嘏咏而不载，独可邻其境。愚义之，为斯文。

❖ ❖ ❖

按此文，《太平广记》四百十九引《异闻集》题曰《柳毅》，无传字。作者陇西李朝威，生平无可考。就本文开元末毅表弟薛嘏谪官东南，经洞庭见毅，殆四纪，嘏亦不知所往等句观之，则李固掇拾传闻，其笔诸篇籍，恐亦在贞元、元和之间矣。他无可征，殊难确定。至柳毅事盛传于时，唐末复有本此文而作《灵应传》。元尚仲贤更演为《柳毅传书》剧本，翻案而为《张生煮海》。李好古亦有《张生煮海》。明黄说仲又有《龙箫记》。勾吴梅花墅又有《橘浦记》。皆推原此文而益为傅会者也。明人胡应麟论诗，极尊弇洲，不喜用唐宋事，并恶及此文，曾云："唐人小说如《柳毅》，传书洞庭事，极妄诞不根，文士亟当唾去，而诗人往往好用之。夫诗中用事，本不论虚实，然此事特诞而不情。造言者至此，亦横议可诛者也。何仲默每戒人用唐宋事，而有'旧井潮深柳毅祠'之句，亦大卤莽。今特拈出，以为学诗之鉴。黎惟敬本学仲默诗，而与余游西山玉龙洞，有'封书谁识洞庭君'之句。暗用柳毅而不露，而语独奇俊，得诗家三昧。总之不如不用为善。然二君用事，偶经意不经意耳。"（《二酉拾遗》卷中）然胡应麟又尝云："唐人传奇小传，如《柳毅》《陶岘》《红线》《虬髯客》诸篇，撰述浓至，有范晔、李延寿之所不及。"（《少室山房类稿》）一人议论，而矛盾若此。盖论诗则鄙弃唐宋事实而不用；语文则尊说部而抑史家。门户客气之论，讵得谓之公允哉。

按唐稗取材，于仙怪狐鬼以外，尤喜言龙女灵异之事。此文既盛传于中唐以后，后人受其影响，别出机轴，演为长篇者，尚有不著撰人之《灵应传》，亦最有名。观其铺陈九娘子之贞洁，郑承符之智勇，振奇可喜。而布局振采，全不相袭。则固唐末嗜异能文者所为也。《灵应传》本足与此篇并传，然篇中竟及泾阳、钱塘之事，固宜附此并存。俾诵《柳毅传》者，得连类肄及焉。

《太平广记》四百九十二引《灵应传》云：

泾州之东二十里，有故薛举城。城之隅有善女湫，广袤数里，兼葭丛翠，古木萧疏。其水湛然而碧，莫有测其浅深者，水族灵怪，往往见焉。乡人立祠于旁，曰九娘子神。岁之水旱疾疫，皆得祈请焉。又州之西二百余里，朝那镇之北有湫神，因地而名，曰朝那神。其肸蚃灵应，则居善女之右矣。

乾符五年，节度使周宝在镇日，自仲夏之初，数数有云气，状如奇峰者，如美女者，如鼠、如虎者，由二湫而兴。至于激迅风，震雷电，发屋拔树，数刻而止。伤人害稼，其数甚多。宝责躬励己，谓为政之未敷，致阴灵之所遣也。

至六月五日，府中视其事之暇，昏然思寐，因解巾就枕。寝犹未熟，见一武士，冠鍪被铠，持钺而立于阶下，曰："有女客在门，欲申参谒，故先听命。"宝曰："尔为谁乎？"曰："某即君之阍者，效役有年矣。"宝将诘其由，已见二青衣，历阶而升，长跪于前曰："九娘子自郊墅特来告谒，故先使下执事致命于明公。"宝曰："九娘子非吾通家亲戚，安敢造次相面乎？"言犹未终，而见祥云细雨，异香袭人。俄有一妇人，年可十七八，衣裙素淡，容质窈窕，凭空而下，立庭庑之间。容仪绰约，有绝世之貌。侍者十余辈，皆服饰鲜洁，有如妃主之仪。顾步徊翔，渐及卧所。宝将少避之，以候其意。侍者趋进而言曰："贵主以君之高义，可申诚信之托，故将冤抑之怀，诉诸明公。明公忍不救其急难乎？"宝遂命升阶相见。宾主之礼，颇甚肃恭。登榻而坐，祥烟四合，紫气充庭，敛态低鬟，若有忧戚之貌。

宝命酌醴设馔，厚礼以待之。俄而敛袂离席，逡巡而言曰："妾以寓止郊园，绵历多祀，醉酒饱德，蒙惠诚深。虽以孤枕寒床，甘心没齿。荧爝有托，负荷逾多。但以显晦殊途，行止乖互。今乃迫于情礼，岂暇缄藏。倘鉴幽情，当敢披露。"宝曰："愿闻其说，所冀识其宗系。苟可展分，安敢以幽显为辞。君子杀身以成仁，徇其毅烈。蹈赴汤火，旁雪不平，乃宝之志也。"对曰："妾家世会稽之鄮县，卜筑于东海之潭。桑榆坟陇，百有余代。其后遭世不造，畎室贻灾。五百人皆遭庾氏焚炙之祸，纂绍几绝。

089

不忍戴天，潜遁幽岩，沉冤莫雪。至梁天监中，武帝好奇，召人通龙宫，入枯桑岛，以烧燕奇味，结好于洞庭君宝藏主第七女，以求异宝。寻闻家仇庚毗罗自鄹县白水郎弃官解印，欲承命请行，阴怀不道，因使得入龙宫，假以求货，覆吾宗嗣。赖杰公敏鉴，知渠挟私请行，欲肆无辜之害。虑其反贻伊戚，辱君之命，言于武帝，武帝遂止。乃令合浦郡落黎县欧越罗子春代行。妾之先宗，羞共戴天，虑其后患，乃率其族，韬光灭迹，易姓变名，避仇于新平真宁县安村。披榛凿穴，筑室于兹。先人敝庐，殆成胡越。今三世卜居，先为灵应君，寻受封应圣侯。后以阴灵普济，功德及民，又封普济王。威德临人，为世所重。妾即王之第九女也。笄年配于象郡石龙之少子。良人以世袭猛烈，血气方刚，宪法不拘，严父不禁，残虐视事，礼教蔑闻，未及期年，果贻天谴，覆宗绝嗣，削迹除名。唯妾一身，仅以获免。父母抑遣再行，妾终违命。王侯致聘，接轸交辕。诚愿既坚，遂欲自剸。父母怒其刚烈，遂遣屏居于兹土之别邑。音问不通，于今三纪。虽慈颜未复，温清久违，离群索居，甚为得志。近年为朝那小龙，以季弟未婚，潜行礼聘。甘言厚币，峻阻复来。灭性毁形，殆将不可。朝那遂通好于家君，欲成其事。遂使其季弟权徙居于王畿之西，将质于我王，以成姻好。家君知妾之不可夺，乃令朝那纵兵相逼。妾亦率其家僮五十余人，付以兵仗，逆战郊原。众寡不敌，三战三北。师徒倦弊，犄角无怙。将欲收拾余烬，背城借一，而虑晋阳水急，台城火炎，一旦攻下，为顽童所辱。纵没于泉下，无面石氏之子。故《诗》云：'泛彼柏舟，在彼中河。髧彼两髦，实维我仪。之死矢靡他。母也天只，不谅人只。'此卫世子孀妇自誓之词。又云：'谁谓鼠无牙？何以穿我墉。谁谓女无家？何以速我讼。虽速我讼，亦不女从。'此邵伯听讼，衰乱之俗兴，贞信之教微，强暴之男，不能侵凌贞女也。今则公之教可以精通幽显，贻范古今。贞信之教，故不为姬奭之下者。幸以君之余力，少假兵锋，挫彼凶狂，存其鳏寡。成贱妾终天之誓，彰明公赴难之心。辄具志诚，幸无见阻。"

宝心虽许之，讶其辨博，欲拒以他事，以观其词。乃曰："边徼事繁，烟尘在望。朝廷以西陲陷虏，羌没者三十余州。将议举戈，复其土壤。晓夕恭命，不敢自安。匪夕伊朝，前茅即举。空多愤悱，未暇承命。"对曰："昔年楚昭王以方城为城，汉水为池，尽有荆蛮之地。藉父兄之资，强国外连，三良内助。而吴兵一举，鸟迸云奔，不暇婴城，迫于走兔。宝玉迁徙，宗社凌夷。万乘之灵，不能庇先王之朽骨。至申胥乞师于嬴氏，血泪污于秦庭，七日长号，昼夜靡息。秦伯悯其祸败，竟为出师，复楚退吴，仅存亡国。况芊氏为春秋之强国，申胥乃衰楚之大夫，而以矢尽兵穷，委身折节，肝脑涂地，感动于强秦。矧妾一女子，父母斥其孤贞，狂童凌其寡弱，缀旒之急，安得不少动仁人之心乎？"宝曰："九娘子灵宗异派，呼吸风云，蠢尔黎元，固在掌握。又焉得示弱于世俗之人，而自困如是者哉？"对曰："妾家族望，海内咸知。只如彭蠡、洞庭，皆外祖也。陵水、罗水，皆中表也。内外昆季，百有余人。散居吴越之间，各分地土。咸京八水，半是宗亲。若以遣一介之使，飞咫尺之书，告彭蠡、洞庭，召陵水、罗水，率维扬之轻锐，征八水之鹰扬。然后檄冯夷，说巨灵，鼓子胥之波涛，混阳侯之鬼怪，鞭驱列缺，指挥丰隆，扇疾风，翻暴浪，百道俱进，六师鼓行。一战而成功，则朝那一鳞，立为齑粉。泾城千里，坐变污潴。言下可观，安敢谬矣。顷者，泾阳君与洞庭外祖世为姻戚，后以琴瑟不调，弃掷少妇，遭钱塘之一怒，伤生害稼，怀山襄陵。泾水穷鳞，寻毙外祖之牙齿。今泾上车轮马迹犹在，史传具存，固非谬也。妾又以夫族得罪于天，未蒙上帝昭雪，所以销声避影，而自困如是。君若不悉诚款，终以多事为词，则向者之言，不敢避上帝之责也。"宝遂许诺。卒爵撤馔，再拜而去。宝及晡方寤，耳闻目览，恍然如在。翼日，遂遣兵士一千五百人，戍于湫庙之侧。

是月七日，鸡初鸣，宝将晨兴，疏牖尚暗。忽于帐前有一人，经行于帷幌之间，有若侍巾栉者。呼之命烛，竟无酬对。遂厉而叱之。乃言曰："幽明有隔，幸不以灯烛见迫也。"宝潜知异，乃屏气息音，徐谓之曰："得非九娘子乎？"对曰："某即九娘子之执事者也。昨日蒙君假以师徒，救其危患。但以幽显事别，不能驱策。苟能存其始约，幸再思之。"俄而纱窗渐白，注目视之，悄无所见。宝良久思之，方达其义。遂呼吏，命按兵籍，选亡没者名，得马军五百人，步卒一千五百人；数内选押衙孟远，充行营都虞候，牒送善女湫神。

是月十一日，抽回戍庙之卒。见于厅事之前，转旋之际，有一甲士仆地，口动目瞬，问无所应，亦不似暴卒者。遂置于廊庑之间，天明方寤。遂使人诘之，对曰："某初见一人，衣青袍，自东而来，相见甚有礼。谓某曰：'贵主蒙相公莫大之恩，拯其焚溺。然亦未尽诚款。假尔明敏，再通幽情。幸无辞，勉也。'某急以他词拒之。遂以袂相牵，憽然颠仆。但觉与青衣者继踵偕行，俄至其庙。促呼连步，至于帷薄之前。见贵主谓某云：'昨蒙相公悯念孤危，俾尔戍于敝邑。往返途路，得无劳止？余近蒙相公再借兵师，深惬诚愿。观其士马精强，衣甲铦利。然都虞候孟远才轻位下，甚无机略。今月九日，有游军三千余，来掠我近郊。遂令孟远领新到将士，邀击于平原之上。设伏不密，反为彼军所败。甚思一权谋之将。俾尔速归，达我情素。'言讫，拜辞而出，昏然似醉。余无所知矣。"宝验其说，与梦相符。意欲质前事，遂差制胜关使郑承符以代孟远。

是月三日晚斋于后球场，沥酒焚香，牒请九娘子神收管。至十六日，制胜关申云："今月十三日夜三更已来，关使暴卒。"宝惊叹息，使人驰视之。至则果卒。唯心背不冷，暑月停尸，亦不败坏。其家甚异之。忽一夜，阴风惨洌，吹砂走石，发屋拔树，禾苗尽偃，及晓而止。云雾四布，连夕不解。至暮，有迅雷一声，划如天裂。承符忽呻吟数息，其家剖棺视之，良久复苏。

是夕，亲邻咸聚，悲喜相仍，信宿如故。家人诘其由。乃曰："余初见一人，衣紫绶，乘骊驹，从者十余人。至门，下马，命吾相见。揖让周旋，手捧一牒授吾云：'贵主得吹尘之梦，知君负命世之才，欲遵南阳故事，思殄邦仇。使下臣持兹礼币，聊展敬于君子，而冀再康国步，幸不以三顾为劳也。'余不暇他辞，唯称不敢。酬酢之际，已见聘币罗于阶下，鞍马器甲锦彩服玩橐鞬之属，咸布列于庭。吾辞不获免，遂再拜受之。即相促登车。所乘马异常骏伟，装饰鲜洁，仆御整肃。倏忽行百余里。有甲马三百骑，已来迎候，驱殿有大将军之行李，余亦颇以为得志。指顾间，望见一大城，其雉堞穹崇，沟洫深濬。余惚恍不知所自。俄于郊外备帐幕，设享。宴罢入城，观者如堵。传呼小吏，交错其间。所经之门，不记重数。及至一处，如有公署。左右使余下马易衣，趋见贵主。贵主使人传命，请以宾主之礼见。余自谓既受公文器甲临戎之具，即是臣也。遂坚辞，具戎服入见。贵主使人复命，请去櫜鞬，宾主之间，降杀可也。余遂舍器仗而趋入，见贵主坐于厅上。余拜谒，一如君臣之礼。拜讫，连呼登阶。余乃再拜，升自西阶。见红妆翠眉，蟠龙髻凤而侍立者，数十余辈。弹弦握管，袄花异服而执役者，又数十辈。腰金拖紫，曳组攒簪而趋隅者，又非止一人也。轻裘大带，白玉横腰，而森罗于阶下者，其数甚多。次命女客五六人，各有侍者十数辈，差肩接迹，累累而进。余亦低视长揖，不敢施拜。坐定，有大校数人，皆令预坐。举乐进酒。酒至，贵主敛袂举觞，将欲兴词，叙向来征聘之意。俄闻烽燧四起，叫噪喧呼云：'朝那贼步骑数万人，今日平明攻破堡塞，寻已入界。数道齐进，烟火不绝。请发兵救应。'侍坐者相顾失色。诸女不及叙别，狼狈而散。及诸校降阶拜谢，伫立听命。贵主临轩谓余曰：'吾受相公非常之惠，悯其孤茕，继发师徒，拯其患难。然以车甲不利，权略是思。今不弃弊陋，所以命将军者，正为此危急也。幸不以幽僻为辞，少匡不迨。'遂别赐战马二匹，黄金甲一副，旌旗旄钺、珍宝器用，充庭溢目，不可胜计,彩女二人,给以兵符,锡赉甚丰。余拜捧而出,传呼诸将,指挥部伍,内外响应。是夜,出城。相次探报,皆云:'贼势渐雄。'余素谙其山川地理,形势孤虚。遂引军夜出,去城百余里,分布要害。明悬赏罚,号令三军,设三伏以待之。迟明,排布已毕。贼汰其前功,颇甚轻进,犹谓孟远之统众也。余自引轻骑,登高视之。见烟尘四合,行阵整肃。余先使轻兵搦战,示弱以诱之。接以短兵,且战且行。金革之声,天裂地坼。余引兵诈北,彼亦尽锐前趋。鼓噪一声,伏兵尽起。千里转战,四面夹攻。彼军败绩,死者如麻。再战再奔,朝那狡童,漏刃而去。从亡之卒,不过十余人。余选健马三十骑追之,果生置于麾下。由是血肉染草木,脂膏润原野,腥秽荡空,戈甲山积。槛贼帅以轻车,驰送于贵主,贵主登平朔楼受之。举国士民,咸来会集,引于楼前,以礼责问。唯称'死罪',竟绝他词。遂令押赴都市腰斩。临刑,有一使乘传,来自王所,持急诏令,促赦之。曰:'朝那之罪,吾之罪也。汝可赦之,以轻吾过。'贵主以父母再通音问,喜不自胜,谓诸将曰:'朝那妄动,即父之命也;今使赦之,亦父之命也。昔吾违命,乃贞节也。今若又违,是不祥也。'遂命解缚,使单骑送归,未及,朝那包羞而卒于路。余以克敌之功,大被宠锡。寻备礼,拜平难大将军,食朔方一万三千户,别赐第宅、舆马、宝器、衣服、婢仆、园林、邸第、旌幢、铠甲。次及诸将,赏赉有差。明日大宴,预坐者不过五六人。前者六七女皆来侍坐,风姿艳态,愈更动人。竟夕酣饮,甚欢。酒至,贵主捧觞而言曰:'妾之不幸,少处空闺。天赋孤贞,不从严父之命。屏居于此三纪矣。蓬首灰心，未得其死。邻童迫胁，几至颠危。若非相公之殊恩，将军之雄武，则息国不言之妇，又为朝那之囚耳。永言斯惠，终天不忘。'遂以七宝钟酌酒，使人持送郑将军。余因避席再拜而饮。余自是颇动归心，词理恳切，遂许给假一月。宴罢，出。明日，辞谢讫，拥其麾下三十余人，返于来路。所经之处，但闻鸡犬，颇甚酸辛。俄顷到家，见家人聚泣，灵帐俨然。麾下一人，令余促入棺缝之中。余欲前，而为左右所耸。俄闻震雷一声，醒然而悟。"

承符自此不事家产，唯以后事付妻孥。果经一月，无疾而终。其初欲暴卒时，告其所亲曰："余本机铃入用，效节戎行。虽奇功蔑闻，而薄效粗立。洎遭衅累，谴谪于兹。平生志气，郁而未申。丈夫终当扇长风，摧巨浪，挟太山以压卵，决东海以沃萤。奋其鹰犬之心，为人雪不平之事。吾朝夕当有所受。与子分襟，固不久矣。"

其月十三日，有人自薛举城晨发十余里，天初平晓，忽见前有车尘竞起，旌旗焕赤，甲马数百人。中拥一人，气概洋洋然，逼而视之，郑承符也。此人惊讶移时，因伫于路左。见瞥如风云，抵善女湫，俄顷，悄无所见。

又按《太平广记》四百九十二引此文。不著撰人。明人有题为于逖者，殊不足据，今不取。周宝，字上珪，平州卢龙人。黄巢领宣、歙，乃徙镇海军节度使，兼西南招讨使。后为钱镠所杀。有传在《唐书》一百八十六。本传称乾符五年节度使周宝，则撰者固僖宗昭宗时人也。

霍小玉传

蒋防 撰

据《太平广记》校录

大历中,陇西李生名益,年二十,以进士擢第。其明年,拔萃,俟试于天官。夏六月,至长安,舍于新昌里。生门族清华,少有才思,丽词嘉句,时谓无双;先达丈人,翕然推伏。每自矜风调,思得佳偶,博求名妓,久而未谐。长安有媒鲍十一娘者,故薛驸马家青衣也,折券从良,十余年矣。性便辟,巧言语,豪家戚里,无不经过,追风挟策,推为渠帅。常受生诚托厚赂,意颇德之。

经数月,李方闲居舍之南亭。申未间,忽闻扣门甚急,云是鲍十一娘至。摄衣从之,迎问曰:"鲍卿今日何故忽然而来?"鲍笑曰:"苏姑子作好梦也未?有一仙人,谪在下界,不邀财货,但慕风流。如此色目,共十郎相当矣。"生闻之惊跃,神飞体轻,引鲍手且拜且谢曰:"一生作奴,死亦不惮。"因问其名居。鲍具说曰:"故霍王小女,字小玉,王甚爱之。母曰净持。净持,即王之宠婢也。王之初薨,诸弟兄以其出自贱庶,不甚收录。因分与资财,遣居于外,易姓为郑氏,人亦不知其王女。姿质秾艳,一生未见，高情逸态，事事过人，音乐诗书，无不通解。昨遣某求一好儿郎格调相称者。某具说十郎。他亦知有李十郎名字，非常欢惬。住在胜业坊古寺曲，甫上车门宅是也。已与他作期约。明日午时，但至曲头觅桂子，即得矣。"鲍既去，生便备行计。遂令家僮秋鸿，于从兄京兆参军尚公处假青骊驹、黄金勒。其夕，生浣衣沐浴，修饰容仪，喜跃交并，通夕不寐。迟明，巾帻，引镜自照，惟惧不谐也。徘徊之间，至于亭午。遂命驾疾驱，直抵胜业。

至约之所，果见青衣立候，迎问曰："莫是李十郎否？"即下马，令牵入屋底，急急锁门。见鲍果从内出来，遥笑曰："何等儿郎，造次入此？"生调诮未毕，引入中门。庭间有四樱桃树，西北悬一鹦鹉笼，见生入来，即语曰："有人入来，急下帘者！"生本性雅淡，心犹疑惧，忽见鸟语，愕然不敢进。逡巡，鲍引净持下阶相迎，延入对坐。年可四十余，绰约多姿，谈笑甚媚。因谓生曰："素闻十郎才调风流，今又见仪容雅秀，名下固无虚士。某有一女子，虽拙教训，颜色不至丑陋，得配君子，颇为相宜。频见鲍十一娘说意旨，今亦便令承奉箕帚。"生谢曰："鄙拙庸愚，不意顾盼，倘垂采录，生死为荣。"

遂命酒馔，即令小玉自堂东阁子中而出。生即拜迎。但觉一室之中，若琼林玉树，互相照曜，转盼精彩射人。既而遂坐母侧，母谓曰："汝尝爱念'开帘风动竹，疑是故人来'，即此十郎诗也。尔终日吟想，何如一见。"玉乃低鬟微笑，细语曰："见面不如闻名。才子岂能无貌？"生遂连起拜曰："小娘子爱才，鄙夫重色。两好相映，才貌相兼。"母女相顾而笑，遂举酒数巡。生起，请玉唱歌。初不肯，母固强之。发声清亮，曲度精奇。

酒阑，及暝，鲍引生就西院憩息。闲庭邃宇，帘幕甚华。鲍令侍儿桂子、浣沙与生脱靴解带。须臾，玉至，言叙温和，辞气宛媚。解罗衣之际，态有余妍，低帏昵枕，极其欢爱。生自以为巫山、洛浦不过也。中宵之夜，玉忽流涕观生曰："妾本倡家，自知非匹。今以色爱，托其仁贤。但虑一旦色衰，恩移情替，使女萝无托，秋扇见捐。极欢之际，不觉悲至。"生闻之，不胜感叹。乃引臂替枕，徐谓玉曰："平生志愿，今日获从，粉骨碎身，誓不相舍。夫人何发此言！请以素缣，著之盟约。"玉因收泪，命侍儿樱桃褰幄执烛，授生笔研。玉管弦之暇，雅好诗书，筐箱笔研，皆王家之旧物。遂取绣囊，出越姬乌丝栏素缣三尺以授生。生素多才思，援笔成章，引谕山河，指诚日月，句句恳切，闻之动人。染毕，命藏于宝箧之内。自尔婉娈相得，若翡翠之在云路也。如此二岁，日夜相从。

其后年春，生以书判拔萃登科，授郑县主簿。至四月，将之官，便拜庆于东洛。长安亲戚，多就筵饯。时春物尚余，夏景初丽，酒阑宾散，离思萦怀。玉谓生曰："以君才地名声，人多景慕，愿结婚媾，固亦众矣。况堂有严亲，室无冢妇，君之此去，必就佳姻。盟约之言，徒虚语耳。然妾有短愿，欲辄指陈。永委君心，复能听否？"生惊怪曰："有何罪过，忽发此辞？试说所言，必当敬奉。"玉曰："妾年始十八，君才二十有二，迨君壮室之秋，犹有八岁。一生欢爱，愿毕此期。然后妙选高门，以谐秦晋，亦未为晚。妾便舍弃人事，剪发披缁，夙昔之愿，于此足矣。"生且愧且感，不觉涕流。因谓玉曰："皎日之誓，死生以之，与卿偕老，犹恐未惬素志，岂敢辄有二三。固请不疑，但端居相待。至八月，必当却到华州，寻使奉迎，相见非远。"

更数日，生遂诀别东去。到任旬日，求假往东都觐亲。未至家日，太夫人已与商量表妹卢氏，言约已定。太夫人素严毅，生逡巡不敢辞让，遂就礼谢，便有近期。卢亦甲族也，嫁女于他门，聘财必以百万为约，不满此数，义在不行。生家素贫，事须求贷，便托假故，远投亲知，涉历江淮，自秋及夏。生自以孤负盟约，大愆回期。寂不知闻，欲断其望。遥托亲故，不遗漏言。

玉自生逾期，数访音信。虚词诡说，日日不同。博求师巫，遍询卜筮，怀忧抱恨，周岁有余，羸卧空闺，遂成沉疾。虽生之书题竟绝，而玉之想望不移，赂遗亲知，使通消息。寻求既切，资用屡空，往往私令侍婢潜卖箧中服玩之物，多托于西市寄附铺侯景先家货卖。曾令侍婢浣沙将紫玉钗一只，诣景先家货之。路逢内作老玉工，见浣沙所执，前来认之曰："此钗，吾所作也。昔岁霍王小女将欲上鬟，令我作此，酬我万钱。我尝不忘。汝是何人，从何而得？"浣沙曰："我小娘子即霍王女也。家事破散，失身于人。夫婿昨向东都，更无消息。悒怏成疾，今欲二年。令我卖此，赂遗于人，使求音信。"玉工凄然下泣曰："贵人男女，失机落节，一至于此。我残年向尽，见此盛衰，不胜伤感。"遂引至延先公主宅，具言前事。公主亦为之悲叹良久，给钱十二万焉。

时生所定卢氏女在长安，生既毕于聘财，还归郑县。其年腊月，又请假入城就亲。潜卜静居，不令人知。有明经崔允明者，生之中表弟也。性甚长厚，昔岁常与生同欢于郑氏之室，杯盘笑语，曾不相间。每得生信，必诚告于玉。玉常以薪刍衣服，资给于崔。崔颇感之。生既至，崔具以诚告玉。玉恨叹曰："天下岂有是事乎！"遍请亲朋，多方召致。生自以愆期负约，又知玉疾候沉绵，惭耻忍割，终不肯往。晨出暮归，欲以回避。玉日夜涕泣，都忘寝食，期一相见，竟无因由。冤愤益深，委顿床枕。自是长安中稍有知者，风流之士，共感玉之多情；豪侠之伦，皆怒生之薄行。

时已三月，人多春游。生与同辈五六人诣崇敬寺玩牡丹花，步于西廊，递吟诗句。有京兆韦夏卿者，生之密友，时亦同行。谓生曰："风光甚丽，草木荣华。伤哉郑卿，衔冤空室！足下终能弃置，实是忍人。丈夫之心，不宜如此。足下宜为思之！"叹让之际，忽有一豪士，衣轻黄纻衫，挟弓弹，丰神隽美，衣服轻华，唯有一剪头胡雏从后，潜行而听之。俄而前揖生曰："公非李十郎者乎？某族本山东，姻连外戚。虽乏文藻，心尝乐贤。仰公声华，常思觐止。今日幸会，得睹清扬。某之敝居，去此不远，亦有声乐，足以娱情。妖姬八九人，骏马十数匹，唯公所欲。但愿一过。"生之侪辈，共聆斯语，更相叹美。因与豪士策马同行，疾转数坊，遂至胜业。生以近郑之所止，意不欲过，便托事故，欲回马首。豪士曰："敝居咫尺，忍相弃乎？"乃挽挟其马，牵引而行。迁延之间，已及郑曲。生神情恍惚，鞭马欲回。豪士遽命奴仆数人，抱持而进。疾走推入车门，便令锁却，报云："李十郎至也！"一家惊喜，声闻于外。先此一夕，玉梦黄衫丈夫抱生来，至席，使玉脱鞋。惊寤而告母。因自解曰："鞋者，谐也。夫妇再合。脱者，解也。既合而解，亦当永诀。由此征之，必遂相见，相见之后，当死矣。"凌晨，请母妆梳。母以其久病，心意惑乱，不甚信之。俛勉之间，强为妆梳。妆梳才毕，而生果至。玉沉绵日久，转侧须人。忽闻生来，欻然自起，更衣而出，恍若有神。遂与生相见，含怒凝视，不复有言。羸质娇姿，如不胜致，时复掩袂，返顾李生。感物伤人，坐皆欷歔。

顷之，有酒肴数十盘，自外而来。一座惊视，遽问其故，悉是豪士之所致也。因遂陈设，相就而坐。玉乃侧身转面，斜视生良久，遂举杯酒，酬地曰："我为女子，薄命如斯。君是丈夫，负心若此。韶颜稚齿，饮恨而终。慈母在堂，不能供养。绮罗弦管，从此永休。征痛黄泉，皆君所致。李君李君，今当永诀！我死之后，必为厉鬼，使君妻妾，终日不安！"乃引左手握生臂，掷杯于地，长恸号哭数声而绝。母乃举尸，置于生怀，令唤之，遂不复苏矣。生为之缟素，旦夕哭泣甚哀。将葬之夕，生忽见玉总帷之中，容貌妍丽，宛若平生。着石榴裙，紫裆裆，红绿帔子。斜身倚帷，手引绣带，顾谓生曰："愧君相送，尚有余情。幽冥之中，能不感叹。"言毕，遂不复见。明日，葬于长安御宿原。生至墓所，尽哀而返。

后月余，就礼于卢氏。伤情感物，郁郁不乐。夏五月，与卢氏偕行，归于郑县。至县旬日，生方与卢氏寝，忽帐外叱叱作声。生惊视之，则见一男子，年可二十余，姿状温美，藏身映幔，连招卢氏。生惶遽走起，绕幔数匝，倏然不见。生自此心怀疑恶，猜忌万端，夫妻之间，无聊生矣。或有亲情，曲相劝喻。生意稍解。后旬日，生复自外归，卢氏方鼓琴于床，忽见自门抛一斑犀钿花合子，方圆一寸余，中有轻绢，作同心结，坠于卢氏怀中。生开而视之，见相思子二，叩头虫一，发杀觜一，驴驹媚少许。生当时愤怒叫吼，声如豺虎，引琴撞击其妻，诘令实告。卢氏亦终不自明。尔后往往暴加捶楚，备诸毒虐，竟讼于公庭而遣之。卢氏既出，生或侍婢媵妾之属，暂同枕席，便加妒忌。或有因而杀之者。生尝游广陵，得名姬曰营十一娘者，容态润媚，生甚悦之。每相对坐，尝谓营曰："我尝于某处得某姬，犯某事，我以某法杀之。"日日陈说，欲令惧己，以肃清闺门。出则以浴斛覆营于床，周回封署，归必详视，然后乃开。又畜一短剑，甚利，顾谓侍婢曰："此信州葛溪铁，唯断作罪过头！"大凡生所见妇人，辄加猜忌，至于三娶，率皆如初焉。

❖ ❖ ❖

按此汤临川《紫钗记》之本事也。胡应麟曰："唐人小说纪闺阁事，绰有情致。此篇尤为唐人最精采动人之传奇，故传诵弗衰。"《太平广记》四百八十七杂传记类，收入此篇，而下题蒋防撰，不载出自何书，当属单篇别行。惟宋吴曾《能改斋漫录》卷八称"异闻集霍小玉传"云云，则《异闻集》固尝收入。然《异闻集》本为《类说》之体，与自为之书不同。且《广记》既列入杂传，则单篇别出久矣。

李益，字君虞。系出陇西，姑藏人。肃宗朝，宰相李揆之族子。长于诗歌。贞元末，与宗人贺相埒。每一篇成，乐工争以赂求取之，被声歌，供奉天子。至《征人》《早行》等篇，天下皆施之图绘。累迁右散骑常侍。太和初，以礼部尚书致仕。见《唐书·李华传》（二百三）。其友韦夏卿，字云客，京兆万年人。两《唐书》并有传。（旧书一百六十五，新书一百六十二）惟同时有两李益，而同出于姑藏。《因话录》云："李尚书益，与宗人庶子李益同名，俱出于姑藏。时人谓尚书为文章李益，庶子为门户李益。"本传李十郎，当为君虞。李肇《国史补》卷中云："散骑常侍李益少有疑病。"《唐书》亦云："益少痴而忌克，防闲妻妾苛严，世谓妒痴为李益疾。"据此，则是本传所称，猜忌万端，夫妇之间无聊生者，或为当日流传之事实。小说多喜附会，复举薄幸之事以实之，而十郎薄行之名，永垂千古矣。至宋姚宽《西溪丛话》谓"蒋防作《霍小玉传》，有豪士衣轻黄衫，挟李至，霍遂死。杜甫《少年行》句云：'黄衫年少宜来数，不见堂前东逝波。'大历中甫正在蜀，是时想有好事者传去，遂作此诗"云云。此亦字面偶合，不能即指此为咏本文黄衫豪士之证也。

又按《全唐文》卷七百十九录蒋防文一卷，而不收此篇。蒋防，字子征，义兴人，澄之后。年十八，父友令作《秋河赋》，援笔立就。于简因妻以女。官右拾遗。元和中，李绅即席令赋《构上鹰诗》云："几欲高飞天上去，谁人为解绿丝绦。"绅识其意，荐之，以司封郎知制诰，进翰林学士。长庆中，李逢吉出绅，防亦贬汀州刺史，寻改连州。见《旧唐书·敬宗纪》及《唐诗纪事》《万姓统谱》《常州志》《全唐文》等。防此文叙述委曲，在唐人小说中，当推作者，《全唐文》以其猥琐诞妄，摈斥不录。已于全书凡例见之矣。

又按宋吴曾《能改斋漫录》卷五云："唐李益《竹窗闻风早发寄司空曙诗》云：'微风惊暮坐，窗牖思悠哉。开门复动竹，疑是故人来。时滴枝上露，稍沾阶上苔。幸当一入幌，为拂绿琴埃。'《异闻集·霍小玉传》作'开帘风动竹'，改一风字，遂失诗意。然此句乃袭乐府《华山畿》词耳。词云：'夜相思，风吹窗帘动，言是所欢来。'《通典》云：'江南以情人为欢。'"此一条可与本传互参。

又按《升庵诗话》卷五云："《李益集》有乐府杂体一首云：'蓝叶郁重重，蓝花石榴色。少女归少年，光华自相得。爱如寒炉火，弃若秋风扇。山岳起面前，相看不相见。春至草亦生，谁能无别情。殷勤展心素，见新莫忘故。遥望孟门山，殷勤报君子。既为随阳雁，勿学西流水。'此诗比兴有古乐府之风，唐人鲜及。或云：非益诗，乃无名氏代霍小玉寄李益之诗也。"云云。按《李益集》原题《杂曲》凡二十九韵，诗不只此。升庵摘此数语，以附益霍小玉事或小玉寄益之诗。可备一说。

又按僧赞宁《物类相感志》云："凡驴驹初生，未堕地，口中有一物，如肉。名媚。妇人带之能媚。"王士禛《池北偶谈》二十三，谓唐小说《霍小玉传》中之"驴驹媚"，即此。

南柯太守传

李公佐 撰

据《太平广记》校录

标题据《国史补》

东平淳于棼，吴楚游侠之士。嗜酒使气，不守细行。累巨产，养豪客。曾以武艺补淮南军裨将，因使酒忤帅，斥逐落魄，纵诞饮酒为事。家住广陵郡东十里。所居宅南有大古槐一株，枝干修密，清阴数亩。淳于生日与群豪，大饮其下。

贞元七年九月，因沉醉致疾。时二友人于坐扶生归家，卧于堂东庑之下。二友谓生曰："子其寝矣！余将秣马濯足，俟子小愈而去。"生解巾就枕，昏然忽忽，仿佛若梦。见二紫衣使者，跪拜生曰："槐安国王遣小臣致命奉邀。"生不觉下榻整衣，随二使至门。见青油小车，驾以四牡，左右从者七八，扶生上车，出大户，指古槐穴而去。使者即驱入穴中。生意颇甚异之，不敢致问。忽见山川风候、草木道路，与人世甚殊。前行数十里，有郛郭城堞。车舆人物，不绝于路。生左右传车者传呼甚严，行者亦争辟于左右。又入大城，朱门重楼，楼上有金书，题曰"大槐安国"。执门者趋拜奔走。旋有一骑传呼曰："王以驸马远降，令且息东华馆。"因前导而去。

俄见一门洞开，生降车而入。彩槛雕楹，华木珍果，列植于庭下；几案茵褥，帘帏餕膳，陈设于庭上。生心甚自悦。复有呼曰："右相且至。"生降阶祗奉。有一人紫衣象简前趋，宾主之仪敬尽焉。右相曰："寡君不以弊国远僻，奉迎君子，托以姻亲。"生曰："某以贱劣之躯，岂敢是望。"右相因请生同诣其所。行可百步，入朱门。矛戟斧钺，布列左右，军吏数百，辟易道侧。生有平生酒徒周弁者，亦趋其中。生私心悦之，不敢前问。右相引生升广殿，御卫严肃，若至尊之所。见一人长大端严，居王位，衣素练服，簪朱华冠。生战栗，不敢仰视。左右侍者令生拜。王曰："前奉贤尊命，不弃小国，许令次女瑶芳，奉事君子。"生但俯伏而已，不敢致词。王曰："且就宾宇，续造仪式。"有旨，右相亦与生偕还馆舍。生思念之，意以为父在边将，因殁虏中，不知存亡。将谓父北蕃交逊，而致兹事。心甚迷惑，不知其由。

是夕，羔雁币帛，威容仪度，妓乐丝竹，餕膳灯烛，车骑礼物之用，无不咸备。有群女，或称华阳姑，或称青溪姑，或称上仙子，或称下仙子，若是者数辈。皆侍从数千，冠翠凤冠，衣金霞帔，彩碧金钿，目不可视。遨游戏乐，往来其门，争以淳于郎为戏弄。风态妖丽，言词巧艳，生莫能对。复有一女谓生曰："昨上巳日，吾从灵芝夫人过禅智寺，于天竺院观右延舞《婆罗门》。吾与诸女坐北牖石榻上，时君少年，亦解骑来看。君独强来亲洽，言调笑谵。吾与穷英妹结绛巾，挂于竹枝上，君独不忆念之乎？又七月十六日，吾于孝感寺悟上真子，听契玄法师讲《观音经》。吾于讲下舍金凤钗两只，上真子舍水犀合子一枚。时君亦讲筵中于师处请钗合视之。赏叹再三,嗟异良久。顾余辈曰:'人之与物,皆非世间所有。'或问吾民,或访吾里。吾亦不答。情意恋恋,瞩盼不舍。君岂不思念之乎?"生曰:"中心藏之,何日忘之。"群女曰:"不意今日与君为眷属。"复有三人,冠带甚伟,前拜生曰:"奉命为驸马相者。"中一人与生且故。生指曰:"子非冯翊田子华乎?"田曰:"然。"生前,执手叙旧久之。生谓曰:"子何以居此?"子华曰:"吾放游,获受知于右相武成侯段公,因以栖托。"生复问曰:"周弁在此,知之乎?"子华曰:"周生,贵人也。职为司隶,权势甚盛。吾数蒙庇护。"言笑甚欢。

俄传声曰:"驸马可进矣。"三子取剑佩冕服,更衣之。子华曰:"不意今日获睹盛礼,无以相忘也。"有仙姬数十,奏诸异乐,婉转清亮,曲调凄悲,非人间之所闻听。有执烛引导者,亦数十。左右见金翠步障,彩碧玲珑,不断数里。生端坐车中,心意恍惚,甚不自安。田子华数言笑以解之。向者群女姑娣,各乘凤翼辇,亦往来其间。至一门,号"修仪宫"。群仙姑姊亦纷然在侧,令生降车辇拜,揖让升降,一如人间。彻障去扇,见一女子,云号金枝公主。年可十四五,俨若神仙。交欢之礼,颇亦明显。生自尔情义日洽,荣曜日盛,出入车服,游宴宾御,次于王者。

王命生与群寮备武卫,大猎于国西灵龟山。山阜峻秀,川泽广远,林树丰茂,飞禽走兽,无不蓄之。师徒大获,竟夕而还。生因他日,启王曰:"臣顷结好之日,大王云奉臣父之命。臣父顷佐边将,用兵失利,陷没胡中。尔来绝书信十七八岁矣。王既知所在,臣请一往拜觐。"王遽谓曰:"亲家翁职守北土,信问不绝。

卿但具书状知闻,未用便去。"遂命妻致馈贺之礼,一以遣之。数夕还答。生验书本意,皆父平生之迹,书中忆念教诲,情意委曲,皆如昔年。复问生亲戚存亡,闾里兴废。复言路道乖远,风烟阻绝。词意悲苦,言语哀伤。又不令生来觐,云:"岁在丁丑,当与女相见。"生捧书悲咽,情不自堪。

他日,妻谓生曰:"子岂不思为政乎?"生曰:"我放荡不习政事。"妻曰:"卿但为之,余当奉赞。"妻遂白于王。累日,谓生曰:"吾南柯政事不理,太守黜废,欲借卿才,可曲屈之。便与小女同行。"生敦授教命。王遂敕有司备太守行李。因出金玉、锦绣、箱奁、仆妾、车马,列于广衢,以饯公主之行。生少游侠,曾不敢有望,至是甚悦。因上表曰:"臣将门余子,素无艺术,猥当大任,必败朝章。自悲负乘,坐致覆悚。今欲广求贤哲,以赞不逮。伏见司隶颍川周弁,忠亮刚直,守法不回,有毗佐之器。处士冯翊田子华清慎通变,达政化之源。二人与臣有十年之旧,备知才用,可托政事。周请署南柯司宪,田请署司农。庶使臣政绩有闻,宪章不紊也。"王并依表以遣之。其夕,王与夫人饯于国南。王谓生曰:"南柯国之大郡,土地丰壤,人物豪盛,非惠政不能以治之。况有周、田二赞。卿其勉之,以副国念。"夫人戒公主曰:"淳于郎性刚好酒,加之少年;为妇之道,贵乎柔顺。尔善事之,吾无忧矣。南柯虽封境不遥,晨昏有间,今日暌别,宁不沾巾。"生与妻拜首南去,登车拥骑,言笑甚欢。

累夕达郡。郡有官吏、僧道、耆老、音乐、车舆、武卫、銮铃,争来迎奉。人物阗咽,钟鼓喧哗,不绝十数里。见雉堞台观,佳气郁郁。入大城门，门亦有大榜，题以金字，曰"南柯郡城"。见朱轩棨户，森然深邃。生下车省风俗，疗病苦，政事委以周、田，郡中大理。自守郡二十载，风化广被，百姓歌谣，建功德碑，立生祠宇。王甚重之，赐食邑，锡爵位，居台辅。周、田皆以政治著闻，递迁大位。生有五男二女，男以门荫授官，女亦娉于王族。荣耀显赫，一时之盛，代莫比之。

是岁，有檀萝国者，来伐是郡。王命生练将训师以征之。乃表周弁将兵三万，以拒贼之众于瑶台城。弁刚勇轻敌，师徒败绩，弁单骑裸身潜遁，夜归城。贼亦收辎重铠甲而还。生因囚弁以请罪。王并舍之。是月，司宪周弁疽发背，卒。生妻公主遘疾，旬日又薨。生因请罢郡，护丧赴国。王许之。便以司农田子华行南柯太守事。生哀恸发引，威仪在途，男女叫号，人吏奠馔，攀辕遮道者不可胜数。遂达于国。王与夫人素衣哭于郊，候灵舆之至。谥公主曰"顺仪公主"。备仪仗羽葆鼓吹，葬于国东十里盘龙冈。是月，故司宪子荣信，亦护丧赴国。

生久镇外藩，结好中国，贵门豪族，靡不是洽。自罢郡还国，出入无恒，交游宾从，威福日盛。王意疑惮之。时有国人上表云："玄象谪见，国有大恐。都邑迁徙，宗庙崩坏。衅起他族，事在萧墙。"时议以生侈僭之应也。遂夺生侍卫，禁生游从，处之私第。生自恃守郡多年，曾无败政，流言怨悖，郁郁不乐。王亦知之，因命生曰："姻亲二十余年，不幸小女夭枉，不得与君子偕老，良用痛伤。"夫人因留孙自鞠育之。又谓生曰："卿离家多时，可暂归本里，一见亲族。诸孙留此，无以为念。后三年，当令迎生。"生曰：

"此乃家矣，何更归焉？"王笑曰："卿本人间，家非在此。"生忽若惛睡，瞢然久之，方乃发悟前事，遂流涕请还。王顾左右以送生。

生再拜而去，复见前二紫衣使者从焉。至大户外，见所乘车甚劣，左右亲使御仆，遂无一人，心甚叹异。生上车，行可数里，复出大城。宛是昔年东来之途，山川原野，依然如旧。所送二使者，甚无威势。生逾怏怏。生问使者曰："广陵郡何时可到？"二使讴歌自若，久乃答曰："少顷即至。"俄出一穴，见本里闾巷，不改往日，潸然自悲，不觉流涕。二使者引生下车，入其门，升自阶，已身卧于堂东庑之下。生甚惊畏，不敢前近。二使因大呼生之姓名数声，生遂发寤如初。见家之僮仆拥篲于庭，二客濯足于榻，斜日未隐于西垣，余樽尚湛于东牖。梦中倏忽，若度一世矣。

生感念嗟叹，遂呼二客而语之。惊骇。因与生出外，寻槐下穴。生指曰："此即梦中所惊入处。"二客将谓狐狸木媚之所为祟。遂命仆夫荷斤斧，断拥肿，折查枿，寻穴究源。旁可袤丈，有大穴，根洞然明朗，可容一榻。上有积土壤，以为城郭台殿之状。有蚁数斛，隐聚其中。中有小台，其色若丹。二大蚁处之，素翼朱首，长可三寸。左右大蚁数十辅之，诸蚁不敢近，此其王矣。即槐安国都也。又穷一穴：直上南枝可四丈，宛转方中，亦有土城小楼，群蚁亦处其中，即生所领南柯郡也。又一穴：西去二丈，磅礴空圬，嵌窋异状。中有一腐龟，壳大如斗。积雨浸润，小草丛生，繁茂翳荟，掩映振壳，即生所猎灵龟山也。又穷一穴：东去丈余，古根盘屈，若龙虺之状。中有小土壤，高尺余，即生所葬妻盘龙冈之墓也。追想前事，感叹于怀，披阅穷迹，皆符所梦。

不欲二客坏之，遽令掩塞如旧。

是夕，风雨暴发。旦视其穴，遂失群蚁，莫知所去。故先言"国有大恐，都邑迁徙"，此其验矣。复念檀萝征伐之事，又请二客访迹于外。宅东一里有古涸涧，侧有大檀树一株，藤萝拥织，上不见日。旁有小穴，亦有群蚁隐聚其间。檀萝之国，岂非此耶？

嗟乎！蚁之灵异，犹不可穷，况山藏木伏之大者所变化乎？时生酒徒周弁、田子华并居六合县，不与生过从旬日矣。生遽遣家僮疾往候之。周生暴疾已逝，田子华亦寝疾于床。生感南柯之浮虚，悟人世之倏忽，遂栖心道门，绝弃酒色。后三年，岁在丁丑，亦终于家。时年四十七，将符宿契之限矣。

公佐贞元十八年秋八月，自吴之洛，暂泊淮浦，偶觌淳于生梦，询访遗迹，翻覆再三，事皆摭实，辄编录成传，以资好事。虽稽神语怪，事涉非经，而窃位著生，冀将为戒。后之君子，幸以南柯为偶然，无以名位骄于天壤间云。

前华州参军李肇赞曰：贵极禄位，权倾国都，达人视此，蚁聚何殊。

◆ ◆ ◆

按此文造意制辞，与沈既济《枕中记》大略从同，皆受道家思想所感化者也。唐时道佛思想，最为普遍，其影响于文学者，随处可见。以短梦中历尽一生，此二篇足为代表，其他皆可略也。

《太平广记》四百七十五引此文而题为《淳于芬》，下注云出《异闻集》。惟李肇《国史补》则称李公佐《南柯太守》。则是此传虽收入《异闻集》，在唐时固亦尝单篇别行矣。

撰人李公佐，史不详其生平。据本传及《谢小娥传》《冯媪传》《古岳渎经》等篇，大约为贞元、元和间人。杜光庭《神仙感遇传》（见《道藏》恭字七号）卷三，有《李公佐》一条云："李公佐举进士，后为钟陵从事。有仆夫，自布衣执役勤瘁，昼夕恭谨，迨三十年，公佐不知其异人也。一旦告去，留诗一章。其辞曰：'我有衣中珠，不嫌衣上尘；我有长生理，不厌有生身。江南神仙窟，吾当混其真。不嫌市井喧，来救人间人。苏子迹已往（注云：苏耽是也），颛蒙事可亲（注云：公佐，字颛蒙）。莫言东海变，天地有长春。'自是而去，出门，不知所之。邻里见其距跃凌空而去。"《全唐诗》末卷，收李公佐仆诗，即本于此，而不载其所出。然据此，可知公佐，字颛蒙，尝为钟陵从事。钟陵，即今江西南昌进贤地，亦与《谢小娥传》所云"元和八年春余罢江西从事"正合也。至《唐书》七十《宗室世系表》，太祖大郑王房，有千牛备身公佐，为河东节度使李说子。太子通事舍人公敏，灵盐朔方节度使公度之弟。此公佐或另为一人。又《宣宗本纪》，二年，御史台奏据三司推勘吴湘狱，谨具逐人罪状，有前扬府录事参军李公佐。此李公佐是否即为颛蒙，无从取证。使《宣纪》所称扬府录事参军李公佐，果为本传之撰人，则公佐或生于代宗之朝，至宣宗大中之初，固尝健在。其年盖几八十余矣。公佐既有此仆，留诗仙去，则以受其薰化之故，应有此文。惟事出幽渺，当为设辞。《广陵行录》(《舆地纪胜》三十七《淮南东路》引此书) 至谓扬州有南柯太守墓,以实其事。明人汤显祖又据此文,以作《南柯记》。众口流传,遂成典实,则文人好异之过也。

《酉阳杂俎·守宫》一则云:

太和末,松滋县南有士人寄居亲故庄中肄业。初到之夕,二更后方张灯临案。忽有小人半寸,葛巾策杖入门,谓士人曰:"乍到无主人,当寂寞。"其声大如苍蝇。士人素有胆气,初若不见。乃登床责曰:"遽不存主客礼乎?"复升案窥书,诟詈不已。因覆砚于书上。士人不耐,以笔击之,堕地叫数声,出门而灭。有顷,有妇人四五,或老或少,皆长一寸。大呼曰:"贞官以君独学,故令郎君言展,且论精奥。何痴顽狂率,辄致损害?今可见贞官。"其来索续如蚁,状如骑卒,扑缘士人。士人恍然若梦。因啮四支,疾苦甚。复曰:"汝不去,将损汝眼。"四五头遂上其面。士人惊惧,随出门,至堂东,遥望见一门绝小,如节使牙门。士人乃叫:"何物怪魅?敢凌人如此?"复被众啮之。恍惚间已入小门内。见一人峨冠当殿,阶下侍卫千数,悉长寸余。叱士人曰:"吾怜汝独处,俾小儿往,何苦致害?罪当腰斩。"乃见数十人,悉持刃攘臂逼之。士人大惧,谢曰:"某愚骏,肉眼不识贞官。乞赐余生。"久之曰:"且解知悔。"叱令曳出。不觉已在小门外。及归书堂,已五更矣。残灯犹在。及明,寻其踪迹。东壁古阶下,有小穴如栗,守宫出入焉,士人即雇数夫发之。深数丈,有守宫十余石;大者色赤,长尺许,盖其王也。壤土如楼状。士人聚苏,焚之。后亦无他。(《太平广记》四百七十六引)

谢小娥传

李公佐 撰

据《太平广记》校录

小娥，姓谢氏，豫章人，估客女也。生八岁，丧母。嫁历阳侠士段居贞。居贞负气重义，交游豪俊。小娥父畜巨产，隐名商贾间，常与段婿同舟货，往来江湖。时小娥年十四，始及笄。父与夫俱为盗所杀，尽掠金帛。段之弟兄，谢之生侄，与僮仆辈数十，悉沉于江。小娥亦伤胸折足，漂流水中，为他船所获，经夕而活。因流转乞食至上元县，依妙果寺尼净悟之室。初，父之死也，小娥梦父谓曰："杀我者，车中猴，门东草。"又数日，复梦其夫谓曰："杀我者，禾中走，一日夫。"小娥不自解悟，常书此语，广求智者辨之，历年不能得。

至元和八年春，余罢江西从事，扁舟东下，淹泊建业，登瓦官寺阁。有僧齐物者，重贤好学，与余善。因告余曰："有孀妇名小娥者，每来寺中，示我十二字谜语，某不能辨。"余遂请齐公书于纸。乃凭槛书空，凝思默虑。坐客未倦，了悟其文。令寺童疾召小娥前至，询访其由。小娥呜咽良久，乃曰："我父及夫，皆为贼所杀。迩后尝梦父告曰：'杀我者，车中猴，门东草。'又梦夫告曰：'杀我者，禾中走，一日夫。'岁久无人悟之。"余曰："若然者，吾审详矣。杀汝父是申兰，杀汝夫是申春。且车中猴，车字去上下各一画，是申字，又申属猴，故曰车中猴。草下有门，门中有东，乃兰字也。又，禾中走是穿田过，亦是申字也；一日夫者，夫上更一画，下有日，是春字也。杀汝父是申兰，杀汝夫是申春，足可明矣。"小娥恸哭再拜。书申兰申春四字于衣中，誓将访杀二贼，以复其冤。娥因问余姓氏官族，垂涕而去。

尔后小娥便为男子服，佣保于江湖间。岁余，至浔阳郡，见竹户上有纸榜子，云"召佣者"，小娥乃应召诣门。问其主，乃申兰也，兰引归。娥心愤貌顺，在兰左右，甚见亲爱。金帛出入之数，无不委娥。已二岁余，竟不知娥之女人也。先是谢氏之金宝锦绣衣物器具，悉掠在兰家，小娥每执旧物，未尝不暗泣移时。兰与春，宗昆弟也。时春一家住大江北独树浦，与兰往来密洽。兰与春同去经月，多获财帛而归。每留娥与兰妻兰氏同守家室，酒肉衣服，给娥甚丰。

或一日，春携文鲤兼酒诣兰，娥私叹曰："李君精悟玄鉴，皆符梦言，此乃天启其心，志将就矣。"是夕，兰与春会群贼，毕至酣饮。暨诸凶既去，春沉醉，卧于内室，兰亦露寝于庭。小娥潜锁春于内，抽佩刀先断兰首，呼号邻人并至，春擒于内，兰死于外，获赃收货，数至千万。初，兰、春有党数十，暗记其名，悉擒就戮。时浔阳太守张公，善其志行，为具其事上旌表，乃得免死。时元和十二年夏岁也。

复父夫之仇毕，归本里，见亲属。里中豪族争求聘，娥誓心不嫁。遂剪发被褐，访道于牛头山，师事大士尼将律师。娥志坚行苦，霜舂雨薪，不倦筋力。

十三年四月，始受具戒于泗州开元寺，竟以小娥为法号，不忘本也。其年夏月，余始归长安，途经泗滨，过善义寺谒大德尼令。操戒新见者数十，净发鲜帔，威仪雍容，列侍师之左右。中有一尼问师曰："此官岂非洪州李判官二十三郎者乎？"师曰："然。"曰："使我获报家仇，得雪冤耻，是判官恩德也。"顾余悲泣。余不之识，询访其由。娥对曰："某名小娥，顷乞食孀妇也。判官时为辨申兰、申春二贼名字，岂不忆念乎？"余曰："初不相记，今即悟也。"娥因泣，具写记申兰、申春，复父夫之仇，志愿相毕，经营终始艰苦之状。小娥又谓余曰："报判官恩，当有日矣。"岂徒然哉！

嗟呼！余能辨二盗之姓名，小娥又能竟复父夫之仇冤；神道不昧，昭然可知。小娥厚貌深辞，聪敏端特，炼指跛足，誓求真如。爰自入道，衣无絮帛，斋无盐酪，非律仪禅理，口无所言。后数日，告我归牛头山，扁舟泛淮，云游南国，不复再遇。

君子曰："誓志不舍，复父夫之仇，节也。佣保杂处，不知女人，贞也。女子之行，唯贞与节能终始全之而已。如小娥，足以儆天下逆道乱常之心，足以观天下贞夫孝妇之节。"余备详前事，发明隐文，暗与冥会，符于人心。知善不录，非春秋之义也。故作传以旌美之。

❖❖❖

按谢小娥事，在唐人小说中，差为近实。《新唐书》（二百五）

即据此文，采入《列女传》。文简事省，未足以写小娥也。李复言《续玄怪录》有《尼妙寂》一则（《太平广记》一百二十八引），即记此事，而略有异同。皆足与公佐此传互为取证也。此事既出于义烈，颇为后世所传。如明凌濛初既演之为《拍案惊奇》平话，王夫之复演之为《龙舟会》杂剧，并皆原本此篇，而益加铺张，信乎义烈之感人深矣。惟《舆地纪胜·江南西路》，有谢小娥事，亦出于此，而时地多不符，则宋后传闻之误也。今但录《续玄怪录》《新唐书》二则以备考云。

李复言《续玄怪录·尼妙寂》云：

尼妙寂，姓叶氏，江州浔阳人也。初嫁任华，浔阳之贾也。父昇与华往复长沙、广陵间。贞元十一年春，之潭州，不复。过期数月，妙寂忽梦父被发裸形，流血满身，泣曰："吾与汝夫湖中遇盗，皆已死矣。以汝心似有志者，天许报仇，但幽冥之意，不欲显言，故吾隐语报汝，诚能思而复之，吾亦何恨。"妙寂曰："隐语云何？"昇曰："杀我者，车中猴，门东草。"俄而见其夫形状若父，泣曰："杀我者，禾中走，一日夫。"妙寂抚膺而哭，遂为女弟所呼觉。泣告其母，阖门大骇。念其隐语，杳不可知。访于邻叟及乡闾之有知者，皆不能解。秋，诣上元县舟楫之所交处，四方士大夫，多往憩焉。而又邑有瓦棺寺，寺上有阁，倚山瞰江，万里在目，亦江湖之极境；游人弭棹，莫不登眺。吾将缁服其间，伺可问者，必有醒吾惑者。于是褐衣上元，舍身瓦棺寺。日持箕帚，洒扫阁下，闲则徙倚栏槛，以伺识者。见高冠博带吟啸而来者，必拜而问。居数年，无能辨者。

十七年，岁在辛巳。有李公佐者，罢岭南从事而来。揽衣登阁，神彩隽逸，颇异常伦。妙寂前拜，泣，且以前事问之。公佐曰："吾平生好为人解疑，况子之冤恳而神告如此，当为子思之。"默行数步，喜招妙寂曰："吾得之矣。杀汝父者申兰，杀汝夫者申春耳。"妙寂悲喜呜咽，拜问其说。公佐曰："夫猴，申生也。车去两头而言猴，故申字耳。草而门，门而东，非兰字耶？禾中走者，穿田过也，此亦申字也。一日又加夫，盖春字耳。鬼神欲惑人，故交错其言。"妙寂悲喜，若不自胜。久而掩涕拜谢曰："贼名既彰，雪冤有路，苟或释惑，誓报深恩。妇人无他，唯洁诚奉佛，祈增福海。"乃再拜而去。

元和初，泗州普光王寺有梵氏戒坛，人之为僧者必由之；四方辐辏，僧尼繁会，观者如市焉。公佐自楚之秦，维舟而往观之。有一尼，眉目朗秀，若旧识者，每过必凝视公佐，若有意而未言者久之。公佐将去，其尼遽呼曰："侍御贞元中不为南海从事乎？"公佐曰："然。""然则记小师乎？"公佐曰："不记也。"妙寂曰："昔瓦棺寺阁求解车中猴者也。"公佐悟曰："竟获贼否？"对曰："自悟梦言，乃男服，易名士寂，泛佣于江湖之间。数年，闻蕲、黄之间，有申村，因往焉。流转周星，乃闻其村西北隅，有名兰者，默往求佣，辄贱其价。兰喜召之。俄又闻其从父弟有名春者。于是勤恭执事，昼夜不离，见其可为者，不顾轻重而为之，未尝待命。兰家器之。昼与群佣苦作，夜寝他席，无知其非丈夫者。逾年，益自勤干。兰逾敬念，视士寂，即自视其子不若也。兰或农或商，或畜货于武昌，关锁启闭悉委焉。因验其柜中，半是己物，亦见其父及夫常所服者，垂涕而记之。而兰、春叔出季处，未尝偕在，虑其擒一而惊逸其一也。衔之数年，永贞年重阳，二盗饮既醉，士寂奔告于州，乘醉而获，一问而辞伏，就法。得其所丧以归，尽奉母，而请从释教师。洪州天宫寺尼洞微，即昔时受教者也。妙寂，一女子也，血诚复仇，天亦不夺，遂以梦寐之言，获悟于君子，与其仇者得不同天。碎此微躯，岂酬明哲。梵宇无他，唯虔诚法象以报效耳。"公佐大异之，遂为作传。

太和庚戌岁，陇西李复言游巴南，与进士沈田会于蓬州。田因话奇事，持以相示，一览而复之。录怪之日，遂纂于此焉。（用明钞《说郛》补数字）

《唐书·列女传》云：

段居贞妻谢，字小娥，洪州豫章人。居贞本历阳侠，少年重气决，娶岁余，与谢父同贾江湖上，并为盗所杀。小娥赴江流，伤脑折足，人救以免。转侧丐食，至上元。梦父及夫告所杀主名，离析其文，为十二言。持向内外姻，莫能晓。陇西李公佐隐占，得其意，曰："杀若父者必申兰，若夫必申春，试以是求之。"小娥泣谢。诸申，乃名盗亡命者也。小娥诡服为男子，与佣保杂。物色岁余，得兰于江州，春于独树浦。兰与春，从兄弟也。小娥托佣兰家，日以谨信自效，兰浸倚之，虽包苴无不委小娥。见所盗段、谢服用故在，益知所梦不疑。出入二期，伺其便。它日，兰尽集群偷酾酒，兰与春醉卧庐。小娥闭户，拔佩刀斩兰首。因大呼捕贼，乡人墙救，擒春，得赃千万。其党数十，小娥悉疏其人，上之官，皆抵死。乃始自言状。刺史张锡嘉其烈，白观察使，使不为请。还豫章，人争聘之，不许。祝发事浮屠道，垢衣粝饭终身。

庐江冯媪传

李公佐 撰
据《太平广记》校录
题据本文补传字

冯媪者，庐江里中啬夫之妇，穷寡无子，为乡民贱弃。元和四年，淮楚大歉。媪逐食于舒，途经牧犊墅。暝值风雨，止于桑下。忽见路隅一室，灯烛荧荧。媪因诣求宿。见一女子，年二十余，容服美丽。携三岁儿，倚门悲泣。前，又见老叟与媪，据床而坐。神气惨戚，言语咕喂，有若征索财物追逐之状。见冯媪至，叟媪默然舍去。女久乃止泣，入户备饩食，理床榻，邀媪食息焉。媪问其故。女复泣曰："此儿父，我之夫也。明日别娶。"媪曰："向者二老人，何人也？于汝何求而发怒？"女曰："我舅姑也。今嗣子别娶，征我筐笥刀尺祭祀旧物，以授新人。我不忍与，是有斯责。"媪曰："汝前夫何在？"女曰："我淮阴令梁倩女，适董氏七年，有二男一女。男皆随父，女即此也。今前邑中董江，即其人也。江官为鄯丞，家累巨产。"发言不胜呜咽。媪不之异，又久困寒饿，得美食甘寝，不复言。女泣至晓。

媪辞去，行二十里，至桐城县。县东有甲第，张帘帷，具羔雁，人物纷然，云今夕有官家礼事。媪问其郎，即董江也。媪曰："董有妻，何更娶焉？"邑人曰："董妻及女亡矣。"媪曰："昨宵我遇雨，寄宿董妻梁氏舍，何得言亡？"邑人询其处，即董妻墓也。询其二老容貌，即董江之先父母也。董江，本舒州人，里中之人皆得详之。有告董江者，董以妖妄罪之，令部者迫逐媪去。媪言于邑人，邑人皆为感叹。是夕，董竟就婚焉。

元和六年夏五月，江淮从事李公佐使至京，回次汉南，与渤海高钺、天水赵儹、河南宇文鼎会于传舍，宵话征异，各尽见闻。钺具道其事，公佐因为之传。

◆ ◆ ◆

按《太平广记》三百四十三引此文，下注出《异闻录》。《广记》无传字，今据文末数语加。段成式《酉阳杂俎》十四《诺皋记》，有李公佐大历中在庐江，有书吏王庚夜行遇冥官一条，此事亦出庐江，则出于公佐无疑也。

李娃传

白行简 撰
据《太平广记》校录

汧国夫人李娃,长安之倡女也。节行瑰奇,有足称者,故监察御史白行简为传述。

天宝中,有常州刺史荥阳公者,略其名氏,不书。时望甚崇,家徒甚殷。知命之年,有一子,始弱冠矣,隽朗有词藻,迥然不群,深为时辈推伏。其父爱而器之,曰:"此吾家千里驹也。"应乡赋秀才举,将行,乃盛其服玩车马之饰,计其京师薪储之费,谓之曰:"吾观尔之才,当一战而霸。今备二载之用,且丰尔之给,将为其志也。"生亦自负,视上第如指掌。

自毗陵发,月余抵长安,居于布政里。尝游东市还,自平康东门入,将访友于西南。至鸣珂曲,见一宅,门庭不甚广,而室宇严邃。阖一扉,有娃方凭一双鬟青衣立,妖姿要妙,绝代未有。生忽见之,不觉停骖久之,徘徊不能去。乃诈坠鞭于地,候其从者,敕取之。累眄于娃,娃回眸凝睇,情甚相慕。竟不敢措辞而去。生自尔意若有失,乃密征其友游长安之熟者,以讯之。友曰:"此狭邪女李氏宅也。"曰:"娃可求乎?"对曰:"李氏颇赡。前与通之者多贵戚豪族，所得甚广。非累百万，不能动其志也。"生曰："苟患其不谐，虽百万何惜。"

他日，乃洁其衣服，盛宾从，而往扣其门。俄有侍儿启扃。生曰："此谁之第耶？"侍儿不答，驰走大呼曰："前时遗策郎也！"娃大悦曰："尔姑止之。吾当整妆易服而出。"生闻之私喜。乃引至萧墙间，见一姥垂白上偻，即娃母也。生跪拜前致词曰："闻兹地有隙院，愿税以居，信乎？"姥曰："惧其浅陋湫隘，不足以辱长者所处，安敢言直耶。"延生于迟宾之馆，馆宇甚丽。与生偶坐，因曰："某有女娇小，技艺薄劣，欣见宾客，愿将见之。"乃命娃出。明眸皓腕，举步艳冶。生遽惊起，莫敢仰视。与之拜毕，叙寒燠，触类妍媚，目所未睹。复坐，烹茶斟酒，器用甚洁。

久之，日暮，鼓声四动。姥访其居远近。生绐之曰："在延平门外数里。"冀其远而见留也。姥曰："鼓已发矣。当速归，无犯禁。"生曰："幸接欢笑，不知日之云夕，道里辽阔，城内又无亲戚。将若之何？"娃曰："不见责僻陋，方将居之，宿何害焉。"生数目姥。姥曰："唯唯。"生乃召其家僮，持双缣，请以备一宵之馔。娃笑而止之曰："宾主之仪，且不然也。今夕之费，愿以贫窭之家，随其粗粝以进之。其余以俟他辰。"固辞，终不许。

俄徙坐西堂，帏幕帘榻，焕然夺目；妆奁衾枕，亦皆侈丽。乃张烛进馔，品味甚盛。彻馔，姥起。生、娃谈话方切，诙谐调笑，无所不至。生曰："前偶过卿门，遇卿适在屏间。厥后心常勤念，虽寝与食，未尝或舍。"娃答曰："我心亦如之。"生曰："今之来，非直求居而已。愿偿平生之志。但未知命也若何？"言未终，姥至，询其故，具以告。姥笑曰："男女之际，大欲存焉。情苟相得，虽父母之命，不能制也。女子固陋，曷足以荐君子之枕席？"生遂下阶，拜而谢之曰："愿以己为厮养。"姥遂目之为郎，饮酬而散。及旦，尽徙其囊橐，因家于李之第。

自是生屏迹戢身，不复与亲知相闻。日会倡优侪类，狎戏游宴。囊中尽空，乃鬻骏乘，及其家童。岁余，资财仆马荡然。迩来姥意渐怠，娃情弥笃。

他日，娃谓生曰："与郎相知一年，尚无孕嗣。常闻竹林神者，报应如响，将致荐酹求之，可乎？"生不知其计，大喜。乃质衣于肆，以备牢醴，与娃同谒祠宇而祷祝焉，信宿而返。策驴而后，至里北门，娃谓生曰："此东转小曲中，某之姨宅也。将憩而觑之，可乎？"生如其言，前行不逾百步，果见一车门。窥其际，甚弘敞。其青衣自车后止之曰："至矣。"生下，适有一人出访曰："谁？"曰："李娃也。"乃入告。俄有一妪至，年可四十余，与生相迎，曰："吾甥来否？"娃下车，妪迎访之曰："何久疏绝？"相视而笑。娃引生拜之。既见，遂偕入西戟门偏院中。有山亭，竹树葱蒨，池榭幽绝。生谓娃曰："此姨之私第耶？"笑而不答，以他语对。俄献茶果，甚珍奇。食顷，有一人控大宛，汗流驰至，曰："姥遇暴疾颇甚，殆不识人。宜速归。"娃谓姨曰："方寸乱矣。某骑而前去，当令返乘，便与郎偕来。"生拟随之。其姨与侍儿偶语，以手挥之，令生止于户外，曰："姥且殁矣。当与某议丧事以济其急。奈何遽相随而去？"乃止，共计其凶仪斋祭之用。

日晚，乘不至。姨言曰："无复命，何也？郎骤往视之，某当继至。"生遂往,至旧宅,门扃钥甚密,以泥缄之。生大骇,诘其邻人。邻人曰:"李本税此而居,约已周矣。第主自收。姥徙居,而且再宿矣。"征徙何处。曰:"不得其所。"生将驰赴宣阳,以诘其姨,日已晚矣,计程不能达。乃弛其装服,质馔而食,赁榻而寝。生恚怒方甚,自昏达旦,目不交睫。质明,乃策蹇而去。

既至,连扣其扉,食顷无人应。生大呼数四,有宦者徐出。生遽访之:"姨氏在乎?"曰:"无之。"生曰:"昨暮在此,何故匿之?"访其谁氏之第。曰:"此崔尚书宅。昨者有一人税此院,云迟中表之远至者。未暮去矣。"生惶惑发狂,罔至所措,因返访布政旧邸。邸主哀而进膳。生怨懑,绝食三日,遘疾甚笃,旬余愈甚。邸主惧其不起,徙之于凶肆之中。绵缀移时,合肆之人共伤叹而互饲之。后稍愈,杖而能起。由是凶肆日假令之执穗帷,获其直以自给。累月,渐复壮,每听其哀歌,自叹不及逝者,辄呜咽流涕,不能自止。归则效之。生,聪敏者也。无何,曲尽其妙,虽长安无有伦比。

初,二肆之佣凶器者,互争胜负。其东肆车舆皆奇丽,殆不敌,唯哀挽劣焉。其东肆长知生妙绝,乃醵钱二万索顾焉。其党耆旧,共较其所能者,阴教生新声,而相赞和。累旬,人莫知之。其二肆长相谓曰:"我欲各阅所佣之器于天门街,以较优劣。不胜者罚直五万,以备酒馔之用,可乎?"二肆许诺。乃邀立符契,署以保证,然后阅之。士女大和会,聚至数万。于是里胥告于贼曹,贼曹闻于京尹。四方之士,尽赴趋焉,巷无居人。自旦阅之,及亭午,历举辇舆威仪之具,西肆皆不胜,师有惭色。乃置层榻于南隅，有长髯者，拥铎而进，翊卫数人。于是奋髯扬眉，扼腕顿颡而登，乃歌《白马》之词；恃其夙胜，顾眄左右，旁若无人，齐声赞扬之；自以为独步一时，不可得而屈也。有顷，东肆长于北隅上设连榻，有乌巾少年，左右五六人，秉翣而至，即生也。整衣服，俯仰甚徐，申喉发调，容若不胜。乃歌《薤露》之章，举声清越，响振林木，曲度未终，闻者歔欷掩泣。西肆长为众所诮，益惭耻。密置所输之直于前，乃潜遁焉。四坐愕眙，莫之测也。

先是，天子方下诏，俾外方之牧，岁一至阙下，谓之入计。时也适遇生之父在京师，与同列者易服章窃往观焉。有老竖，即生乳母婿也，见生之举措辞气，将认之而来敢，乃泫然流涕。生父惊而诘之。因告曰："歌者之貌，酷似郎之亡子。"父曰："吾子以多财为盗所害，奚至是耶？"言讫，亦泣。及归，竖间驰往，访于同党曰："向歌者谁？若斯之妙欤？"皆曰："某氏之子。"征其名，且易之矣。竖凛然大惊，徐往，迫而察之。生见竖色动，回翔将匿于众中。竖遂持其袂曰："岂非某乎？"相持而泣。遂载以归。

至其室，父责曰："志行若此，污辱吾门；何施面目，复相见也。"乃徒行出，至曲江西杏园东，去其衣服，以马鞭鞭之数百。生不胜其苦而毙，父弃之而去。其师命相狎昵者阴随之，归告同党，共加伤叹。令二人赍苇席瘗焉。至，则心下微温。举之，良久，气稍通。因共荷而归，以苇筒灌勺饮，经宿乃活。月余，手足不能自举。其楚挞之处皆溃烂，秽甚。同辈患之，一夕，弃于道周。行路咸伤之，往往投其余食，得以充肠。十旬，方杖策而起。被布裘，裘有百结，褴褛如悬鹑。持一破瓯，巡于闾里，以乞食为事。自秋徂冬，夜入于粪壤窟室，昼则周游廛肆。

一旦大雪，生为冻馁所驱，冒雪而出，乞食之声甚苦。闻见者莫不凄恻。时雪方甚，人家外户多不发。至安邑东门，循里垣北转第七八，有一门独启左扉，即娃之第也。生不知之，遂连声疾呼"饥冻之甚"，音响凄切，所不忍听。娃自阁中闻之，谓侍儿曰："此必生也。我辨其音矣。"连步而出。见生枯瘠疥厉，殆非人状。娃意感焉，乃谓曰："岂非某郎也？"生愤懑绝倒，口不能言，颔颐而已。娃前抱其颈，以绣襦拥而归于西厢。失声长恸曰："令子一朝及此，我之罪也！"绝而复苏。

姥大骇，奔至，曰："何也？"娃曰："某郎。"姥遽曰："当逐之。奈何令至此？"娃敛容却睇曰："不然。此良家子也。尝昔驱高车，持金装，至某之室，不逾期而荡尽。且互设诡计，舍而逐之，殆非人。令其失志，不得齿于人伦。父子之道，天性也。使其情绝，杀而弃之。又困踬若此。天下之人尽知为某也。生亲戚满朝，一旦当权者熟察其本末，祸将及矣。况欺天负人，鬼神不祐，无自贻其殃也。某为姥子，迨今有二十岁矣。计其赀，不啻直千金。今姥年六十余，愿计二十年衣食之用以赎身，当与此子别卜所诣。所诣非遥，晨昏得以温清。某愿足矣。"姥度其志不可夺，因许之。

给姥之余，有百金。北隅因五家税一隙院。乃与生沐浴，易其衣服；为汤粥，通其肠；次以酥乳润其脏。旬余，方荐水陆之馔。头巾履袜,皆取珍异者衣之。未数月,肌肤稍腴;卒岁,平愈如初。

异时,娃谓生曰:"体已康矣,志已壮矣。渊思寂虑,默想曩昔之艺业,可温习乎?"生思之,曰:"十得二三耳。"娃命车出游,生骑而从。至旗亭南偏门鬻坟典之肆,令生拣而市之,计费百金,尽载以归。因令生斥弃百虑以志学,俾夜作昼,孜孜矻矻。娃常偶坐,宵分乃寐。伺其疲倦,即谕之缀诗赋。二岁而业大就;海内文籍,莫不该览。生谓娃曰:"可策名试艺矣。"娃曰:"未也,且令精熟,以俟百战。"更一年,曰:"可行矣。"于是遂一上登甲科,声振礼闱。虽前辈见其文,罔不敛衽敬羡,愿友之而不可得。娃曰:"未也。今秀士,苟获擢一科第,则自谓可以取中朝之显职,擅天下之美名。子行秽迹鄙,不侔于他士。当砻淬利器,以求再捷。方可以连衡多士,争霸群英。"生由是益自勤苦,声价弥甚。其年,遇大比,诏征四方之隽,生应直言极谏科,策名第一,授成都府参军。三事以降,皆其友也。

将之官,娃谓生曰:"今之复子本躯,某不相负也。愿以残年,归养老姥。君当结媛鼎族,以奉蒸尝。中外婚媾,无自黩也。勉思自爱。某从此去矣。"生泣曰:"子若弃我,当自刭以就死。"娃固辞不从,生勤请弥恳。娃曰:"送子涉江,至于剑门,当令我回。"生许诺。月余,至剑门。未及发而除书至,生父由常州诏入,拜成都尹,兼剑南采访使。浃辰,父到。生因投刺,谒于邮亭。父不敢认,见其祖父官讳,方大惊,命登阶,抚背恸哭移时,曰:"吾与尔父子如初。"因诘其由,具陈其本末。大奇之,诘娃安在。曰："送某至此，当令复还。"父曰："不可。"翌日，命驾与生先之成都，留娃于剑门，筑别馆以处之。明日，命媒氏通二姓之好，备六礼以迎之，遂如秦晋之偶。

娃既备礼，岁时伏腊，妇道甚修，治家严整，极为亲所眷。向后数岁，生父母偕殁，持孝甚至。有灵芝产于倚庐，一穗三秀。本道上闻。又有白燕数十，巢其层甍。天子异之，宠锡加等。终制，累迁清显之任。十年间，至数郡。娃封汧国夫人。有四子，皆为大官；其卑者犹为太原尹。弟兄姻媾皆甲门，内外隆盛，莫之与京。

嗟乎，倡荡之姬，节行如是，虽古先烈女，不能逾也。焉得不为之叹息哉！

予伯祖尝牧晋州，转户部，为水陆运使，三任皆与生为代，故暗详其事。贞元中，予与陇西公佐话妇人操烈之品格，因遂述汧国之事。公佐拊掌竦听，命予为传。乃握管濡翰，疏而存之。时乙亥岁秋八月，太原白行简云。

◆ ◆ ◆

按白行简，两《唐书》皆附见《居易传》。行简，字知退，居易弟也。贞元末，登进士第。元和十五年，授左拾遗，累迁司门员外郎、主客郎中。宝历二年，冬，病卒。有集二十卷。今不存。此传收入《太平广记》（四百八十四），而下注出《异闻集》，惟《广记》四百八十四以下九卷，为杂传记类。其中所收，皆属单篇，则是此传虽收入《异闻集》，在宋初以前，固尝单行也。近颇有疑为伪托者。然行简辞赋精炼，文辞亚于居易。且与李公佐友善，此传亦受公佐之敦促，则一时兴到传奇之作，亦无庸疑也。元人石君宝作《李亚仙花酒曲江池》，明人薛近兖作《绣襦记》二剧本，皆本此。

又按俞正燮《癸巳存稿》十四有《李娃传》一条云："《太平广记·李娃传》，文笔极工。所云常州刺史荥阳公及其子姓官爵，刘后村《诗话》以为郑亚、郑畋。然稽之《唐书·宰相世系表》，郑氏荥阳房中，无有合者，盖故错隐之。《开元天宝遗事》记长安妓刘国容使女仆送天长簿郭昭述至咸阳，小说所言地势，多不相应。此传所言坊曲，颇合事理。《长安图志》平康为朱雀街东第三街之第八坊，其第九坊即宣阳。以丹凤门街言，则第五坊平康、第六坊宣阳。《传》云：'平康里北门东转小曲，即宣阳。'是平康、宣阳路皆直南北，其街则直东西。《传》又云：'日暮计程不能达。'则作传者信笔漫书之，非实情也。布政里，则在朱雀街西第三街，去平康甚近。其诡云延秋门外，则西城城外。托词最有情理。又案《北里志》云：'平康入北门，东回三曲，即诸妓所居，又其南曲中者，门前通十字街。'盖宣阳、平康，南北俱有曲可通，不必外街。阮籍《咏怀诗》云：'捷径从狭路，僶俛趋荒淫。'古所谓狭斜，乃此之谓。"此条据《长安图志》及《北里志》，以证本传所言坊曲，颇资参考。小说家言，虽不无依托，然亦足以资考证矣。

三梦记

白行简 撰

据明钞原本《说郛》校录

人之梦,异于常者有之:或彼梦有所往而此遇之者;或此有所为而彼梦之者;或两相通梦者。

天后时,刘幽求为朝邑丞。常奉使,夜归,未及家十余里,适有佛堂院,路出其侧。闻寺中歌笑欢洽。寺垣短缺,尽得睹其中。刘俯身窥之,见十数人,儿女杂坐,罗列盘馔,环绕之而共食。见其妻在坐中语笑。刘初愕然,不测其故久之。且思其不当至此,复不能舍之。又熟视容止言笑,无异。将就察之,寺门闭不得入。刘掷瓦击之,中其罍洗,破迸走散,因忽不见。刘逾垣直入,与从者同视,殿庑皆无人,寺扃如故。刘讶益甚,遂驰归。比至其家,妻方寝。闻刘至,乃叙寒暄讫,妻笑曰:"向梦中与数十人游一寺,皆不相识,会食于殿庭。有人自外以瓦砾投之,杯盘狼藉,因而遂觉。"刘亦具陈其见。盖所谓彼梦有所往而此遇之也。

元和四年,河南元微之为监察御史,奉使剑外。去逾旬,予与仲兄乐天、陇西李杓直同游曲江。诣慈恩佛舍,遍历僧院,淹留移时。日已晚，同诣枸直修行里第，命酒对酬，甚欢畅。兄停杯久之，曰："微之当达梁矣。"命题一篇于屋壁。其词曰："春来无计破春愁，醉折花枝作酒筹。忽忆故人天际去，计程今日到梁州。"实二十一日也。十许日，会梁州使适至，获微之书一函，后寄《纪梦诗》一篇，其词曰："梦君兄弟曲江头，也入慈恩院里游。属吏唤人排马去，觉来身在古梁州。"日月与游寺题诗日月率同。盖所谓此有所为而彼梦之者矣。

贞元中，扶风窦质与京兆韦旬同自亳入秦，宿潼关逆旅。窦梦至华岳祠，见一女巫，黑而长。青裙素襦，迎路拜揖，请为之祝神。窦不获已，遂听之。问其姓，自称赵氏。及觉，具告于韦。明日，至祠下，有巫迎客，容质妆服，皆所梦也。顾谓韦曰："梦有征也。"乃命从者视囊中，得钱二镮，与之。巫抚掌大笑，谓同辈曰："如所梦矣！"韦惊问之。对曰："昨梦二人从东来，一髯而短者祝酹，获钱二镮焉。及旦，乃遍述于同辈。今则验矣。"窦因问巫之姓氏。同辈曰："赵氏。"自始及末，若合符契。盖所谓两相通梦者矣。

行简曰：《春秋》及子史，言梦者多，然未有载此三梦者也。世人之梦亦众矣，亦未有此三梦。岂偶然也，抑亦必前定也？予不能知。今备记其事，以存录焉。

行简云：长安西市帛肆，有贩粥求利而为之平者，姓张，不得名。家富于财，居光德里。其女，国色也。尝因昼寝，梦至一处，朱门大户，槃戟森然。由门而入，望其中堂，若设燕张乐之为，左右廊皆施帏幄。有紫衣吏引张氏于西廊幕，次见少女如张等辈十许人，皆花容绰约，钗钿照耀。既至，吏促张妆饰，诸女迭助之理泽傅粉。有顷，自外传呼："侍郎来！"自隙间窥之，见一紫绶大官。张氏之兄，尝为其小吏，识之，乃言曰："吏部沈公也。"俄又呼曰："尚书来！"又有识者，并帅王公也。逡巡复连呼曰："某来！""某来！"皆郎官以上，六七个坐厅前。紫衣吏曰："可出矣。"群女旋进，金石丝竹铿锵，震响中署。酒酣，并州见张氏而视之，尤属意。谓之曰："汝习何艺能？"对曰："未尝学声音。"使与之琴，辞不能。曰："第操之！"乃抚之而成曲。予之筝亦然，琵琶亦然，皆平生所不习也。王公曰："恐汝或遗。"乃令口受诗："鬟梳嫽俏学宫妆，独立闲庭纳夜凉。手把玉簪敲砌竹，清歌一曲月如霜。"谓张曰："且归辞父母，异日复来。"忽惊啼，寤，手扪衣带，谓母曰："尚书诗遗矣！"索笔录之。问其故，泣对以所梦，且曰："殆将死乎？"母怒曰："汝作魇尔，何以为辞？乃出不祥言如是。"因卧病累日。外亲有持酒肴者，又有将食来者。女曰："且须膏沐澡瀹。"母听，良久，艳妆盛色而至。食毕，乃遍拜父母及坐客，曰："时不留，某今往矣。"因授衾而寝。父母环伺之，俄尔遂卒。会昌二年六月十五日也。

❖ ❖ ❖

按白氏所纪三梦，洵奇矣。刘幽求一事，尤为唐人所艳称；故祖述其意、别制篇章者，颇不乏人。如《河东记》所记独孤遐叔(《太平广记》二百八十一引),《纂异记》所载之张生(《太平广记》二百八十二引)二事,皆与刘幽求所遇相同。虽详略互异,其同出一源,则无疑也。慈恩梦游,孟棨《本事诗》亦载之,且见诸酬答,当非幻设。比类而参,亦异苑之伟观也。此文不载《太平广记》。今从明钞本《说郛》校录如上。惟《说郛》本《三梦记》后,尚缀行简附记张氏女梦游一篇,既出于三梦之外,而其事为会昌二年六月。其时行简已早卒,当为后人附记,非行简本文。故附存之,而著其说于此云。

《河东记·独孤遐叔》一则云:

贞元中进士独孤遐叔,家于长安崇贤里,新娶白氏女,家贫下第,将游剑南,与其妻诀曰:"迟可周岁归矣。"遐叔至蜀,羁栖不偶,逾二年乃归。至鄠县西,去城尚百里,归心迫速,取是夕及家。趋斜径疾行,人畜既殆。至金光门五六里,天已暝,绝无逆旅,唯路隅有佛堂,遐叔止焉。时近清明,月色如昼。系驴于庭外,入空堂中,有桃杏十余株。夜深,施衾帱于西窗下偃卧。方思明晨到家,因吟旧诗曰:"近家心转切,不敢问来人。"至夜分不寐。

忽闻墙外有十余人相呼声,若里胥田叟,将有供待迎接。须臾有夫役数人,各持畚锸箕帚,于庭中粪除讫,复去。有顷,又持床席牙盘蜡炬之类,及酒具乐器,阗咽而至。遐叔意谓贵族赏会,深虑为其斥逐,乃潜伏屏气于佛堂梁上伺之。铺陈既毕,复有公子女郎共十数辈,青衣黄头亦十数人,步月徐来,言笑宴宴。

遂于筵中间坐，献酬纵横，履舄交错。中有一女郎，忧伤摧悴，侧身下坐，风韵若似遐叔之妻。窥之，大惊。即下屋袱稍于暗处，迫而察焉，乃真是妻也。方见一少年，举杯瞩之曰："一人向隅，满坐不乐，小人窃不自量，愿闻金玉之声。"其妻冤抑悲愁，若无所控诉而强置于坐也。遂举金雀，收泣而歌曰："今夕何夕，存耶！没耶！良人去兮，天之涯，园树伤心兮，三见花。"满坐倾听，诸女郎转面挥涕。一人曰："良人非远，何天涯之谓乎？"少年相顾大笑。遐叔惊愤。久之，计无所出，乃就阶陛间扣一大砖，向坐飞击，砖才至地，悄然一无所见。

遐叔怅然悲惋，谓其妻死矣。速惊而归，前望其家，步步凄咽。比平明，至其所居，使苍头先入，家人并无恙。遐叔乃惊愕，疾走入门。青衣报娘子梦魇方寤。遐叔至寝，妻卧犹未兴。良久乃曰："向梦与姑妹之党，相与玩月，出金光门外，向一野寺，忽为凶暴者数十辈胁与杂坐饮酒。"又说梦中聚会言语，与遐叔所见并同。又云："方饮次，忽见大砖飞坠，因遂惊魇殆绝，才寤而君至。"岂幽愤之所感耶？

又《纂异记·张生》一则云：

有张生者，家在汴州中牟县东北赤城坂。以饥寒，一旦别妻子，游河朔，五年方还。自河朔还汴州，晚出郑州门，到板桥，已昏黑矣。乃下道取陂中径路而归。忽于草莽中见灯火荧煌，宾客五六人，方宴饮次，生乃下驴以诣之。相去十余步，见其妻亦在坐中，与宾客谈笑方洽。生乃蔽形于白杨树间以窥之。见有长须者持杯，请措大夫人歌。生之妻，文学之家，幼学诗书，甚有篇咏。欲不为唱，四座劝请。乃歌曰："叹衰草！络纬声切切，良人一去不复还，今夕坐愁鬓如雪。"长须云："劳歌一杯。"饮讫，酒至白面年少，复请歌。张妻曰："一之谓甚，其可再乎？"长须持一筹箸云："请置觥，有拒请歌者，饮一钟。歌旧词中笑语准此罚。"于是张妻又歌曰："劝君酒，君莫辞。落花徒绕枝，流水无返期。莫恃少年时，少年能几时？"酒至紫衣者，复持杯请歌。张妻不悦，沉吟良久，乃歌曰："怨空闺，秋日亦难暮。夫婿断音书，遥天雁空度。"酒至黑衣胡人，复请歌。张妻连唱三四曲，声气不续，沉吟未唱间，长须抛觥云："不合推辞，乃酌一钟。"张妻涕泣而饮，复唱送胡人酒曰："切切夕风急，露滋庭草湿。良人去不回，焉知掩闺泣。"酒至绿衣少年，持杯曰："夜已久，恐不得从容，即当瞌睡。无辞一曲，便望歌之。"又唱云："萤火穿白杨，悲风入荒草。疑是梦中游，愁迷故园道。"酒至张妻，长须歌以送之曰："花前始相见，花下又相送。何必言梦中，人生尽如梦。"酒至紫衣胡人，复请歌云："须有艳意。"张妻低头未唱间，长须又抛一觥。于是张生怒，扪足下得一瓦，击之，中长须头。再发一瓦，中妻额。阒然无所见。张君谓其妻已卒，恸哭，连夜而归。

及明至门，家人惊喜出迎。君问其妻，婢仆曰："娘子夜来头痛。"张君入室，问其妻病之由。曰："昨夜梦草莽之处有六七人，遍令饮酒，各请歌。孥凡歌六七曲。有长须者，频抛觥。方饮次，外有发瓦来，第二中孥额。因惊觉，乃头痛。"张君因知昨夜所见,乃妻梦也。

孟棨《本事诗·征异第五》云:

元相公稹为御史,鞫狱梓潼。时白尚书在京,与名辈游慈恩,小酌花下,为诗寄元曰:"花时同醉破新愁,醉折花枝作酒筹。忽忆故人天际去,计程今日到梁州。"元果及褒城,亦寄《梦游诗》曰:"梦君兄弟曲江头,也向慈恩院里游。驿吏唤人排马去,忽惊身在古梁州。"千里神交,若合符契。友朋之道,不期至欤。

东城老父传

陈鸿 撰

据《太平广记》校录

老父，姓贾名昌，长安宣阳里人。开元元年癸丑生。元和庚寅岁，九十八年矣。视听不衰，言甚安徐，心力不耗，语太平事历历可听。

父忠，长九尺，力能倒曳牛，以材官为中宫幕士。景龙四年，持幕竿随玄宗入大明宫，诛韦氏，奉睿宗朝群后，遂为景云功臣，以长刀备亲卫。诏徙家东云龙门。

昌生七岁，趫捷过人，能抟柱乘梁，善应对，解鸟语音。玄宗在藩邸时，乐民间清明节斗鸡戏。及即位，治鸡坊于两宫间。索长安雄鸡，金毫铁距高冠昂尾千数，养于鸡坊，选六军小儿五百人，使驯扰教饲。上之好之，民风尤甚。诸王世家、外戚家、贵主家、侯家，倾帑破产市鸡，以偿鸡直。都中男女，以弄鸡为事，贫者弄假鸡。帝出游，见昌弄木鸡于云龙门道旁，召入，为鸡坊小儿，衣食右龙武军。三尺童子，入鸡群，如狎群小，壮者、弱者、勇者、怯者，水谷之时、疾病之候，悉能知之。举二鸡，鸡畏而驯，使令如人。护鸡坊中谒者王承恩言于玄宗。召试殿庭，皆中玄宗意，即日为五百小儿长。加之以忠厚谨密，天子甚爱幸之。金帛之赐，日至其家。

开元十三年，笼鸡三百，从封东岳。父忠死太山下，得子礼奉尸归葬雍州。县官为葬器丧车，乘传洛阳道。十四年三月，衣斗鸡服，会玄宗于温泉。当时天下号为"神鸡童"。时人为之语曰："生儿不用识文字，斗鸡走马胜读书。贾家小儿年十三，富贵荣华代不如。能令金距期胜负，白罗绣衫随软舆。父死长安千里外，差夫持道挽丧车。"

昭成皇后之在相王府，诞圣于八月五日。中兴之后，制为千秋节。赐天下民牛酒乐三日，命之曰酺，以为常也。大合乐于宫中，岁或酺于洛。元会与清明节，率皆在骊山。每至是日，万乐具举，六宫毕从。昌冠雕翠金华冠，锦袖绣襦袴，执铎拂道。群鸡叙立于广场，顾眄如神，指挥风生。树毛振翼，砺吻磨距，抑怒待胜，进退有期，随鞭指低昂不失。昌度胜负既决，强者前，弱者后，随昌雁行，归于鸡坊。角抵万夫，跳剑寻橦，蹴毬踏绳，舞于竿颠者，索气沮色，逡巡不敢入。岂教猱扰龙之徒欤？

二十三年，玄宗为娶梨园弟子潘大同女，男服佩玉，女服绣襦，皆出御府。昌男至信、至德。天宝中，妻潘氏以歌舞重幸于杨贵妃。夫妇席宠四十年，恩泽不渝，岂不敏于伎、谨于心乎？

上生于乙酉鸡辰，使人朝服斗鸡，兆乱于太平矣。上心不悟。十四载，胡羯陷洛，潼关不守。大驾幸成都，奔卫乘舆。夜出便门，马蹄道阱。伤足，不能进，杖入南山。每进鸡之日，则向西南大哭。禄山往年朝于京师，识昌于横门外。及乱二京，以千金购昌长安洛阳市。昌变姓名，依于佛舍，除地击钟，施力于佛。洎太上皇归兴庆宫，肃宗受命于别殿，昌还旧里。居室为兵掠，家无遗物。布衣憔悴，不复得入禁门矣。明日，复出长安南门，道见妻儿于招国里，菜色黯焉。儿荷薪，妻负故絮。昌聚哭，诀于道。遂长逝息长安佛寺，学大师佛旨。

大历元年，依资圣寺大德僧运平住东市海池，立陀罗尼石幢。书能纪姓名，读释氏经，亦能了其深义至道，以善心化市井人。建僧房佛舍，植美草甘木。昼把土拥根，汲水灌竹，夜正观于禅室。建中三年，僧运平人寿尽。服礼毕，奉舍利塔于长安东门外镇国寺东偏，手植松柏百株。构小舍，居于塔下，朝夕焚香洒扫，事师如生。顺宗在东宫，舍钱三十万，为昌立大师影堂及斋舍。又立外屋，居游民，取佣给。昌因日食粥一杯，浆水一升，卧草席，絮衣。过是，悉归于佛。妻潘氏后亦不知所往。贞元中，长子至信衣并州甲，随大司徒燧入觐，省昌于长寿里。昌如己不生，绝之使去。次子至德归，贩缯洛阳市，来往长安间，岁以金帛奉昌，皆绝之。遂俱去，不复来。

元和中，颍川陈鸿祖携友人出春明门，见竹柏森然，香烟闻于道，下马观昌于塔下。听其言，忘日之暮。宿鸿祖于斋舍，话身之出处，皆有条贯。遂及王制。鸿祖问开元之理乱。昌曰："老人少时，以斗鸡求媚于上。上倡优畜之，家于外宫，安足以知朝廷之事。然有以为吾子言者。老人见黄门侍郎杜暹出为碛西节度，摄御史大夫，始假风宪以威远。见哥舒翰之镇凉州也，下石堡戍青海城。出白龙，逾葱岭，界铁关，总管河左道，七命始摄御史大夫。见张说之领幽州也，每岁入关，辄长辕挽辐车，輂河间、蓟州庸调缯布，驾辖连轧，垒入关门，输于王府。江淮绮縠，巴蜀锦绣，后宫玩好而已。河州燉煌道岁屯田，实边食，余粟转输灵州，漕下黄河，入太原仓，备关中凶年。关中粟米，藏于百姓。天子幸五岳，从官千乘万骑，不食于民。老人岁时伏腊得归休，行都市间，见有卖白衫白叠布。行邻比廛间，有人禳病，法用皂布一匹，持重价不克致，竟以幞头罗代之。近者，老人扶杖出门，阅街衢中，东西南北视之，见白衫者不满百。岂天下之人皆执兵乎？开元十二年，诏三省侍郎有缺，先求曾任刺史者。郎官缺，先求曾任县令者。及老人见四十三省郎吏，有理刑才名，大者出刺郡，小者镇县。自老人居大道旁，往往有郡太守休马于此，皆惨然不乐朝廷沙汰使治郡。开元取士，孝弟理人而已。不闻进士宏词拔萃之为其得人也。大略如此。"因泣下。复言曰："上皇北臣穹卢，东臣鸡林，南臣滇池，西臣昆夷，三岁一来会。朝觐之礼容，临照之恩泽，衣之锦絮，饲之酒食，使展事而去，都中无留外国宾。今北胡与京师杂处，娶妻生子。长安中少年，有胡心矣。吾子视首饰靴服之制，不与向同，得非物妖乎？"鸿祖默不敢应而去。

◆◆◆

按《唐书·艺文志》子部小说类，载陈鸿《开元升平源》一卷，不载此传。《宋史·艺文志》史部传记类，著录陈鸿《东城老父传》一卷。传末语及开元理乱之源，有不胜今昔低徊之感。则是陈鸿此篇，固犹《开元升平源》意也。惟《资治通监考异》十二，曾引吴兢《升平源》一文，乃述姚元崇藉骑射邀恩献纳十事，遂得奉命作相之始末。涑水辨正，以为好事依托兢名，难以尽信。则是《开元升平源》之撰人，为吴兢，为陈鸿，在宋初固有两说也。两《唐书》无《陈鸿传》。《唐志》著录《开元升平源》一卷，注云："字大亮，贞元主客郎中。"《全唐文》（六百十二）《陈鸿小传》云："太和三年，官尚书主客郎中。"又《唐文粹》（九十五）载陈鸿《大统纪序》有云："臣少学乎史氏，志在编年。贞元丁酉岁（按贞元无丁酉，或为丁卯丁丑之误）登太常第，始闭居遂志，乃修《大纪》三十卷。七年书就，故绝笔于元和六年辛卯。"据此，则知鸿为贞元、元和间人，至文宗太和之初，尚在朝列；而平生所学，盖有志乎史氏编年之学者矣。本文据《太平广记》四百八十五校录。鸿尚有《长恨歌传》，与此文并称史外逸闻。清修《全唐文》，录鸿文三篇，而此二篇不收，盖以其为小说家言，近于猥琐诞妄，故摈斥不录，已于叙例见之也。

又按近有疑此传为陈鸿祖作者，因本传后段叙及颍川陈鸿祖访问贾昌问开元理乱之原，其必为鸿祖撰传无疑。惟此传相传已久，宋时所编之《太平广记》及《宋史·艺文志》对于撰人，皆无异说。今姑存之，以待考定。

又按贾昌事，当为唐人实录。李白诗《古风》云："大车扬飞尘，停午暗阡陌。中贵多黄金，连云开甲宅。路逢斗鸡者，冠盖何辉赫。鼻息千虹蜺,行人皆怵惕。世无洗耳翁,谁知尧与跖。"萧士赟曰:"此篇讽刺之诗,盖为贾昌辈而作。"盖以当时人为谣,有"生儿不用识文字,斗鸡走马胜读书"之语,则是尔时景慕斗鸡之徒如贾昌者,证以太白诗歌,当更可信也。

长恨歌传

陈鸿 撰

传文据《文苑英华》校录

歌据《长庆集》

开元中,泰阶平,四海无事。玄宗在位岁久,倦于旰食宵衣,政无大小,始委于右丞相,稍深居游宴,以声色自娱。先是元献皇后、武淑妃皆有宠,相次即世。宫中虽良家子千数,无可悦目者。上心忽忽不乐。时每岁十月,驾幸华清宫,内外命妇,熠耀景从,浴日余波,赐以汤沐,春风灵液,澹荡其间。上心油然,若有所遇,顾左右前后,粉色如土。诏高力士潜搜外宫,得弘农杨玄琰女于寿邸,既笄矣。鬓发腻理,纤秾中度,举止闲冶,如汉武帝李夫人。别疏汤泉,诏赐藻莹,既出水,体弱力微,若不任罗绮。光彩焕发,转动照人。上甚悦。进见之日,奏《霓裳羽衣曲》以导之;定情之夕,授金钗钿合以固之。又命戴步摇,垂金珰。明年,册为贵妃,半后服用。繇是冶其容,敏其词,婉变万态,以中上意。上益嬖焉。时省风九州,泥金五岳,骊山雪夜,上阳春朝,与上行同辇,止同室,宴专席,寝专房。虽有三夫人、九嫔、二十七世妇、八十一御妻,暨后宫才人、乐府妓女,使天子无顾盼意。自是六宫无复进幸者。非徒殊艳尤态致是，盖才智明慧，善巧便佞，先意希旨，有不可形容者。叔父昆弟皆列位清贵，爵为通侯。姊妹封国夫人，富埒王宫，车服邸第，与大长公主侔矣。而恩泽势力，则又过之，出入禁门不问，京师长吏为之侧目。故当时谣咏有云："生女勿悲酸，生男勿喜欢。"又曰："男不封侯女作妃，看女却为门上楣。"其为人心羡慕如此。

天宝末，兄国忠盗丞相位，愚弄国柄。及安禄山引兵向阙，以讨杨氏为词。潼关不守，翠华南幸，出咸阳，道次马嵬亭。六军徘徊，持戟不进。从官郎吏伏上马前，请诛晁错以谢天下。国忠奉牦缨盘水，死于道周。左右之意未快。上问之。当时敢言者，请以贵妃塞天下怨。上知不免，而不忍见其死，反袂掩面，使牵之而去。仓皇展转，竟就死于尺组之下。既而玄宗狩成都，肃宗受禅灵武。明年大赦改元，大驾还都。尊玄宗为太上皇，就养南宫。自南宫迁于西内。时移事去，乐尽悲来。每至春之日，冬之夜，池莲夏开，宫槐秋落，梨园弟子，玉琯发音，闻《霓裳羽衣》一声，则天颜不怡，左右歔欷。三载一意，其念不衰。求之梦魂，杳不能得。

适有道士自蜀来，知上心念杨妃如是，自言有李少君之术。玄宗大喜，命致其神。方士乃竭其术以索之，不至。又能游神驭气，出天界、没地府以求之，不见。又旁求四虚上下，东极天海，跨蓬壶。见最高仙山，上多楼阙，西厢下有洞户，东向，阖其门，署曰"玉妃太真院"。方士抽簪扣扉，有双鬟童女，出应其门。方士造次未及言，而双鬟复入。俄有碧衣侍女又至，诘其所从。方士因称唐天子使者，且致其命。碧衣云："玉妃方寝，请少待之。"于时云海沉沉，洞天日晓，琼户重阖，悄然无声。方士屏息敛足，拱手门下。久之，而碧衣延入，且曰："玉妃出。"见一人冠金莲，披紫绡，佩红玉，曳凤舄，左右侍者七八人，揖方士，问："皇帝安否？"次问天宝十四载已还事。言讫，悯然。指碧衣取金钗钿合，各析其半，授使者曰："为我谢太上皇，谨献是物，寻旧好也。"方士受辞与信，将行，色有不足。玉妃固征其意。复前跪致词："请当时一事，不为他人闻者，验于太上皇，不然，恐钿合金钗，负新垣平之诈也。"玉妃茫然退立，若有所思，徐而言曰："昔天宝十载，侍辇避暑于骊山宫。秋七月，牵牛织女相见之夕，秦人风俗，是夜张锦绣，陈饮食，树瓜华，焚香于庭，号为乞巧。宫掖间尤尚之。时夜殆半，休侍卫于东西厢，独侍上。上凭肩而立，因仰天感牛女事，密相誓心，愿世世为夫妇。言毕，执手各呜咽。此独君王知之耳。"因自悲曰："由此一念，又不得居此。复堕下界，且结后缘。或为天，或为人，决再相见，好合如旧。"因言："太上皇亦不久人间，幸惟自安，无自苦耳。"使者还奏太上皇，皇心震悼，日日不豫。其年夏四月，南宫宴驾。

元和元年冬十二月，太原白乐天自校书郎尉于盩厔。鸿与琅琊王质夫家于是邑，暇日相携游仙游寺，话及此事，相与感叹。质夫举酒于乐天前曰："夫希代之事，非遇出世之才润色之，则与时消没，不闻于世。乐天，深于诗、多于情者也，试为歌之，如何？"乐天因为《长恨歌》。意者不但感其事，亦欲惩尤物、窒乱阶，垂于将来者也。歌既成，使鸿传焉。世所不闻者，予非开元遗民，不得知。世所知者，有《玄宗本纪》在。今但传《长恨歌》云尔。

汉皇重色思倾国，御宇多年求不得。杨家有女初长成，养在深闺人未识。天生丽质难自弃，一朝选在君王侧。回眸一笑百媚生，六宫粉黛无颜色。春寒赐浴华清池，温泉水滑洗凝脂。侍儿扶起娇无力，始是新承恩泽时。云鬓花颜金步摇，芙蓉帐暖度春宵。春宵苦短日高起，从此君王不早朝。承欢侍宴无闲暇，春从春游夜专夜。后宫佳丽三千人，三千宠爱在一身。金屋妆成娇侍夜，玉楼宴罢醉和春。姊妹弟兄皆列土，可怜光彩生门户。遂令天下父母心，不重生男重生女。骊宫高处入青云，仙乐风飘处处闻。缓歌慢舞凝丝竹，尽日君王看不足。渔阳鼙鼓动地来，惊破《霓裳羽衣曲》。九重城阙烟尘生，千乘万骑西南行。翠华摇摇行复止，西出都门百余里。六军不发无奈何，宛转蛾眉马前死。花钿委地无人收，翠翘金雀玉搔头。君王掩面救不得，回看血泪相和流。黄埃散漫风萧索，云栈萦纡登剑阁。峨眉山下少人行，旌旗无光日色薄。蜀江水碧蜀山青，圣主朝朝暮暮情。行宫见月伤心色，夜雨闻铃肠断声。天旋日转回龙驭，到此踌躇不能去。马嵬坡下泥土中，不见玉颜空死处。君臣相顾尽沾衣，东望都门信马归。归来池苑皆依旧，太液芙蓉未央柳。芙蓉如面柳如眉，对此如何不泪垂？春风桃李花开夜，秋雨梧桐叶落时。西宫南苑多秋草，宫叶满阶红不扫。梨园弟子白发新，椒房阿监青娥老。夕殿萤飞思悄然，孤灯挑尽未成眠。迟迟钟鼓初长夜，耿耿星河欲曙天。鸳鸯瓦冷霜华重，翡翠衾寒谁与共？悠悠生死别经年，魂魄不曾来入梦。临邛道士鸿都客，能以精诚致魂魄。为感君王展转思，遂教方士殷勤觅。排空驭气奔如电，升天入地求之遍。上穷碧落下黄泉，两处茫茫皆不见。忽闻海上有仙山，山在虚无缥缈间。楼殿玲珑五云起，其中绰约多仙子。中有一人字太真，雪肤花貌参差是。金阙西厢叩玉扃，转教小玉报双成。闻道汉家天子使，九华帐里梦魂惊。揽衣推枕起徘徊，珠箔银屏迤逦开。云鬓半偏新睡觉，花冠不整下堂来。风吹仙袂飘飘举，犹似《霓裳羽衣舞》。玉容寂寞泪阑干，梨花一枝春带雨。含情凝睇谢君王，一别音容两渺茫。昭阳殿里恩爱绝，蓬莱宫中日月长。回头下望人寰处，不见长安见尘雾。唯将旧物表深情，钿合金钗寄将去。钗留一股合一扇，钗擘黄金合分钿。但令心似金钿坚，天上人间会相见。临别殷勤重寄词，词中有誓两心知。七月七日长生殿，夜半无人私语时："在天愿作比翼鸟，在地愿为连理枝。"天长地久有时尽，此恨绵绵无绝期！

◆ ◆ ◆

按幼时读白乐天《长恨歌》，兼及《说荟》所收陈鸿《长恨歌传》，盖因《传》愈晓其事之始末也。顾《说荟》本出于《太平广记》（四百八十六），他书所载，大略从同。嗣从《文苑英华》七百九十四得此文，与旧所肄者，文句多异。末段叙及鸿与王质夫、白乐天相携至仙游寺，质夫举酒邀乐天作歌一节，为《广记》

本所无，乃知宋初固有详略两本；否则《文苑英华》为鸿之本文，《广记》所采，或经删削者也。惟明刻《文苑英华》，本传后附刊一篇，云出《丽情集》及《京本大曲》。又与《英华》《广记》两本不同。尤甚者，如"诏浴华清池，清澜三尺，中洗明玉。莲开水上，鸾舞鉴中。既出水，娇多力微，不胜罗绮"，皆为二本所无。宋秦醇《赵飞燕别传》所谓"兰汤滟滟，昭仪坐其中，若三尺寒泉浸明玉"为胡应麟所特赏者，则又沿袭此文而依托者也。宋人所撰《五色线》引"清澜三尺，中洗明玉"数语，云出陈鸿《长恨歌传》。后人但据《广记》，颇疑《五色线》所引，不载《传》中，而断为误引《飞燕别传》。则是明刊《文苑英华》所附引之《丽情集》，固未尝寓目也。《丽情集》二十卷，为宋祥符间张君房所撰，晁公武《读书志》谓其书编集古今情感事，君房当有所本。今既据《文苑英华》校录陈传，而白诗阙载。因从《长庆集》补录于后。至《文苑英华》所附录之《丽情集》一篇，既亦传自宋初，仍移录于此，俾肄及此传者，得省览焉。

开元中，六符炳灵，四海无波，礼乐同人，神和天子，在位岁久，倦乎旰食，始委国政于右丞相。端拱深居，储思国色。先是元献皇后、武惠妃皆有宠，相次薨谢，宫侍无可意者。上心忽忽焉不自乐。时岁十月，驾幸骊山之华清宫，浴于温泉。内外命妇，熠耀景从，浴日余波，赐以汤沐。灵液不冻，玉树早芳，春色澹荡，思生其间。上心油然，恍若有遇。顾宫女三千，粉光如土。使搜诸外宫，得弘农杨氏女，既笄矣。绿云生鬓，白雪凝肤，渥饰光华,纤秾有度,举止闲冶,如汉武帝李夫人。上见之明日,诏浴华清池,清澜三尺中洗明玉,莲开水上,鸾舞鉴中,既出水,娇多力微,不胜罗绮。春正月,上心始悦。自是天子不早朝,后、夫人不得侍寝。时省风九州,泥金五岳,骊山雪夜,上阳春朝,行同辇,止同宴,妖其容,巧其词,歌舞谈笑,婉娈便佞,以中上心。故以为上宫春色,四时在目。

天宝中,后宫良家女万数,使天子无顾盼意。叔父昆弟,皆为通侯;女弟女兄,富埒王室;车服制度,爵邑邸第,与大长公主侔矣。恩泽势力,则又过之,出入禁门不问,京师长吏,为之侧目。

天宝末,兄国忠盗丞相位,窃弄国柄。羯胡乱燕,二京连陷。翠华南幸,驾出都西门百余里,六师徘徊,拥戟不行。从官郎吏伏上马前,请诛错以谢之。国忠奉牦缨盘水,死于道周。左右之意未快,当时敢言者,请以贵妃塞天下之怒。上惨容怛心,不忍见其死,反袂掩面,使牵之而去,拜于上前,回眸血下,坠金钿翠羽于地。上自收之。呜呼!蕙心纨质,天王之爱,不得已而死于尺组之下。叔向母云:"其美必甚恶。"李延年歌曰:"倾国复倾城。"此之谓也。

既而玄宗狩成都,肃宗受命灵武。粤明年,大赦改元,大驾还都,驻六龙于马嵬道中,君臣相顾,日月无光。不翼日,父子尧舜,天下大和。太上皇就养南宫,宫槐夏花,梧桐秋雨,春日迟迟兮恨深,冬夜长长兮怨急。自死之日,斋之月,莫不感皇容,悼宸衷。每朱楼月晓,绿池冰散,梨园弟子,玉琯一声,闻《霓裳羽衣曲》，则天颜不怡，侍儿掩泣。三载一意，其念不衰。自是南宫无歌舞之思，求诸梦而精魂不来，求诸神而致诚莫感。

成都方士，能乘气而游上清。感皇心追念杨贵妃不已，乃上大罗天，入地府，目眩心摇，求之不见。遂驾琅舆，张云盖，浮碧落，东下海中三山，遂入蓬莱宫中。金殿西厢，有洞户，阖其门，署曰"玉真太妃院"。扣门，久之，有青衣玉童出。方士传汉天子命。既入，琼扉重阖，悄然无声。方士息气重足，拱手门下。海上风微，洞天日暖。乃见仙女数人，相随出户，延客至玉堂。堂上褰九华帐，有一人冰雪姿，芙蓉冠，露绡帔，俨然如在姑射山。前揖，方士传汉天子命，言未终，退立惨然。忆一念之心，复堕下界。因泣下，使青衣小童取金钗一股，钿合一扇，奉太上皇。"苟心如金，坚如钿，上为天，下为世人，重相见时，好合如旧。"方士受其信。将行，色有不足。玉妃固征其意，复前跪致词曰："请付当时一事，不闻于人者，验于汉天子；畏金钗钿合，负新垣平之诈也。"仙子敛容低肩，含羞而言曰："昔天宝六年，侍辇避暑于骊山宫。七月，牵牛织女相见之夕。秦人风俗，是夜张锦绣缯绮，树瓜花，陈饮食，焚香于庭，谓之乞巧。三拜毕，缕针于月，衽线于裳。夜方半，歇侍卫于东西厢，独侍于帝，凭肩而立，相与盟心誓曰：'世世为夫妇。'誓毕，执手各鸣咽。此独君王知之。"方士还长安，奏于太上皇。上皇甚感，自悲殆不胜情。

嘻！女德，无极者也；死生，大别者也。故圣人节其欲，制其情，防人之乱者也。生感其志，死溺其情。又如之何？

元和元年冬十二月，太原白居易尉于盩厔。予与琅琊王质夫家仙游谷，因暇日携手入山。质夫于道中语及于是。白乐天，深于思者也。有出世之才，以为往事多情而感人也深，故为《长恨词》以歌之。使鸿传焉。世所隐者，鸿非史官，不知。所知者有《玄宗内传》今在。予所据，王质夫说之尔。

《全唐文》六百十二有陈鸿《华清汤池记》云：

玄宗幸华清宫。新广汤池，制作宏丽。安禄山于范阳以白玉石为鱼龙凫雁，仍以石梁及石莲花以献，雕镂巧妙，殆非人工。上大悦。命陈于汤中，仍以石梁横亘汤上，而莲花才出水际。上因幸华清宫，至其所，解衣将入，而鱼龙凫雁，皆若奋鳞举翼，状欲飞动。上甚恐，遽命撤去，而莲花今犹存。又尝于宫中置长汤数十，门屋环回，甃以文石，为银镂谷船，及白香木船，致于其中。至于楫棹，皆饰以珠玉。又于汤中垒瑟瑟及沉香为山，以状瀛洲方丈。《津阳门诗注》曰：宫内除供奉两汤外，而内外更有汤十六所。长汤每赐嫔御，其修广与诸汤不侔。甃以文虫密石，中央有玉莲，捧汤泉喷以成池。又缝缀锦绣为凫雁，致于水中。上时往其间，泛钑镂小舟，以嬉游焉。次西曰太子汤。又次西少阳汤。又次西长汤十六所。今惟太子、少阳二汤存焉。其穷奢而极欲，古今罕匹矣。

又按杨妃事，为唐人艳称。大历以后，其见于歌咏丛谈者尤备。宋抚州乐史子正尝撮采《明皇杂录》《开天传信记》《安禄山事迹》《酉阳杂俎》，及陈鸿《长恨歌传》，排比润饰，成《杨太真外传》二卷，首尾备具，斐然可观。诵陈传者，不可不连类肆及也。顾乐史自南唐入宋，为著作郎，尝出知陵州，以献赋召为三馆编修，迁著作郎，直史馆。故晁公武《郡斋读书志》传记类，收《杨贵妃外传》二卷，下题皇朝乐史撰。是乐史虽生际五季，然入宋直史馆，当为宋人。自陶宗仪《说郛》收入此传，妄题为唐乐史撰。《五朝小说》及《唐人说荟》因之，不复辨别。后人言唐稗者，辄举此篇。则贻误不浅也。今以《外传》虽出于宋人，而文特凄艳；且读此一文，其他唐末五季之侈谈太真逸事者，皆可废也。兹因为附存于此。

杨太真外传　卷上

宋史官乐史撰

杨贵妃小字玉环，弘农华阴人也。后徙居蒲州永乐之独头村。高祖令本，金州刺史；父玄琰，蜀州司户。贵妃生于蜀。尝误坠池中，后人呼为落妃池。池在导江县前。（亦如王昭君，生于峡州，今有昭君村；绿珠生于白州，今有绿珠江）妃早孤，养于叔父河南府士曹玄璬家。开元二十二年十一月，归于寿邸。二十八年十月，玄宗幸温泉宫（自天宝六载十月，复改为华清宫），使高力士取杨氏女于寿邸，度为女道士，号太真，住内太真宫。

天宝四载七月，册左卫中郎将韦昭训女配寿邸。是月，于凤凰园册太真宫女道士杨氏为贵妃，半后服用。进见之日，奏《霓裳羽衣曲》。（《霓裳羽衣曲》者，是玄宗登三乡驿，望女几山所作也。故刘禹锡诗有云："伏睹玄宗皇帝《望女几山》诗，小臣斐然有感：开元天子万事足，惟惜当时光景促。三乡驿上望仙山，归作《霓裳羽衣曲》。仙心从此在瑶池，三清八景相追随。天上忽乘白云去，世间空有秋风词。"又《逸史》云："罗公远天宝初侍玄宗，八月十五日夜，宫中玩月，曰：'陛下能从臣月中游乎？'乃取一枝桂，向空掷之，化为一桥，其色如银。请上同登，约行数十里，遂至大城阙。公远曰：'此月宫也。'有仙女数百，素练宽衣，舞于广庭。上前问曰：'此何曲也？'曰：'《霓裳羽衣》也。'上密记其声调，遂回桥，却顾，随步而灭。旦谕伶官，象其声调，作《霓裳羽衣曲》。"以二说不同，乃备录于此。）是夕，授金钗钿合。上又自执丽水镇紫库磨金琢成步摇，至妆阁，亲与插鬓。上喜甚，谓后宫人曰："朕得杨贵妃，如得至宝也。"乃制曲子曰《得宝子》，又曰《得鞾（方孔反）子》。

先是，开元初，玄宗有武惠妃、王皇后。后无子。妃生子，又美丽，宠倾后宫。至十三年，皇后废，妃嫔无得与惠妃比。二十一年十一月，惠妃即世。后庭虽有良家子，无悦上目者，上心凄然。至是得贵妃，又宠甚于惠妃。有姊三人，皆丰硕修整，工于谑浪，巧会旨趣，每入宫中，移晷方出。宫中呼贵妃为娘子，礼数同于皇后。册妃日赠其父玄琰济阴太守，母李氏陇西郡夫人。又赠玄琰兵部尚书，李氏凉国夫人。叔玄珪为光禄卿银青光禄大夫，再从兄钊拜为侍郎，兼数使。兄铦又居朝列。堂弟锜尚太华公主，是武惠妃生，以母见遇过于诸女，赐第连于宫禁。自此杨氏权倾天下，每有嘱请，台省府县，若奉诏敕。四方奇货、僮仆、驼马，日输其门。时安禄山为范阳节度，恩遇最深，上呼之为儿。尝于便殿与贵妃同宴乐，禄山每就坐，不拜上而拜贵妃。上顾而问之："胡不拜我而拜妃子，意者何也？"禄山奏云："胡家不知其父，只知其母。"上笑而赦之。又命杨铦以下，约禄山为兄弟姊妹，往来必相宴饯，初虽结义颇深，后亦权敌，不叶。

五载七月，妃子以妒悍忤旨。乘单车，令高力士送还杨铦宅。及亭午，上思之不食，举动发怒。力士探旨，奏请载还，送院中宫人衣物及司农米面酒馔百余车。诸姊及铦初则惧祸聚哭，及恩赐浸广，御馔兼至，乃稍宽慰。妃初出，上无聊，中官趋过者，或笞挞之。至有惊怖而亡者。力士因请就召，既夜，遂开安兴坊，从太华宅以入。及晓，玄宗见之内殿，大悦。贵妃拜泣谢过。因召两市杂戏以娱贵妃，贵妃诸姊进食作乐。自兹恩遇日深，后宫无得进幸矣。

七载，加钊御史大夫，权京兆尹，赐名国忠。封大姨为韩国夫人，三姨为虢国夫人，八姨为秦国夫人。同日拜命，皆月给钱十万，为脂粉之资。然虢国不施妆粉，自炫美艳，常素面朝天。当时杜甫有诗云："虢国夫人承主恩，平明上马入宫门。却嫌脂粉涴颜色，淡扫蛾眉朝至尊。"又赐虢国照夜玑，秦国七叶冠，国忠锁子帐，盖希代之珍，其恩宠如此。铦授银青光禄大夫鸿胪卿，将列荣戟，特授上柱国，一日三诏。与国忠五家于宣阳里，甲第洞开，僭拟宫掖，车马仆从，照耀京邑。递相夸尚，每造一堂，费逾千万计，见制度宏壮于已者，则毁之复造。土木之工，不舍昼夜。上赐御食，及外方进献，皆颁赐五宅。开元已来，豪贵荣盛，未之比也。上起动必与贵妃同行，将乘马，则力士执辔授鞭。宫中掌贵妃刺绣织锦七百人，雕镂器物又数百人，供生日及时节庆。续命杨益往岭南，长吏日求新奇以进奉。岭南节度张九章，广陵长史王翼，以端午进贵妃珍玩衣服，异于他郡，九章加银青光禄大夫，翼擢为户部侍郎。

九载二月，上旧置五王帐，长枕大被，与兄弟共处其间。妃子无何窃宁王紫玉笛吹。故诗人张祐诗云："梨花静院无人见，闲把宁王玉笛吹。"因此又忤旨，放出。时吉温多与中贵人善，国忠惧，请计于温。遂入奏曰："妃，妇人，无智识。有忤圣颜，罪当死。既尝蒙恩宠，只合死于宫中。陛下何惜一席之地，使其就戮？安忍取辱于外乎？"上曰："朕用卿，盖不缘妃也。"初，令中使张韬光送妃至宅，妃泣谓韬光曰："请奏：妾罪合万死。衣服之外，皆圣恩所赐。惟发肤是父母所生。今当即死，无以谢上。"乃引刀剪其发一缭，附韬光以献。妃既出，上忧然。至是，韬光以发搭于肩上以奏。上大惊愧，遽使力士就召以归，自后益嬖焉。又加国忠遥领剑南节度使。

十载上元节，杨氏五宅夜游，遂与广宁公主骑从争西市门，杨氏奴挥鞭误及公主衣，公主堕马。驸马程昌裔扶公主，因及数挝。公主泣奏之，上令决杀杨家奴一人，昌裔停官，不许朝谒。于是杨家转横，出入禁门不问，京帝长吏，为之侧目。故当时谣曰："生女勿悲酸，生男勿喜欢。"又曰："男不封侯女作妃，君看女却是门楣。"其天下人心羡慕如此。

上一旦御勤政楼，大张声乐。时教坊有王大娘，善戴百尺竿，上施木山，状瀛州、方丈，令小儿持绛节，出入其间，而舞不辍。时刘晏以神童为秘书省正字，十岁，惠悟过人。上召于楼中，贵妃坐于膝上，为施粉黛，与之巾栉。贵妃令咏王大娘戴竿，晏应声曰："楼前百戏竞争新，唯有长竿妙入神。谁谓绮罗翻有力，犹自嫌轻更著人。"上与妃及嫔御皆欢笑移时，闻声于外，因命牙笏黄纹袍赐之。

上又晏诸王于木兰殿，时木兰花发，皇情不悦。妃醉中舞《霓裳羽衣》一曲，天颜大悦，方知回雪流风，可以回天转地。上尝梦十仙子，乃制《紫云回》。（玄宗尝梦仙子十余辈，御卿云而下，各执乐器，悬奏之。曲度清越，真仙府之音。有一仙人曰："此神仙《紫云回》。今传授陛下，为正始之音。"上喜而传受。寤后，余响犹在。旦，命玉笛习之，尽得其节奏也。）并梦龙女，又制《凌波曲》。（玄宗在东都，梦一女，容貌艳异，梳交心髻，大袖宽衣，拜于床前。上问："汝何人？"曰："妾是陛下凌波池中龙女。卫宫护驾，妾实有功，今陛下洞晓钧天之音，乞赐一曲以光族类。"上于梦中为鼓胡琴，拾新旧之曲声，为《凌波曲》。龙女再拜而去。及觉，尽记之。会禁乐，自御琵琶，习而翻之。与文武臣僚，于凌波宫临池奏新曲，池中波涛涌起，复有神女出池心，乃所梦之女也。上大悦，语于宰相，因于池上置庙，每岁命祀之。）二曲既成，遂赐宜春院及梨园弟子并诸王。

时新丰初进女伶谢阿蛮，善舞。上与妃子钟念，因而受焉。就按于清元小殿，宁王吹玉笛，上羯鼓，妃琵琶，马仙期方响，李龟年觱篥，张野狐箜篌，贺怀智拍。自旦至午，欢洽异常。时唯妃女弟秦国夫人端坐观之。曲罢，上戏曰："阿瞒（上在禁中，多自称也）乐籍，今日幸得供养夫人。请一缠头！"秦国曰："岂有大唐天子阿姨，无钱用耶？"遂出三百万为一局焉。乐器皆非世有者，才奏而清风习习，声出天表。妃子琵琶逻迆檀，寺人白季贞使蜀还献。其木温润如玉，光耀可鉴，有金缕红文，蹙成双凤。弦乃末诃弥罗国永泰元年所贡者，渌水蚕丝也，光莹如贯珠瑟瑟。紫玉笛乃姮娥所得也。渌山进三百事管色。俱用媚玉为之。诸王、郡主、妃之姊妹皆师妃，为琵琶弟子。每一曲彻，广有献遗。妃子是日问阿蛮曰："尔贫，无可献师长，待我与尔为。"命侍儿红桃娘取红粟玉臂支赐阿蛮。

妃善击磬，拊搏之音泠泠然，多新声，虽太常梨园之妓，莫能及之。上命采蓝田绿玉，琢成磬；上方造簴，流苏之属，以金钿珠翠饰之，铸金为二狮子，以为趺，彩缋缛丽，一时无比。

先，开元中，禁中重木芍药，即今牡丹也（《开元天宝花木记》云："禁中呼木芍药为牡丹也"），得数本红紫浅红通白者，上因移植于兴庆池东沉香亭前。会花方繁开，上乘照夜白，妃以步辇从。诏选梨园弟子中尤者，得乐十六色。李龟年以歌擅一时之名，手捧檀板，押众乐前，将欲歌之。上曰："赏名花，对妃子，焉用旧乐词为。"遽命龟年持金花笺。宣赐翰林学士李白立进《清平乐词》三篇。承旨，犹苦宿醒，因援笔赋之。第一首："云想衣裳花想容，春风拂槛露华浓。若非群玉山头见，会向瑶台月下逢。"第二首："一枝红艳露凝香，云雨巫山枉断肠。借问汉宫谁得似？可怜飞燕倚新妆。"第三首："名花倾国两相欢，长得君王带笑看。解释春风无限恨,沉香亭北倚栏干。"龟年捧词进,上命梨园弟子略约词调,抚丝竹,遂促龟年以歌。妃持玻璃七宝杯,酌西凉州蒲萄酒,笑领歌,意甚厚。上因调玉笛以倚曲。每曲遍将换,则迟其声以媚之。妃饮罢,敛绣巾再拜。上自是顾李翰林尤异于他学士。会力士终以脱靴为耻,异日,妃重吟前词,力士戏曰:"始为妃子怨李白深入骨髓,何翻拳拳如是耶?"妃子惊曰:"何学士能辱人如斯?"力士曰:"以飞燕指妃子,贱之甚矣。"妃深然之。上尝三欲命李白官,卒为宫中所捍而止。

上在百花院便殿,因览《汉成帝内传》,时妃子后至,以手整上衣领,曰:"看何文书?"上笑曰:"莫问。知则又殢人。"觅去,乃是"汉成帝获飞燕,身轻欲不胜风。恐其飘翥,帝为造水晶盘,令宫人掌之而歌舞。又制七宝避风台,间以诸香,安于上,恐其四肢不禁"也。上又曰:"尔则任吹多少。"盖妃微有肌也,故上有此语戏妃。妃曰:"《霓裳羽衣》一曲,可掩前古。"上曰:"我才弄,尔便欲嗔乎?忆有一屏风,合在,待访得,以赐尔。"屏风乃虹霓为名,雕刻前代美人之形,可长三寸许。其间服玩之器、衣服,皆用众宝杂厕而成。水精为地,外以玳瑁水犀为押,络以珍珠瑟瑟。间缀精妙,迨非人力所制。此乃隋文帝所造,赐义成公主,随在北胡。贞观初灭胡,与萧后同归中国,因而赐焉。(妃归卫公家,遂持去。安于高楼上,未及将归。国忠日午偃息楼上,至床,睹屏风在焉。才就枕,而屏风诸女悉皆下床前,各通所号,曰:"裂缯人也。""定陶人也。""穿庐人也。""当垆人也。""亡吴人也。""步莲人也。""桃源人也。""班竹人也。""奉五官人也。""温肌人也。""曹氏投波人也。""吴宫无双返香人也。""拾翠人也。""窃香人也。""金屋人也。""解佩人也。""为云人也。""董双成也。""为烟人也。""画眉人也。""吹箫人也。""笑躄人也。""垓中人也。""许飞琼也。""赵飞燕也。""金谷人也。""小鬟人也。""光发人也。""薛夜来也。""结绮人也。""临春阁人也。""扶风女也。"国忠虽开目，历历见之，而身体不能动，口不能发声。诸女各以物列坐。俄有纤腰妓人近十余辈，曰："楚章华踏谣娘也。"乃连臂而歌之，曰："三朵芙蓉是我流，大杨造得小杨收。"复有二三妓，又曰："楚宫弓腰也。何不见《楚辞别序》云'婷约花态，弓身玉肌'？"俄而递为本艺。将呈讫，一一复归屏上，国忠方醒，惶惧甚，遽走下楼，急令封锁之。贵妃知之，亦不欲见焉。禄山乱后，其物犹存。在宰相元载家，自后不知所在。）

杨太真外传 卷下

宋史官乐史撰

初，开元末，江陵进乳柑橘，上以十枚种于蓬莱宫，至天宝十载九月秋结实。宣赐宰臣，曰："朕近于宫内种柑子树数株，今秋结实一百五十余颗，乃与江南及蜀道所进无别，亦可谓稍异者。"宰臣表贺曰："伏以自天所育者不能改有常之性，旷古所无者乃可谓非常之感。是知圣人御物，以元气布和，大道乘时，则殊方叶致。且橘柚所植，南北异名，实造化之有初，匪阴阳之有革。陛下玄风真纪，六合一家，雨露所均，混天区而齐被，草木有性，凭地气以潜通。故兹江外之珍果，为禁中之佳实。绿蒂含霜，芳流绮殿，金衣烂日，色丽彤庭。"云云。乃颁赐大臣。外有一合欢实，上与妃子互相持玩。上曰："此果似知人意，朕与卿固同一体，所以合欢。"于是促坐，同食焉。因令画图，传之于后。

妃子既生于蜀，嗜荔枝。南海荔枝，胜于蜀者，故每岁驰驿以进。然方暑热而熟，经宿则无味。后人不能知也。

上与妃采戏，将北，唯重四转败为胜。连叱之，骰子宛转而成重四，遂命高力士赐绯，风俗因而不易。

广南进白鹦鹉，洞晓言词，呼为雪衣女。一朝飞上妃镜台上，自语："雪衣女昨夜梦为鸷鸟所搏。"上令妃授以《多心经》，记诵精熟。后上与妃游别殿，置雪衣女于步辇竿上同去。瞥有鹰至，搏之而毙。上与妃叹息久之，遂瘗于苑中，呼为鹦鹉冢。

交趾贡龙脑香，有蝉蚕之状，五十枚。波斯言老龙脑树节方有。禁中呼为瑞龙脑，上赐妃十枚。妃私发明驼使（明驼使腹下有毛，夜能明，日驰五百里），持三枚遗禄山。妃又常遗禄山金平脱装具、玉合、金平脱铁面碗。

十一载，李林甫死。又以国忠为相，带四十余使。十二载，加国忠司空。长男暄，先尚延和郡主，又拜银青光禄大夫，太常卿，兼户部侍郎。小男昢，尚万春公主。贵妃堂弟秘书少监鉴，尚承荣郡主。一门一贵妃，二公主，三郡主，三夫人。十二载，重赠玄琰太尉，齐国公。母重封梁国夫人。官为造庙，御制碑及书。叔玄珪又拜工部尚书。韩国婿秘书少监崔珣女为代宗妃；虢国男裴徽尚代宗女延光公主，女为让帝男妻；秦国婿柳澄男钧尚长清县主，澄弟潭尚肃宗女和政公主。

上每年冬十月，幸华清宫，常经冬还宫阙，去即与妃同辇。华清宫有端正楼，即贵妃梳洗之所；有莲花汤，即贵妃澡沐之室。国忠赐第在宫东门之南，虢国相对。韩国秦国，甍栋相接。天子幸其第，必过五家，赏赐燕乐。扈从之时，每家为一队，队着一色衣。五家合队相映，如百花之焕发。遗钿、坠舄、琴瑟、珠翠，灿于路岐，可掬。曾有人俯身一窥其车，香气数日不绝。驼马千余头疋。以剑南旌节器仗前驱。出有钱饮，还有软脚。远近饷遗珍玩狗马，阉侍歌儿，相望于道。及秦国先死，独虢国、韩国、国忠转盛。虢国又与国忠乱焉。略无仪检，每入朝谒，国忠于韩、虢连辔，挥鞭骤马，以为谐谑。从官媵妪百余骑。秉烛如昼，鲜装袨服而行，亦无蒙蔽。衢路观者如堵，无不骇叹。十宅诸王男女婚嫁，皆资韩、虢绍介；每一人纳一千贯，上乃许之。

十四载六月一日，上幸华清宫，乃贵妃生日。上命小部音声（小部者，梨园法部所置，凡三十人，皆十五已下）于长生殿奏新曲，未有名，会南海进荔枝，因此曲名《荔枝香》。左右欢呼，声动山谷。其年十一月，禄山反幽陵（禄山本名轧荦山，杂种胡人也。母本巫师。禄山晚年益肥，垂肚过膝，自秤得三百五十斤。于上前胡旋舞，疾如风焉。上尝于勤政楼东间设大金鸡障，施一大榻，卷去帘，令禄山坐。其下设百戏，与禄山看焉。肃宗谏曰："历观今古，未闻臣下与君上同坐阅戏。"上私曰："渠有异相，我襄之故耳。"又尝与夜燕，禄山醉卧，化为一猪而龙首。左右遽告帝。帝曰："此猪龙，无能为。"终不杀。卒乱中国），以诛国忠为名。咸言国忠、虢国、贵妃三罪，莫敢上闻，上欲以皇太子监国，盖欲传位，自亲征。谋于国忠，国忠大惧，归谓姊妹曰："我等死在旦夕。今东宫监国，当与娘子等并命矣。"姊妹哭诉于贵妃。妃衔土请命，事乃寝。

十五载六月，潼关失守。上幸巴蜀，贵妃从。至马嵬，右龙武将军陈玄礼惧兵乱，乃谓军士曰："今天下崩离，万乘震荡。岂不由杨国忠割剥氓庶，以至于此。若不诛之，何以谢天下。"众曰："念之久矣。"会吐蕃和好使在驿门遮国忠诉事。军士呼曰："杨国忠与蕃人谋叛！"诸军乃围驿四合，杀国忠，并男暄等。（国忠旧名钊，本张易之子也。天授中，易之恩幸莫比。每归私第，诏令居楼，仍去其梯，围以束棘，无复女奴侍立。母恐张氏绝嗣，乃置女奴嫔妹于楼复壁中。遂有娠，而生国忠。后嫁于杨氏。）上乃出驿门劳六军。六军不解围，上顾左右责其故。高力士对曰："国忠负罪，诸将讨之。贵妃即国忠之妹，犹在陛下左右，群臣能无忧怖？伏乞圣虑裁断。"（一本云："贼根犹在，何敢散乎？"盖斥贵妃也。）上回入驿，驿门内傍有小巷，上不忍归行宫，于巷中倚杖歛首而立。圣情昏默，久而不进，京兆司录韦锷（见素男也）进曰："乞陛下割恩忍断，以宁国家。"逡巡，上入行宫。抚妃子出于厅门，至马道北墙口而别之，使力士赐死。妃泣涕呜咽，语不胜情，乃曰："愿大家好住。妾诚负国恩，死无恨矣。乞容礼佛。"帝曰："愿妃子善地受生。"力士遂缢于佛堂前之梨树下。才绝，而南方进荔枝至。上睹之，长号数息，使力士曰："与我祭之。"祭后，六军尚未解围。以绣衾覆床，置驿庭中，敕玄礼等入驿视之。玄礼抬其首，知其死，曰："是矣。"而围解。瘗于西郭之外一里许道北坎下。妃时年三十八。上持荔枝于马上谓张野狐曰："此去剑门，鸟啼花落，水绿山青，无非助朕悲悼妃子之由也。"

初，上在华清宫日，乘马出宫门，欲幸虢国夫人之宅。玄礼曰："未宣敕报臣，天子不可轻去就。"上为之回辔。他年，在华清宫，逼上元，欲夜游。玄礼奏曰："宫外即是旷野，须有预备。若欲夜游，愿归城阙。"上又不能违谏。及此马嵬之诛，皆是敢言之有便也。

先是，术士李遐周有诗曰："燕市人皆去，函关马不归。若逢山下鬼，环上系罗衣。"燕市人皆去，禄山即蓟门之士而来；函关马不归，哥舒翰之败潼关也；若逢山下鬼，嵬字，即马嵬驿也；环上系罗衣，贵妃小字玉环，及其死也，力士以罗巾缢焉。又妃常以假髻为首饰，而好服黄裙。天宝末，京师童谣曰："义髻抛河里，黄裙逐水流。"至此应矣。初，禄山尝于上前应对，杂以谐谑。妃常在座，禄山心动。及闻马嵬之死，数日叹惋。虽林甫养育之，国忠激怒之，然其有所自也。

是时虢国夫人先至陈仓之官店。国忠诛问至，县令薛景仙率吏人追之。走入竹林下，以为贼军至，虢国先杀其男徽，次杀其女。国忠妻裴柔曰："娘子何不借我方便乎？"遂并其女刺杀之。已而自刎，不死。载于狱中，犹问人曰："国家乎？贼乎？"狱吏曰："互有之。"血凝其喉而死。遂并坎于东郭十余步道北杨树下。

上发马嵬，行至扶风道。道傍有花，寺畔见石楠树团圆，爱玩之，因呼为端正树，盖有所思也。又至斜谷口，属霖雨涉旬，于栈道雨中闻铃声，隔山相应。上既悼念贵妃，因采其声为《雨霖铃曲》，以寄恨焉。

至德二年，既收复西京。十一月，上自成都还，使祭之。后欲改葬，李辅国等不从。时礼部侍郎李揆奏曰："龙武将士以杨国忠反，故诛之。今改葬故妃，恐龙武将士疑惧。"肃宗遂止之。上皇密令中官潜移葬之于他所。妃之初瘗，以紫褥裹之。及移葬，肌肤已消释矣。胸前犹有锦香囊在焉。中官葬毕以献，上皇置之怀袖。又令画工写妃形于别殿，朝夕视之而欷歔焉。上皇既居南内，夜阑，登勤政楼，凭栏南望，烟月满目。上因自歌曰："庭前琪树已堪攀，塞外征人殊未还。"歌歇，闻里中隐隐如有歌声者。顾力士曰："得非梨园旧人乎？迟明，为我访来。"翌日，力士潜求于里中，因召与同去，果梨园弟子也。其后，上复与妃侍者红桃在焉。歌《凉州》之词，贵妃所制也。上亲御玉笛，为之倚曲。曲罢相视，无不掩泣。上因广其曲。今凉州留传者益加焉。

至德中，复幸华清宫。从官嫔御，多非旧人。上于望京楼下命张野狐奏《雨霖铃曲》。曲半，上四顾凄凉，不觉流涕。左右亦为感伤。新丰有女伶谢阿蛮，善舞《凌波曲》，旧出入宫禁，贵妃厚焉。是日，诏令舞。舞罢，阿蛮因进金粟装臂环，曰："此贵妃所赐。"上持之，凄然垂涕曰："此我祖大帝破高丽，获二宝：一紫金带，一红玉支。朕以岐王所进《龙池篇》，赐之金带。红玉支赐妃子。后高丽知此宝归我，乃上言'本国因失此宝，风雨愆时，民离兵弱。'朕寻以为得此不足为贵，乃命还其紫金带。唯此不还。汝既得之于妃子，朕今再睹之，但兴悲念矣。"言讫，又涕零。

至乾元元年，贺怀智又上言，曰："昔上夏日与亲王棋，令臣独弹琵琶（其琵琶以石为槽，鹍鸡筋为弦，用铁拨弹之），贵妃立于局前观之。上数抨子将输，贵妃放康国猧子上局乱之，上大悦。时风吹贵妃领巾于臣巾上，良久，回身方落。及归，觉满身香气。乃卸头帻，贮于锦囊中。今辄进所贮幞头。"上皇发囊，且曰："此瑞龙脑香也。吾曾施于暖池玉莲朵，再幸尚有香气宛然。况乎丝缕润腻之物哉。"遂凄怆不已。自是圣怀耿耿，但吟："刻木牵丝作老翁，鸡皮鹤发与真同。须臾舞罢寂无事，还似人生一世中。"

有道士杨通幽自蜀来，知上皇念杨贵妃，自云有李少君之术，上皇大喜，命致其神。方士乃竭其术以索之，不至。又能游神驭气，出天界、入地府求之，竟不见。又旁求四虚上下，东极绝大海，跨蓬壶。忽见最高山，上多楼阁。泊至，西厢下有洞户，东向，阖其门，额署曰"玉妃太真院"。方士抽簪叩扉，有双鬟童女出应门。方士造次未及言，双鬟复入。俄有碧衣侍女至，诘其所从来。方士因称天子使者，且致其命。碧衣云："玉妃方寝，请少待之。"逾时，碧衣延入，且引曰："玉妃出。"冠金莲，帔紫绡，佩红玉，曳凤舄。左右侍女七八人。揖方士，问皇帝安否，次问天宝十四载以还。言讫悯然，指碧衣女取金钗钿合，折其半授使者曰："为我谢太上皇，谨献是物，寻旧好也。"方士将行，色有不足，玉妃因征其意，乃复前跪致词："请当时一事，不闻于他人者，验于太上皇。不然，恐金钗钿合，负新垣平之诈也。"玉妃忙然退立，若有所思，徐而言曰："昔天宝十载，侍辇避暑骊山宫。秋七月，牵牛织女相见之夕，上凭肩而望。因仰天感牛女事，密相誓心：'愿世世为夫妇。'言毕，执手各呜咽。此独君王知之耳。"因悲曰："由此一念，又不得居此，复堕下界，且结后缘。或为天，或为人，决再相见，好合如旧。"因言："太上皇亦不久人间，幸唯自爱，无自苦耳。"

使者还，具奏太上皇。皇心震悼。及至移入大内甘露殿，悲悼妃子，无日无之。遂辟谷服气，张皇后进樱桃蔗浆，圣皇并不食。常玩一紫玉笛，因吹数声，有双鹤下于庭，徘徊而去。圣皇语侍儿宫爱曰："吾奉上帝所命，为元始孔升真人。此期可再会妃子耳。笛非尔所宝，可送大收（大收，代宗小字）。"即令具汤沐。"我若就枕，慎勿惊我。"宫爱闻睡中有声，骇而视之，已崩矣。妃子死日，马嵬媪得锦袻袜一只。相传过客一玩百钱，前后获钱无数。

悲夫，玄宗在位久，倦于万机，常以大臣接对拘检，难徇私欲。自得李林甫，一以委成。故绝逆耳之言，恣行燕乐。衽席无别，不以为耻，由林甫之赞成矣。乘舆迁播，朝廷陷没，百僚系颈，妃王被戮，兵满天下，毒流四海，皆国忠之召祸也。

史臣曰：夫礼者，定尊卑，理家国。君不君，何以享国？父不父，何以正家？有一于此，未或不亡。唐明皇之一误，贻天下之羞。所以禄山叛乱，指罪三人。今为《外传》，非徒拾杨妃之故事，且惩祸阶而已。

莺莺传

元稹 撰

据《太平广记》校录

贞元中，有张生者，性温茂，美风容，内秉坚孤，非礼不可入。或朋从游宴，扰杂其间，他人皆汹汹拳拳，若将不及，张生容顺而已，终不能乱。以是年二十三，未尝近女色。知者诘之。谢而言曰："登徒子非好色者，是有凶行。余真好色者，而适不我值。何以言之？大凡物之尤者，未尝不留连于心，是知其非忘情者也。"诘者识之。

无几何，张生游于蒲。蒲之东十余里，有僧舍曰普救寺，张生寓焉。适有崔氏孀妇，将归长安，路出于蒲，亦止兹寺。崔氏妇，郑女也。张出于郑，绪其亲，乃异派之从母。是岁，浑瑊薨于蒲。有中人丁文雅，不善于军，军人因丧而扰，大掠蒲人。崔氏之家，财产甚厚，多奴仆。旅寓惶骇，不知所托。先是，张与蒲将之党有善，请吏护之，遂不及于难。十余日，廉使杜确将天子命以总戎节，令于军，军由是戢。

郑厚张之德甚，因饰馔以命张，中堂宴之。复谓张曰："姨之孤嫠未亡，提携幼稚。不幸属师徒大溃，实不保其身。弱子幼女，犹君之生。岂可比常恩哉！今俾以仁兄礼奉见，冀所以报恩也。"命其子曰欢郎，可十余岁，容甚温美。次命女："出拜尔兄，尔兄活尔。"久之，辞疾。郑怒曰："张兄保尔之命。不然，尔且掳矣。能复远嫌乎？"久之，乃至。常服睟容，不加新饰，垂鬟接黛，双脸销红而已。颜色艳异，光辉动人。张惊，为之礼。因坐郑旁，以郑之抑而见也，凝睇怨绝，若不胜其体者。问其年纪。郑曰："今天子甲子岁之七月，终于贞元庚辰，生年十七矣。"张生稍以词导之，不对。终席而罢。

张自是惑之，愿致其情，无由得也。崔之婢曰红娘，生私为之礼者数四，乘间遂道其衷。婢果惊沮，腆然而奔。张生悔之。翼日，婢复至。张生乃羞而谢之，不复云所求矣。婢因谓张曰："郎之言，所不敢言，亦不敢泄。然而崔之姻族，君所详也。何不因其德而求娶焉？"张曰："余始自孩提，性不苟合。或时纨绮闲居，曾莫流盼。不为当年，终有所蔽。昨日一席间，几不自持。数日来，行忘止，食忘饱，恐不能逾旦暮，若因媒氏而娶，纳采问名，则三数月间，索我于枯鱼之肆矣。尔其谓何？"婢曰："崔之贞慎自保，虽所尊不可以非语犯之。下人之谋，固难入矣。然而善属文，往往沉吟章句，怨慕者久之。君试为喻情诗以乱之。不然，则无由也。"张大喜，立缀《春词》二首以授之。是夕，红娘复至，持彩笺以授张，曰："崔所命也。"题其篇曰《明月三五夜》。其词曰："待月西厢下，迎风户半开。拂墙花影动，疑是玉人来。"张亦微喻其旨。

是夕，岁二月旬有四日矣。崔之东有杏花一株，攀援可逾。既望之夕，张因梯其树而逾焉。达于西厢，则户半开矣。红娘寝于床。生因惊之。红娘骇曰："郎何以至？"张因绐之曰："崔氏之笺召我也，尔为我告之。"无几，红娘复来。连曰："至矣！至矣！"张生且喜且骇，必谓获济。及崔至，则端服严容，大数张曰："兄之恩，活我之家，厚矣。是以慈母以弱子幼女见托。奈何因不令之婢，致淫逸之词。始以护人之乱为义，而终掠乱以求之。是以乱易乱，其去几何？诚欲寝其词，则保人之奸，不义。明之于母，则背人之惠，不祥。将寄于婢仆，又惧不得发其真诚。是用托短章，愿自陈启。犹惧兄之见难，是用鄙靡之词，以求其必至。非礼之动，能不愧心。特愿以礼自持，毋及于乱！"言毕，翻然而逝。张自失者久之。复逾而出，于是绝望。

数夕，张生临轩独寝，忽有人觉之。惊骇而起，则红娘敛衾携枕而至，抚张曰："至矣至矣！睡何为哉！"并枕重衾而去。张生拭目危坐久之，犹疑梦寐。然而修谨以俟。俄而红娘捧崔氏而至。至，则娇羞融冶，力不能运支体，曩时端庄，不复同矣。是夕，旬有八日也。斜月晶莹，幽辉半床。张生飘飘然，且疑神仙之徒，不谓从人间至矣。有顷，寺钟鸣，天将晓。红娘促去。崔氏娇啼宛转，红娘又捧之而去，终夕无一言。张生辨色而兴，自疑曰："岂其梦邪？"及明，睹妆在臂，香在衣，泪光荧荧然，犹莹于茵席而已。

是后又十余日，杳不复知。张生赋《会真诗》三十韵，未毕，而红娘适至，因授之，以贻崔氏。自是复容之。朝隐而出，暮隐而入，同安于曩所谓西厢者，几一月矣。张生常诘郑氏之情。则曰："我不可奈何矣。"因欲就成之。无何，张生将之长安，先以情谕之。崔氏宛无难词，然而愁怨之容动人矣。将行之再夕，不复可见,而张生遂西下。

数月,复游于蒲,会于崔氏者又累月。崔氏甚工刀札,善属文。求索再三,终不可见。往往张生自以文挑,亦不甚睹览。大略崔之出人者,艺必穷极,而貌若不知;言则敏辩,而寡于酬对。待张之意甚厚,然未尝以词继之。时愁艳幽邃,恒若不识,喜愠之容,亦罕形见。异时独夜操琴,愁弄凄恻。张窃听之。求之,则终不复鼓矣。以是愈惑之。

张生俄以文调及期,又当西去。当去之夕,不复自言其情,愁叹于崔氏之侧。崔已阴知将诀矣,恭貌怡声,徐谓张曰:"始乱之,终弃之,固其宜矣。愚不敢恨。必也君乱之,君终之,君之惠也。则没身之誓,其有终矣。又何必深感于此行?然而君既不怿,无以奉宁。君常谓我善鼓琴,向时羞颜,所不能及。今且往矣,既君此诚。"因命拂琴,鼓《霓裳羽衣序》,不数声,哀音怨乱,不复知其是曲也。左右皆欷歔。崔亦遽止之,投琴,泣下流连,趋归郑所,遂不复至。明旦而张行。

明年,文战不胜,张遂止于京。因赠书于崔,以广其意。崔氏缄报之词,粗载于此,曰:"捧览来问,抚爱过深。儿女之情,悲喜交集。兼惠花胜一合,口脂五寸,致耀首膏唇之饰。虽荷殊恩,谁复为容?睹物增怀,但积悲叹耳。伏承使于京中就业,进修之道,固在便安。但恨僻陋之人,永以遐弃。命也如此,知复何言!自去秋已来,常忽忽如有所失。于喧哗之下,或勉为语笑,闲宵自处,无不泪零。乃至梦寐之间,亦多感咽,离忧之思,绸缪缱绻,暂若寻常,幽会未终,惊魂已断。虽半衾如暖,而思之甚遥。一昨拜辞，倏逾旧岁。长安行乐之地，触绪牵情。何幸不忘幽微，眷念无斁。鄙薄之志，无以奉酬。至于终始之盟，则固不忒。鄙昔中表相因，或同宴处。婢仆见诱，遂致私诚。儿女之心，不能自固。君子有援琴之挑，鄙人无投梭之拒。及荐寝席，义盛意深。愚陋之情，永谓终托。岂期既见君子，而不能定情。致有自献之羞，不复明侍巾帻。没身永恨，含叹何言！倘仁人用心，俯遂幽眇，虽死之日，犹生之年。如或达士略情，舍小从大，以先配为丑行，以要盟为可欺。则当骨化形销，丹诚不泯，因风委露，犹托清尘。存没之诚，言尽于此。临纸呜咽，情不能申。千万珍重，珍重千万！玉环一枚，是儿婴年所弄，寄充君子下体所佩。玉取其坚润不渝，环取其终始不绝。兼乱丝一绚，文竹茶碾子一枚。此数物不足见珍。意者欲君子如玉之真，弊志如环不解。泪痕在竹，愁绪萦丝。因物达情，永以为好耳。心迩身遐，拜会无期。幽愤所钟，千里神合。千万珍重！春风多厉，强饭为嘉。慎言自保，无以鄙为深念。"

张生发其书于所知，由是时人多闻之。所善杨巨源好属词，因为赋《崔娘诗》一绝云："清润潘郎玉不如，中庭蕙草雪销初。风流才子多春思，肠断萧娘一纸书。"河南元稹亦续生《会真诗》三十韵，诗曰："微月透帘栊，萤光度碧空。遥天初缥缈，低树渐葱茏。龙吹过庭竹，鸾歌拂井桐。罗绡垂薄雾，环佩响轻风。绛节随金母，云心捧玉童。更深人悄悄，晨会雨蒙蒙。珠莹光文履，花明隐绣龙。瑶钗行彩凤，罗帔掩丹虹。言自瑶华蒲，将朝碧玉宫。因游洛城北，偶向宋家东。戏调初微拒，柔情已暗通。低鬟蝉影动，回步玉尘蒙。转面流花雪，登床抱绮丛。鸳鸯交颈舞，翡翠合欢笼。眉黛羞偏聚,唇朱暖更融。气清兰蕊馥,肤润玉肌丰。无力慵移腕,多娇爱敛躬。汗流珠点点,发乱绿葱葱,方喜千年会,俄闻五夜穷。留连时有恨,缱绻意难终。慢脸含愁态,芳词誓素衷。赠环明运合,留结表心同。啼粉流宵镜,残灯远暗虫。华光犹苒苒,旭日渐瞳瞳。乘鹜还归洛,吹箫亦上嵩。衣香犹染麝,枕腻尚残红。幂幂临塘草,飘飘思渚蓬。素琴鸣怨鹤,清汉望归鸿。海阔诚难渡,天高不易冲。行云无处所,箫史在楼中。"张之友闻之者,莫不耸异之,然而张志亦绝矣。稹特与张厚,因征其词。张曰:"大凡天之所命尤物也,不妖其身,必妖于人。使崔氏子遇合富贵,乘宠娇,不为云为雨,则为蛟为螭,吾不知其变化矣。昔殷之辛、周之幽,据百万之国,其势甚厚,然而一女子败之。溃其众,屠其身,至今为天下僇笑。予之德不足以胜妖孽,是用忍情。"于时坐者皆为深叹。

后岁余,崔已委身于人,张亦有所娶。适经所居,乃因其夫言于崔,求以外兄见。夫语之,而崔终不为出。张怨念之诚,动于颜色,崔知之,潜赋一章,词曰:"自从消瘦减容光,万转千回懒下床。不为旁人羞不起,为郎憔悴却羞郎。"竟不之见。后数日,张生将行,又赋一章以谢绝云:"弃置今何道,当时且自亲。还将旧时意,怜取眼前人。"自是,绝不复知矣。

时人多许张为善补过者。予尝于朋会之中,往往及此意者,夫使知者不为,为之者不惑。贞元岁九月,执事李公垂宿于予靖安里第,语及于是,公垂卓然称异,遂为《莺莺歌》以传之。崔氏小名莺莺,公垂以命篇。

◆ ◆ ◆

按元微之《莺莺传》，《太平广记》四百八十八杂传记类采之。后人以张生赋《会真诗》三十韵，又名曰《会真记》。唐人以诗文张之者，元微之有《续会真诗》三十韵，河中杨巨源有《崔娘诗》，亳州李绅有《莺莺歌》，皆见于本篇可考者也。宋赵德麟令畤惜其不能播之声乐，乃谱《商调蝶恋花》十阕，以述其事。见所著《侯鲭录》。金章宗时，有董解元演之为《西厢记》，见《传是楼书目》。但无龃句关目，行间全载宫调、引子、尾声，所谓《弦索西厢》也。元有王实甫《西厢记》、关汉卿《续西厢记》，明有李日华《南西厢记》、陆天池《南西厢记》、周公鲁《翻西厢记》。至清查继佐又有《续西厢杂剧》。他如所谓《续西厢》《翻西厢》《竟西厢》《后西厢》者，辞旨猥琐，不著撰人。流传至今，推为美谈。于是词人韵事，传播艺林，皆推本于微之此传，而益加恢张者也。唐人小说，影响于元明大曲杂剧者颇多，而此传最传最广。究其原因：一则以传出微之，文虽不高，而辞旨顽艳，颇切人情；一则社会心理，趋尚在此，观于赵令畤称"今世士大夫，无不举此为美话"。宋世已然，于今为烈；其流播之故可知矣。至其传中之所谓张生，宋人有疑为张籍者。王铚、赵德麟并为辨正，以张生为元稹之托名，征诸本集诗歌，及其年谱，皆与此传吻合。前人已详言之，当无疑义。张生本无名字。宋王楙《野客丛书》二十九卷，称"唐有张君瑞遇崔氏女于蒲，崔小名莺莺，元稹与李绅语其事，作《莺莺歌》"云云。则张生之为君瑞，宋时或

175

有所本，姑存其说于此。赵德麟《侯鲭录》卷五所载《辨正》及《商调蝶恋花》十阕，关系此传甚切。兹全录于后，俾便参稽云。

辨传奇莺莺事

王性之作传奇辨正云：

尝读苏翰林赠张子野有诗曰："诗人老去莺莺在。"注言所谓张生，乃张籍也。仆按元微之所作传奇莺莺事，在贞元十六年春，又言明年生文战不利，乃在十七年。而唐《登科记》，张籍以贞元十五年商郢下登科。既先二年，决非张籍明矣。每观其文，抚卷叹息，未知张生果为何人，意其非微之一等人，不可当也。

会清源庄季裕为仆言友人杨阜公，尝得微之所作《姨母郑氏墓志》云："其既丧夫遭军乱，微之为保护其家备至。"则所谓传奇者，盖微之自叙，特假他姓以自避耳。仆退而考微之《长庆集》，不见所谓《郑氏志》文；岂仆家所收未完，或别有他本尔。然细味微之所序，及考于他书，则与季裕所说皆合。盖昔人事有悖于义者，多托之鬼神梦寐，或假之他人，或云见他书，后世犹可考也。微之心不自聊，既出之翰墨，姑易其姓氏耳。不然，为人叙事，安能委曲详尽如此。

按乐天作《微之墓志》，以太和五年薨，年五十三。则当以大历十四年己未生，至贞元十六年庚辰，正二十二岁矣。（传奇言生二十二岁，未知女色。）又韩退之作《微之妻韦丛墓志》文，"作婿韦氏时，微之始以选为校书郎。"正传奇所谓后岁余，生亦有所娶者也。（贞元十八年，微之始中书判拔萃授校书郎，二十四岁矣。)又微之作《陆氏姊志》云:"予外祖父授睦州刺史郑济。"白乐天作《微之母郑夫人志》亦言:"郑济女。"而唐《崔氏谱》:"永宁尉鹏,亦娶郑济女。"则莺莺者,乃崔鹏之女,于微之为中表。正传奇所谓郑氏为异派之从母者也。

非特此而已,仆家有微之作《元氏古艳诗》百余篇,中有《春词》二首,其间皆隐莺字。(传奇言立缀《春词》二首以授之,不书讳字者,即此意。)及自有《莺莺诗》《离思诗》《杂忆诗》,与传奇所载,犹一家说也。又有《古决绝词》《梦游春词》,前叙所遇,后言舍之以义。又叙娶韦氏之年,与此无少异者。(《梦游春词》云:"当年二纪初,佳节三星度。韦门正全盛,出入多欢裕。"二纪初,谓二十四岁也。)其诗中多言双文,意谓二莺字,为双文也。并书于后,使览之者可考焉。又意《古艳诗》,多微之专因莺莺而作无疑。又微之《百韵诗寄乐天》云:"山岫当阶翠,墙花拂面枝。莺声爱娇小,燕翼玩逶迤。"注云:昔予赋诗云"为见墙头佛面花",时惟乐天知此事。又云:"幼年与蒲中诗人杨巨源友善,日课诗。"(传奇言生发其书于所知,予亦闻其说。生所善杨巨源为赋《崔娘诗》一绝。)

凡是数端,有一于此,可验决为微之无疑;况于如是之众也。然必更以张生者,岂元与张受命姓氏,本同所自出耶。(张姓出黄帝之后,元姓亦然。后为拓跋氏,后魏有国,改号元氏。)

仆性喜讨论,考合异同。每闻一事隐而未见,或可见而事不同,如瓦砾之在怀,必欲讨阅归于一说而后已。尝谓读千载之书,而探千载之迹,必须尽见当时事理,如身履其间,丝分缕解,始终备尽,乃可以置议论。若略执一言一事,未见其余,则事之相戾者多矣。又谓前世之事,无不可考者,特学者观书少而未见尔。微之所遇合,虽涉于流宕自放,不中礼义,然名辈风流余韵,照映后世,亦人间可喜事。而士之臻此者特鲜也。虽巧为避就,然意微而显,见于微之其他文辞者,彰著又如此。故反复抑扬,张而明之,以信其说。他时见所谓《姨母郑氏志》文,当详载于后云。

微之《古艳诗·春词》云:"春来频到宋家东,垂袖开怀待好风。莺藏柳暗无人语,惟有墙花满树红。

"深院无人草树光,娇莺不语趁阴藏。等闲弄水浮花片,流出门前赚阮郎。"

《莺莺诗》云:"殷红浅碧旧衣裳,取次梳头暗淡妆。夜合带烟笼晓月,牡丹经雨泣残阳。依稀似笑还非笑,仿佛闻香不是香。频动横波嗔不语,等闲教见小儿郎。"

《离思》云:"自爱残妆晓镜中,环钗谩簪绿丝丛。须臾日射胭脂颊,一朵红酥旋欲融。

"山泉散漫绕阶流,万树桃花映小楼。闲读道书慵未起,水晶帘下看梳头。

"红罗著压逐时新,杏子花纱嫩面尘。第一莫嫌才地弱,些些纰缦最宜人。

"曾经沧海难为水,除却巫山不是云。取次花丛懒回顾,半缘修道半缘君。

"寻常百种花齐发,偏摘梨花与白人。今日江头两三树,可怜枝叶度残春。"

《春晓》云："半欲天明半未明，醉闻花气睡闻莺。娃儿撼起钟声动，二十年前晓寺情。"

《古决绝词》云："乍可为天上牵牛织女星，不愿为庭前红槿枝。七月七日一相见，相见故心终不移。那能朝开暮飞去，一任东西南北吹。分不两相守，恨不两相思；对面且如此，背面当可知。春风撩乱伯劳语，况是此时抛去时。握手苦相问，竟不言后期。君情既决绝，妾意已参差。借如死生别，安得长苦悲。"

又云："噫春冰之将泮，何余怀之独结？有美一人，于焉旷绝。一日不见，比一日于三年，况三年之闲别。水得风兮小而已波，笋在苞兮高不见节。矧桃李之当春，竞众人而攀折。我自顾悠悠而若云，又安能保君皑皑之如雪。感破镜之分明，睹泪痕之余血。幸它人之既不我先，又安能使它人之终不我夺。已焉哉！织女别黄姑，一年一度暂相见，彼此隔河何事无。"

又云："夜夜相抱眠，幽怀尚沉结。那堪一年事，长遣一宵说。但感久相思，何暇暂相悦。虹桥薄夜成，龙驾侵晨列。生憎野鹊性迟回，死恨天鸡识时节。曙色渐瞳昽，华星欲明灭。一去又一年，一年何可彻。有此迢递期，不如死生别。天公信是妒相怜，何不便教相决绝。"

《杂忆》云："今年寒食月无光，夜色才侵已上床。忆得双文通内里，玉枕深处暗闻香。花笼微月竹笼烟，百尺丝绳拂地悬。忆得双文人静后，潜教桃叶送秋千。寒轻夜浅绕回廊，不辨花丛暗辨香。忆得双文笼月下，小楼前后捉迷藏。山榴似火叶相兼，半拂低墙半拂檐。忆得双文独披掩,满头花草倚新帘。春冰消尽碧波湖,漾影残霞似有无。忆得双文衫子薄,钿头云映褪红酥。"

《赠双文》云:"艳极翻含态,怜多转自娇。有时还暂笑,闲坐更无聊。晓月行堪坠,春酥见欲消。何因肯垂手,不敢望回腰。"

《梦游春》云:"昔岁梦游春,梦游何所遇?梦入深洞中,果遂平生趣。清冷浅漫流,画舸兰篙渡。过尽万株桃,盘旋竹林路。长廊抱小楼,门牖相回互。楼下杂花丛,丛边绕鹓鹭。池光漾霞影,晓日初明煦。未敢上阶行,频移曲池步。乌笼不作声,碧玉曾相慕。渐到帘幕间,徘徊意犹惧。闲窥东西阁,奇玩参差布。隔子碧油糊,驼钩紫金镀。逡巡日渐高,影响人将寤。鹦鹉饥乱鸣,娇娃睡犹怒。帘开侍儿起,见我遥相谕。铺设绣红裀,施张钿装具。潜褰翡翠帷,瞥见珊瑚树。不辨花貌人,空惊香若雾。身回夜合偏,态敛晨霞聚。睡脸桃破风,汗妆莲委露。丛梳百叶髻,金蹙重台屦。纰软钿头裙,玲珑合欢袴。鲜妍脂粉薄,暗淡衣裳故。最似红牡丹,雨来春欲暮。梦魂良易惊,灵境难久寓。夜夜望天河,无由重沿溯。结念心所期,返如禅顿悟。觉来八九年,不向花回顾。杂合两京春,喧阗众禽护。我到看花时,但作怀仙句。浮生转经历,道性尤坚固。近作梦仙诗,亦知劳肺腑。一梦何足云,良时事婚娶。当年二纪初,佳节三星度。朝蕣玉佩迎,高松女萝附。韦门正全盛,出入多欢裕。"云云。(乐天和微之《梦游仙诗序》云:"斯言也,不可使不知吾者知,知吾者亦不可使不知。乐天,知吾者也,吾不敢不使吾子知。予辱斯言,三复其旨,大抵悔既往而悟将来也。"云云。正谓此事,非张籍益明矣。)

微之年谱

己未代宗大历十四年　是岁微之生。

庚申德宗建中元年辛酉至甲子兴元元年　是岁崔氏生。

乙丑贞元元年丙寅至癸酉九年　是岁微之明经及第。

甲戌至己卯十五年　十二月辛未咸宁王浑瑊薨于蒲，丁文雅不能御军，遂作乱。

庚辰十六年　是岁微之年二十二，传奇言生年二十二未近女色。崔氏年十七，传奇言于今之贞元庚辰十七年矣。

辛巳十七年　是岁微之年二十三，传奇言生以文调西去，所谓文战不利，遂止京师。崔氏书所谓春风多厉，正次年春也。

壬午十八年　是岁微之年二十四，以中书判第四等授校书郎，即传奇言后岁余崔亦委身于人，生亦有所娶。按退之作《微之妻韦丛志》曰选婿得稹，始以选授校书郎。即与微之《梦游春》二纪初三星度所谓有所娶之言同。

癸未十九年至乙酉顺宗永正元年丙戌宪宗永和元年　是岁微之年二十八，岁中才识兼茂，明于体用科等，拜左拾遗，出为河南尉。

丁亥戊子二年　是岁授监察御史。

己丑四年　是岁娶韦氏，年二十七。

庚寅五年　是岁贬江陵士曹。

辛卯至甲午九年　是岁徙唐州从事。

乙未十年　是岁召入都，徙通州司马。

丙申至己亥十四年　是岁徙虢州长史，为膳部员外郎。

庚子十五年　是岁穆宗即位，转祠部郎中、知制诰。

辛丑穆宗长庆元年　是岁权翰林学士、工部侍郎、平章事。

壬寅三年　是岁出为同州刺史。

癸卯甲辰四年　是岁移浙东观察使、越州刺史。

乙巳敬宗宝历元年丁未文宗太和元年己酉三年　是岁召为尚书右丞，旋改鄂岳节度使。

庚戌辛亥五年　是岁薨于镇，年五十三。

赵德麟　商调蝶恋花词

夫传奇者，唐元微之所述也，以不载于本集，而出于小说，或疑其非是。今观其词，自非大手笔，孰能与于此。至今士大夫，极谈幽玄，访奇述异，无不举此以为美话。至于娼优女子，皆能调说大略。惜乎不被之以音律，故不能播之声乐，形之管弦。好事君子，极饮肆欢之际，愿欲一听其说，或举其末而忘其本；或纪其略而不及其终篇。此吾曹之所共恨者也。今于暇日，详观其文，略其烦亵，分之为十章。每章之下，属之以词；或全摭其文，或止取其意。又别为一曲，载之传前，先叙前篇之义。调曰商调，曲名《蝶恋花》。句句言情，篇篇见意。奉劳歌伴，先定格调，后听芜词：

丽质仙娥生月殿。谪向人间，未免凡情乱。宋玉墙东流美盼，乱花深处曾相见。

密意浓欢方有便。不奈浮名，旋遣轻分散。最恨多才情太浅，等闲不念离人怨。

传曰：余所善张君，性温茂，美丰仪，寓于蒲之普救寺。适有崔氏孀妇，将归长安，路出于蒲，亦止兹寺。崔氏妇，郑女也。张出于郑，绪其亲，乃异派之从母。是岁，丁文雅不善于军，军人因丧而扰，大掠蒲人。崔氏之家，财产甚厚，多奴仆，旅寓惶骇，不知所措。先是，张与蒲将之党有善，请吏护之，遂不及于难。郑厚张之德甚，因饰馔以命张，中堂宴之。复谓张曰："姨之孤嫠未亡，提携幼稚。不幸属师徒大溃，实不保其身。弱子幼女，犹君之所生也。岂可比常恩哉？今俾以仁兄之礼奉见，冀所以报恩也。"乃命其子曰欢郎，可十余岁，容甚温美。次命女曰莺莺："出拜尔兄，尔兄活尔。"久之，辞疾。郑怒曰："张兄保尔之命。不然，尔且虏矣。能复远嫌乎？"又久之，乃至。常服睟容，不加新饰，垂鬟浅黛，双脸断红而已。颜色艳异，光辉动人。张惊，为之礼。因坐郑傍，凝睇怨绝，若不胜其体。张问其年几。郑曰："十七岁矣。"张生稍以词导之，不对。终席而罢。奉劳歌伴，再和前声：

  锦额重帘深几许。绣履弯弯，未省离朱户。强出娇羞都不语，绛绡频掩酥胸素。
  黛浅愁红妆淡伫。怨绝情凝，不肯聊回顾。媚脸未匀新泪污，梅英犹带春朝露。

张生自是惑之，愿致其情，无由得也。崔之婢曰红娘。生私为之礼者数四，乘间，遂道其衷。翌日，复至，曰："郎之言，所不敢言，亦不敢泄。然而崔之族姻，君所详也，何不因其媒而求娶焉？"张曰："予始自孩提时，性不苟合。昨日一席间，几不自持。数日来，行忘止，食忘饭，恐不能逾旦暮。若因媒氏而娶，纳采问名，则三数月间，索我于枯鱼之肆矣。"婢曰："崔之贞顺自保，虽所尊，不可以非语犯之。然而善属文，往往沉吟章句，怨慕者久之。君试为谕情诗以乱之。不然，无由得也。"张大喜，立缀《春词》二首以授之。奉劳歌伴，再和前声：

懊恼娇痴情未惯。不道看看，役得人肠断。万语千言都不管，兰房跬步如天远。

废寝忘餐思想遍。赖有青鸾，不必凭鱼雁。密写香笺论缱绻，《春词》一纸芳心乱。

是夕，红娘复至，持彩笺以授张曰："崔所命也。"题其篇曰《明月三五夜》，其词曰："待月西厢下，迎风户半开。拂墙花影动，疑是玉人来。"奉劳歌伴，再和前声：

庭院黄昏春雨霁。一缕深心，百种成牵系。青翼蓦然来报喜，鱼笺微谕相容意。

待月西厢人不寐。帘影摇光，朱户犹慵闭。花动拂墙红萼坠，分明疑是情人至。

张亦微谕其旨,是岁,二月旬又四日矣。崔之东墙,有杏花一树,攀援可逾。既望之夕,张因梯其树而逾焉。达于西厢,则户半开矣。无几,红娘复来。连曰:"至矣!至矣!"张生且喜且骇,谓必获济。及女至,则端服俨容,大数张曰:"兄之恩,活我家,厚矣。由是慈母以弱子幼女见依。奈何因不令之婢,致淫泆之词。始以护人之乱为义,而终掠乱而求之。是以乱易乱,其去几何?诚欲寝其词,则保人之奸,不义。明之母,则背人之惠,不祥。将寄于婢妾,又恐不得发其真诚。是用托于短章,愿自陈启。犹惧兄之见难,是用鄙靡之词,以求其必至。非礼之动,能不愧心。特愿以礼自持,毋及于乱。"言毕,翻然而逝。张自失者久之。复逾而出,由是绝望矣。奉劳歌伴,再和前声:

屈指幽期惟恐误。恰到春宵,明月当三五。红影压墙花密处,花阴便是桃源路。

不谓兰诚金石固。敛袂怡声,恣把多才数。惆怅空回谁共语,只应化作朝云去。

后数夕,张君临轩独寝,忽有人觉之。惊欸而起,则红娘敛衾携枕而至,抚张曰:"至矣!至矣!睡何为哉!"并枕重衾而去。张生拭目危坐,久之,犹疑梦寐。俄而红娘捧崔而至。则娇羞融冶,力不能运支体,曩时之端庄,不复同矣。是夕,旬有八日。斜月晶荧,幽辉半床。张生飘飘然,且疑神仙之徒,不谓从人间至也。有顷,寺钟鸣晓,红娘促去。崔氏娇啼宛转,红娘又捧而去,终夕无一言。张生辨色而兴,目疑曰:"岂其梦耶?"所可明者,妆在臂,香在衣,泪光荧荧然,犹莹于茵席而已。奉劳歌伴,再和前声:

> 数夕孤眠如度岁。将谓今生,会合终无计。正是断肠凝望际,云心捧得嫦娥至。
> 玉困花柔羞抆泪。端丽妖娆,不与前时比。人去月斜疑梦寐,衣香犹在妆留臂。

是后又十余日,杳不复知。张生赋《会真诗》三十韵,未毕,红娘适至,因授之以贻崔氏。自是复容之。朝隐而出,暮隐而入,同安于曩所谓西厢者,几一月矣。张生将之长安,先以情谕之。崔氏宛无难词,然愁怨之容动人矣。欲行之再夕,不复可见,而张生遂西。奉劳歌伴,再和前声:

> 一梦行云还暂阻。尽把深诚,缀作新诗句。幸有青鸾堪密付,良宵从此无虚度。
> 两意相欢朝又暮。争奈郎鞭,暂指长安路。最是动人愁怨处,离情盈抱终无语。

不数月,张生复游于蒲,舍于崔氏者,又累月。张雅知崔氏善属文,求索再三,终不可见。虽待张之意甚厚,然未尝以词继之。异时，独夜操琴，愁弄凄恻。张窃听之。求之，则不复鼓矣。以是愈惑之。张生俄以文调。及期，又当西去。临去之夕，崔恭貌怡声，徐谓张曰："始乱之，今弃之，固其宜矣。愚不敢恨。必也君始之，君终之，君之惠也。则没身之誓，其有终矣。又何必深憾于此行？然而君既不怿，无以奉宁。君尝谓我善鼓琴，今且往矣，既达君此诚。"因命拂琴，鼓《霓裳羽衣序》，不数声，哀音怨乱，不复知其是曲也。左右皆欷歔。张亦遽止之。崔投琴拥面，泣下流涟，趣归郑所，遂不复至。奉劳歌伴，再和前声：

碧沼鸳鸯交颈舞。正恁双栖，又遣分飞去。洒翰赠言终不许，援琴请尽奴衷素。

曲未成声先怨慕。忍泪凝情，强作《霓裳序》。弹到离愁凄咽处，弦肠俱断梨花雨。

诘旦，张生遂行。明年，文战不利，遂止于京。因贻书于崔，以广其意。崔氏缄报之词，粗载于此，曰："捧览来问，抚爱过深。儿女之情，悲喜交集。兼惠花胜一合，口脂五寸，致耀首膏唇之饰。虽荷多惠，谁复为容？睹物增怀，但积悲叹耳。伏承便于京中就业，于进修之道，固在便安。但恨鄙陋之人，永以遐弃。命也如此，知复何言！自去秋以来，尝忽忽如有所失。于喧哗之下，或勉为笑语，闲宵自处，无不泪零。乃至梦寐之间，亦多叙感咽离忧之思。绸缪缱绻，暂若寻常。幽会未终，惊魂已断。虽半衾如暖，而思之甚遥。一昨拜辞，倏逾旧岁。长安行乐之地，触绪牵情。何幸不忘幽微,眷念无致。鄙薄之志,无以奉酬。至于始终之盟,则固不忒。鄙昔中表相因,或同宴处。婢仆见诱,遂致私诚。儿女之情,不能自固。君子有援琴之挑,鄙人无投梭之拒。及荐枕席,义盛恩深。愚幼之情,永谓终托。岂期既见君子,不能以礼定情。致有自献之羞,不复明侍巾栉。没身永恨,含叹何言!傥仁人用心,俯遂幽劣,虽死之日,犹生之年。如或达士略情,舍小从大,以先配为丑行,谓要盟之可欺。则当骨化形销,丹忱不泯,因风委露,犹托清尘。存没之诚,言尽于此。临纸呜咽,情不能申。千万珍重!奉劳歌伴,再和前声:

别后相思心目乱。不谓芳音,忽寄南来雁。却写花笺和泪卷,细书方寸教伊看。

独寐良宵无计遣。梦里依稀,暂若寻常见。幽会未终魂已断,半衾如暖人犹远。

玉环一枚,是儿婴年所弄,寄充君子下体之佩。玉取其坚洁不渝,环取其始终不绝。兼致彩丝一绚,文竹茶合碾子一枚。此数物不足见珍。意者欲君子如玉之洁,鄙志如环不解。泪痕在竹,愁绪萦丝。因物达诚,永以为好耳。心迩身遐,拜会无期。幽愤所钟,千里神合。千万珍重!春风多厉,强饭为佳。慎言自保,毋以鄙为深念也。奉劳歌伴,再和前声:

尺素重重封锦字。未尽幽闺,别后心中事。佩玉彩丝文竹器,愿君一见知深意。

　　环玉长圆丝万系。竹上斓斑,总是相思泪。物会见郎人永弃,心驰魂去神千里。

张之友闻之,莫不耸异,而张之志固绝之矣。岁余,崔已委身于人,张亦有所娶。适经其所居,乃因其夫言于崔,以外兄见。夫已诺之,而崔终不为出。张怨念之诚,动于颜色。崔知之,潜赋一诗,寄张曰:"自从消瘦减容光,万转千回懒下床。不为旁人羞不起,为郎憔悴却羞郎。"竟不之见。后数日,张君将行,崔又赋一诗以谢绝之。词曰:"弃置今何道,当时且自亲。还将旧来意,怜取眼前人。"奉劳歌伴,再和前声:

　　梦觉高唐云雨散。十二巫峰,隔断相思眼。不为旁人移步懒,为郎憔悴羞郎见。

　　青翼不来孤凤怨。路失桃源,再会终无便。旧恨新愁无计遣,情深何似情俱浅。

逍遥子曰:乐天谓"微之能道人意中语"。仆于是益知乐天之言为当也。何者,夫崔之才华婉美,词彩艳丽,则于所载缄书诗章尽之矣。如其都愉淫冶之态,则不可得而见。及观其文,飘飘然仿佛出于人目前。虽丹青摹写其形状,未知能如是工且至否?仆尝采摭其意,撰成鼓子词十一章示余友何东白先生。先生曰:"文则美矣,意犹有不尽者。胡不复为一章于其后,具道张之与崔,既不能以理定其情,又不合之于义。始相遇也,如是之笃;终相失也,如是之遽。必及于此,则完矣。"余应之曰:"先生真为文者也。言必欲有终始箴诫而后已。大都鄙靡之词,止歌其事之可歌,不必如是之备,若夫聚散离合,亦人之常情,古今所共惜也。又况崔之始相得,而终至相失,岂得已哉。如崔已他适,而张诡计以求见,崔知张之意,而潜赋诗以谢之,其情盖有未能忘者矣。乐天曰:'天长地久有时尽,此恨绵绵无尽期。'岂独在彼者耶!"予因命此意,复成一曲,缀于传末云:

  镜破人离何处问。路隔银河,岁会知犹近。只道新来消瘦损,玉容不见空传信。

  弃掷前欢俱未忍。岂料盟言,陡顿无凭准。地久天长终有尽,绵绵不似无穷恨。

周秦行纪

韦瓘 撰

据《顾氏文房小说》校录

余真元中举进士落第，归宛叶间。至伊阙南道鸣皋山下，将宿大安民舍。会暮，不至。更十余里，一道，甚易。夜月始出，忽闻有异香气；因趋进行，不知近远。见火明，意谓庄家。更前驱，至一大宅。门庭若富豪家。黄衣阍人曰："郎君何至？"余答曰："僧孺，姓牛，应进士落第往家。本往大安民舍，误道来此。直乞宿，无他。"中有小鬟青衣出，责黄衣曰："门外谁何？"黄衣曰："有客。"黄衣入告，少时，出曰："请郎君入。"余问谁氏宅。黄衣曰："第进，无须问。"

入十余门，至大殿。殿蔽以珠帘，有朱衣紫衣人百数，立阶陛间。左右曰："拜殿下。"帘中语曰："妾汉文帝母薄太后。此是庙，郎不当来。何辱至？"余曰："臣家宛下。将归，失道。恐死豺虎，敢乞托命。"太后遣轴帘，避席曰："妾故汉室老母，君唐朝名士，不相君臣，幸希简敬，便上殿来见。"太后着练衣，状貌瑰伟，不甚年高。劳余曰："行役无苦乎？"召坐。

食顷间，殿内有笑声。太后曰："今夜风月甚佳，偶有二女伴相寻。况又遇嘉宾,不可不成一会。"呼左右:"屈两个娘子出见秀才。"良久,有女二人从中至,从者数百。前立者一人,狭腰长面,多发不妆,衣青衣,仅可二十余。太后曰:"高祖戚夫人。"余下拜,夫人亦拜。更一人,柔肌稳身,貌舒态逸,光彩射远近,多服花绣,年低薄太后。后曰:"此元帝王嫱。"余拜如戚夫人,王嫱复拜。各就坐。

坐定,太后使紫衣中贵人曰:"迎杨家潘家来。"久之,空中见五色云下,闻笑语声寖近。太后曰:"杨潘至矣。"忽车音马迹相杂,罗绮焕耀,旁视不给。有二女子从云中下。余起立于侧。见前一人纤腰修眸,容甚丽,衣黄衣,冠玉冠,年三十来。太后曰:"此是唐朝太真妃子。"予即伏谒,拜如臣礼。太真曰:"妾得罪先帝(先帝,谓肃宗也),皇朝不置妾在后妃数中,设此礼,岂不虚乎?不敢受。"却答拜。更一人厚肌敏视,小,质洁白,齿极卑,被宽博衣。太后曰:"齐潘淑妃。"余拜之,如妃子。

既而太后命进馔。少时,馔至,芳洁万端,皆不得名字。但欲充腹,不能足。食已,更具酒。其器用尽如王者。太后语太真曰:"何久不来相看?"太真谨容对曰:"三郎(天宝中宫人呼玄宗多曰三郎)数幸华清宫,扈从不得至。"太后又谓潘妃曰:"子亦不来,何也?"潘妃匿笑不禁,不成对。太真视潘妃而对曰:"潘妃向玉奴(太真名也)说,懊恼东昏侯疏狂,终日出猎,故不得时谒耳。"太后问余:"今天子为谁?"余对曰:"今皇帝,先帝长子。"太真笑曰:"沈婆儿作天子也,大奇!"太后曰:"何如主?"余对曰:"小臣不足以知君德。"太后曰:"然无嫌,但言之。"余曰："民间传圣武。"太后首肯三四。

太后命进酒加乐，乐妓皆少女子。酒环行数周，乐亦随辍。太后请戚夫人鼓琴。夫人约指以玉环，光照于座。（《西京杂记》云：高祖与夫人环，照见指骨也。）引琴而鼓，声甚怨。太后曰："牛秀才邂逅逆旅到此，诸娘子又偶相访，今无以尽平生欢。牛秀才固才士，盍各赋诗言志，不亦善乎？"遂各授与笺笔，逡巡诗成。薄后诗曰："月寝花宫得奉君，至今犹愧管夫人。汉家旧是笙歌处，烟草几经秋复春。"王嫱诗曰："雪里穹庐不见春，汉衣虽旧泪垂新。如今最恨毛延寿，爱把丹青错画人。"戚夫人诗曰："自别汉宫休楚舞，不能妆粉恨君王。无金岂得迎商叟，吕氏何曾畏木强。"太真诗曰："金钗堕地别君王，红泪流珠满御床。云雨马嵬分散后，骊宫不复舞霓裳。"潘妃诗曰："秋月春风几度归，江山犹是邺宫非。东昏旧作莲花地，空想曾披金缕衣。"再三邀余作诗。余不得辞，遂应命作诗曰："香风引到大罗天，月地云阶拜洞仙。共道人间惆怅事，不知今夕是何年。"别有善笛女子，短发、丽服、貌甚美，而且多媚，潘妃偕来。太后以接坐居之，时令吹笛，往往亦及酒。太后顾而问曰："识此否？石家绿珠也。潘妃养作妹，故潘妃与俱来。"太后因曰："绿珠岂能无诗乎？"绿珠乃谢而作诗曰："此日人非昔日人，笛声空怨赵王伦。红残翠碎花楼下，金谷千年更不春。"

辞毕，酒既至。太后曰："牛秀才远来，今夕谁人为伴？"戚夫人先起辞曰："如意成长，固不可。且不宜如此。"潘妃辞曰："东昏以玉儿，身死国除，玉儿不拟负他。"绿珠辞曰："石卫尉性严忌，今有死，不可及乱。"太后曰："太真今朝先帝贵妃，不可，言其他。"太后谓王嫱曰："昭君始嫁呼韩单于，复为殊累若单于妇，固自用。且苦寒地胡鬼何能为？昭君幸无辞。"昭君不对，低然羞恨。俄各归休。余为左右送入昭君院。

会将旦，侍人告起。昭君垂泣持别。忽闻外有太后命，余遂出见太后。太后曰："此非郎君久留地，宜亟还。便别矣。幸无忘向来欢。"更索酒。酒再行，已。戚夫人、潘妃、绿珠皆泣下，竟辞去。太后使朱衣送往大安，抵西道，旋失使人所在，时始明矣。

余就大安里，问其里人。里人云："此十余里，有薄后庙。"余却回望庙，荒毁不可入，非向者所见矣。余衣上香，经十余日不歇，竟不知其如何。

❖ ❖ ❖

附录　李德裕　周秦行纪论

据《李卫公外集》校录

言发于中，情见乎辞。则言辞者，志气之来也。故察其言而知其内，玩其辞而见其意矣。余尝闻太牢氏（凉国李公尝呼牛僧孺为太牢，梁公名不便，故不书）好奇怪其身，险易其行。以其姓应国家受命之谶，曰："首尾三鳞六十年，两角犊子恣狂颠，龙蛇相斗血成川。"及见著《玄怪录》，多造隐语，人不可解。其或能晓一二者，必附会焉。纵司马取魏之渐，用田常有齐之由。故自卑秩，至于宰相，而朋党若山，不可动摇。欲有意摆撼者，皆遭诬坐，莫不侧目结舌，事具史官刘轲《日历》。

余得太牢《周秦行纪》，反复睹其太牢以身与帝王后妃冥遇，欲证其身非人臣相也，将有意于"狂颠"。及至戏德宗为"沈婆儿"，以代宗皇后为"沈婆"，令人骨战。可谓无礼于其君甚矣！怀异志于图谶明矣！余少服臧文仲之言曰："见无礼于其君者，如鹰鹯之逐鸟雀也。"故贮太牢已久。前知政事，欲正刑书，力未胜而罢。余读《国史》，见开元中御史汝南子谅弹奏牛仙客，以其姓符图谶。虽似是，而未合"三鳞六十"之数。自裴晋国与余凉国（名不便）、彭原（程）、赵郡（绅）诸从兄，嫉太牢如仇，颇类余志。非怀私忿，盖恶其应谶也。太牢作镇襄州日，判复州刺史乐坤《贺武宗监国状》曰："闲事不足为贺。"则恃性敢如此耶！会余复知政事，将欲发觉，未有由。值平昭义，得与刘从谏交结书，因窜逐之。

嗟乎，为人臣阴怀逆节，不独人得诛之，鬼得诛矣。凡与太牢胶固，未尝不是薄流无赖辈，以相表里。意太牢有望，而就佐命焉，斯亦信符命之致。或以中外罪余于太牢爱憎，故明此论，庶乎知余志。所恨未暇族之，而余又罢。岂非王者不死乎？遗祸胎于国，亦余大罪也。倘同余志，继而为政，宜为君除患。历既有数，意非偶然，若不在当代，必在于子孙。须以太牢少长，咸置于法，则刑罚中而社稷安，无患于二百四十年后。

噫！余致君之道，分隔于明时。嫉恶之心，敢辜于早岁？因援毫而摅宿愤。亦书《行纪》之迹于后。

附录　刘轲　《牛羊日历》一则

据《藕香零拾·牛羊日历》辑本校录

太牢既交恶党,潜豫奸谋。太牢乃元和中青衫外郎耳。穆宗时因承和荐,不三二年,位兼将相。宪宗仙驾至灞上,以从官知制诰。当时宰臣未尽兼职,而独综集贤史馆两司。出镇未尽佩相印,而太牢同平章事出夏口。夏口去节十五年,由太牢而加节焉。太牢早孤。母周氏,冶荡无检。乡里云云,兄弟羞赧,乃令改醮。既与前夫义绝矣,及贵,请以出母追赠。《礼》云:"庶氏之母死,何为哭于孔氏之庙乎?"又曰:"不为伋也妻者,是不为白也母。"而李清心妻配牛幼简,是夏侯铭所谓"魂而有知,前夫不纳于幽壤,殁而可作,后夫必诉于玄穹。"使其母为失行无适从之鬼,上罔圣朝,下欺先父,得曰忠孝智识者乎?作《周秦行纪》,呼德宗为"沈婆儿",谓睿真皇太后为"沈婆",此乃无君甚矣。

按《周秦行纪》一卷,《郡斋读书志》取以著录小说类。下云:"唐牛僧孺自叙所遇异事。贾黄中以为韦瓘所撰。瓘,李德裕门人,以此诬僧孺。"考宋张洎《贾氏谈录》,即洎所闻于贾黄中者。中有一条云:"牛奇章初与李卫公相善。尝因饮会,僧孺戏曰:'绮纨子何预斯坐。'卫公衔之。后卫公再居相位,僧孺卒遭谴逐。世传《周秦行纪》,非僧孺所作,是德裕门人韦瓘所撰。开成中,曾为宪司所窍,文宗览之,笑曰:'此必假名,僧孺是贞元中进士,岂敢呼德宗为沈婆儿也。'事遂寝。"晁氏所云,盖本于此。牛李肇衅于口语,两《唐书》未及,晁氏亦无称,则《贾氏谈录》此条，为诵《行纪》者不可不知也。明胡应麟《四部正讹》（《少室山房笔丛》三十二）云："《周秦行纪》，李德裕门人伪撰，以构牛奇章者也。中有'沈婆儿作天子'等语，所为根蒂者不浅。独怪思黯罹此巨谤，不亟自明，何也？牛李二党曲直，大都鲁卫间。牛撰《玄怪》等录，亡只词构李。李之徒，顾作此以危之。於戏！二子者用心睹矣。牛迄功名终，而子孙累叶贵盛，李挟高世之才，振代之绩，卒沦海岛，非忌刻忮害之报耶？辄因是书，播告夫世之工潜憝者。"胡氏此言，因《行纪》而痛陈潜憝之报，可谓深切著明。然观德裕《周秦行纪论》，与刘轲、皇甫松之《牛羊日历》，痛诋之语，忌刻险毒，直欲陷于极刑而后快。则又过于《行纪》倾陷之辞矣。今特备录于《周秦行纪》之后，俾读《行纪》者肄及焉。

又按本篇据顾元庆《文房小说》本校录。《太平广记》四百八十九引此文，明刊《李卫公外集》亦附入，皆题牛僧孺撰。今据《贾氏谈录》改题韦瓘。《唐书》一六二《韦夏卿传》："弟正卿子瓘，字茂宏，及进士第，仕累中书舍人，与李德裕善。德裕任宰相，罕接士，唯瓘往请无间也。李宗闵恶之。德裕罢，贬明州长史。会昌末，累迁楚州刺史，终桂管观察使。"刘轲《牛羊日历》一卷，《唐志》著录入小说家，下注"牛僧孺杨虞卿事檀栾子皇甫松序"。惟《资治通鉴考异》卷二十，引皇甫松《续牛羊日历》一则（即前录一条），与《唐志》异。或涑水因皇甫松曾序刘轲之书，而误称松续耶？今其书久佚，无从谠正，阙疑可也。又胡应麟《四部正讹》云："《牛羊日历》，诸家悉以为刘轲撰。其书记牛僧孺、杨虞卿等事,故以此命名。案轲本浮屠,中岁慕孟轲为人,遂长发,以文鸣一时。即纪载时事,命名讵应乃尔,必赞皇之党,且恶轲者为之也。案《通鉴注》引作皇甫松,松有恨僧孺见传,或当近之。"此又一说也。兹因校录《行纪》,并附及《牛羊日历》,因牵连书之于此云。

湘中怨解

沈亚之 撰

据明翻宋本《沈下贤文集》校录

用《广记》补

《湘中怨》者，事本怪媚，为学者未尝有述。然而淫溺之人，往往不寤。今欲概其论，以著诚而已。从生韦敖，善撰乐府，故牵而广之，以应其咏。

垂拱年中，驾在（据《广记》补在字）上阳宫。太学进士郑生，晨发铜驼里，乘晓月度洛桥。闻桥下有哭，甚哀。生下马，循声索之。见其艳女，翳然蒙袖曰："我孤，养于兄。嫂恶，常苦我。今欲赴水，故留哀须臾。"生曰："能遂我归之乎？"应曰："婢御无悔！"遂与居，号曰汜人。能诵楚人《九歌》《招魂》《九辩》之书，亦常拟其调，赋为怨句，其词丽绝，世莫有属者。因撰《风光词》曰："隆佳秀兮昭盛时，播薰绿兮淑华归。顾室荑与处萼兮，潜重房以饰姿。见稚态之韶羞兮，蒙长霭以为帏。醉融光兮渺弥。迷千里兮涵洇湄。晨陶陶兮暮熙熙。舞婑娜之秋条兮，骋盈盈以披迟。酡游颜兮倡蔓卉，縠流旧电兮石发髓旋。"生居贫，汜人尝解箧，出轻缯一端，与卖，胡人酬之千金。

居数岁，生游长安。是夕，谓生曰："我湘中蛟宫之娣也，谪而从君。今岁满，无以久留君所，欲为诀耳。"即相持啼泣。生留之，不能，竟去。

后十余年，生之兄为岳州刺史。会上巳日，与家徒登岳阳楼，望鄂渚，张宴。乐酣，生愁吟曰："情无垠兮荡洋洋。怀佳期兮属三湘。"声未终，有画舻浮漾而来。中为彩楼，高百余尺，其上施帏帐，栏笼画饰。帷褰，有弹弦鼓吹者，皆神仙娥眉，被服烟霓，裙袖皆广长。其中一人起舞，含嚬凄怨，形类泛人。舞而歌曰："溯青山兮江之隅。拖湘波兮袅绿裾。荷拳拳兮未舒。匪同归兮将焉如！"舞毕，敛袖，翔然凝望。楼中纵观方怡。须臾，风涛崩怒，遂迷所往。

元和十三年，余闻之于朋中，因悉补其词，题之曰《湘中怨》，盖欲使南昭嗣《烟中之志》，为偶倡也。

◆ ◆ ◆

按此文据明翻宋本《沈下贤文集》卷三校录。《太平广记》二百九十八引此文，题曰《太学郑生》，下注出《异闻集》。《异闻集》为唐人陈翰编集当世传奇志怪之文，而多所窜改。宋初编集《太平广记》，又复加以订正。故近世流传宋本之仅存者，如李复言《续玄怪录》之类，取与勘校，其中字句之异同，文辞之详略，不一而足。则唐时说部之收入《广记》者，窜易多矣。即以此文论，《广记》本已删去篇首五十二字之自序，篇末又删去元和十三年以下之三十五字，尤为显著。他如篇中字句互异，尤不胜枚举。沈氏尝游昌黎之门，文本晦涩，铸辞用字，不落蹊径。后人改定，未必出于传写镌椠之误。今沈集具在，姑取明翻宋本《下贤集》，据以校录，俾存其旧。至明本之讹误显然者，亦略有更定云。

又按此篇末"盖欲使南昭嗣《烟中之志》，为偶倡也"，南昭嗣即作《羯鼓录》之南卓，卓有《解题叙》，明抄本《绿窗新话》曾引其文。文云："越溪渔者女，绝色能诗，尝有句云：'珠帘半床月，青竹满林风。'有谢生续云：'何事今宵景，无人解与同。'女喜而偶之。后七年，春日忽题云：'春尽花随尽，其如自是花。'并谓生曰：'逝水难驻，千万自保。'即以首枕生膝而逝。后二年，江上烟波溶泄，见女立于江中，曰：'吾本水仙，谪居人间，今复为仙，后徜思郎，复谪下矣。'"《烟中怨》本事即此。昭嗣与沈下贤约略同时，大抵南氏先有《烟中怨》之作，流传于世，而下贤又拟为此篇；欲以辞赋取胜，故曰偶倡云。

又按沈亚之以文名元和间。两《唐书》无传。惟《旧唐书》一百五十四《柏耆传》，称耆以李同捷事邀功，坐贬，亚之亦贬虔州南康尉。《唐书·文苑传》序称韦应物、沈亚之、阎防、祖咏、薛能、郑谷等，皆班班有文，史家逸其行事，故弗得述。两《唐书》可考见者，仅此而已。唐杜牧、李商隐集，并有《拟沈下贤》词。又《李长吉歌诗编》，亦有《送沈亚之歌》，其序云："文人沈亚之，元和七年以书不中第，返归于吴江。"诗中所谓"吴兴才人怨春风，桃花满陌千里红"是也。宋晁公武《读书志》，著录《沈亚之集》八卷，并云："亚之，字下贤，元和十年进士，累进殿中承御史内供奉。太和三年，柏耆宣慰德州，取为判官。耆贬，亚之亦贬南康尉，后终郢州掾。亚之以文词得名，常游韩愈门。李贺、杜牧、李商隐俱有《拟沈下贤诗》，亦当时名辈所称许。"云。宋计有功《唐诗纪事》，元辛文房《唐才子传》，大略从同。今《沈下贤集》有长沙叶氏观古堂刻十卷本，又有涵芬楼景明翻宋本《沈下贤文集》十二卷本。此文及下所录三篇，并载集中。喜治唐人说部者，不难取而覆校也。

异梦录

沈亚之 撰

据明翻宋本《沈下贤文集》校录

用《广记》补

元和十年,沈亚之以记室从陇西公军泾州。而长安中贤士,皆来客之。五月十八日,陇西公与客期,宴于东池便馆。既坐,陇西公曰:"余少从邢凤游,得记其异,请语之。"客曰:"愿备听。"

陇西公曰:"凤,帅家子,无他能。后寓居长安平康里南,以钱百万,质得故豪家洞门曲房之第,即其寝而昼偃。梦一美人,自西楹来,环步从容,执卷且吟。为古装,而高鬟长眉,衣方领,绣修带绅,被广袖之襦。凤大说曰:'丽者何自而临我哉?'美人笑曰:'此妾家也。而君客妾宇下,焉有自耶?'凤曰:'愿示其书之目。'美人曰:'妾好诗,而常缀此。'凤曰:'丽人幸少留,得观览。'于是美人授诗,坐西床。凤发卷,示其首篇,题之曰《春阳曲》,终四句。其后他篇,皆累数十句。美人曰:"君必欲传之,无令过一篇。'凤即起,从东庑下几上取彩笺,传《春阳曲》。其词曰:'长安少女踏春阳,何处春阳不断肠。舞袖弓弯浑忘却，罗衣空换九秋霜。'凤卒诗，请曰：'何为弓弯？'曰：'妾傅年父母使教妾为此舞。'美人乃起，整衣张袖，舞数拍，为弓弯状以示凤。既罢，美人泫然良久，即辞去。凤曰：'愿复少赐须臾间。'竟去。凤亦觉，昏然忘有记。凤更衣，于襟袖得其词，惊视复省所梦。事在贞元中。后凤为余言如是。"是日，监军使与宾府郡佐，及宴客陇西独孤铉、范阳卢简辞、常山张又新、武功苏涤，皆叹息曰："可记。"故亚之退而著录。

明日，客有后至者，渤海高允中、京兆韦谅、晋昌唐炎、广汉李瑀、吴兴姚合，洎亚之，复集于明玉泉，因出所著以示之。于是（以上十八字，据《广记》补）姚合曰："吾友王炎者，元和初，夕梦游吴，侍吴王久。闻宫中出辇，鸣箛箫击鼓，言葬西施。王悼悲不止，立诏词客作挽歌。炎遂应教，诗曰：'西望吴王国，云书风字牌。连江起珠帐，择水葬金钗。满地红心草，三层碧玉阶。春风无处所，凄恨不胜怀。'词进，王甚嘉之。及寤，能记其事。"炎，本太原人也。

◆ ◆ ◆

按此文据明翻宋本《沈下贤文集》卷四校录。《广记》二百八十二亦引之，下注出《异闻集》。又唐谷神子还古所纂之《博异志》，亦采入此条，文句又有删损，故与本集互有异同。惟《广记》多出二十余字，本集所无。今以本集为正，其所不备，则采《广记》本补之，庶可为定本矣。又段成式《酉阳杂俎》十四卷《诺皋记》亦有一条，与此从同，大约同出一源，而所载互异耳。附录于下。

《酉阳杂俎》十四《诺皋记》上云：

元和初有一士人，失姓字。因醉卧厅中，及醒，见古屏上妇人等，悉于床前踏歌。歌曰："长安女儿踏春阳，无处春阳不断肠。舞袖弓腰浑忘却，蛾眉空带九秋霜。"其中双鬟者，问曰："如何是弓腰？"歌者笑曰："汝不见我作弓腰乎？"乃反首髻及地，腰势如规焉。士人惊惧，因叱之，忽然上屏，亦无其他。（据明赵氏脉望馆本录）

秦梦记

沈亚之 撰

据明翻宋本《沈下贤文集》校录

太和初,沈亚之将之邠,出长安城,客橐泉邸舍。春时,昼梦入秦,主内使廖举亚之。秦公召至殿,膝前席曰:"寡人欲强国,愿知其方。先生何以教寡人?"亚之以昆彭、齐桓对。公悦,遂试补中涓(秦官也),使佐西乞伐河西(晋秦郊也)。亚之帅将卒前攻,下五城。还报,公大悦,起劳曰:"大夫良苦,休矣。"居久之,公幼女弄玉婿萧史先死。公谓亚之曰:"微大夫,晋五城非寡人有。甚德大夫。寡人有爱女,而欲与大夫备洒扫,可乎?"亚之少自立,雅不欲遇幸臣蓄之。固辞,不得请,拜左庶长,尚公主,赐金二百斤。民间犹谓萧家公主。

其日,有黄衣中贵骑疾马来,迎亚之入,宫阙甚严。呼公主出,鬓发,着偏袖衣,装不多饰。其芳姝明媚,笔不可模样。侍女祗承,分立左右者数百人。召见亚之便馆,居之。亚之于宫,题其门曰"翠微宫",宫人呼"沈郎院"。虽备位下大夫,繇公主故,出入禁卫。公主喜凤箫,每吹箫,必下翠微宫高楼上,声调远逸,能悲人,闻者莫不自废。公主七月七日生,亚之尝无贶寿。

内史廖曾为秦以女乐遗西戎,戎主与廖水犀两合。亚之从廖得以献公主。公主悦受,尝结裙带之上。穆公遇亚之礼兼同列,恩赐相望于道。

复一年春,秦公之始平,公主忽无疾卒。公追伤不已。将葬咸阳原,公命亚之作挽歌,应教而作曰:"泣葬一枝红,生同死不同。金钿坠芳草,香绣满春风。旧日闻箫处,高楼当月中。梨花寒食夜,深闭翠微宫。"进公,公读词,善之。时宫中有出声若不忍者,公随泣下。又使亚之作墓志铭,独忆其铭,曰:"白杨风哭兮石甃髯莎。杂英满地兮春色烟和。珠愁粉瘦兮不生绮罗。深深埋玉兮其恨如何!"亚之亦送葬咸阳原,宫中十四人殉之。

亚之以悼怅过戚,被病,卧在翠微宫。然处殿外特室,不入宫中矣。居月余,病良已。公谓亚之曰:"本以小女将托久要,不谓不得周奉君子,而先物故。弊秦区区小国,不足辱大夫。然寡人每见子,即不能不悲悼。大夫盍适大国乎?"亚之对曰:"臣无状,肺腑公室,待罪右庶长,不能从死公主。君免罪戾,使得归骨父母国,臣不忘君恩,如今日。"

将去,公追酒高会,声秦声,舞秦舞,舞者击髀拊髀呜呜,而音有不快,声甚怨。公执酒亚之前曰:"寿。顾此声少善,愿沈郎赓扬歌以塞别。"公命趣进笔砚。亚之受命,立为歌,辞曰:"击体舞,恨满烟光无处所。泪如雨,欲拟著辞不成语。金凤衔红旧绣衣,几度宫中同看舞。人间春日正欢乐,日暮东归何处去?"歌卒,授舞者,杂其声而道之,四座皆泣。既,再拜辞去。公复命至翠微宫,与公主侍人别。重入殿内时,见珠翠遗碎青阶下,窗纱檀点依然。宫人泣对亚之，亚之感咽良久，因题宫门，诗曰："君王多感放东归，从此秦宫不复期。春景自伤秦丧主，落花如雨泪燕脂。"竟别去。公命车驾送出函谷关。已，送吏曰："公命尽此。且去。"亚之与别，语未卒，忽惊觉，卧邸舍。

明日，亚之与友人崔九万具道。九万，博陵人，谙古。谓余曰："《皇览》云：'秦穆公葬雍橐泉祈年宫下。'非其神灵凭乎？"亚之更求得秦时地志，说如九万云。呜呼？弄玉既仙矣，恶又死乎？

◆ ◆ ◆

按此文据明翻宋本《沈下贤文集》卷二校录。《太平广记》二百八十二引此文，下注出《异闻集》。字句间略有异同，不复校补。此事本极幽渺，而事特顽艳。吴兴嗜奇，一至于此。李商隐《玉谿生诗集》卷三有《拟沈下贤》诗云："千二百轻鸾，春衫瘦着宽。倚风行稍急，含雪语应寒。带火遗金斗，兼珠碎玉盘。河阳看花过，曾不问潘安。"清桐乡冯浩《玉谿生诗详注》引《异闻集》此文，疑义山亦暗咏主家事，殊无左证。姑备一说可耳。

冯燕传

沈亚之 撰
据明翻宋本《沈下贤文集》校录
用《广记》校改

冯燕者，魏豪人，父祖无闻名。燕少以意气任专，为击球斗鸡戏。魏市有争财斗者，燕闻之往，搏杀不平，遂沉匿田间。官捕急，遂亡滑。益与滑军中少年鸡球相得。时相国贾公耽在滑，能燕材（原作林，据《广记》改），留属中军。

他日出行里中，见户旁妇人，翳袖（原作神，据《广记》改）而望者，色甚冶，使人熟其意，遂室之。其夫，滑将张婴者也。婴闻其故，累殴妻，妻党皆望婴。会从其类饮，燕伺得间，复偃寝中，拒寝户。婴还，妻开户纳婴，以裾蔽燕。燕卑踏步就蔽，转匿户扇后，而巾堕枕下，与佩刀近。婴醉且暝。燕指巾令其妻取，妻即刀授燕，燕熟视，断其妻颈，遂巾而去（原本无而去二字，据《广记》补）。

明旦婴起，见妻毁死，愕然，欲出自白。婴邻以为真婴煞，留缚之。移告妻党，皆来，曰："常嫉殴吾女，乃诬以过失，今复贼煞之矣，安得他杀事。即其他杀，安得独存耶！"共持婴，且百余笞，遂不能言。官家收系（原作击，据《广记》改）煞人罪，莫有辨者，强伏其辜。司法官小吏持朴者数十人，将婴就市，看者围面千余人。有一人排看者来，呼曰："且无令不辜死者。吾窃其妻，而又煞之，当系我。"吏执自言人，乃燕也。司法官与俱见贾公，尽以状对。贾公以状闻，请归其印，以赎燕死。上谊之，下诏，凡滑城死罪皆免。

赞曰："余尚太史言，而又好叙谊事。其宾党耳目之所闻见，而谓余道元和中外郎刘元鼎语余以冯燕事，得传焉。呜呼！淫惑之心，有甚水火，可不畏哉！然而燕杀不谊，白不辜，真古豪矣！"

◆ ◆ ◆

按冯燕事，在唐时盛传。其见诸歌咏者，则有司空图之《冯燕歌》(《丽情集》以此歌为沈下贤作，注《文苑英华》者，误采之。沈但有传，未尝作歌也。集可考)，至宋曾布又演其事，为《水调大曲》。皆本沈下贤传而衍为长篇者也。《旧唐书·贾耽传》，耽以贞元二年改检校右仆射，兼滑州刺史、义成军节度使。至九年五月，征为右仆射、同中书门下平章事。传中言贾耽在滑以状上闻，则冯燕此事，当在贞元二年至九年之间。流传数十年，沈氏始据元和中外郎刘元鼎之语，而为此传。司空表圣又为作《冯燕歌》。并载本集。则其事固当时实录也。《太平广记》一百九十五已将沈氏此传采入。惟字句间略有异同，且删去后论。今据明翻宋本《沈下贤文集》校录。明本《沈集》，误字无可疑者，则据《广记》改定。其本在疑似之间者，姑仍其旧。至司空表圣《诗集》所载之《冯燕歌》，与王明清《玉照新志》所载之曾布《水调大曲》，皆与本传关系较切。附录于后。俾读沈氏传者，有所考焉。

《唐音统签》卷七百四司空图《冯燕歌》云：

魏中义士有冯燕，游侠幽并最少年。避仇偶作滑台客，嘶风跃马来翩翩。此时恰遇莺花月，堤上轩车昼不绝，两面高楼语笑声，指点行人情暗结。掷果潘郎谁不慕，朱门别见红妆露。故故推门掩不开，似教欧轧传言语。冯生敲镫袖笼鞭，半拂垂杨半惹烟，树间春鸟知人意，的的心期暗与传。传道张婴偏嗜酒，从此香闺为我有。梁间客燕正相欺，屋上鸣鸠空自斗。婴归醉卧非仇汝，岂知负过人怀惧。燕依户扇欲潜逃，巾在枕旁指令取。谁言狠戾心能忍，待我情深情不隐。回身本谓取巾难，倒柄方知授霜刃。冯君抚剑即迟疑，自顾平生心不欺。"尔能负彼必相负，假手他人复在谁。"窗间红艳犹可掬，熟视花钿情不足，唯将大义断胸襟，粉颈初回如切玉。凤凰钗碎各分飞，怨魄娇魂何处追（集作归）。凌波如唤游金谷，羞彼揶揄泪满衣，新人藏匿旧人起，白昼喧呼骇邻里。诬执张婴不自明，贵免生前遭考棰。官将赴市拥红尘，掉臂人来擗看人。传声"莫遣有冤滥，盗杀婴家即我身"。初闻僚吏翻疑讶，呵叱风狂词不变。缧囚解缚犹自疑，疑是梦中方

（一作云）脱免。未死劝君莫浪言，临危不顾始知难，已为不平能割爱，更将身命救深冤。白马贤侯贾相公，长悬金帛募才雄。拜章请赎冯燕罪，千古三河激义风。黄河东注无时歇，注尽波澜名不灭。为感词人沈下贤，长歌更与分明说。此君精爽知犹在，长与人间留炯诫。铸作金燕香作堆，焚香酹酒听歌来。

宋王明清《玉照新志》卷二，载曾布《水调七遍》，即咏冯燕事。其词如左：

排遍第一

魏豪有冯燕，年少客幽并。击球斗鸡为戏，游侠久知名。因避仇，来东郡，元戎逼属中军。直气凌貔虎，须臾叱咤，风云凛凛坐中生。偶乘佳兴，轻裘锦带，东风跃马，往来寻访幽胜。游冶出东城。堤上莺花掩乱，香车宝马纵横。草软平沙稳，高楼两岸，春风笑语隔帘声。

排遍第二

袖笼鞭敲镫，无语独闲行。绿杨下，人初静，烟淡夕阳明。窈窕佳人，独立瑶阶，掷果潘郎，瞥见红颜横波盼，不胜娇软倚银屏。曳红裳频推朱户，半开还掩，似欲倚咿哑声里，细说深情。因遣林间青鸟，为言彼此心期，的的深相许，窃香解佩，绸缪相顾不胜情。

排遍第三

说良人滑将张婴。从来嗜酒还家，镇长酩酊狂醒。屋上鸣鸠空斗，梁间客燕相惊。谁与花为主，兰房从此，朝云夕雨两牵萦。

似游丝飘荡，随风无定，奈何岁华荏苒，欢计苦难凭。唯见新恩缱绻，连枝并翼，香闺日日为郎，谁知松萝托蔓，一比一毫轻。

排遍第四

一夕还醉，开户起相迎。为郎引裾相庇，低首略潜形。情深无隐，欲郎乘间起佳兵，授青萍。茫然抚弄，不忍欺心。尔能负心于彼，于我必无情。熟视花钿不足，刚肠终不能平。假手迎天意，一挥霜刃，窗间粉颈断瑶琼。

排遍第五

凤皇钗宝玉凋零。惨然怅，娇魂怨，饮泣吞声。还被凌波呼唤，相将金谷同游，想见逢迎处，挪揄羞面，妆脸泪盈盈。醉眠人醒。来晨起，血凝蝼首，但惊喧，白邻里，骇我卒难明。致幽囚推究，覆盆无计哀鸣。丹笔终诬服，圜斗驱拥，衔冤垂首欲临刑。

排遍第六带花遍

向红尘里，有喧呼攘臂，转身避众，莫遣人冤滥，杀张室，忍偷生。僚吏惊呼呵叱，狂辞不变如初，投身属吏，慷慨吐丹诚。仿佛缧绁，自疑梦中，闻者皆惊叹，为不平。割爱无心，泣对虞姬，手戮倾城宠，翻然起死，不教仇怨负冤声。

排遍第七撷花十八

义成元靖贤相国，嘉慕英雄士，赐金缯。闻斯事，频叹赏，封章归印，请赎冯燕罪，日边紫泥封诏，阖境赦深刑。万古三河风义在，青简上，众知名。河东注，任流水滔滔，水涸名难泯，至今乐府歌咏，流入管弦声。（依《学津讨原·玉照新志》校录）

无双传

薛调 撰

据《太平广记》校录

王仙客者,建中中朝臣刘震之甥也。初,仙客父亡,与母同归外氏。震有女曰无双,小仙客数岁,皆幼稚,戏弄相狎。震之妻常戏呼仙客为王郎子。如是者凡数岁,而震奉孀姊及抚仙客尤至。

一旦,王氏姊疾,且重,召震约曰:"我一子,念之可知也。恨不见其婚室。无双端丽聪慧,我深念之。异日无令归他族,我以仙客为托。尔诚许我,瞑目无所恨也。"震曰:"姊宜安静自颐养,无以他事自挠。"其姊竟不瘳。仙客护丧,归葬襄邓。服阕,思念:"身世孤子如此,宜求婚娶,以广后嗣。无双长成矣,我舅氏岂以位尊官显,而废旧约耶?"于是饰装抵京师。

时震为尚书租庸使,门馆赫奕,冠盖填塞。仙客既觐,置于学舍,弟子为伍。舅甥之分,依然如故,但寂然不闻选取之议。又于窗隙间窥见无双,姿质明艳,若神仙中人。仙客发狂,唯恐姻亲之事不谐也。遂鬻囊橐,得钱数百万。舅氏舅母左右给使,达于厮养,皆厚遗之;又因复设酒馔,中门之内,皆得入之矣。

诸表同处，悉敬事之。遇舅母生日，市新以献，雕镂犀玉，以为首饰。舅母大喜。又旬日，仙客遣老姬，以求亲之事闻于舅母。舅母曰："是我所愿也，即当议其事。"又数夕，有青衣告仙客曰："娘子适以亲情事言于阿郎，阿郎云：'向前亦未许之。'模样云云，恐是参差也。"仙客闻之，心气俱丧，达旦不寐，恐舅氏之见弃也。然奉事不敢懈怠。

一日，震趋朝，至日初出，忽然走马入宅，汗流气促，唯言："锁却大门，锁却大门！"一家惶骇，不测其由。良久，乃言："泾原兵士反，姚令言领兵入含元殿，天子出苑北门，百官奔赴行在。我以妻女为念，略归部署。疾召仙客与我勾当家事，我嫁与尔无双。"仙客闻命，惊喜拜谢。乃装金银罗锦二十驮，谓仙客曰："汝易衣服，押领此物出开远门，觅一深隙店安下。我与汝舅母及无双出启夏门，绕城续至。"仙客依所教。至日落，城外店中待久不至。城门自午后扃锁，南望目断。遂乘骢秉烛绕城至启夏门，门亦锁。守门者不一，持白棓，或立，或坐。仙客下马，徐问曰："城中有何事如此？"又问："今日有何人出此？"门者曰："朱太尉已作天子。午后有一人重载，领妇人四五辈，欲出此门。街中人皆识，云是租庸使刘尚书，门司不敢放出。近夜，追骑至，一时驱向北去矣。"仙客失声恸哭，却归店。三更向尽，城门忽开，见火炬如昼，兵士皆持兵挺刃，传呼斩斫使出城，搜城外朝官。仙客舍辎骑惊走，归襄阳，村居三年。

后知克复。京师重整，海内无事。乃入京，访舅氏消息。至新昌南街，立马彷徨之际，忽有一人马前拜，熟视之，乃旧使苍头塞鸿也。鸿本王家生,其舅常使得力,遂留之。握手垂涕。仙客谓鸿曰:"阿舅舅母安否?"鸿云:"并在兴化宅。"仙客喜极云:"我便过街去。"鸿曰:"某已得从良,客户有一小宅子,贩缯为业。今日已夜,郎君且就客户一宿。来早同去未晚。"遂引至所居,饮馔甚备。至昏黑,乃闻报曰:"尚书受伪命官,与夫人皆处极刑。无双已入掖庭矣。"仙客哀冤号绝,感动邻里。谓鸿曰:"四海至广,举目无亲戚,未知托身之所。"又问曰:"旧家人谁在?"鸿曰:"唯无双所使婢采苹者,今在金吾将军王遂中宅。"仙客曰:"无双固无见期,得见采苹,死亦足矣。"由是乃刺谒,以从侄礼见遂中,具道本末,愿纳厚价以赎采苹。遂中深见相知,感其事而许之。仙客税屋,与鸿、苹居。

塞鸿每言:"郎君年渐长,合求官职。悒悒不乐,何以遣时?"仙客感其言,以情恳告遂中。遂中荐见仙客于京兆尹李齐运。齐运以仙客前衔为富平县尹,知长乐驿。

累月,忽报有中使押领内家三十人住园陵,以备洒扫,宿长乐驿,毡车子十乘下迄。仙客谓塞鸿曰:"我闻宫嫔选在掖庭,多是衣冠子女。我恐无双在焉。汝为我一窥,可乎?"鸿曰:"宫嫔数千,岂便及无双。"仙客曰:"汝但去,人事亦未可定。"因令塞鸿假为驿吏,烹茗于帘外。仍给钱三千,约曰:"坚守茗具,无暂舍去。忽有所睹,即疾报来。"塞鸿唯唯而去。宫人悉在帘下,不可得见之,但夜语喧哗而已。至夜深,群动皆息。塞鸿涤器构火,不敢辄寐。忽闻帘下语曰:"塞鸿,塞鸿,汝争得知我在此耶?郎健否?"言讫,呜咽。塞鸿曰:"郎君见知此驿。今日疑娘子在此,令塞鸿问候。"又曰:"我不久语。明日我去后,汝于东北舍阁子中紫褥下,取书送郎君。"言讫,便去。忽闻帘下极闹,云:"内家中恶。"中使索汤药甚急,乃无双也。塞鸿疾告仙客,仙客惊曰:"我何得一见?"塞鸿曰:"今方修渭桥。郎君可假作理桥官,车子过桥时,近车子立。无双若认得,必开帘子,当得瞥见耳。"仙客如其言。至第三车子,果开帘子,窥见,真无双也。仙客悲感怨慕,不胜其情。塞鸿于阁子中褥下得书送仙客。花笺五幅,皆无双真迹,词理哀切,叙述周尽,仙客览之,茹恨涕下,自此永诀矣。

其书后云:"常见敕使说富平县古押衙,人间有心人。今能求之否?"仙客遂申府,请解驿务,归本官。遂寻访古押衙,则居于村墅。仙客造谒,见古生。生所愿,必力致之,缯彩宝玉之赠,不可胜纪。一年未开口。秩满,闲居于县。古生忽来,谓仙客曰:"洪一武夫,年且老,何所用?郎君于某竭分。察郎君之意,将有求于老夫。老夫乃一片有心人也。感郎君之深恩,愿粉身以答效。"仙客泣拜,以实告古生。古生仰天,以手拍脑数四,曰:"此事大不易。然与郎君试求,不可朝夕便望。"仙客拜曰:"但生前得见,岂敢以迟晚为限耶。"

半岁无消息。一日,扣门,乃古生送书。书云:"茅山使者回。且来此。"仙客奔马去。见古生,生乃无一言。又启使者。复云:"杀却也。且吃茶。"夜深,谓仙客曰:"宅中有女家人识无双否?"仙客以采苹对。仙客立取而至。古生端相,且笑且喜云:"借留三五日。郎君且归。"后累日,忽传说曰:"有高品过,处置园陵宫人。"仙客心甚异之。令塞鸿探所杀者,乃无双也。仙客号哭，乃叹曰："本望古生，今死矣！为之奈何！"流涕欷歔，不能自已。是夕更深，闻叩门甚急。及开门，乃古生也。领一篅子入，谓仙客曰："此无双也。今死矣。心头微暖，后日当活，微灌汤药，切须静密。"言讫，仙客抱入阁子中，独守之。至明，遍体有暖气。见仙客，哭一声遂绝。救疗至夜，方愈。古生又曰："暂借塞鸿于舍后掘一坑。"坑稍深，抽刀断塞鸿头于坑中。仙客惊怕。古生曰："郎君莫怕。今日报郎君恩足矣。比闻茅山道士有药术，其药服之者立死，三日却活。某使人专求，得一丸。昨令采苹假作中使，以无双逆党，赐此药令自尽。至陵下，托以亲故，百缣赎其尸。凡道路邮传，皆厚赂矣，必免漏泄。茅山使者及舁篅人，在野外处置讫。老夫为郎君，亦自刎。君不得更居此。门外有檐子一十人，马五匹，绢二百匹。五更，挈无双便发，变姓名浪迹以避祸。"言讫，举刀，仙客救之，头已落矣。遂并尸盖覆讫。未明发，历四蜀下峡，寓居于渚宫。悄不闻京兆之耗，乃挈家归襄邓别业，与无双偕老矣。男女成群。

噫，人生之契阔会合多矣，罕有若斯之比。常谓古今所无。无双遭乱世籍没，而仙客之志，死而不夺。卒遇古生之奇法取之，冤死者十余人。艰难走窜后，得归故乡，为夫妇五十年，何其异哉！

◆ ◆ ◆

按本传据《太平广记》四百八十六校录。胡应麟《庄岳委谈》

(《笔丛》四十一)云："王仙客，事大奇而不情，盖润饰之过。或乌有无是之类不可知。"胡氏致疑无双，未必实有其人。然唐时有崔郊秀才者，寓居于汉上，蕴积文艺，而物产罄悬。亡何，与姑婢通，每有阮咸之纵。其婢端丽，饶彼音律之能，汉南之最也。姑贫，鬻婢于连帅。连帅爱之，以类无双（原注：无双，即薛太保之妾，至今图画观之）。给钱四十万，宠盼弥深。郊思慕不已，即强亲府署，愿一见焉。其婢因寒食来从事家，值郊立于柳阴，马上连泣，誓若山河。崔生赠之以诗曰："公子王孙逐后尘，绿珠垂泪滴罗巾。侯门一入深如海，从此萧郎是路人。"或有嫉郊者，写其诗于座。帅睹之，令召崔生。左右莫测，郊深忧悔，无处潜逃。及见郊，握手曰："'侯门一入深如海，从此萧郎是路人'便是公制作耶？四百千小哉！何惜一书，不早相示。"遂命妇同归。至于帷幌奁匣，悉为增饰之。小阜崔生矣。见唐范摅《云溪友议》。此事既与王仙客事相类，而无双为薛太保之妾，且有图画流传，亦可考见。薛调与范摅同为咸通间人。（范摅咸通人，见《唐书·艺文志》。薛调，咸通十三年，卒年四十三。见《唐语林》。）或各摅所闻，笔诸篇籍。薛则直取向来艳传之无双，附会其事。而嗜奇之过，不中情理，反不如《云溪友议》所载之崔郊，切近人情也。明陆采撰《明珠记》剧本，即据此文。

上清传

柳珵 撰

据宋本《资治通鉴考异》校录

贞元壬申春三月,相国窦公居光福里第,月夜闲步于中庭。有常所宠青衣上清者,乃曰:"今欲启事。郎须到堂前,方敢言之。"窦公亟上堂。上清曰:"庭树上有人,恐惊郎,请谨避之。"窦公曰:"陆贽久欲倾夺吾权位。今有人在庭树上,吾祸将至。且此事将奏与不奏皆受祸,必窜死于道路。汝在辈流中,不可多得。吾身死家破,汝定为宫婢。圣君若顾问,善为我辞焉。"上清泣曰:"诚如是,死生以之!"窦公下阶,大呼曰:"树上君子,应是陆贽使来。能全老夫性命,敢不厚报!"树上人应声而下,乃衣缞粗者也。曰:"家有大丧,贫甚,不办葬礼。伏知相公推心济物,所以卜夜而来。幸相公无怪。"公曰:"某罄所有,堂封绢千匹而已。方拟修私庙。次今且辍赠,可乎?"缞者拜谢。窦公答之,如礼。又曰:"便辞相公。请左右赍所赐绢,掷于墙外。某先于街中俟之。"窦公依其请。命仆,使侦其绝踪且久,方敢归寝。

翌日,执金吾先奏其事。窦公得次,又奏之。德宗厉声曰:"卿交通节将,蓄养侠刺。位崇台鼎,更欲何求?"窦公顿首曰:

"臣起自刀笔小才,官已至贵。皆陛下奖拔,实不由人。今不幸至此,抑乃仇家所为耳。陛下忽震雷霆之怒,臣便合万死。"中使下殿宣曰:"卿且归私第,待候进止。"越月,贬郴州别驾。会宣武节度使刘士宁通好于郴州,廉使条疏上闻。德宗曰:"交通节将,信而有征。"流窦于驩州,没入家资。一簪不着身,竟未达流所,诏自尽。上清果隶名掖庭。

后数年,以善应对,能煎茶,数得在帝左右。德宗曰:"宫掖间人数不少。汝了事,从何得至此?"上清对曰:"妾本故宰相窦参家女奴。窦某妻早亡,故妾得陪扫洒。及窦某家破,幸得填宫。既侍龙颜,如在天上。"德宗曰:"窦某罪不止养侠刺,亦甚有赃污。前时纳官银器至多。"上清流涕而言曰:"窦某自御史中丞,历度支、户部、盐铁三使,至宰相。首尾六年,月入数十万。前后非时赏赐,当亦不知纪极。乃者郴州所送纳官银物,皆是恩赐。当部录日,妾在郴州,亲见州县希陆贽意旨刮去。所进银器,上刻作藩镇官衔姓名,诬焉赃物。伏乞下验之。"于是宣索窦某没官银器覆视,其刮字处,皆如上清言。时贞元十二年。德宗又问蓄养侠刺事。上清曰:"本实无。悉是陆贽陷害,使人为之。"德宗怒陆贽曰:"这獠奴!我脱却伊绿衫,便与紫衫着。又常唤伊作陆九。我任窦参,方称意,次须教我枉杀却他。及至权入伊手,其为软弱,甚于泥团。"乃下诏雪窦参。时裴延龄探知陆贽恩衰,得恣行媒孽。贽竟受谴不回。后上清特敕丹书度为女道士,终嫁为金忠义妻。

世以陆贽门生名位多显达者,世不可传说,故此事绝无人知。

◆◆◆

按《太平广记》二百七十五亦引此文，题曰《上清》，下注出《异闻集》。此据《通鉴考异》卷十九校录。涑水斥其事，不近人情。陆贽贤相，安肯为此。其论诚是。惟小说记异，不能责以史实。观于陈翰收入《异闻集》，则原以诞妄视之，不作史笔看也。柳珵尚有《常侍言旨》。《郡斋读书志》（十三）云："记其世父柳芳所谈。"芳，蒲州河东人。子登、冕。登子璟，见《唐书》（一百三十二）。珵与璟，当为从兄弟行矣。

秀师言记

不著撰人

据《太平广记》校录

崔晤、李仁钧二人中外弟兄，崔年长于李。在建中末偕来京师调集。时荐福寺有僧神秀晓阴阳术，得供奉禁中。会一日崔、李同诣秀师，师泛叙寒温而已，更不开一语。别揖李于门扇后曰："九郎能惠然独赐一宿否？小僧有情曲，欲陈露左右。"李曰："唯唯。"后李特赴宿约，馔且丰洁，礼甚谨敬。及夜半，师曰："九郎今合选得江南县令，甚称意。从此后更六年，摄本府纠曹，斯乃小僧就刑之日；监刑官人，即九郎耳。小僧是吴儿，酷好瓦棺寺后松林中一段地，最高敞处，上元佳境，尽在其间。死后乞九郎作窣堵坡（梵语浮图）于此，为小师藏骸骨之所。"李徐曰："斯言不谬，违之如皎日。"秀泫然流涕者良久。又谓李曰："为余寄谢崔家郎君。且崔只有此一政官，家事零落，飘寓江徼。崔之孤，终得九郎殊力，九郎终为崔家女婿。秘之！秘之！"李诘旦，归旅舍，见崔，唯说秀师云"某说终为兄之女婿"，崔曰："我女纵薄命死，且何能嫁与田舍老翁作妇。"李曰："比昭君出降单于，犹是生活。"二人相顾大笑。

后李补南昌令。到官,有能称。罢摄本府纠曹。有驿递流人至州,坐泄宫内密事者。迟明,宣诏书,宜付府笞死。流人解衣就刑,次熟视监刑官,果李纠也。流人,即神秀也。大呼曰:"瓦棺松林之请,子勿食言。"秀既死,乃掩泣,请告。捐俸,赁扁舟,择干事小吏,送尸柩于上元县,买瓦棺寺松林中地,垒浮图以葬之。

时崔令即弃世,已数年矣。崔之异母弟晔,携孤幼来于高安。晔,落拓者,好远游。惟小妻殷氏独在(殷氏号大乘,又号九天仙也),殷学秦筝于常守坚,尽传其妙。护食孤女,甚有恩意。会南昌军伶能筝者,求丐高安,亦守坚之弟子,故殷得见之。谓军伶曰:"崔家小娘子,容德无比,年已及笄,供奉与把取家状到府日,求秦晋之匹可乎?"军伶依其请。至府以家状,历抵士人门,曾无影响。后因谒盐铁李侍御(即李仁钧也),出家状于怀袖中,铺张几案上。李悯然曰:"余有妻丧已大碁矣。待余饥饱寒燠者,顽童老媪而已;徒增余孤生半死之恨,蚤夜往来于心。矧崔之孤女,实余之表侄女也。余视之等于女弟矣,彼亦视余犹兄焉。征曩秀师之言,信如符契。纳为继室,余固崔兄之夙眷也。"遂定婚崔氏。

◆ ◆ ◆

按《太平广记》一百六十引此文,下注出《异闻录》。

虬髯客传

杜光庭 撰

据《顾氏文房小说》校录

用《广记》校补

隋炀帝之幸江都也,命司空杨素守西京。素骄贵,又以时乱,天下之权重望崇者,莫我若也,奢贵自奉,礼异人臣。每公卿入言,宾客上谒,未尝不踞床而见,令美人捧出,侍婢罗列,颇僭于上。末年愈甚,无复知所负荷,有扶危持颠之心。

一日,卫公李靖以布衣上谒,献奇策。素亦踞见。公前揖曰:"天下方乱,英雄竞起。公为帝室重臣,须以收罗豪杰为心,不宜踞见宾客。"素敛容而起,谢公,与语,大悦,收其策而退。当公之骋辩也,一妓有殊色,执红拂,立于前,独目公。公既去,而执拂者临轩指吏曰:"问去者处士第几?住何处?"公具以对。妓诵而去。公归逆旅。其夜五更初,忽闻叩门而声低者,公起问焉。乃紫衣带帽人,杖揭一囊。公问谁。曰:"妾,杨家之红拂妓也。"公遽延入。脱衣去帽,乃十八九佳丽人也。素面画衣而拜。公惊答拜。曰:"妾侍杨司空久,阅天下之人多矣,无如公者。丝萝非独生,愿托乔木,故来奔耳。"公曰:"杨司空权重京师,如何?"

曰:"彼尸居余气,不足畏也。诸妓知其无成,去者众矣,彼亦不甚逐也。计之详矣,幸无疑焉。"问其姓,曰:"张。"问其伯仲之次。曰:"最长。"观其肌肤、仪状、言词、气语,真天人也。公不自意获之,愈喜愈惧,瞬息万虑不安,而窥户者无停履。数日,亦闻追讨之声,意亦非峻。乃雄服乘马,排闼而去。

将归太原。行次灵石旅舍,既设床,炉中烹肉且熟。张氏以发长委地,立梳床前。公方刷马,忽有一人,中形,赤髯如虬,乘蹇驴而来。投革囊于炉前,取枕欹卧,看张梳头。公怒甚,未决,犹亲刷马。张熟视其面,一手握发,一手映身,摇示公,令勿怒。急急梳头毕,敛衽前问其姓。卧客答曰:"姓张。"对曰:"妾亦姓张。合是妹。"遽拜之。问第几。曰:"第三。"问妹第几。曰:"最长。"遂喜曰:"今夕幸逢一妹。"张氏遥呼:"李郎且来见三兄!"公骤拜之。遂环坐。曰:"煮者何肉?"曰:"羊肉,计已熟矣。"客曰:"饥。"公出市胡饼。客抽腰间匕首,切肉共食。食竟,余肉乱切送驴前食之,甚速。客曰:"观李郎之行,贫士也。何以致斯异人?"曰:"靖虽贫,亦有心者焉。他人见问,故不言。兄之问,则不隐耳。"具言其由。曰:"然则将何之?"曰:"将避地太原。"曰:"然吾故非君所致也。"曰:"有酒乎?"曰:"主人西,则酒肆也。"公取酒一斗。既巡,客曰:"吾有少下酒物,李郎能同之乎?"曰:"不敢。"于是开革囊,取一人头并心肝。却头囊中,以匕首切心肝,共食之。曰:"此人天下负心者,衔之十年,今始获之。吾憾释矣。"又曰:"观李郎仪形器宇,真丈夫也。亦闻太原有异人乎?"曰:"尝识一人,愚谓之真人也。其余将帅而已。"曰："何姓？"曰："靖之同姓。"曰："年几？"曰："仅二十。"曰："今何为？"曰："州将之子。"曰："似矣。亦须见之，李郎能致吾一见乎？"曰："靖之友刘文静者，与之狎，因文静见之可也。然兄何为？"曰："望气者言太原有奇气，使访之。李郎明发，何日到太原？"靖计之日。曰："达之明日，日方曙，候我于汾阳桥。"言讫，乘驴而去，其行若飞，回顾已失。公与张氏且惊且喜，久之，曰："烈士不欺人。固无畏。"促鞭而行。

及期，入太原。果复相见。大喜，偕诣刘氏。诈谓文静曰："有善相者思见郎君，请迎之。"文静素奇其人，一旦闻有客善相，遽致使迎之。使回而至，不衫不履，裼裘而来，神气扬扬，貌与常异。虬髯默然居末坐，见之心死，饮数杯，招靖曰："真天子也！"公以告刘，刘益喜，自负。既出，而虬髯曰："吾得十八九矣，然须道兄见之。李郎宜与一妹复入京。某日午时，访我于马行东酒楼，下有此驴及瘦驴，即我与道兄俱在其上矣。到即登焉。"又别而去。公与张氏复应之。

及期访焉，宛见二乘。揽衣登楼，虬髯与一道士方对饮，见公惊喜，召坐。围饮十数巡，曰："楼下柜中有钱十万，择一深稳处驻一妹。某日复会于汾阳桥。"如期至，即道士与虬髯已到矣。俱谒文静。时方弈棋，揖而话心焉。文静飞书迎文皇看棋。道士对弈，虬髯与公傍侍焉。俄而文皇到来，精采惊人，长揖而坐。神气清朗，满坐风生，顾盼炜如也。道士一见惨然，下棋子曰："此局全输矣！于此失却局哉！救无路矣！复奚言！"罢弈而请去。既出，谓虬髯曰："此世界非公世界，他方可也。勉之，勿以为念。"因共入京。虬髯曰:"计李郎之程,某日方到。到之明日,可与一妹同诣某坊曲小宅相访。李郎相从一妹,悬然如磬。欲令新妇祗谒,兼议从容,无前却也。"言毕,吁嗟而去。

公策马而归。即到京,遂与张氏同往。一小版门子,扣之,有应者,拜曰:"三郎令候李郎、一娘子久矣。"延入重门,门愈壮。婢四十人,罗列廷前。奴二十人,引公入东厅。厅之陈设,穷极珍异,巾箱、妆奁、冠镜、首饰之盛,非人间之物。巾栉妆饰毕,请更衣,衣又珍异。既毕,传云:"三郎来!"乃虬髯纱帽褐裘而来,亦有龙虎之状,欢然相见。催其妻出拜,盖亦天人耳。遂延中堂,陈设盘筵之盛,虽王公家不侔也。四人对馔讫,陈女乐二十人,列奏于前,若从天降,非人间之曲。食毕,行酒。家人自堂东舁出二十床,各以锦绣帕覆之。既陈,尽去其帕,乃文簿钥匙耳。虬髯曰:"此尽宝货泉贝之数。吾之所有,悉以充赠。何者?欲以此世界求事,当或龙战三二十载,建少功业。今既有主,住亦何为?太原李氏,真英主也。三五年内,即当太平。李郎以奇特之才,辅清平之主,竭心尽善,必极人臣。一妹以天人之姿,蕴不世之艺,从夫之贵,以盛轩裳。非一妹不能识李郎,非李郎不能荣一妹。起陆之贵,际会如期,虎啸风生,龙吟云萃,固非偶然也。持余之赠,以佐真主,赞功业也,勉之哉!此后十年,当东南数千里外有异事,是吾得事之秋也。一妹与李郎可沥酒东南相贺。"因命家童列拜,曰:"李郎、一妹,是汝主也!"言讫,与其妻从一奴,乘马而去。数步,遂不复见。

公据其宅,乃为豪家,得以助文皇缔构之资,遂匡天下。贞观十年，公以左仆射平章事。适南蛮入奏曰："有海船千艘，甲兵十万，入扶余国，杀其主自立。国已定矣。"公心知虬髯得事也。归告张氏，具衣拜贺，沥酒东南祝拜之。乃知真人之兴也，由英雄所冀。况非英雄者乎？人臣之谬思乱者，乃螳臂之拒走轮耳。我皇家垂福万叶，岂虚然哉。

或曰："卫公之兵法，半乃虬髯所传耳。"

◆ ◆ ◆

按《虬髯客传》，《唐志》不载。宋洪迈《容斋随笔》卷十二"王珪李靖"条，称有杜光庭《虬髯客传》云云。《宋史·艺文志》子部小说类，有杜光庭《虬髯客传》一卷。清陶珽刊本《说郛》卷一百十二载《虬髯客传》，下题唐张说撰。明清间通行《五朝小说》及《说荟》并同，不知何据。今仍题杜光庭者，从容斋洪氏之说也。惟《道藏》恭八，收杜光庭《神仙感遇传》，有《虬须客》一条，叙述与今所传本不同，且简略朴僿，文彩殊逊。而虬髯作虬须，标题与《宋史》正同。颇疑《道藏》为今传之祖本；流传宋初，又经文士之润饰（《太平广记》一百九十三所载之《虬须客传》已属改本），故详略互异如此。明凌初成有《虬髯翁》曲本，又张凤翼、张太和皆有《红拂记》，并皆推演此传。今据《顾氏文房小说》本校录，而以《广记》一百九十三所引校补。至《道藏·神仙感遇传》之《虬须客》一条，与本篇详略回殊。附录于后，以资互参云。

《道藏》恭字收杜光庭《神仙感遇传》，其卷四《虬须客》云：

虬须客，道兄者，不知名氏。炀帝末，司空杨素留守长安。帝幸江都，素持权骄贵，蔑视物情。卫公李靖时担簦谒之，因得素侍立红拂妓。妓姓张，第一，知素危亡不久，弃素而奔靖。靖与同出西京。

将适太原，税鞍于灵石店。与虬须相值，乃中形人也。赤须而虬，破衫蹇驴而来，投布囊于地，取枕欹卧，看张妓理发委地，立梳于床。靖见虬须视之，甚怒，未决，时时侧目。张熟观其面。妓一手握发，一手映身，摇示靖，令勿怒。急梳头毕。敛衽前问其姓。卧者曰："姓张。"妓曰："妾亦姓张。合是妹。"遽拜之。问第几？云："第三。"又曰："妹第几？"妹曰："最长。"喜曰："今日幸得逢一妹。"妓遥呼靖曰："李郎且来拜三兄。"靖遂拜之。环坐，割肉为食。客以余肉饲驴。笑曰："李郎贫士，何以致异人？"具话其由。客曰："然则何之？"曰："避地太原。"复命酒共饮。又曰："尝知太原之异人乎？"靖曰："州将之子，可十八来，姓李。"客曰："似则似矣，然须见之。李郎能致余一见否？"靖言："余友人刘文靖与之甚狎，必可致也。"客日望气。曰："俾吾访之。"遂约期日相候于汾阳桥。

及期，果至。靖话于文靖曰："吾有善相者，欲见郎君，请迎之。"文靖素奇其人。方议匡辅，遽致酒迎之。俱见太宗。不衫不履，裼裘而来，神气扬扬，貌与常异。客见之，默居末坐，气丧心死。饮数杯，招靖谓曰："此真天子也。"靖以告刘。益喜贺。既出，虬须曰："吾见之十得八九也，然亦须令道兄见之。"又约靖与妹于京中马行东酒楼下。既至，登楼。见虬须与一道流对饮，因环坐。为约与道兄同至太原。道兄与刘文静对棋，须、靖俱会。文皇亦来，精彩惊人，长揖而坐，神清气爽，满座风生，顾盼炜如也。道兄一见惨然，下棋子，"此局输矣！于此失局，奇哉！救无路矣！知复奚言！"罢弈。既出，谓虬须曰："此世非公世界也，他方可矣。勉之，勿以为念。"

同入京，虬须命其妇妹与李郎相见。其妇，亦天人也。虬须纱巾裼裘，挟弹而至。相与入中堂。陈乐欢饮，女乐三十余人，非王侯之家所有，迨若洞天之会。既而舁二十床，以绣帕盖之，去其帕曰："此乃文簿钥匙耳。皆珍宝货泉之数，并以充赠。吾本欲中华求事，或龙战三五年，以此为经费。今既有主，亦复何为。太原李氏，真英主也。三五年内，即当太平，李郎、一妹善辅赞之，非一妹不能赞明主。勉之哉。此去十年后，东南数千里外有异，是吾得事之秋也。闻之可潜以酒相贺。"因呼家僮百余人出拜。曰："李郎、一妹，是尔主也。"言讫，与其妻戎装乘马而去。道兄亦不知所之。

靖得此事力，以助文皇缔构大业。贞观中，东南夷奏有海贼以舻船千艘，兵十余万人，于扶余国杀其主自立为王，国内以定静。靖知虬须成功，归告其妻，乃沥酒东南贺焉。乃知真人之兴，乃天授也。岂庸庸之徒可以造次思乱者哉。

又按虬须客事，颇为人所乐道。然考之于史，殊多抵牾。《唐书》靖传，称"高祖击突厥于塞外。靖察高祖知有四方之志，因自锁上变。后高祖定京师，将斩之。以太宗救解得免。"据此，则靖于高祖未定京师之先，似无交通文皇之理。容斋洪氏已辨其妄。此与史实不合者一也。《唐书·高祖本纪》，高祖以大业九年八月，为宏化留守。十一年秋间，始移山西、河东抚慰大使。十二年十二月，留守太原。是时盗贼遍海内，炀帝在江都。杨素已先卒于大业二年七月。相距已十一年。亦无炀帝末年杨素留守长安之事。此与史实不合者又一也。传中称："贞观中，靖位至仆射。东南蛮奏海船千艘入扶余国，杀其主自立。"按新旧《唐书》，并无扶余国。惟高丽、百济，并云扶余之别种。高丽国有扶余城。武德七年，高丽王建武，惧伐其国，乃筑长城，东北自扶余城，西南至海，千有余里。是高丽方据扶余城以自固，海贼安得而袭取之。且扶余位中国之东北，更不得云东南。此与史实不合者又一也。窃以小说家言，本难征信。惟虬须之称，颇近文皇。《南部新书》："太宗文皇帝，虬须上可挂一弓。"《酉阳杂俎》亦谓："太宗虬须，常戏张弓矢。"杜工部《赠汝阳郡王琎》诗云："虬须似太宗。"又《送重表侄王砅评事使南海》诗，叙述王氏家世，与其曾祖姑能识文皇一段，句云："自陈剪髻鬟，鬻市充杯酒。上云天下乱，宜与英俊厚。向窃窥数公，经纶亦俱有。次问最少年，虬髯十八九，子等成大名，皆因此人手。下云风云合，龙虎一吟吼，愿展丈夫雄，得辞儿女丑。秦王时在坐，真气惊户牖。"云云。是虬髯乃太宗矣。文人狡狯，或以太宗救解卫公之故。卒赖其勷助之烈，成不世之勋。以颠倒眩惑之辞，效述异传奇之体。正小说家一时兴到之戏语，不必根于事实也。说部流传，史实转晦。太原三侠，千古艳称。必求史事以实之，亦近于凿矣。

杨娼传

房千里 撰
据《太平广记》校录

杨娼者,长安里中之殊色也,态度甚都,复以冶容自喜。王公巨人享客,竞邀致席上。虽不饮者,必为之引满尽欢。长安诸儿,一造其室,殆至亡生破产而不悔。由是娼之名冠诸籍中,大售于时矣。

岭南帅甲,贵游子也。妻本戚里女,遇帅甚悍。先约:设有异志者,当取死白刃下。帅幼贵,喜淫,内苦其妻,莫之措意。乃阴出重赂,削去娼之籍,而挈之南海。馆之他舍,公余而同,夕隐而归。娼有慧性,事帅尤谨。平居以女职自守,非其理不妄发。复厚帅之左右,咸能得其欢心,故帅益嬖之。

会间岁,帅得病,且不起。思一见娼,而惮其妻。帅素与监军使厚,密遣导意,使为方略。监军乃绐其妻曰:"将军病甚,思得善奉侍煎调者视之,瘳当速矣。某有善婢,久给事贵室,动得人意。请夫人听以婢安将军四体,如何?"妻曰:"中贵人,信人也。果然,于吾无苦耳。可促召婢来。"监军即命娼冒为婢以见帅。计未行而事泄。帅之妻乃拥健婢数十,列白梃,炽膏镬于廷而伺之矣。须其至，当投之沸鬲。帅闻而大恐，促命止娟之至。且曰："此自我意，几累于渠；今幸吾之未死也，必使脱其虎喙。不然，且无及矣。"乃大遗其奇宝，命家僮榜轻舸，卫娟北归。自是，帅之愤益深，不逾旬而物故。娟之行，适及洪矣。问至，娟乃尽返帅之赂，设位而哭，曰："将军由妾而死。将军且死，妾安用生为？妾岂孤将军者耶？"即撤奠而死之。

夫娟，以色事人者也，非其利则不合矣。而杨能报帅以死，义也；却帅之赂，廉也。虽为娟，差足多乎。

◆ ◆ ◆

按《太平广记》四百九十一杂传记类引此传，而题下注云房千里撰。据《唐书·宰相世系表》云，千里，字鹄举，河南人。《艺文志》有房千里《南方异物志》一卷、《投荒杂录》一卷，注云："太和初进士第。高州刺史。"此千里官职之可考者也。本传质直无文，似非有意传奇之体，惟唐时稗官，贞元、元和为盛。迄于唐末五代之间，已不振矣。录此一篇，以概其余。

郑德璘

不著撰人

据《太平广记》校录

贞元中，湘潭尉郑德璘，家居长沙，有亲表居江夏，每岁一往省焉。中间涉洞庭，历湘潭，多遇老叟棹舟而鬻菱芡，虽白发而有少容。德璘与语，多及玄解。诘曰："舟无糗粮，何以为食？"叟曰："菱芡耳。"德璘好酒，长挈松醪春，过江夏，遇叟无不饮之，叟饮亦不甚愧荷。

德璘抵江夏，将返长沙，驻舟于黄鹤楼下。傍有鹾贾韦生者，乘巨舟，亦抵于湘潭，其夜与邻舟告别饮酒。韦生有女，居于舟之柁橹，邻女亦来访别，二女同处笑语。夜将半，闻江中有秀才吟诗曰："物触轻舟心自知，风恬浪静月光微。夜深江上解愁思，拾得红蕖香惹衣。"邻舟女善笔札，因睹韦氏妆奁中有红笺一幅，取而题所闻之句，亦吟哦良久，然莫晓谁人所制也。

及旦，东西而去。德璘舟与韦氏舟同离鄂渚，信宿，及暮又同宿至洞庭之畔，与韦生舟楫颇以相近。韦氏美而艳，琼英腻云，莲蕊莹波，露濯舞姿，月鲜珠彩，于水窗中垂钓，德璘因窥见之，甚悦。遂以红绡一尺，上题诗曰："纤手垂钩对水窗，红蕖秋色艳长江。既能解佩投交甫，更有明珠乞一双。"强以红绡惹其钩，女因收得，吟玩久之，然虽讽读，即不能晓其义。女不工刀札，又耻无所报，遂以钩丝而投夜来邻舟女所题红笺者。德璘谓女所制，疑思颇悦，喜畅可知，然莫晓诗之意义，亦无计遂其款曲。由是女以所得红绢系臂，自爱惜之。明月清风，韦舟遽张帆而去。风势将紧，波涛恐人，德璘小舟，不敢同越，然意殊恨恨。

将暮，有渔人语德璘曰："向者贾客巨舟，已全家殁于洞庭矣。"德璘大骇，神思恍惚，悲婉久之，不能排抑。将夜，为《吊江姝诗》二首，曰："湖面狂风且莫吹，浪花初绽月光微。沉潜暗想横波泪，得共鲛人相对垂。"又曰："洞庭风软荻花秋，新没青蛾细浪愁。泪滴白蘋君不见，月明江上有轻鸥。"诗成酹而投之。精贯神祇，至诚感应，遂感水神，持诣水府。府君览之，召溺者数辈，曰："谁是郑生所爱？"而韦氏亦不能晓其来由。有主者搜臂，见红绡而语府君。曰："德璘异日自吾邑之明宰，况曩有义相及，不可不曲活尔命。"因召主者携韦氏送郑生。韦氏视府君，乃一老叟也。逐主者疾趋，而无所碍。道将尽，睹一大池，碧水汪然，遂为主者推堕其中，或沉或浮，亦甚困苦。时已三更，德璘未寝，但吟红笺之诗，悲而益苦。忽觉有物触舟，然舟人已寝，德璘遂秉炬照之，见衣服彩绣，似是人，忽惊而拯之，乃韦氏也，系臂红绢尚在。德璘喜骤。良久，女苏息，及晓方能言，乃说府君感君而活我命。德璘曰："府君何人也？"终不省悟。遂纳为室，感其异也。将归长沙。

后三年，德璘常调选，欲谋醴陵令。韦氏曰："不过作巴陵耳。"德璘曰："子何以知？"韦氏曰："向者水府君言是吾邑之明宰。洞庭乃属巴陵，此可验矣。"德璘志之。选果得巴陵令。及至巴陵县，使人迎韦氏。舟楫至洞庭侧，值逆风不进。德璘使佣篙工者五人而迎之，内一老叟挽舟，若不为意，韦氏怒而唾之。叟回顾曰："我昔水府活汝性命，不以为德，今反生怒。"韦氏乃悟。恐悸，召叟登舟，拜而进酒果，叩头曰："吾之父母，当在水府，可省觐否？"曰："可。"须臾，舟楫似没于波，然无所苦。俄到往时之水府，大小倚舟号恸，访其父母。父母居止，俨然第舍，与人世无异。韦氏询其所须，父母曰："所溺之物，皆能至此，但无火化，所食唯菱芡耳。"持白金器数事而遗女曰："吾此无用处，可以赠尔，不得久停。"促其相别，韦氏遂哀恸别其父母。叟以笔大书韦氏巾曰："昔日江头菱芡人，蒙君数饮松醪春。活君家室以为报，珍重长沙郑德璘。"书讫，叟遂为仆侍数百辈，自舟迎归府舍。俄顷，舟却出于湖畔。一舟之人，咸有所睹。德璘详诗意，方悟水府老叟，乃昔日鬻菱芡者。

岁余，有秀才崔希周投诗卷于德璘，内有《江上夜拾得芙蓉诗》，即韦氏所投德璘红笺诗也。德璘疑诗，乃诘希周，对曰："数年前，泊轻舟于鄂渚。江上月明，时当未寝，有微物触舟，芳馨袭鼻，取而视之，乃一束芙蓉也。因而制诗，既成，讽咏良久。敢以实对。"德璘叹曰："命也。"然后更不敢越洞庭。德璘官至刺史。

◆ ◆ ◆

按《太平广记》一百五十二引此文，下注《德璘传》。

冥音录

不著撰人

据《太平广记》校录

庐江尉李侃者,陇西人,家于洛之河南。太和初,卒于官。有外妇崔氏,本广陵倡家。生二女,既孤且幼,孀母抚之以道,近于成人。因寓家庐江。侃既死,虽侃之宗亲,居显要者,绝不相闻。庐江之人,咸哀其孤嫠而能自强。崔氏性酷嗜音,虽贫苦求活,常以弦歌自娱。有女弟菡奴,风容不下,善鼓筝,为古今绝妙,知名于时。年十七,未嫁而卒,人多伤焉。二女幼传其艺。长女适邑人丁玄夫,性识不甚聪慧。幼时,每教其艺,小有所未至,其母辄加鞭棰,终莫究其妙。每心念其姨,曰:"我,姨之甥也。今乃死生殊途,恩爱久绝。姨之生乃聪明,死何蔑然,而不能以力祐助,使我心开目明,粗及流辈哉?"每至节朔,辄举觞酹地,哀咽流涕。如此者八岁。母亦哀而悯焉。

开成五年四月三日,因夜寐,惊起号泣,谓其母曰:"向者梦姨执手泣曰:'我自辞人世,在阴司簿属教坊,授曲于博士李元凭。元凭屡荐我于宪宗皇帝。帝召居宫。一年,以我更直穆宗皇帝宫中,以筝导诸妃,出入一年。上帝诛郑注,天下大酺。唐氏诸帝宫中互选妓乐,以进神尧、太宗二宫。我复得侍宪宗。每一月之中,五日一直长秋殿,余日得肆游观,但不得出宫禁耳。汝之情恳,我乃知也,但无由得来。近日襄阳公主以我为女,思念颇至,得出入主第,私许我归,成汝之愿。汝早图之!阴中法严,帝或闻之,当获大谴,亦上累于主。'"复与其母相持而泣。

翼日,乃洒扫一室,列虚筵,设酒果,仿佛如有所见。因执筝就坐,闭目弹之,随指有得。初,授人间之曲,十日不得一曲。此一日获十曲。曲之名品,殆非生人之意。声调哀怨,幽幽然鸮啼鬼啸,闻之者莫不欷歔。曲有《迎君乐》(正商调二十八叠)、《槲林叹》(分丝调四十四叠)、《秦王赏金歌》(小石调二十八叠)、《广陵散》(正商调二十八叠)、《行路难》(正商调二十八叠)、《上江虹》(正商调二十八叠)、《晋城仙》(小石调二十八叠)、《丝竹赏金歌》(小石调二十八叠)、《红窗影》(双柱调四十叠),十曲毕,惨然谓女曰:"此皆宫闱中新翻曲,帝尤所爱重。《槲林叹》《红窗影》等,每宴饮,即飞球舞盏,为佐酒长夜之欢。穆宗敕修文舍人元稹撰其词数十首,甚美。宴酣,令宫人递歌之。帝亲执玉如意,击节而和之。帝秘其调极切,恐为诸国所得,故不敢泄。岁摄提,地府当有大变,得以流传人世。幽明路异,人鬼道殊,今者人事相接,亦万代一时,非偶然也。会以吾之十曲,献阳地天子,不可使无闻于明代。"

于是县白州,州白府。刺史崔璹亲召试之,则丝桐之音,枪䥽可听。其差琴调不类秦声。乃以众乐合之,则宫商调殊不同矣。母令小女再拜,求传十曲,亦备得之。至暮,诀去。数日复来,曰:"闻扬州连帅欲取汝。恐有谬误,汝可一一弹之。"又留一曲曰《思归乐》。无何,州府果令送至扬州,一无差错。廉使故相李德裕议表其事。女寻卒。

◆ ◆ ◆

按《太平广记》四百八十九引此文,不著撰人。陶刻《正续说郛》作朱庆余撰。不知何据。《说郛》撰人,经明人窜乱,不可信。

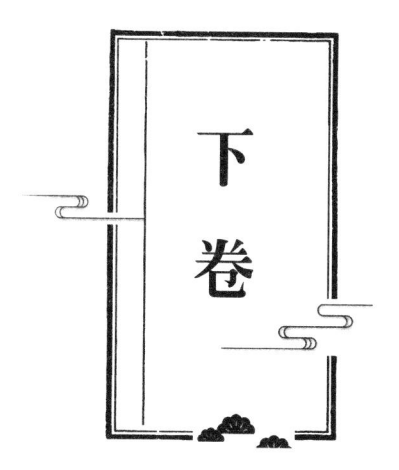

下卷

玄怪录

牛僧孺 撰

按《玄怪录》十卷，唐牛僧孺撰。《唐志》著录子部小说家类。《宋志》同。僧孺，字思黯。宪宗时与李宗闵对策，条指时政，以方正敢言进用。累官御史中丞。穆宗时以户部郎同中书门下平章事。文宗时，与李宗闵相结，权震天下，时称牛李。武宗时，累贬循州刺史。宣宗立，乃召还，为太子少师。大中二年，卒，年六十九。谥曰文简。有传在两《唐书》(《唐书》一百七十二，《旧唐书》一百七十二)。僧孺少负才名，而颇嗜志怪。此《玄怪录》十卷，大抵未通籍以前所作。晁公武《读书志》曰："僧孺为宰相，有闻于时，而著此等之书。《周秦行纪》之谤，盖有以致之。"晁氏此言，盖以深恶其人，遂有此深文之论，要未尽允。唐时文士，往往假小说以寄藻思。史才如沈既济、陈鸿，文人如白行简、沈亚之，一时兴到，偶寄毫素，要未能免。何独于思黯而疑之。且小说至贞元、元和之间，作者云起，情文交互，靡不备具本原，掩其虚饰。而僧孺于显扬笔妙之余，时露其诡设之迹。如其书中之《元无有》一条，观其标题命名之旨，已自托于乌有、亡是之伦。与昌黎之传《毛颖》，柳州之纪《河间》，固同一用心也。胡元瑞反以此诋之，此又出于卫道之一念，未足语于文学之真谛也。今牛氏书既已久佚，惟《太平广记》尚存三十三篇，文辞雅洁，允推作者。治唐人小说者，不可不肄及之也。牛氏书既盛行一时，继起而拟之者：薛渔思有《河东记》三卷，亦记谲怪事，《自序》云"续牛僧孺之书"（见《郡斋读书志》十三）。张读有《宣室志》十卷，亦记仙鬼灵异事迹。读字圣朋，则张鷟之裔，而牛僧孺之外孙也（见《唐书》一百六十一《张荐传》）。至李复言之书，则直云《续玄怪录》。皆沿其流波而益加诙诡者也。今《玄怪录》十卷本，已不可见。姑从《广记》《说郛》择录数条，而未敢以晁公武、胡应麟诋諆之言，轻肆抹杀也。

崔书生

据《太平广记》校录

开元、天宝中，有崔书生于东州逻谷口居，好植名花，暮春之中，英蕊芬郁，远闻百步。书生每初晨必与漱看之。忽有一女，自西乘马而来，青衣老少数人随后。女有殊色，所乘骏马极佳。崔生未及细视，则已过矣。明日又过。崔生乃于花下先致酒茗樽勺，铺陈茵席，乃迎马首拜曰："某性好花木，此园无非手植。今正值香茂，颇堪流眄。女郎频日而过，计仆驭当疲，敢具单醪，以俟憩息。"女不顾而过。其后青衣曰："但具酒馔，何忧不至。"

女顾叱之曰:"何故轻与人言?"

崔生明日又先及,鞭马随之,到别墅之前,又下马,拜请,良久,一老青衣谓女曰:"马大疲,暂歇无爽。"因自控马至当寝下。老青衣谓崔生曰:"君既求婚,余为媒妁,可乎?"崔生大悦,载拜跪请。青衣曰:"事亦必定,后十五六日大是吉辰。君于此时,但具婚礼所要,并于此备酒肴。今小娘子阿姊在逻谷中有小疾,故日往看省。向某去后,便当咨启,期到,皆至此矣。"于是俱行。崔生在后,即依言营备吉日所要,至期,女及姊皆到。其姊亦仪质极丽,送留女归于崔生。

崔生母在故居,殊不知崔生纳室,崔生以不告而娶,但启以婢媵。母见新妇之姿甚美。经月余,忽有人送食于女,甘香殊异。后崔生觉母慈颜衰悴,因伏问几下。母曰:"有汝一子,冀得求全。今汝所纳新妇,妖媚无双。吾于土塑图画之中,未曾见此。必是狐魅之辈,伤害于汝,故致吾忧。"崔生入室,见女泪涕交下,曰:"本侍箕帚,望以终天。不知尊夫人待以狐魅辈。明晨即别。"崔生亦挥涕不能言。

明日,女车骑复至。女乘一马,崔生亦乘一马从送之。入逻谷中十里,山间有一川。川中有异花珍果,不可言纪。馆宇屋室,侈于王者。青衣百许迎拜曰:"无行崔郎,何必将来。"于是捧入,留崔生于门外。未几,一青衣女传姊言曰:"崔郎遣行,太夫人疑阻,事宜便绝,不合相见。然小妹曾奉周旋,亦当奉屈。"俄而召崔生入,责诮再三,词辨清婉。崔生但拜伏受谴而已。后遂坐于中寝对食。食讫,命酒,召文乐洽奏,铿锵万变。乐阕,其姊谓女曰:"须令崔郎却回，汝有何物赠送？"女遂袖中取白玉盒子遗崔生，生亦留别。于是各呜咽而出门。至逻谷口，回望千岩万壑，无有径路。

因恸哭归家，常持玉盒子，郁郁不乐。忽有胡僧扣门求食曰："君有至宝，乞相示也。"崔生曰："某贫士，何有是。"僧请曰："君岂不有异人奉赠乎？贫道望气知之。"崔生试出玉盒子示僧。僧起，请以百万市之，遂往。崔生问僧曰："女郎谁耶？"曰："君所纳妻，西王母第三女玉卮娘子也，姊亦负美名于仙都，况复人间！所惜君纳之不得久远。若住得一年，君举家不死矣。"

◆◆◆

按《太平广记》六十三引此文，注出《玄怪录》。

元无有

据《太平广记》校录

宝应中有元无有，常以仲春末，独行维扬郊野，值日晚，风雨大至。时兵荒后，人户多逃，遂入路旁空庄。须臾霁止，斜月方出。无有坐北窗，忽闻西廊有行人声。未几，见月中有四人，衣冠皆异，相与谈谐，吟咏甚畅。乃云："今夕如秋，风月若此，吾辈岂不为一言以展平生之事也？"其一人即曰云云，吟咏既朗，无有听之具悉。其一衣冠长人，即先吟曰："齐纨鲁缟如霜雪，寥亮高声予所发。"其二黑衣冠短陋人，诗曰："嘉宾良会清夜时，煌煌灯烛我能持。"其三故弊黄衣冠人，亦短陋，诗曰："清冷之泉候朝汲，桑绠相牵常出入。"其四故黑衣冠人，诗曰："爨薪贮泉相煎熬，充他口腹我为劳。"无有亦不以四人为异；四人亦不虞无有之在堂隍也。递为褒赏。观其自负，则虽阮嗣宗《咏怀》，亦若不能加矣。四人迟明，方归旧所。无有就寻之堂中，惟有故杵、灯台、水桶、破铛，乃知四人，即此物所为也。

◆ ◆ ◆

按《太平广记》三百六十九，引此文。注云出《玄怪录》。篇中所叙，本极怪诞。牛相嗜奇，一至于此。惟唐人小说，类此尚多。假笔墨以寄才思，流风所播，极于明清。则又不可不肆及之也。胡应麟曰："变异之谈，盛于六朝；然多是传录舛讹，未必尽幻设语。至唐人乃作意好奇，假小说以寄笔端，如《毛颖》《南柯》之类尚可，若《东阳夜怪录》称成自虚，《玄怪录》元无有，皆但可付之一笑。其文气亦卑下，亡足论。宋人所记，乃多有近实者，而文彩无足观。"(《二酉拾遗》卷中) 胡氏之论近是矣。惟小说既属设辞，不能责以实录之体。即有一二依托史实，如《虬髯》《上清》之类，已属无稽，况稽神语怪，本无足置论者乎。牛氏书既盛行于元和、长庆之间，承其风者，如李复言、张读诸人，并有造述。至《广记》所收无名氏之《东阳夜怪录》，或即推本此文，而肆其波澜。即景抒情，虽极奇辟，冗而寡味矣。今录存于此，俾诵此篇者，得省觉焉。

《太平广记》四百九十引《东阳夜怪录》云：

前进士王洙，字学源，其先琅琊人。元和十三年春擢第。尝居邹鲁间名山习业。洙自云，前四年时，因随籍入贡，暮次荥阳逆旅。值彭城客秀才成自虚者，以家事不得就举，言旋故里。遇洙，因话辛勤往复之意。自虚，字致本，语及人间目睹之异。

是岁，自虚十有一月八日东还（乃元和八年也）。翼日，到渭南县，方属阴曀，不知时之早晚。县宰黎谓留饮数巡。自虚恃所乘壮，乃命僮仆辎重，悉令先于赤水店俟宿，聊踟蹰焉。东出县郭门，则阴风刮地，飞雪雾天，行未数里，迨将昏黑。自虚僮仆既悉令前去，道上又行人已绝，无可问程，至是不知所届矣。

路出东阳驿南，寻赤水谷口道。去驿不三四里，有下坞。林月依微，略辨佛庙。自虚启扉，投身突入。雪势愈甚。自虚窃意佛宇之居，有住僧，将求委焉，则策马入。其后才认北横数间空屋，寂无灯烛。久之倾听，微似有人喘息声。遂系马于西面柱，连问："院主和尚，今夜慈悲相救。"徐闻人应："老病僧智高在此。适僮仆已出使村中教化，无从以致火烛。雪若是，复当深夜，客何为者？自何而来？四绝亲邻，何以取济？今夕脱不恶其病秽，且此相就，则免暴露。兼撤所藉刍藁分用，委质可矣。"自虚他计既穷，闻此内亦颇喜。乃问："高公生缘何乡？何故栖此？又俗姓云何？既接恩容，当还审其出处。"曰："贫道俗姓安（以本身肉鞍之故也），生在碛西。本因舍力，随缘来诣中国。到此未几，房院疏芜。秀才卒降，无以供待，不垂见怪为幸。"自虚如此问答，颇忘前倦。乃谓高公曰："方知探宝化成如来，非妄立喻。今高公是我导师矣。高公本宗，固有如是降伏其心之教。"

俄则沓沓然若数人联步而至者，遂闻云："极好雪。师丈在否？"高公未应间，闻一人云："曹长先行。"或曰："朱八丈合先行。"又闻人曰："路甚宽，曹长不合苦让，偕行可也。"自虚窃谓人多，私心益壮。有顷，即似悉造座隅矣。内谓一人曰："师丈，此有宿客乎？"高公对曰："适有客来诣宿耳。"自虚昏昏然，莫审其形质。唯最前一人俯檐映雪，仿佛若见着皂裘者，背及肋有搭白补处。其人先发问自虚云："客何故瑀瑀（丘圭反）然犯雪昏夜至此？"自虚则具以实告。其人因请自虚姓名。对曰："进士成自虚。"自虚亦从而语曰："暗中不可悉揖清扬，他日无以为子孙之旧。请各称其官及名氏。"便闻一人云："前河阴转运巡官试左骁卫胄曹参军卢倚马。"次一人云："桃林客副轻车将军朱中正。"次一人曰："去文姓敬。"次一人曰："锐金姓奚。"此时则似周坐矣。

初，因成公应举，倚马旁及论文。倚马曰："某儿童时，即闻人咏师丈《聚雪为山》诗，今犹记得。今夜景象，宛在目中。师丈，有之乎？"高公曰："其词谓何？试言之。"倚马曰："所记云：'谁家扫雪满庭前，万壑千峰在一拳。吾心不觉侵衣冷，曾向此中居几年。'"自虚茫然如失，口呿眸眙，尤所不测。高公乃曰："雪山是吾家山。往年偶见小儿聚雪，屹有峰峦山状，西望故国,怅然因作是诗。曹长大聪明,如何记得贫道旧时恶句,不因曹长诚念在口,实亦遗忘。"倚马曰:"师丈骋逸步于遐荒,脱尘机(机当为羁)于维絷,巍巍道德,可谓首出侪流。如小子之徒,望尘奔走,曷(曷当为褐,用毛色而讥之)敢窥其高远哉!倚马今春以公事到城,受性顽钝,阙下柱玉,煎迫不堪。旦夕羁(羁当为饥)旅,虽勤劳夙夜,料入况微,负荷非轻,常惧刑责。近蒙本院转一虚衔(谓空驱作替驴),意在苦求脱免。昨晚出长乐城下宿,自悲尘中劳役,慨然有山鹿野麋之志。因寄同侣,成两篇恶诗。对诸作者,辄欲口占,去就未敢。"自虚曰:"今夕何夕,得闻佳句。"倚马又谦曰:"不揆荒浅。况师丈文宗在此,敢呈丑拙邪?"自虚苦请曰:"愿闻,愿闻!"倚马因朗吟其诗曰:"长安城东洛阳道,车轮不息尘浩浩。争利贪前竞着鞭,相逢尽是尘中老。(其一)日晚长川不计程,离群独步不能鸣。赖有青青河畔草,春来犹得慰(慰当作喂)羁(羁当作饥)情。"合座咸曰:"大高作!"倚马谦曰:"拙恶!拙恶!"

中正谓高公曰:"比闻朔漠之士,吟讽师丈佳句绝多。今此是颖川,况侧聆卢曹长所念,开洗昏鄙,意爽神清。新制的多,满座渴咏。岂不能见示三两首,以沃群瞩。"高公请俟他日。中正又曰:"眷彼名公悉至,何惜兔园。雅论高谈,抑一时之盛事。今去市肆苦远,夜艾兴余,杯觞固不可求,炮炙无由而致。宾主礼阙,惭恧空多。吾辈方以观心朵颐(谓吃草之性,与师丈同),而诸公通宵无以充腹,报然何补。"高公曰:"吾闻嘉话可以忘乎饥渴。只如八郎,力济生人,动循轨辙,攻城犒士,为己所长。但以十二因缘,皆从觞起。茫茫苦海,烦恼随生。何地而可见菩提(提当为蹄),何门而得离火宅?"(亦用事讥之)中正对曰:"以愚所谓:覆辙相寻,轮回恶道,先后报应,事甚分明。引领修行,义归于此。"高公大笑,乃曰:"释氏尚其清净,道成则为正觉(觉当为角)。觉则佛也。如八郎向来之谈,深得之矣。"倚马大笑。

自虚又曰:"适来朱将军再三有请和尚新制。在小生下情,实愿观宝。和尚岂以自虚远客,非我法中而见鄙之乎?且和尚器识非凡,岸谷深峻,必当格韵才思,冠绝一时,妍妙清新,摆落俗态。岂终秘咳唾之余思,不吟一两篇以开耳目乎?"高公曰:"深荷秀才苦请,事则难于固违。况老僧残疾衰羸,习读久废,章句之道,本非所长。却是朱八无端挑抉吾短。然于病中,偶有两篇自述,匠石能听之乎?"曰:"愿闻。"其诗曰:"拥褐藏名无定踪,流沙千里度衰容。传得南宗心地后,此身应便老双峰。为有阎浮珍重因,远离西国越咸秦。自从无力休行道,且作头陀不系身。"又闻满座称好声,移时不定。

去文忽于座内云:"昔王子猷访戴安道于山阴,雪夜皎然,及门而返,遂传'何必见戴'之论。当时皆重逸兴,今成君可谓以文会友,下视袁安、蒋诩。吾少年时颇负隽气,性好鹰鹯。曾于此时,畋游驰骋。吾故林在长安之巽维,御宿川之东时(此处地名苟家觜也)。咏雪有《献曹州房》一篇,不觉诗狂所攻,辄污泥高鉴耳。"因吟诗曰:"'爱此飘飘六出公,轻琼洽絮舞长空。当时正逐秦丞相,腾踯川原喜北风。'献诗讫,曹州房颇甚赏仆此诗,因难云:'呼雪为公,得无检束乎?'余遂征古人尚有呼竹为君,后贤以为名论，用以证之。曹州房结舌莫知所对。然曹州房素非知诗者。乌大尝谓吾曰：'难得臭味同。'斯言不妄。今涉彼远官，参东州军事（义见《古今注》），相去数千。苗十（以五五之数故第十）气候哑吒，凭恃群亲，索人承事。鲁无君子者，斯焉取诸！"锐金曰："安敢当。不见苗生几日？"曰："涉旬矣。""然则苗子何在？"去文曰："亦应非远。知吾辈会于此，计合解来。"

居无几，苗生遽至。去文伪为喜意，拊背曰："适我愿兮！"去文遂引苗生与自虚相揖。自虚先称名氏，苗生曰："介立姓苗。"宾主相谕之词，颇甚稠沓。锐金居其侧，曰："此时则苦吟之矣。诸公皆由老奚诗病又发，如何如何？"自虚曰："向者承奚生眷与之分非浅，何为尚吝瑰宝，大失所望。"锐金退而逡巡曰："敢不贻广席一噱乎？"辄念三篇近诗云："舞镜争鸾彩，临场定鹘拳。正思仙仗日，翘首仰楼前。养斗形如木，迎春质似泥。信如风雨在，何惮迹卑栖。为脱田文难，常怀纪渻恩。欲知疏野态，霜晓叫荒村。"锐金吟讫，暗中亦大闻称赏声。高公曰："诸贤勿以武士见待朱将军。此公甚精名理，又善属文，而乃犹无所言。皮里臧否吾辈，抑将不可。况成君远客，一夕之聚，空门所谓多生有缘，宿鸟同树者也。得不因此留异时之谈端哉！"

中正起曰："师丈此言，乃与中正树荆棘耳。苟众情疑阻，敢不唯命是听。然虑探手作事，自贻伊戚，如何？"高公曰："请诸贤静听。"中正诗曰："乱鲁负虚名，游秦感宁生。候惊丞相喘，用识葛卢鸣。黍稷滋农兴，轩车乏道情。近来筋力退，一志在归耕。"高公叹曰："朱八文华若此，未离散秩，引驾者又何人哉！

屈甚，屈甚！"倚马曰："扶风二兄偶有所系（意属自虚所乘），吾家龟兹，苍文毵甚，乐喧厌静，好事挥霍，兴在结束，勇于前驱（谓般轻货首队头驴）。此会不至，恨可知也。"去文谓介立曰："胃家兄弟，居处匪遥，莫往莫来，安用尚志。《诗》云'朋友攸摄'，而使尚有遐心。必须折简见招，鄙意颇成其美。"介立曰："某本欲访胃大去，方以论文兴酬，不觉迟迟耳。敬君命予，今且请诸公不起，介立略到胃家即回。不然，便拉胃氏昆季同至，可乎？"皆曰："诺。"介立乃去。

无何，去文于众前窃是非介立曰："蠢兹为人，有甚爪距，颇闻洁廉，善主仓库。其如蜡姑之丑，难以掩于物论何？"殊不知介立与胃氏相携而来。及门，瞥闻其说。介立攘袂大怒曰："天生苗介立，斗伯比之直下。得姓于楚远祖棼皇茹，分二十族，祀典配享，至于礼经（谓《郊特牲》八蜡迎虎迎猫也）。奈何一敬去文，盘瓠之余，长细无别，非人伦所齿，只合驯狎稚子，狩守酒旗，诐同妖狐，窃脂媚灶，安敢言人长短。我若不呈薄艺，敬子谓我咸秩无文，使诸人异日藐我。今对师丈念一篇恶诗，且看如何？"诗曰："为惭食肉主恩深，日晏蟠蜿卧锦衾。且学至人知白黑，那将好爵动吾心。"自虚颇甚佳叹。去文曰："卿不详本末，厚加矫诬，我实春秋向成之后。卿以我为盘瓠裔，如辰阳比房，于吾殊所华阔。"中正深以两家献酬未绝为病，乃曰："吾愿作宜僚以释二忿，可乎？昔我逢丑父实与向家棼皇，春秋时屡同盟会。今座上有名客，二子何乃互毁祖宗，语中忽有绽露，是取笑于成公齿冷也。且尽吟咏，固请息喧。"

于是介立即引胃氏昆仲与自虚相见。初襜襜然若自色。二人来前,长曰胃藏瓠,次曰藏立。自虚亦称姓名。藏瓠又巡座云:"令兄令弟。"介立乃于广众延誉胃氏昆弟:"潜迹草野,行著及于名族,上参列宿,亲密内达肝胆。况秦之八水,实贯天府,故林二十族,多是咸京。闻弟新有《题旧业诗》,时称甚美。如何,得闻乎?"藏瓠对曰:"小子谬厕宾筵,作者云集,欲出口吻,先增惭怍。今不得已,尘污诸贤耳目。"诗曰:"鸟鼠是家川,周王昔猎贤。一从离子卯(鼠兔皆变为猬也),应见海桑田。"介立称好:"弟他日必负重名。公道若存,斯文不朽。"藏瓠敛躬谢曰:"藏瓠幽蛰所宜,幸陪群彦,兄揄扬太过。小子谬当重言,若负芒刺。"座客皆笑。

时自虚方聆诸客嘉什,不暇自念己文。但曰:"诸公清才绮靡,皆是目牛游刃。"中正将谓有讥,潜然遁去。高公求之,不得,曰:"朱八不告而退,何也?"倚马对曰:"朱八世与炮氏为仇,恶闻发硎之说而去耳。"自虚谢不敏。此时去文独与自虚论诘,语自虚曰:"凡人行藏卷舒,君子尚其达节;摇尾求食,猛虎所以见几。或为知己吠鸣,不可以主人无德而废斯义也。去文不才,亦有两篇言志奉呈。"诗曰:"事君同乐义同忧,那校糟糠满志休。不是守株空待兔,终当逐鹿出林丘。少年尝负饥鹰用,内愿曾无宠鹤心。秋草驱除思去宇,平原毛血兴从禽。"

自虚赏激无限,全忘一夕之苦。方欲自夸旧制,忽闻远寺撞钟,则比膊锽然声尽矣。注目略无所睹,但风雪透窗,臊秽扑鼻。唯窣飒如有动者,而厉声呼问,绝无由答。

自虚心神恍惚，未敢遽前扪撄。退寻所系之马，宛在屋之西隅。鞍鞯被雪，马则龁柱而立。迟疑间，晓色已将辨物矣。乃于屋壁之北，有橐驼一，贴腹跪足，儑耳齝口。自虚觉夜来之异，得以遍求之。室外北轩下，俄又见一瘠瘴乌驴，连脊有磨破三处，白毛茁然将满。举视屋之北栱，微若振迅有物，乃见一老鸡蹲焉。前及设像佛宇塌座之北，东西有隙地数十步。牖下皆有彩画处，土人曾以麦穑之长者，积于其间，见一大驳猫儿眠于上。咫尺又有盛饷田浆破瓠一，次有牧童所弃破笠一。自虚因蹴之，果获二刺猬，蠕然而动。自虚周求四顾，悄未有人。又不胜一夕之冻乏，乃揽辔振雪，上马而去。周出村之北道，左经柴栏旧圃，睹一牛踣雪龁草。次此不百余步，合村悉辇粪幸此蕴崇。自虚过其下，群犬喧吠。中有一犬，毛悉齐裸，其状甚异，睥睨自虚。

自虚驱马久之，值一叟，辟荆扉，晨兴开径雪。自虚驻马讯焉，对曰："此故友右军彭特进庄也。郎君昨宵何止？行李间有似迷途者。"自虚语及夜来之见。叟倚篲惊讶曰："极差，极差！昨晚天气风雪，庄家先有一病橐驼，虑其为所毙，遂覆之佛宇之北，念佛社屋下。有数日前，河阴官脚过，有乏驴一头，不任前去。某哀其残命未舍，以粟斛易留之，亦不羁绊。彼栏中瘠牛，皆庄家所畜。适闻此说，不知何缘如此作怪。"自虚曰："昨夜已失鞍驮，今馁冻且甚。事不可率话者。大略如斯，难于悉述。"遂策马奔去。至赤水店，见僮仆方讶其主之相失，始忙于求访。自虚慨然，如丧魂者数日。

张佐

据《太平广记》校录

开元中,前进士张佐,常为叔父言:

少年南次鄠杜,郊行见有老父乘青驴,四足白,腰背鹿革囊。颜甚悦怿,旨趣非凡,始自斜径合路。佐甚异之。试问所从来,叟但笑而不答。至再三,叟忽怒叱曰:"年少子,乃敢相逼!吾岂盗贼椎埋者耶?何必知从来!"佐逊谢曰:"向慕先生高躅,愿从事左右耳,何赐深责。"叟曰:"吾无术教子,但寿永者。子当嗤吾潦倒耳。"遂复乘,促走。佐亦扑马趁之,俱至逆旅。

叟枕鹿囊,寝未熟。佐乃疲,贳白酒将饮。试就请曰:"单瓢期先生共之。"叟跳起曰:"此正吾之所好,何子解吾意耶?"饮讫,佐见翁色悦,徐请曰:"小生寡昧,愿先生赐言以广闻见,他非所敢望也。"叟曰:"吾之所见,梁、隋、陈、唐耳,贤愚治乱,国史已具。然请以身所异者语子。吾宇文周时,居岐,扶风人也。姓申名宗,慕齐神武,因改宗为欢,十八,从燕公于谨征梁元帝于荆州。州陷,大军将旋,梦青衣二人谓余曰:'吕走天年,人向主,寿不千。'吾乃诣占梦者于江陵市。占梦者谓余曰:'吕走,回字也。人向主,住字也。岂子住乃寿也。'时留兵屯江陵,吾遂陈情于校尉拓跋烈,许之。因却诣占梦者曰:'住即可矣,寿有术乎?'占者曰:'汝前生梓潼薛君胄也,好服术蕊散,多寻异书,日诵黄老一百纸。徙居鹤鸣山下,草堂三间,户外骈植花竹,泉石萦绕。

八月十五日,长啸独饮,因酣畅大言曰:"薛君胄疏澹若此,岂无异人降旨。"忽觉两耳中,有车马声,因颓然思寝。头才至席,遂有小车朱轮青盖,驾赤犊出耳中,各高三二寸,亦不觉出耳之难。车有二童,绿帻青帔,亦长二三寸,凭轼呼御者踏轮扶下。而谓君胄曰:"吾自兜玄国来,向闻长啸月下,韵甚清激,私心奉慕,愿接清论。"君胄大骇曰:"君适出吾耳,何谓兜玄国来?"二童子曰:"兜玄国在吾耳中,君耳安能处我。"君胄曰:"君长二三寸,岂复耳有国土。傥若有之,国人当尽焦螟耳。"二童曰:"胡为其然?吾国与汝国无异。不信,尽从吾游,或能便留,则君离生死苦矣。"一童因倾耳示君胄。君胄觇之,乃别有天地,花卉繁茂,甍栋连接,清泉萦绕,岩岫杳冥。因扪耳投之,已至一都会。城池楼堞,穷极壮丽。君胄彷徨,未知所之。顾见向之二童,已在其侧。谓君胄曰:"此国大小于君国?既至此,盍从吾谒蒙玄真伯?"蒙玄真伯居大殿,墙垣阶陛,尽饰以金碧,垂翠帘帷帐,中间独坐真伯,身衣云霞日月之衣,冠通天冠,垂旒皆与身等。玉童四人,立侍左右,一执白拂,一执犀如意。二人既入,拱手不敢仰视。有高冠长裾缘绿衣人,宣青纸制曰:"肇分太素,国既有亿。尔沦下土,贱卑万品。聿臻于如此,实由冥合。况尔清乃躬诚,叶于真宰。大官厚爵,俾宜享之。可为主箓大夫。"君胄拜舞出门,即有黄帔三四人,引至一曹署,其中文簿,多所不识。每月亦无请受,但意有所念,左右必先知,当便供给。因暇登楼远望,忽有归思,赋诗曰:"风软景和煦,异香馥林塘。登高一长望,信美非吾乡。"因以诗示二童子。童子怒曰:"吾以君质性冲寂,引至吾国。鄙俗余态,果乃未去!乡有何忆耶?"遂疾逐君胄,如陷落地,仰视乃自童子耳中落。已在旧去处。随视童子,亦不复见。因问诸邻人,云:"失君胄已七八年矣。"君胄在彼如数月。未几,而君胄卒。生于君家,即今身也。'占者又云:'吾前生乃出耳中童子。以汝前生好道,以得到兜玄国。然俗态未尽,不可长生。然汝自此寿千年矣。吾授汝符即归。'因吐朱绢尺余,令吞之。占者遂复童子形而灭,自是不复有疾。周行天下名山,迨兹向二百余岁。然吾所见异事甚多,并记在鹿革中。"因启囊出二轴书甚大,字颇细,佐不能读。请叟自宣,略述十余事,其半昭然可记。

其夕,将佐略寝。及觉,已失叟。后数日,有人于灰谷湫见之。叟曰:"为我致意于张君。"佐遽寻之,已复不见。

◆ ◆ ◆

按《太平广记》八十三引此文,注出《玄怪录》。

岑顺

据《太平广记》校录

汝南岑顺,字孝伯,少好学有文,老大尤精武略。旅于陕州,贫无第宅。其外族吕氏有山宅，将废之。顺请居焉。人有劝者，顺曰："天命有常，何所惧耳。"卒居之。

后岁余，顺常独坐书阁下，虽家人莫得入。夜中闻鼓鼙之声，不知所来，及出户，则无闻。而独喜自负之，以为石勒之祥也。祝之曰："此必阴兵助我。若然，当示我以富贵期。"

数夕后，梦一人被甲胄前报曰："金象将军使我语岑君，军城夜警，有喧净者，蒙君见嘉，敢不敬命。君甚有厚禄，幸自爱也。既负壮志，能猥顾小国乎？今敌国犯垒，侧席委贤，钦味芳声，愿执旌钺。"顺谢曰："将军天质英明，师真以律，猥烦德音，屈顾疵贱。然犬马之志，惟欲用之。"使者复命，顺忽然而寤，恍若自失。坐而思梦之征。

俄然鼓角四起，声愈振厉。顺整巾下床，再拜祝之。须臾，户牖风生，帷帘飞扬，灯下忽有数百铁骑飞驰左右，悉高数寸，而被坚执锐，星散遍地，倏闪之间，云阵四合。顺惊骇，定神气以观之。须臾，有卒赍书云："将军传檄。"顺受之，云："地连獯虏，戎马不息，向数十年。将老兵穷，姿霜卧甲。天设勍敌，势不可止。明公养素畜德，进业及时，屡承嘉音，愿托神契。然明公阳官，固当享大禄于圣世，今小国安敢望之。缘天那国北山贼合从，克日会战。事图子夜，否灭未期。良用惶骇。"顺谢之，室中益烛，坐视其变。

夜半后，鼓角四发。先是东面壁下有鼠穴，化为城门，垒敌崔嵬，三奏金革，四门出兵，连旗万计，风驰云走，两阶列阵。其东壁下是天那军，西壁下金象军，部后各定，军师进曰："天马斜飞度三止，上将横行系四方。辎车直入无回翔，六甲次第不乖行。"王曰:"善。"于是鼓之,两军俱有一马斜去三尺止。又鼓之,各有一步卒横行一尺。又鼓之,车进。如是,鼓渐急,而各出物包。矢石乱交。须臾之间,天那军大败奔溃,杀伤涂地。王单马南驰,数百人投西南隅,仅而免焉。先是西南有药王栖,日中化为城堡。金象军大振,收其甲卒,与尸横地。顺俯伏观之。于时,一骑至,禁颁曰:"阴阳有厝,得之者昌。亭亭天威,风驱连激,一阵而胜,明公以为何如?"顺曰:"将军英贯白日,乘天用时,窃窥神化灵文,不胜庆快。"如是数日,会战胜败不常。王神貌伟然,雄姿罕俦。宴馔珍筵,与顺致宝贝、明珠、珠玑无限。顺遂荣于其中,所欲皆备焉。

后遂与亲朋稍绝,闲间不出。家人异之,莫究其由,而顺颜色憔悴,为鬼气所中。亲戚共意有异,诘之不言。因饮以醇醪,醉而究泄之。其亲人潜备锹锸,因顺如厕而隔之,荷锸乱作,以掘室内入九尺。忽坎陷,是古墓也。墓有砖堂,其盟器悉多,甲胄数百,前有金床戏局,列马满枰,皆金铜成形。其干戈之事备矣。乃悟军师之词,乃象戏行马之势也。既而焚之,遂平其地。多得宝贝,皆墓内所畜者。顺阅之,恍然而醒,乃大吐。自此充悦,宅亦不复凶矣。时宝应元年也。

◆ ◆ ◆

按《太平广记》三百六十九引此文。

齐推女

据《太平广记》校录

元和中，饶州刺史齐推女，适陇西李某。李举进士，妻方娠，留至州宅。至临月，迁至后东阁中。其夕，女梦丈夫，衣冠甚伟，瞋目按剑，叱之曰："此屋岂是汝腥秽之所乎？亟移去。不然，且及祸。"明日，告推。推素刚烈，曰："吾忝土地主，是何妖孽能侵耶？"数日，女诞育，忽见所梦者，即其床帐乱殴之。有顷，耳目鼻皆流血而卒。父母伤痛女冤横，追悔不及。遣遽告其夫。俟至而归葬于李族，遂于郡之西北十数里官道权瘗之。

李生在京师，下第，将归，闻丧而往。比至饶州，妻卒已半年矣。李亦粗知其死，不得其终；悼恨既深，思为冥雪。至近郭日晚，忽于旷野见一女，形状服饰，似非村妇。李即心动。驻马谛视之，乃映草树而没。李下马就之，至，则真其妻也。相见悲泣。妻曰："且无涕泣，幸可复生。俟君之来，亦已久矣。大人刚正，不信鬼神；身是妇女，不能自诉。今日相见，事机较迟。"李曰："为之奈何？"女曰："从此直西五里鄱亭村，有一老人，姓田，方教授村儿，此九华洞中仙官也，人莫之知。君能至心往求，或冀谐遂。"

李乃径访田先生见之。乃膝行而前，再拜称曰："下界凡贱，敢谒大仙。"时老人方与村童授经，见李惊避曰："衰朽穷骨，旦暮溘然，郎君安有此说。"李再拜，叩头不已。老人益难之。自日宴至于夜分，终不敢就坐，拱立于前。老人俯首良久，曰："足下诚恳如是，吾亦何所隐焉。"李生即顿首流涕，具云妻枉状。老人曰:"吾知之久矣,但不蒙申诉。今屋宅已败,理之不及。吾向拒公,盖未有计耳。然试为足下作一处置。"乃起,从北出,可行百步余,止于桑林。长啸,倏忽见一大府署,殿宇环合,仪卫森然,拟于王者。田先生衣紫帔,据案而坐,左右解官等列侍。俄传教嘑地界。须臾,十数部各拥百余骑,前后奔驰而至。其帅皆长丈余,眉目魁岸,罗列于门屏之外。整衣冠,意绪苍惶,相问:"今有何事?"须臾,谒者通地界庐山神、江渎神、彭蠡神等皆趣入。

田先生问曰:"比者此州刺史女,因产为暴鬼所杀,事甚冤滥,尔等知否?"皆俯伏应曰:"然。"又问:"何故不为申理?"又皆对曰:"狱讼须有其主。此不见人诉,无以发摘。"有问:"知贼姓名否?"有一人对曰:"是西汉鄱县王吴芮。今刺史宅,是芮昔时所居。至今犹恃雄豪,侵占土地,往往肆其暴虐,人无奈何。"田先生曰:"即追来。"俄顷,缚吴芮至。先生诘之,不伏。乃命追阿齐。良久,见李妻与吴芮庭辩。食顷,吴芮理屈。乃曰:"当是产后虚弱,见某惊怖自绝,非故杀。"田先生曰:"杀人以梃与刃,有以异乎?"遂令执送天曹。回谓速检李氏寿命几何。顷之,吏云:"本算更合寿三十二年,生四男三女。"先生谓群官曰:"李氏寿算长,若不再生,议无厌伏。公等所见何如?"有一老吏前启曰:"东晋邺下有一人横死,正与此事相当。前使葛真君断以具魂作本身,却归生路,饮食、言语、嗜欲、追游,一切无异。但至寿终,不见形质耳。"田先生曰:"何谓具魂?"吏曰:"生人三魂七魄,死则散离,本无所依。今收合焉一体,以续弦胶涂之。大王当街发遣放回,则与本身同矣。"田先生善。即顾谓李妻曰:

"作此处置可乎？"李妻曰："幸甚。"

俄见一吏别领七八女人来，与李妻一类。即推而合之，有一人，持一器药，状似稀饧，即于李妻身涂之。李氏妻如空中坠地，初甚迷闷。天明，尽失夜来所见。唯田先生及李氏夫妻三人，共在桑林中。田先生谓李生曰："相为极力，且喜事成，便可领归，见其亲族。但言再生，慎无他说，吾亦从此逝矣。"

李遂同归至州。一家惊疑，不为之信。久之，乃知实生人也。自尔生子数人，其亲表之中颇有知者，云："他无所异，但举止轻便，异于常人耳。"

◆ ◆ ◆

按《太平广记》三百五十八引此文，下注出《玄怪录》。其事至怪，而乏理解，固陈玄祐《离魂记》之流也。明胡应麟尝谓"唐人记返魂事，有绝相类者。《太平广记》神仙类《田先生》，即救齐推女者，而所记又不同，大率皆乌有耳"云云。今甄录此篇，而以《广记》四十四所引《仙传拾遗》之《田先生》一条附录于后。俾诵此篇者，得以互参焉。

《太平广记》四十四《田先生》一条云：

田先生者，九华洞中大仙也。元和中，隐于饶州鄱亭村，作小学以教村童十数人，人不知其神仙矣。

饶州牧齐推嫁女与进士李生，数月而孕。李生赴举长安，其孕妇将产于州之后堂。梦鬼神，责其腥秽，斥逐之。推常不信鬼神，不敢言，未暇移居。既产，为鬼所恶害，耳鼻流血而卒。殡于官道侧，以俟罢郡，迁之北归。明年，李生下第，归饶。日晚，于野中见其妻，诉以鬼神所害之事。乃曰："可诣鄱亭村学中，告田先生，求其神力，或可再生耳。"

李如其言，诣村学见先生。膝行而前，首体投地，哀告其事，愿大仙哀而救之。先生初亦坚拒。李叩告不已，涕泗滂沱，自早及夜，终不就坐。学徒既散，先生曰："诚恳如此，吾亦何所隐耶。但不早相告，屋舍已坏矣，诚为作一处置。"即从舍出百余步桑林中，夜已昏暝，忽光明如昼。化为大府，崇门，仪卫森列。先生宝冠紫帔，据案而坐，拟于王者。乃传声呼地界。俄有十余队，各拥百余骑，奔走而至，皆长丈余。谒者呼名通入，曰："庐山、江滨、彭蠡等神到。"先生曰："刺史女因产为暴鬼所杀事，闻之，何不申理？"对曰："狱讼无主，未果发谪。今贼是鄱阳王吴芮。刺史宅是其所居，怒其生产腥秽，遂肆凶暴。"寻又擒吴芮牒天曹，而诛戮之。勘云："李氏妻算命，尚有三十二年，合生二男三女。"先生曰："屋舍已坏，如何？"有一老吏曰："昔东晋邺下，有一人误死。屋宅已坏，又合还生，与此事同。其时葛仙君断令具魂为身，与本无异。但寿尽之日无形尔。"

先生许之。即追李妻魂魄，合为一体，以神胶涂之。大王发遣却生，即便生矣。见有七八女人，与李妻相似，吏引而至，推而合之。有药如稀汤，以涂其身。顷刻，官吏皆散。李生及妻、田先生在桑林间。李生夫妻恳谢之。先生曰:"但云自得再生,勿多言也。"遂失先生所在。李与妻还家。其后年寿,所生男女,皆如所言。

郭元振

据明钞本《说郛·幽怪录》校录

代国公郭元振,开元中下第,于晋之汾。夜行阴晦失道,久而绝远有灯火光,以为人居也,径往寻之。八九里,有宅,门宇甚峻。既入门,廊下及堂上,灯烛荧煌,牢馔罗列,若嫁女之家,而悄无人。公系马西廊前。历阶而升,徘徊堂上,不知其何处也。俄闻堂上东阁,有女子哭声,呜咽不已。公问曰:"堂上泣者,人耶,鬼耶?何陈设如此,无人而独泣。"曰:"妾此乡之祠,有乌将军者,能祸福人。每岁求偶于乡人,乡人必择处女之美者而嫁焉。妾虽陋拙,父利乡人之五百缗,潜以应选。今夕乡人之女并为游宴者到是,醉妾此室,共锁而去,以适于将军者也,今父母弃之就死,而今惴惴哀惧。君诚人耶?能相救免,毕身为扫除之妇,以奉指使。"公大愤曰:"其来当何时?"曰:"二更。"曰:"吾忝大丈夫也,必力救之。若不得,当杀身以徇汝,终不使汝枉死于淫鬼之手也。"女泣少止。于是坐于西阶上,移其马于堂北,令仆侍立于前,若为傧而待之。

未几，火光照耀，车马骈阗。二紫衣吏，入而复走出，曰："相公在此。"逡巡，二黄衫吏，入而出，亦曰："相公在此。"公私心独喜，吾当为宰相，必胜此鬼矣。既而将军渐下，导吏复告之。将军曰："入。"有戈剑弓矢，引翼以入，即东阶下。公使仆前白："郭秀才见。"遂行揖。将军曰："秀才安得到此？"曰："闻将军今夕嘉礼，愿为小相耳。"将军者喜而延坐。与对食，言笑极欢。公于囊中有利刀，思欲刺之。乃问曰："将军曾食鹿脯乎？"曰："此地难遇。"公曰："某有少许珍者，得自御厨，愿削以献。"将军者大悦。公乃起取鹿脯，并小刀，因削之，置一小器，令自取之。将军喜，引手取之，不疑其他。公伺其机，乃投其脯，捉其腕而断之。将军失声而走。道从之吏，一时惊散。公执其手，脱衣缠之。令仆夫出望之，寂无所见。乃启门谓泣者曰："将军之腕，已在此矣。寻其血迹，死亦不久。汝既获免，可出就食。"泣者乃出。年可十七八，而甚佳丽。拜于公前曰："誓为仆妾。"公勉谕焉。天方曙，开视其手，则猪蹄也。

俄闻哭泣之声渐近，乃女之父母兄弟及乡中耆老，相与舁梓而来，将取其尸，以备殡殓。见公及女乃生人也，咸惊以问之，公具告焉。乡老共怒公残其神，曰："乌将军，此乡镇神，乡人奉之久矣。岁配以女，才无他虞。此礼少迟，即风雨雷雹为虐。奈何失路之客，而伤我明神？致暴于人，此乡何负。当杀卿以祭乌将军，不尔，亦缚送本县。"挥少年将令执公。公谕之曰："尔徒老于年，未老于事。我，天下之达理者，尔众其听吾言。夫神，承天而为镇也，不若诸侯受命于天子而强理天下乎？"曰："然。"公曰："使诸侯渔色于国中，天子不怒乎？残虐于人，天子不伐乎？诚使汝呼将军者，真明神也。神固无猪蹄，天岂使淫妖之兽乎？且淫妖之兽，天地之罪畜也，吾执正以诛之，岂不可乎？尔曹无正人，使尔少女年年横死于妖畜，积罪动天，安知天不使吾雪焉。从吾言，当为尔除之，永无聘礼之患，如何？"乡人悟而喜曰："愿从命。"

公乃命数百人，执弓矢刀枪锹镬之属，环而自随。寻血而行，才二十里，血入大冢穴中。因围而屦之，应手渐大如瓮口。公令采薪燃火，投入照之，其中若大室。见一大猪，无前左蹄，血卧其地，突烟走出，毙于围中。乡人翻共相庆，会钱以酬公，公不受。曰："吾为人除害，非鬻猎者。"得免之女，辞其父母亲族曰："多幸为人，托质血属，闺闱未出，固无可杀之罪。今日贪钱五百万，以嫁妖兽，忍锁而去，岂人所宜？若非郭公之仁勇，宁有今日。是妾死于父母，而生于郭公也，请从郭公。不复以旧乡为念矣。"泣拜以从公。公多歧援喻，止之不获，遂纳为侧室。生子数人。公之贵也，皆任大官之位。事已前定，虽主远地而弄于鬼神，终不能害，明矣。

◆◆◆

按本篇未采入《太平广记》。陶宗仪《说郛》，始收入《玄怪录》。明人辑唐人小说，有题为《乌将军传》者，今不取。惟此文颇不类思黯，殊近李复言。今《续玄怪录》临安书棚本既未收，而《广记》亦失载，无从谠正。姑从明钞《说郛》附存于此。

续玄怪录

李复言 撰

按《续玄怪录》，唐李复言撰。复言生平，无可考见。《太平广记》一百二十八，引《续玄怪录·尼妙寂》一条云："太和庚戌岁，陇西李复言游巴南，与进士沈田会于蓬州，田因话奇事。录怪之日，遂纂于此。"据此，则知复言固太和、开成间人矣。时牛僧孺方在朝列，势倾中外。牛相早年有《玄怪录》之作，通行既久。复言乃续其书，举所闻于太和间之异闻佚事，悉入纂录。传至宋初，遂有两本：其一，为五卷本，《唐艺文志》及宋陈振孙《书录解题》所著录者是已；其一，为十卷本，晁公武《读书志》所著录者是已。（《宋志》小说类既收李复言《续玄怪录》五卷，同类又收李复言《搜古异录》十卷。《搜古异录》十卷不载《唐志》，或即《续玄怪录》五卷本之误。《宋志》一书异称，多两载。）至南宋临安书棚本《续玄怪录》四卷，凡二十三事，当为书贾掇拾，已非完帙。故《广记》所引，多为此本所不载。清《四库存目》所著录，及黄荛圃所得于郑敷教者，即此本也。今临安本《续玄怪录》，清胡珽《琳琅秘室丛书》既已收入，又辑《广记》所载，为《拾遗》二卷。近涵芬楼又复影印黄氏所藏宋本入

《续古逸丛书》。则是此书虽未能顿复旧观，而治唐人小说者，取而览观，大略固其备矣。今略存数事，以概其余。至所据校录之本，分注于各条之下，不敢妄为增损云。

杨恭政

据宋临安书棚本《续玄怪录》校录

杨恭政，虢州阌乡县长寿乡天仙村田家女也，年十八，适同村王清。其夫贫，力田；杨氏奉箕箒，供农妇之职甚谨。夫族目之曰勤力新妇。性沉静，不好戏笑。有暇，必洒扫静室，闭门闲居；虽邻妇狎之，终不相往来。生三男一女。年二十四岁，元和十二年五月十二日夜，告其夫曰："妾神识颇不安，恶闻人语，当于静室宁之。请君与儿女暂居异室。"其夫以田作困，又保无他，因以许之，不问其故。

杨氏遂沐浴，着新衣，扫洒其室，焚香闭户而坐。及明，讶其起迟，开门视之，衣服委于床上，若蝉蜕然，身已去矣。但觉异香满屋。其夫惊，以告其父母，共叹之。次邻人来，曰："昨夜夜半，有天乐从西而来，似若云中下于君家，奏乐久之，稍稍上去。阖村皆听之，君家闻否？"而异香酷烈，遍数十里。村吏以告县令李邯，遣吏民远近寻逐，皆无踪迹。因令不动其衣，闭其户，以棘环之，冀其或来也。

至十八日夜，五更，村人复闻云中仙乐之声，异香之芳，从东来，复王氏宅，作乐久之而去。王氏亦无闻者。及明，来视其门，棘封如故。房中仿佛若有人声。遽走告县令，李邯亲率僧道官吏，共开其门，则新妇者宛在床矣。但觉面目光芒，有非常之色。邯问曰："向何所去？今何所来？"对曰："昨十五日夜，初有仙骑来，曰：'夫人当上仙，云鹤即到，宜静室以俟之。'遂求静室。至三更，有仙乐、彩仗、霓旌、绛节，鸾鹤纷纭，五云来降，入于房中。执节者前曰：'夫人准籍合仙，仙师使者来迎，将会于西岳。'于是彩童二人，捧玉箱来献，箱中有奇服，非绮非罗，制若道人之衣；珍华香洁，不可名状，遂衣之。毕。乐作三阕，青衣引白鹤来，曰：'宜乘此。'初尚惧其危，试乘之，稳不可言。飞起而五云捧出，彩仗霓旌，次第前引，至于华山云台峰。峰上有盘石，已有四女先在彼焉：一人云姓马，宋州人；一人姓徐，幽州人；一人姓郭，荆州人；一人姓夏，青州人。皆其夜成仙，同会于此。傍一小仙曰：'并舍虚幻，得证真仙，今当定名，宜有真字。'于是马曰信真，徐曰湛真，郭曰修真，夏曰守真。其时五云参差，遍覆崖谷，妙乐罗列，间作于前。五人相庆曰：'同生浊界，并是凡身，一旦翛然，遂与尘隔。今夕何夕，欢会于斯，宜各赋诗，以导其意。'信真诗曰：'几劫澄烦思，今身仅小成。誓将云外隐，不向世间行。'湛真诗曰：'绰约离尘界，从容上太清。云衣无绽日，鹤驾没遥程。'修真诗曰："华岳无三尺，东瀛仅一杯。入云骑彩凤，歌舞上蓬莱。'守真诗曰：'共作云山侣，俱辞世界尘。静思前日事，抛却几年身。'恭政亦继诗曰：'人世徒纷扰，其生似蕣华。谁言今夕里，俯首视云霞。'既而雕盘珍果,名不可知。妙乐铿锽,响动崖谷。俄而执节者请曰:'宜往蓬莱谒大仙伯。'五真曰:'大仙伯为谁?'曰:'茅君也。'妓乐鸾鹤,复次第前引,东去,倏忽间已到蓬莱。其宫阙皆金银,花木楼殿,皆非人世之制作。大仙伯居金阙玉堂中,侍卫甚严。见五真喜曰:'来何晚耶!'饮以玉杯,赐以金简凤文之衣,玉华之冠,配居蓬莱华院。四人者出,恭政独前曰:'王父清年高,无人侍养,请回侍其残年,王父去世,然后从命,诚不忍得乐而忘王父也。唯仙伯哀之。'仙伯曰:'恭政!汝村一千年方出一仙人,汝当之会。无自坠其道。'因敕四真送至其家,故得还也。"

邺问昔何修习。曰:'村妇何以知,但性本虚静,闲即凝神而坐,不复俗虑得入胸中耳。此性也,非学也。"又问要去可否。曰:"本无道术,何以能去。云鹤来迎,即去。不来,亦无术可召。"于是遂谢绝其夫,服黄冠。

邺以状闻州,州闻廉使。时崔尚书从按察陕辅,延之,舍于陕州紫极宫。请王父于别室,人不得升其阶。唯廉使从事及夫人之瞻拜者,才及阶而已,亦不得升。廉使以闻,上召见,舍于内殿。虔诚访道,而无以对。罢之。今见在陕州,终岁不食,时啖果实,或饮酒三两杯,绝无所食,但容色转芳嫩耳。

❖ ❖ ❖

按此文《太平广记》六十八亦采入,下注出《续玄怪录》。临安书棚四卷本，取此以弁其首。惟《广记》恭政作敬真，与书棚本异耳。《太平广记》六十七有吴清妻杨氏一条，与此同，系一事而误传，文亦朴儴。不录。

张逢

据宋临安书棚本《续玄怪录》校录

南阳张逢，元和末，薄游岭表，行次福州福唐县横山店。时初霁，日将暮，山色鲜媚，烟岚蔼然。策杖寻胜，不觉极远。忽有一段细草，纵横广百余步，碧鲜可爱。其旁有一小林，遂脱衣挂林，以杖倚之，投身草上，左右翻转。既而酣甚，若兽蹍然，意足而起，其身已成虎也，文彩烂然。自视其爪牙之利，胸膊之力，天下无敌。遂腾跃而起，超山越壑，其疾如电。

夜久颇饥，因傍村落徐行，犬彘驹犊之辈，悉无可取。意中恍惚，自谓当得福州郑录事，乃傍道潜伏。未几，有人自南行，若候吏迎郑纠者。见人问曰："福州郑录事名璠，计程宿前店，见说何时发来？"人曰："吾之出掌人也，闻其饰装，到亦非久。"候吏曰："只一人来，且复有同行者？吾当迎拜时，虑其误也。"曰："三人之中，惨绿者是。"其时逢方伺之，而彼详问，若为逢而问者。逢既知之，攒身以俟之。俄而郑纠到，导从甚众。衣惨绿，甚肥，巍巍而来。适到逢前，遂跐衔之，走而上山。时天未晓，人莫敢逐，得恣食之，残其肠发耳。

行于山林，单然无侣，乃忽思曰："本人也，何乐为虎，自囚于深山，盍求初化之地而复耶。"乃步步寻之。日暮，方到其所。衣服犹挂，杖亦倚林，碧草依然，翻复转身于其上，意足而起，即复人形矣。于是衣衣策杖而归，昨往今来，一复时矣。

初，其仆夫惊其失逢也，访之于邻，或云，策杖登山，多歧寻之，杳无行处。及其来也，惊喜问其故。逢绐之曰："偶寻山泉，到一山院，共谈释教，不觉移时。"掌人曰："今旦侧近有虎，食福州郑录事，求余不得；山林故多猛兽，不易独行。郎之未回，忧负亦极，且喜平安无他。"逢遂行。

元和六年，旅次淮阳，舍于公馆。馆吏宴客，坐客有为令者，曰："巡若到，各言己之奇事，事不奇者，罚。"巡到逢，逢言横山之事。末坐有进士郑遐者，乃郑纠之子也。怒目而起，持刀将煞逢，言复父仇。众共隔之，遐怒不已，遂白郡将。于是送遐淮南，敕津吏勿复渡。逢西迈，具改姓名，以避遐。议曰："闻父之仇，不可以不报。然此仇非故煞。必使煞逢，遐亦当坐。"遂遁去而不复其仇也。

◆ ◆ ◆

按《太平广记》四百二十九，亦引此文，字句多异。而"其时逢方伺之"句下，缺二十一字，尤为显然。其他异文，虽可理解，审视数四，皆不及临安本之佳。盖宋时修《广记》时多所窜易故也。人化为虎，其事至怪。惟《广记》四百三十二《南阳士人》一条，似与张逢事同出一源，或是传闻异辞，故复形及复仇，亦大略从同。《广记》四百二十七尚有李徵一条，亦记征化虎事，与张逢亦颇相类。但后段无复形事，与逢又异。明人有改题《人虎传》者，下题李景亮撰，则全无依据也。今姑移录于后，俾获互参。

《太平广记》四百三十二引《原化记·南阳士人》一条云：

近世有一人，寓居南阳山，忽患热疾，旬日不瘳。时夏夜月明，暂于庭前偃息。忽闻扣门声，审听之，忽如睡梦，家人即无闻者。但于恍惚中，不觉自起看之。隔门有一人云："君合成虎，今有文牒。"此人惊异，不觉引手受之，见送牒者，手是成虎，留牒而去。开牒视之，排印于空纸耳，心甚恶之。置牒席下，复寝。明旦少忆，与家人言之，取牒犹在，益以为怪。疾似愈。忽忆出门散适，遂策杖闲步，诸子无从者。行一里余，山下有涧，沿涧徐步，忽于水中自见其头，已变为虎，又观手足皆虎矣，而甚分明。自度归家，必为妻子所惊。但怀愤耻，缘路入山，经一日余，家人莫知所往。四散寻觅，比邻皆谓虎狼所食矣，一家号哭而已。

此人为虎，入山两日，觉饥馁。忽于水边蹲踞，见水中科斗虫数升，自念常闻虎亦食泥，遂掬食之，殊觉有味。又复徐行，乃见一兔，遂擒之，应时而获，即啖之。觉身轻转强，昼则于深榛草中伏，夜即出行求食，亦数得獐兔等，遂转为害物之心。忽寻树上，见一采桑妇人，草间望之，又私度，吾闻虎皆食人，试攫之，果获焉，食之，果觉甘美。常近小路，伺接行人。

日暮，有一荷柴人过，即欲捕之。忽闻后有人云："莫取！莫取！"惊顾见一老人，须眉皓白，知是神人。此人虽变，然心犹思家，遂哀告。老人曰："汝曹为天神所使作此身。今欲向毕，却得复人身。若杀负薪者，永不变矣。汝明日，合食一王评事，后当却为人。"言讫，不见此老人。

此虎遂又寻草潜行，至明日日晚，近官路伺候。忽闻铃声于草间匿，又闻空中人曰："此谁角驮？"空中答曰："王评事角驮。"又问王评事何在。答曰："在郭外县官相送，饭会方散。"此虎闻之，更沿路伺之。一更已后，时有微月，闻人马行声。空中又曰："王评事来也。"须臾见一人，朱衣乘马，半醉，可四十余。亦有导从数人，相去犹远。遂于马上擒之，曳入深榛食之，其从迸散而走。食讫，心稍醒。却忆归路，去家百里余来，寻山却归，又至涧边，却照其身，已化为人矣。遂归其家，家人惊怪，失之已七八月日矣。言语颠倒，似沉醉人。渐稍进粥食，月余平复。

后五六七年，游陈许长葛县。时县令席上，坐客约三十余人。主人因话人变化之事，遂云牛哀之辈，多为妄说。此人遂陈己事，以明变化之不妄。主人惊异，乃是王评事之子也，自说先人为虎所杀。今既逢仇，遂杀之。官知其实，听免罪焉。

《太平广记》四百二十七引《宣室志·李徵》一条云：

陇西李徵，皇族子，家于虢略。徵少博学，善属文。弱冠从州府贡焉，时号名士。天宝十载春，于尚书右丞杨没榜下，登进士第。后数年，调补江南尉。徵性疏逸，恃才倨傲，不能屈迹卑僚，尝郁郁不乐。每同舍会，既酣，顾谓其群官曰："生乃与君等为伍耶？"其寮佐咸嫉之。及谢秩，则退归闭门，不与人通者近岁余。后迫衣食，乃具装东游吴楚之间，以干郡国长吏。吴楚人闻其声固久矣。及至，乃开馆以俟之，宴游极欢。将去，悉厚遗以实其囊橐。徵在吴楚且周岁，所获馈遗甚多。

西归虢略。未至，舍于汝坟逆旅中。忽被疾发狂，鞭捶仆者，仆者不胜其苦。于是旬余，疾益甚。无何，夜狂走，莫知其适。家僮迹其去而伺之。至一月，而徵竟不回。于是仆者驱其乘马，挈其囊橐而远遁去。

至明年，陈郡袁傪以监察御史奉诏使岭南，乘传至商於界。晨将发，其驿吏白曰："道有虎，暴而食人，故过于此者，非昼而莫敢进。今尚早，愿且驻车，决不可前。"傪怒曰："我天子使，众骑极多。山泽之兽，能为害耶？"遂命驾去。行未尽一里，果有一虎自草中突出，傪惊甚。俄而虎匿身草间，人声而言曰："异乎哉！几伤我故人也！"傪聆其音，似李徵。傪昔与徵同登进士第，分极深，别有年矣。忽闻其语，既惊且异，而莫测焉。遂问曰："子为谁？得非故人陇西子乎？"虎呻吟数声，若嗟泣之状。已而谓傪曰："我李徵也。君幸少留，与我一语。"傪即降骑，因问曰："李君！李君！何为而至是也？"虎曰："我自与足下别，音问旷阻且久矣。幸喜得无恙乎？今又去何适？向者见君有二吏，驱而前，驿隶挈印囊以导，庸非为御史而出使乎？"傪曰："近者幸得备御史之列，今乃使岭南。"虎曰："吾子以文学立身，位登朝序，可谓盛矣！况宪台清峻，分纠百摈；圣明慎择，尤异于人。心喜故人居此地，大可贺。"儌曰："往者吾与执事同年成名，交契深密，异于常友。自声容间阻，时去如流。想望风仪，心目俱断。不意今日获君念旧之言。虽然，执事何为不我见而自匿于草莽中？故人之分，岂当如是耶。"虎曰："我今不为人矣，安得见君乎。"

儌即诘其事。虎曰："我前身客吴楚，去岁方还。道次汝坟，忽婴疾发狂，走山谷中，俄以左右手据地而步。自是觉心愈狠，力愈倍，及视其肱髀，则有氂毛生焉。又见冕衣而行于道者，负而奔者，翼而翱者，毳而驰者，则欲得而啖之。既至汉阴南，以饥肠所迫，值一人腯然其肌，因擒以咀之立尽。由此率以为常。非不念妻孥，思朋友，直以行负神祇，一日化为异兽，有觍于人，故分不见矣。嗟夫！我与君同年登第，交契素厚。今日执天宪，耀亲友。而我匿身林薮，永谢人寰，跃而吁天，俯而泣地，身毁不用，是果命也！"因呼吟咨嗟，殆不自胜，遂泣。

儌因问曰："君今既为异类，何尚能言耶？"虎曰："我今形变而心甚悟，故有撑突，以悚以恨，难尽道耳。幸故人念我深，恕我无状之咎，亦其愿也。然君自南方回车，我再值君，必当昧其平生耳。此时视君之躯，犹吾机上一物。君亦宜严其警从以备之，勿使成我之罪，取笑于士君子。"又云："我与君真忘形之友也，而我将有所托，其可乎？"儌曰："平昔故人，安有不可哉？恨未知何如事，愿尽教之。"虎曰："君不许，我何敢言。今既许我，岂有隐耶？初我于逆旅中为疾发狂，既入荒山，而仆者驱我乘马衣囊，悉逃去。吾妻孥当在虢略，岂念我化为异类乎？君若自南回，为赍书访妻子，但云我已死，无言今日事。幸记之。"又曰："吾于人世，且无资业。有子尚稚，固难自谋。君位列周行，素秉风义，昔日之分，岂他人能右哉。必望念其孤弱，时赈其困乏，使无殍死于道途，亦恩之大者。"言已，又悲泣。俨亦泣，曰："俨与足下，休戚同焉。然则足下子，亦俨子也。当力副厚命，又何虞其不至哉。"虎曰："我有旧文数十首，未行于代。虽有遗稿，尽皆散落。君为我传录，诚不敢列人之阈，然亦贵传于子孙也。"俨即呼仆命笔，随其口录之，近二十章。文甚高，理甚远。俨阅而叹者再三。虎曰："此吾平生之素也，安敢望其传乎。"又曰："君衔命乘传，当甚奔迫。今久留，驿隶兢悚万端，与君永诀。异途之恨，何可言哉。"俨亦与之叙别，久而方去。

俨自南回，遂专命持书及赙赠之礼，寄于徵子。月余，徵子自虢略来京，诣俨门求先人之柩。俨不得已，具疏其事。后俨以己俸均给徵妻子，免饥冻焉。俨后官至兵部侍郎。

定婚店

据宋临安书棚本《续玄怪录》校录

杜陵韦固，少孤，思早娶妇，多歧求婚，必无成而罢。元和二年，将游清河，旅次宋城南店。客有以前清河司马潘昉女见议者，来日先明，期于店西龙兴寺门。固以求之意切，且往焉，斜月尚明。有老人倚布囊，坐于阶上，向月捡书。固步觇之，不识其字，既非虫篆、八分、科斗之势，又非梵书。因问曰："老父所寻者何书？固少小苦学，世间之字，自谓无不识者，西国梵字，亦能读之，唯此书目所未觌，如何？"老人笑曰："此非世间书，君因何得见？"固曰："非世间书则何也？"曰："幽冥之书。"固曰："幽冥之人，何以到此？"曰："君行自早，非某不当来也。凡幽吏皆掌人生之事，掌人可不行冥中乎？今道途之行，人鬼各半，自不辨尔。"固曰："然则君又何掌？"曰："天下之婚牍耳。"固喜曰："固少孤，常愿早娶，以广胤嗣。尔来十年，多方求之，竟不遂意。今者人有期此，与议潘司马女，可以成乎？"曰："未也。命苟未合，虽降衣缨而求屠博，尚不可得，况郡佐乎？君之妇，适三岁矣。年十七，当入君门。"因问："囊中何物？"曰："赤绳子耳，以系夫妻之足。及其生，则潜用相系，虽仇敌之家，贵贱悬隔，天涯从宦，吴楚异乡，此绳一系，终不可逭。君之脚，已系于彼矣。他求何益？"曰："固妻安在？其家何为？"曰："此店北，卖菜陈婆女耳。"固曰："可见乎？"曰："陈尝抱来，鬻菜于市。能随我行，当即示君。"

及明，所期不至。老人卷书揭囊而行。固逐之，入菜市。有眇妪，抱三岁女来，弊陋亦甚。老人指曰："此君之妻也。"固怒曰："煞之可乎？"老人曰："此人命当食天禄，因子而食邑，庸可煞乎？"老人遂隐。固骂曰："老鬼妖妄如此。吾士大夫之家，娶妇必敌，苟不能娶，即声伎之美者，或援立之，奈何婚眇妪之陋女？"磨一小刀子，付其奴曰："汝素干事，能为我煞彼女，赐汝万钱。"奴曰："诺。"明日，袖刀入菜行中，于众中刺之而走，一市纷扰。固与奴奔走,获免。问奴曰:"所刺中否?"曰:"初刺其心,不幸才中眉间。"

尔后固屡求婚,终无所遂。又十四年,以父荫参相州军。刺史王泰俾摄司户掾,专鞫词狱,以为能,因妻以其女。可年十六七,容色华丽,固称惬之极。然其眉间,常帖一花子,虽沐浴闲处,未尝暂去。岁余,固讶之,忽忆昔日奴刀中眉间之说,因逼问之。妻潸然曰:"妾郡守之犹子也,非其女也。畴昔父(据《广记》补父字)曾宰宋城,终其官。时妾在襁褓,母兄次没。唯一庄在宋城南,与乳母陈氏居。去店近,鬻蔬以给朝夕。陈氏怜小,不忍暂弃。三岁时,抱行市中,为狂贼所刺。刀痕尚在,故以花子覆之。七八年前,叔从事卢龙,遂得在左右。仁念以为女嫁君耳。"固曰:"陈氏眇乎?"曰:"然。何以知之?"固曰:"所刺者固也。"乃曰:"奇也,命也。"因尽言之,相钦愈极。后生男鲲,为雁门太守,封太原郡太夫人。乃知阴骘之定,不可变也。

宋城宰闻之,题其店曰"定婚店"。

❖ ❖ ❖

按《太平广记》一百五十九引此文,篇中缺句缺字更多。今用宋临安本《续玄怪录》写定。唐末人记此事者,尚有《玉堂闲话》所纪《灌园婴女》一则。虽事实微有歧异,然同出一源可知也。兹据《太平广记》一百六十所引,附录于此。

《太平广记》一百六十引《玉堂闲话·灌园婴女》一条云：

顷有一秀才，年及弱冠，切于婚娶。经数十处，托媒氏求间，竟未谐偶。乃诣善易者以决之。卜人曰："伉俪之道，亦系宿缘。君之室，始生二岁矣。"又问："当在何州县？是何姓氏？"卜人曰："在滑州郭之南。其姓某氏。父母见灌园为业，只生一女，当为君嘉偶。"其秀才自以门第才望，方求华族。闻卜人之言，怀抱郁怏，然未甚信也，遂诣滑质其事。至，则于滑郭之南寻访，果有一蔬圃。问老圃姓氏，与卜人同。又问："有息否？"则曰："生一女，始二岁矣。"秀才愈不乐。一日，伺其女婴父母出外。遂就其家诱引女婴使前，即以细针内于顖中而去。寻离滑台，谓其女婴之死矣。

是时，女婴虽遇其酷，竟至无恙。生五六岁，父母俱丧。本乡县以孤女无主，申报廉使。廉使即养育之。一二年间，廉使怜其黠慧，育为己女，恩爱备至。廉使移镇他州，女亦成长。其问卜秀才，已登科第，兼历簿官，与廉使素不相接，因行李经由，投刺谒。廉使一见，慕其风采，甚加礼遇。问及婚娶，答以未婚。廉使知其衣冠子弟，且慕其为人，乃以幼女妻之，潜令道达其意。秀才欣然许之，未几成婚，廉使资送甚厚。其女亦有殊色，秀才深过所望。且忆卜者之言，颇有责其谬妄耳。

其后，每因天气阴晦，其妻辄患头痛，数年不止。为访名医，医者曰："病在顶脑间。"即以药封脑上。有顷，内溃，出一针，其疾遂愈。因潜访廉使之亲旧，问女子之所出，方知圃者之女。信卜人之不绐也。

襄州从事陆宪尝话此事。

薛伟

据《太平广记》校录

薛伟者，乾元元年任蜀州青城县主簿，与丞邹滂，尉雷济、裴寮同时。其秋，伟病七日，忽奄然若往者，连呼不应，而心头微暖，家人不忍即敛，环而伺之。经二十日，忽长吁起坐，谓其人曰："吾不知人间几日矣？"曰："二十日矣。""与我觑群官，方食鲙否？言吾已苏矣。甚有奇事，请诸公罢箸来听也。"仆人走视群官，实欲食鲙，遂以告。皆停餐而来。伟曰："诸公敕司户仆张弼求鱼乎？"曰："然。"又问弼曰："渔人赵干藏巨鲤，以小者应命。汝于苇间得藏者，携之而来。方入县也，司户吏坐门东，纠曹吏坐门西，方弈棋。入及阶，邹、雷方博，裴啖桃实。弼言干之藏巨鱼也，裴五令鞭之。既付食工王士良者喜而杀乎。"递相问，诚然。众曰："子何以知之？"曰："向杀之鲤，我也。"众骇曰："愿闻其说。"

曰："吾初疾困，为热所逼，殆不可堪。忽闷，忘其疾，恶热求凉，策杖而去，不知其梦也。既出郭，其心欣欣然，若笼禽槛兽之得逸，莫我知也。渐入山。山行益闷，遂下游于江畔。见江潭深净，秋色可爱，轻涟不动，镜涵远虚。忽有思浴意，遂脱衣于岸，跳身便入。自幼狎水，成人已来，绝不复戏，遇此纵适，实契宿心。且曰:'人浮不如鱼快也,安得摄鱼而健游乎?'旁有一鱼曰:'顾足下不愿耳,正授亦易,何况求摄。当为足下图之。'决然而去。未顷,有鱼头人长数尺,骑鲵来导,从数十鱼,宣河伯诏曰:'城居水游,浮沉异道,苟非其好,则昧通波。薛主簿意尚浮深,迹思闲旷;乐浩汗之域,放怀清江;厌巘崿之情,投簪幻世。暂从鳞化,非遽成身。可权充东潭赤鲤。呜呼!恃长波而倾舟,得罪于晦;昧纤钩而贪饵,见伤于明。无或失身,以羞其党,尔其勉之。'听而自顾,即已鱼服矣。于是放身而游,意往斯到。波上潭底,莫不从容。三江五湖,腾跃将遍。然配留东潭,每暮必复。俄而饥甚,求食不得,循舟而行,忽见赵干垂钓,其饵芳香,心亦知戒,不觉近口。曰:'我人也,暂时为鱼,不能求食,乃吞其钩乎?'舍之而去。有顷,饥益甚。思曰:'我是官人,戏而鱼服。纵吞其钩,赵干岂杀我?固当送我归县耳。'遂吞之。赵干收纶以出。干手之将及也,伟连呼之。干不听,而以绳贯我腮,乃系于苇间。既而张弼来曰:'裴少府买鱼,须大者。'干曰:'未得大鱼,有小者十余斤。'弼曰:'奉命取大鱼,安用小者?'乃自于苇间寻得伟而提之。又谓弼曰:'我是汝县主簿,化形为鱼游江,何得不拜我?'弼不听,提之而行,骂亦不已,弼终不顾。入县门,见县吏坐者弈棋,皆大声呼之,略无应者。唯笑曰:'可畏鱼直三四斤余。'既而入阶,邹、雷方博,裴啖桃实,皆喜鱼大。促命付厨。弼言干之藏巨鱼,以小者应命。裴怒鞭之。我叫诸公曰:'我是汝同官,而今见杀,竟不相舍,促杀之,仁乎哉?'大叫而泣。三君不显,而付脍手。王士良者,方砺刃,喜而投我于几上。我又叫曰：'王士良，汝是我之常使脍手也，因何杀我？何不执我，白于官人？'士良若不闻者。按吾颈于砧上而斩之。彼头适落，此亦醒悟。遂奉召尔。"

诸公莫不大惊，心生爱忍。然赵干之获，张弼之提，县吏之弈，三君之临阶，王士良之将杀，皆见其口动，实无闻焉。于是三君并投鲙，终身不食。伟自此平愈，后累迁华阳丞。乃卒。

◆ ◆ ◆

按《太平广记》四百七十一引此文，下注出《续玄怪录》。此事当受佛氏轮回说之影响，李复言遂衍为此篇，宣扬彼法。唐稗喜以佛道思想入文者，此亦一例也。明人杂采《广记》，喜立新名，遂有改题为《鱼服记》者（见陆楫《古今说海》）。实则《续玄怪录》之一篇耳。惟《广记》一百三十二，尚有引《广异记·张纵》一条，亦志纵化为鱼事，与此相同，大抵互相祖述。《广记》以本篇入水族类，以《张纵》入报应类。缘编撰本非一手，故不能详加勘校，而歧异如此。今录此篇，而以《张纵》一条，附录于后，俾便省览。

《太平广记》一百三十二引《广异记·张纵》一条云：

泉州晋江县尉张纵者，好啖鲙。忽被病死，心上犹暖，后七日苏云："初有黄衫吏告云，王追。纵随行，寻见王。王问吏：

'我追张纵,何故将张纵来,宜速遣去。'旁有一吏白王曰:'此人好啖鲙,暂可罚为鱼。'王令纵去作鱼。又曰:'当还本身。'便被所白之吏引至河边,推纵入水,化成小鱼,长一寸许,日夕增长,至七日,长二尺余。忽见罟师至河所下网,意中甚惧,不觉已入网中,为罟师所得,置之船中草下。须臾,闻晋江王丞使人求鱼为鲙,罟师初以小鱼与之,还被杖。复至网所搜索,乃于草下得鲤,持还王家。至前堂,见丞夫人对镜理妆,偏袒一膊。至厨中,被脍人将刀削鳞,初不觉痛,但觉铁冷泓然。寻被剪头,本身遂活。"时殿下侍御史李萼左迁晋江尉,正在王家餐鲙。闻纵活,遽往视之。既入,纵迎接其手,谓萼曰:"餐脍饱耶?"萼因问何以得知。纵具言始末。方知所餐之鳞,是纵本身焉。

李卫公靖

据宋临安书棚本《续玄怪录》校录,参用《广记》

卫国公李靖微时,常射猎霍山中,寓食山村,村翁奇其为人,每丰馈焉,岁久益厚。忽遇群鹿,乃逐之,会暮,欲舍之不能。俄而阴晦迷路,茫然不知所归,怅怅而行,困闷益极,乃极目有灯火光,因驰赴焉。既至,乃朱门大第,墙宇甚峻。叩门久之,一人出问。公告其迷,且请寓宿。人曰:"郎君皆已出,惟太夫人在,宿应不可。"公曰:"试为咨白。"乃入告而出曰:"夫人初欲不许,且以阴黑,客又言迷,不可不作主人。"邀入厅中。有顷,一青衣出曰:"夫人来。"年可五十余,青裙素襦,神气清雅,宛若士大夫家。公前拜之,夫人答拜曰:"儿子皆不在,不合奉留。今天色阴晦,归路又迷,此若不容,遣将何适。然此乃山野之居,儿子往还,或夜到而喧,勿以为惧。"公曰:"不敢。"既而命食。食颇鲜美,然多鱼。食毕,夫人入宅。二青衣送床席裀褥,衾被香洁,皆极铺陈。闭户,系之而去。

公独念山野之外,夜到而闹者,何物也?惧不敢寝。端坐听之。夜将半,闻扣门声甚急,又闻一人应之。曰:"天符大郎子报当行雨,周此山七里,五更须足,无慢滞!无暴伤!"应者受符入呈。闻夫人曰:"儿子二人未归。行雨符到,固辞不可,违时见责。纵使报之,亦已晚矣。僮仆无任专之理,当如之何?"一小青衣曰:"适观厅中客,非常人也,盍请乎?"夫人喜。因自扣厅门曰:"郎觉否?请暂出相见。"公曰:"诺。"遂下阶见之。夫人曰:"此非人宅,乃龙宫也。妾长男赴东海婚礼,小男送妹。适奉天符次当行雨,计两处云程,合逾万里,报之不及,求代又难,辄欲奉烦顷刻间,如何?"公曰:"靖俗客,非乘云者,奈何能行雨?有方可教,即唯命耳。"夫人曰:"苟从吾言,无有不可也。"遂敕黄头被青骢马来。又命取雨器,乃一小瓶子,系于鞍前。诫曰:"郎乘马,无漏衔勒,信其行,马蹙地嘶鸣,即取瓶中水一滴,滴马鬃上,慎勿多也。"于是上马,腾腾而行,其足渐高,但讶其稳疾,不自知其云上也。风急如箭,雷霆起于步下。于是随所蹙,辄滴之。既而电掣云开,下见所憩村,思曰:"吾扰此村多矣,方德其人,计无以报。今久旱苗稼将悴,而雨在我手,宁复惜之?"顾一滴不足濡,乃连下二十滴。

俄顷雨毕,骑马复归。夫人者泣于厅曰:"何相误之甚。本约一滴,何私感而二十之。天此一滴,乃地上一尺雨也。此村夜半,平地水深二丈,岂复有人?妾已受谴,杖八十矣。祖视其背,血痕满焉。儿子并连坐,如何?"公惭怖,不知所对。夫人复曰:"郎君世间人,不识云雨之变,诚不敢恨。即恐龙师来寻,有所惊恐,宜速去此。然而劳烦未有以报。山居无物,有二奴奉赠,总取亦可,取一亦可,唯意所择。"于是,命二奴出来。一奴从东廊出,仪貌和悦,怡怡然;一奴从西廊出,愤气勃然,拗怒而立。公曰:"我猎徒,以斗猛为事。一旦取奴而取悦者,人以我为怯乎。"因曰:"两人皆取则不敢。夫人既赐,欲取怒者。"夫人微笑曰:"郎之所欲乃尔。"遂揖与别,奴亦随去。

出门数步,回望失宅。顾问其奴,亦不见矣。独寻路而归。及明,望其村,水已极目,大树或露梢而已,不复有人。其后竟以兵权静寇难,功盖天下,而终不及于相,岂非悦奴之不两得乎?世言关东出相,关西出将,岂东西而喻耶?所以言奴者,亦臣下之象。向使二奴皆取,即位极将相矣。

◆ ◆ ◆

按此条《古今说海》,题曰《李卫公别传》,无名氏撰。明人刻书,类皆展转移录,不究所出。其实《太平广记》四百十八已引之,下注出《续玄怪录》,宋临安书棚本亦收入卷末。则此文固李复言撰也。文中叙行雨一段,极有精采。

杜子春
据《太平广记》校录

杜子春者,盖周、隋间人,少落拓不事家产。然以志气闲旷,纵酒闲游,资产荡尽,投于亲故,皆以不事事见弃。方冬,衣破腹空,徒行长安中,日晚未食,彷徨不知所往,于东市西门,饥寒之色可掬,仰天长吁。有一老人策杖于前,问曰:"君子何叹?"春言其心,且愤其亲戚之疏薄也,感激之气,发于颜色。老人曰:"几缗则丰用?"子春曰:"三五万,则可以活矣。"老人曰:"未也。"更言之:"十万。"曰:"未也。"乃言:"百万。"亦曰:"未也。"曰:"三百万。"乃曰:"可矣。"于是袖出一缗,曰:"给子今夕。明日午时,候子于西市波斯邸,慎无后期。"及时,子春往,老人果与钱三百万,不告姓名而去。

子春既富,荡心复炽,自以为终身不复羁旅也。乘肥衣轻,会酒徒,征丝管、歌舞于倡楼,不复以治生为意。一二年间,稍稍而尽。衣服车马,易贵从贱,去马而驴,去驴而徒,倏忽如初。既而复无计,自叹于市门。发声而老人到,握其手曰:"君复如此,奇哉!吾将复济子几缗方可?"子春惭不应,老人因逼之,子春愧谢而已。老人曰："明日午时来前期处。"子春忍愧而往，得钱一千万。未受之初，愤发，以为从此谋身治生，石季伦、猗顿小竖耳。钱既入手，心又翻然。纵适之情，又却如故。不一二年间，贫过旧日。复遇老人于故处。子春不胜其愧，掩面而走。老人牵裾止之，又曰："嗟乎，拙谋也！"因与三千万，曰："此而不瘳，则子贫在膏肓矣。"子春曰："吾落拓邪游，生涯罄尽，亲戚豪族，无相顾者。独此叟三给我，我何以当之？"因谓老人曰："吾得此，人间之事可以立，孤孀可以衣食，于名教复圆矣。感叟深惠，立事之后，唯叟所使。"老人曰："吾心也。子治生毕，来岁中元见我于老君双桧下。"子春以孤孀多寓淮南，遂转资扬州，买良田百顷，郭中起甲第，要路置邸百余间，悉召孤孀分居第中。婚嫁甥侄，迁祔族亲，恩者煦之，仇者复之。

既毕事，及期而往。老人者方啸于二桧之阴。遂与登华山云台峰，入四十里余，见一处室屋严洁，非常人居。彩云遥覆，惊鹤飞翔。其上有正堂，中有药炉，高九尺余，紫焰光发，灼焕窗户。玉女九人，环炉而立。青龙白虎，分据前后。其时日将暮，老人者不复俗衣，乃黄冠绛帔士也。持白石三丸、酒一卮，遗子春，令速食之。讫，取一虎皮铺于内西壁，东向而坐。戒曰："慎勿语，虽尊神、恶鬼、夜叉、猛兽、地狱，及君之亲属为所困缚万苦，皆非真实。但当不动不语，宜安心莫惧，终无所苦。当一心念吾所言。"言讫而去。子春视庭，唯一巨瓮，满中贮水而已。

道士适去，旌旗戈甲，千乘万骑，遍满崖谷，呵叱之声，震动天地。有一人称大将军，身长丈余，人马皆着金甲，光芒射人。

亲卫数百人,皆杖剑张弓,直入堂前,呵曰:"汝是何人,敢不避大将军?"左右辣剑而前,逼问姓名,又问作何物,皆不对。问者大怒,摧斩,争射之,声如雷,竟不应。将军者极怒而去。俄而猛虎、毒龙、狻猊、狮子、蝮蝎万计,哮吼拏攫而争前,欲搏噬,或跳过其上。子春神色不动,有顷而散。既而大雨滂澍,雷电晦暝,火轮走其左右,电光掣其前后,目不得开。须臾,庭际水深丈余,流电吼雷,势若山川开破,不可制止。瞬息之间,波及坐下。子春端坐不顾。未顷,而将军者复来,引牛头狱卒,奇貌鬼神,将大镬汤而置子春前。长枪两叉,四面周匝。传命曰:"肯言姓名,即放。不肯言,即当心取叉置之镬中。"又不应。因执其妻来,拽于阶下,指曰:"言姓名免之。"又不应。及鞭捶流血,或射或斫,或煮或烧,苦不可忍。其妻号哭曰:"诚为陋拙,有辱君子。然幸得执巾栉,奉事十余年矣。今为尊鬼所执,不胜其苦。不敢望君匍匐拜乞,但得公一言,即全性命矣。人谁无情,君乃忍惜一言!"雨泪庭中,且咒且骂。春终不顾,将军且曰:"吾不能毒汝妻耶?"令取剉碓,从脚寸寸剉之。妻叫哭愈急,竟不顾之。将军曰:"此贼妖术已成,不可使久在世间。"敕左右斩之。

斩讫,魂魄被领见阎罗王,曰:"此乃云台峰妖民乎?捉付狱中。"于是熔铜、铁杖、碓捣、硙磨、火坑、镬汤、刀山、剑树之苦,无不备尝。然心念道士之言,亦似可忍,竟不呻吟。狱卒告受罪毕。王曰:"此人阴贼,不合得作男,宜令作女人,配生宋州单父县丞王劝家。"生而多病,针灸药医,略无停日。亦尝坠火坠床,痛苦不齐,终不失声。俄而长大,容色绝代,而口无声,其家目为哑女。亲戚狎者，侮之万端，终不能对。同乡有进士卢珪者，闻其容而慕之，因媒氏求焉，其家以哑辞之。卢曰："苟为妻而贤，何用言矣。亦足以戒长舌之妇。"乃许之，卢生备六礼亲迎为妻。数年，恩情甚笃。生一男，仅二岁，聪慧无敌。卢抱儿与之言，不应，多方引之，终无辞。卢大怒曰："昔贾大夫之妻，鄙其夫，才不笑。然观其射雉，尚释其憾。今吾又不及贾，而文艺非徒射雉也。而竟不言。大丈夫为妻所鄙，安用其子。"乃持两足，以头扑于石上，应手而碎，血溅数步。子春爱生于心，忽忘其约，不觉失声云："噫。"噫声未息，身坐故处，道士者亦在其前，初五更矣。见其紫焰穿屋上，大火起四合，屋室俱焚。道士叹曰："措大误余乃如是！"因提其发投水瓮中。未顷，火息。

道士前曰："吾子之心，喜怒哀惧恶欲，皆忘矣。所未臻者，爱而已。向使子无噫声，吾之药成，子亦上仙矣。嗟乎，仙才之难得也！吾药可重炼，而子之身犹为世界所容矣。勉之哉！"遥指路使归。子春强登基观焉，其炉已坏。中有铁柱大如臂，长数尺。道士脱衣，以刀子削之。子春既归，愧其忘誓。复自勖以谢其过。行至云台峰，绝无人迹。叹恨而归。

◆ ◆ ◆

《太平广记》四十四引《河东记·萧洞玄》一条云：

王屋灵都观道士萧洞玄，志心学炼神丹，积数年，卒无所就。

无何，遇神人授以《大还秘诀》曰："法尽此耳。然更须得一同心者，相为表里，然后可成。盍求诸乎！"洞玄遂周游天下，历五岳四渎，名山异境，都城聚落，人迹所秦，罔不毕至。经十余年，不得其人。

至贞元中，洞玄自浙东抵扬州，至庱亭埭维舟于逆旅主人。于时舳舻万艘，隘于河次，堰开争路，上下众船相轧者移时，舟人尽力挤之。见一人船顿蹙其右臂，且折，观者为之寒栗。其人颜色不变，亦无呻吟之声，徐归船中，饮食自若。洞玄深嗟异之。私喜曰："此岂非天佑我乎？"问其姓名，则曰"终无为"。因与交结，话道欣然。遂不相舍，即俱之王屋。洞玄出《还丹秘诀》示之，无为相与揣摩。更终二三年，修行备至。洞玄谓无为曰："将行道之夕，我当作法护持，君当谨守丹灶，但至五更无言，则携手上升矣。"无为曰："我虽无他术，至于忍断不言，君所知也。"

遂十日设坛场，焚金炉，饰丹灶，洞玄绕坛行道步虚，无为于药灶前端拱而坐，心誓死不言。一更后，忽见两道士，自天而降，谓无为曰："上帝使问尔要成道否？"无为不应。须臾又见群仙，自称王乔、安期等，谓曰："适来上帝使左右问尔所谓，何得不对？"无为亦不言。有顷见一女人，年可二八，容华端丽，音韵幽闲，绮罗缤纷，薰灼动地，盘旋良久，调戏无为，无为亦不顾。俄然有虎狼猛兽十余种类，哮叫腾掷，张口向无为，无为亦不动。有顷，见其祖考父母先亡眷属等，并在其前，谓曰："汝见我何得无言？"无为涕泪交下而终不言。俄见一夜叉，身长三丈，目如电爇，口赤如血，朱发植竿，锯牙钩爪，直冲无为，无为不动。既而有黄衫人领二手力至，谓无为曰："大王追不愿行，但言其故即免。"无为不言。黄衫人即叱二手力可拽去，无为不得已而随之。须臾至一府署，云是平等王，南面凭几，威仪甚严，厉声谓无为曰："尔未合至此，若能一言自辩，即放尔回。"无为不对。平等王又令引向狱中，看诸受罪者，惨毒痛楚，万状千名。既回，仍谓之曰："尔若不言，便入此中矣。"无为心虽恐惧，终亦不言。平等王曰："即令别受生，不得放归本处。"无为自此心迷，寂无所知。

俄然复觉其身，托生于长安贵人王氏家，初在母胎，犹记宿誓不言。既生，相貌具足，唯不解啼。三日、满月，其家大会亲宾，广张声乐，乳母抱儿出，众中递相怜抚，父母相谓曰："我儿他日必是贵人。"因名曰贵郎。聪慧日甚，只不解啼，才及三岁，便行，弱不好弄。至五六岁，虽不能言，所为雅有高致。十岁操笔即成文章，动静嬉游，必盈纸墨。既及弱冠，仪形甚都，举止雍雍，可为人表。然自以瘖瘂，不肯入仕。其家富比王室，金玉满堂，婢妾歌钟，极于奢侈。年二十六，父母为之娶妻，妻亦豪家，又绝代姿容，工巧伎乐，无不妙绝。贵郎官名慎微，一生自矜快乐，娶妻一年，生一男，端敏惠黠，略无伦比。慎微爱念，复过常情。一旦妻及慎微，俱在春庭游戏，庭中有盘石，可为十人之坐。妻抱其子在上，忽谓慎微曰："观君于我，恩爱甚深，今日若不为我发言，便当扑杀君儿。"慎微争其子不胜，妻举手向石扑之，脑髓迸出。慎微痛惜抚膺，不觉失声惊骇。恍然而寤，则在丹灶之前；而向之盘石，乃丹灶也。

时洞玄坛上法事方毕，天欲晓矣。俄闻无为叹息之声，忽失丹灶所在。二人相与恸哭，即更炼心修行。后亦不知所终。

张老

据《太平广记》校录

张老者，扬州六合县园叟也。其邻有韦恕者，梁天监中自扬州曹掾秩满而来。有长女，既笄，召里中媒媪令访良婿。张老闻之，喜而候媒于韦门。媪出，张老固延入，且备酒食。酒阑，谓媪曰："闻韦氏有女，将适人，求良才于媪，有之乎？"曰："然。"曰："某诚衰迈，灌园之业，亦可衣食。幸为求之，事成厚谢。"媪大骂而去。他日又邀媪。媪曰："叟何不自度。岂有衣冠子女，肯嫁园叟耶？此家诚贫，士大夫家之敌者，不少。顾叟非匹，吾安能为叟一杯酒，乃取辱于韦氏？"叟固曰："强为吾一言之。言不从，即吾命也。"媪不得已，冒责而入言之。韦氏大怒曰："媪以我贫，轻我乃如是！且韦家焉有此事。况园叟何人，敢发此议？叟固不足责，媪何无别之甚耶？"媪曰："诚非所宜言。为叟所逼，不得不达其意。"韦怒曰："为我报之，令日内得五百缗则可。"媪出以告张老，乃曰："诺。"未几，车载纳于韦氏。诸韦大惊曰："前言戏之耳。且此翁为园，何以致此？吾度其必无而言之。今不移时而钱到，当如之何？"乃使人潜候其女。女亦不恨。

乃曰："此固命乎。"遂许焉。

张老既取韦氏，园业不废。负秽钁地，鬻蔬不辍，其妻躬执爨濯，了无怍色。亲戚恶之，亦不能止。数年，中外之有识者，责恕曰："君家诚贫，乡里岂无贫子弟，奈何以女妻园叟，既弃之，何不令远去也？"他日，恕置酒召女及张老，酒酣，微露其意。张老起曰："所以不即去者，恐有留念。今既相厌，去亦何难。某王屋山下有一小庄，明旦且归耳。"天将曙，来别韦氏："他岁相思，可令大兄往天坛山南相访。"遂令妻骑驴戴笠，张老策杖相随而去，绝无消息。

后数年，恕念其女，以为蓬头垢面，不可识也。令其男义方访之。到天坛南，适遇一昆仑奴，驾黄牛耕田。问曰："此有张老家庄否？"昆仑投杖拜曰："大郎子，何久不来。庄去此甚近，某当前引。"遂与俱东去。初上一山，山下有水，过水，连绵凡十余处，景色渐异，不与人间同。忽下一山，水北朱户甲第，楼阁参差，花木繁荣，烟云鲜媚，鸾鹤孔雀，徊翔其间，歌管寥亮耳目。昆仑指曰："此张家庄也。"韦惊骇不测。俄而及门，门有紫衣人吏，拜引入厅中。铺陈之华，目所未睹，异香氤氲，遍满崖谷。忽闻珠佩之声渐近，二青衣出曰："阿郎来此。"次见十数青衣，容色绝代，相对而行，若有所引。俄见一人戴远游冠，衣朱绡，曳朱履，徐出门。一青衣引韦前拜。仪状伟然，容色芳嫩。细视之，乃张老也。言曰："人世劳苦，若在火中。身未清凉，愁焰又炽，而无斯须泰时。兄久客寄，何以自娱？贤妹略梳头，即当奉见。"因揖令坐。未几，一青衣来曰："娘子已梳头毕。"遂引入见妹于堂前。其堂沉香为梁,玳瑁帖门,碧玉窗,珍珠箔,阶砌皆冷滑碧色,不辨其物。其妹服饰之盛,世间未见。略叙寒暄,问尊长而已,意甚卤莽。有顷进馔,精美芳馨,不可名状。食讫,馆韦于内厅。

明日方曙,张老与韦生坐,忽有一青衣附耳而语。张老笑曰:"宅中有客,安得暮归。"因曰:"小妹暂欲游蓬莱山,贤妹亦当去。然未暮即归,兄但憩此。"张老揖而入。俄而五云起于庭中,鸾凤飞翔,丝竹并作。张老及妹,各乘一凤,余从乘鹤者十数人,渐上空中,正东而去。望之已没,犹隐隐闻音乐之声。韦君在后。小青衣供侍甚谨。迨暮,稍闻笙簧之音,倏忽复到。及下于庭,张老与妻见韦曰:"独居大寂寞,然此地神仙之府,非俗人得游。以兄宿命,合得到此。然亦不可久居,明日当奉别耳。"及时,妹复出别兄,殷勤传语父母而已。张老曰:"人世邈远,不及作书。"奉金二十镒,并与一故席帽曰:"兄若无钱,可于扬州北邸卖药王老家取一千万,持此为信。"遂别,复令昆仑奴送出。却到天坛,昆仑奴拜别而去。

韦自荷金而归,其家惊讶问之。或以为神仙,或以为妖妄,不知所谓。五六年间,金尽,欲取王老钱,复疑其妄。或曰:"取尔许钱不持一字,此帽安足信。"既而困极,其家强逼之曰:"必不得钱,亦何伤。"乃往扬州,入北邸,而王老者,方当肆陈药。韦前曰:"叟何姓?"曰:"姓王。"韦曰:"张老令取钱一千万,持此帽为信。"王曰:"钱即实有,席帽是乎?"韦曰:"叟可验之,岂不识耶?"王老未语,有小女出青布帏中,曰:"张老常过,令缝帽顶，其时无皂线，以红线缝之。线色手踪，皆可自验。"因取看之，果是也，遂得载钱而归。乃信真神仙也。

其家又思女，复遣义方往天坛南寻之。到即千山万水，不复有路。时逢樵人，亦无知张老庄者。悲思浩然而归。举家以为仙俗路殊，无相见期。又寻王老，亦去矣。后数年，义方偶游扬州，闲行北邸前，忽见张家昆仑奴前曰："大郎家中何如？娘子虽不得归，如日侍左右。家中事无巨细，莫不知之。"因出怀金十斤以奉曰："娘子令送与大郎君。阿郎与王老会饮于此酒家。大郎且坐，昆仑当入报。"义方坐于酒旗下，日暮不见出，乃入观之，饮者满坐，坐上并无二老，亦无昆仑。取金视之，乃真金也。惊叹而归。又以供数年之食。后不复知张老所在。

◆◆◆

按《杜子春》《张老》二则，宋临安书棚本不载，盖佚文也。今据《太平广记》卷十六校录。唐时佛道思想，遍播士流，故文学亦受其影响。《杜子春》一篇，意在断绝七情；此文极言仙凡之别。皆受佛道思想所薰化者也。《广记》神仙门，类此者尚多，旨趣从同，今不备录云。

纪　闻

牛肃　撰

按《纪闻》十卷，唐牛肃撰。《唐志》著录子部小说家类。《宋志》同，惟下有"崔造注"三字，则知牛氏此书盛传于唐宋之间，且有注也。今书已散佚，惟《太平广记》采入若干条。其书多纪开元、乾元间征应及神怪异闻。《广记》引书，只存书名，不著撰者姓名。但其书通例，凡采用前代各书，年号上辄加国号。有涉及撰者事实，则加撰者姓名。如《晋阳妾》一条（一百二十九）曰："唐牛肃舅之尉晋阳。"又《牛肃女》一条（二百七十一）曰："牛肃女曰应贞。"二条下皆注出《纪闻》（纪误记）。其曰唐牛肃舅、牛肃女者，皆为本书所无，而《广记》增加者。据此则《广记》所引之《纪闻》，其为牛氏书，当无疑也。今其书既不存，而金陵龙蟠里图书馆藏有钞本《牛肃纪闻》十卷，为丁氏善本书室旧藏，亦从《广记》辑出，非其旧也。牛肃生平他无可考。《广记》征引各篇，亦但纪本事，不涉及作者生平踪迹，如皇甫枚《三水小牍》、李复言《续玄怪录》之例，遂至里闬官职，无从稽考。所可知者，但知有女曰应贞，适弘农杨唐源而已。惟其书既纪肃宗时事，或为贞元、元和间人。《广记》所引《吴保安》《牛应贞》诸条，文辞斐然，至可玩味。而吴保安事，宋祁修《唐书》，至采其事以入《忠义传》(《唐书》一百九十一)。清嘉庆间，亦采郭仲翔、吴保安往来书牍，入《全唐文》(三百五十八)。则是牛氏此书，虽为小说家言，然其遗文轶事，颇足以备史乘存文献，又未可以猥琐诞妄视之也。今据《广记》录出数条，亦治唐稗者所宜玩索者也。

牛应贞

据《太平广记》校录

长女曰应贞，适弘农杨唐源。少而聪颖，经耳必诵。年十三，凡诵佛经二百余卷，儒书子史又数百余卷，亲族惊异之。初，应贞未读《左传》，方拟授之，而夜初眠中，忽诵《春秋》。起"惠公元妃、孟子卒"，终"智伯贪而愎，故韩、魏反而丧之"。凡三十卷，一字无遗，天晓而毕。当诵时，若不教之者，或相酬和。其父惊骇，数呼之，都不答。诵已而觉。问何故，亦不知。试令开卷，则已精熟矣。著文章百余首。后遂学穷三教，博涉多能。每夜中眠熟，与文人谈论，文人皆古之知名者，往来答难。或称王弼、郑玄、王衍、陆机，辩论烽起；或论文章、谈名理，往往数夜不已。年二十四而卒。今采其文《魍魉问影赋》著于篇。

其序曰："庚辰岁，予婴沉痛之疾，不起者十旬。毁顿精神，羸悴形体，药物救疗，有加无瘳。感庄子有魍魉责影之义，故假之为赋，庶解疾焉。魍魉问于予影曰：'君英达之人，聪明之子，学包六艺，文兼百氏。赜道家之秘言，探释部之幽旨。既虔恭于中馈，又希慕于前史。不矫枉以干名，不毁物而成己。伊淑德之如此，即精神之足恃。何故羸厥姿貌，沮其精神，烦冤枕席，憔悴衣巾？子惟形兮是寄，形与子兮相亲。何不诲之以崇德，而教之以自伦？异莱妻之乐道，殊鸿妇之安贫？岂痼疾而无生赖，将微贱而欲忘身？今节变岁移，腊终春首，照晴光于郊甸，动暄气于梅柳，水解冻而绕轩，风扇和而入牖。固可蠲忧释疾，怡神养寿。何默尔无营，自贻伊咎？'仆于是勃然而应曰：'子居于无人之域，游乎魑魅之乡。形既图于夏鼎，名又著于蒙庄。何所见之不博？何所谈之不长？夫影依日而生，像因人而见。岂言谈之足晓？何节物之能辨？随晦明以兴灭，逐形骸以迁变。以愚夫畏影，而蒙鄙之性以彰；智者视阴，而迟暮之心可见。伊美恶兮由己，影何辜而遇谴。且予闻至道之精窈兮冥，至道之极昏兮默。达人委性命之修短，君子任时运之通塞。悔吝不能缠，荣耀不能惑。丧之不以为丧，得之不以为得。君子何乃怒予之不赏芳春，责予之不贵华饰？且吾之秉操，奚子智之能测？'言未卒，魍魉惕然而惊，叹而起曰：'仆生于绝域之外，长于荒遐之境。未晓智者之处身，是以造君而问影。既谈玄之至妙，请终身以藏屏。'"

初，应贞梦制书而食之，每梦食数十卷，则文体一变，如是非一，遂工为赋颂。文名曰《遗芳》。

◆ ◆ ◆

按《太平广记》二百七十一引此文，题曰《牛肃女》，而下注出《纪闻》。惟标题与篇首牛肃二字，当非《纪闻》所有，编《广记》时所增加耳。此文虽据《广记》校录，然增改显然者，酌为改易，以复旧观。明人《五朝小说》亦题为《牛应贞传》，而撰人下署宋若昭，《说荟》因之，不知何据。明人编次唐稗，喜妄题撰人，此亦一例也。

吴保安
据《太平广记》校录

吴保安，字永固，河北人，任遂州方义尉。其乡人郭仲翔，即元振从侄也。仲翔有才学，元振将成其名宦。会南蛮作乱，以李蒙为姚州都督，帅师讨焉。蒙临行，辞元振。元振乃见仲翔，谓蒙曰："弟之孤子，未有名宦，子姑将行，如破贼立功，某在政事，当接引之，俾其縻薄俸也。"蒙诺之。仲翔颇有干用，乃以为判官，委之军事。

至蜀，保安寓书于仲翔曰："幸共乡里，籍甚风猷，虽旷不展拜，而心常慕仰。吾子国相犹子，幕府硕才，果以良能，而受委寄。李将军秉文兼武，受命专征，亲绾大兵，将平小寇。以将军英勇，兼足下才能，师之克殄，功在旦夕。保安幼而嗜学，长而专经，才乏兼人，官从一尉。僻在剑外，地迩蛮陬，乡国数千，关河阻隔，况此官已满，后任难期。以保安之不才，厄选曹之格限，更思微禄，岂有望焉。将归老邱园，转死沟壑。侧闻吾子急人之忧，不遗乡曲之情，忽垂特达之眷，使保安得执鞭弭，以奉周旋。录及细微，薄沾功效。承兹凯入，得预末班。是吾子邱山之恩，即保安铭镂之日。非敢望也，愿为图之。唯照其款诚而宽其造次。专策驽蹇，以望招携。"

仲翔得书，深感之。即言于李将军，召为管记。未至而蛮贼转逼。李将军至姚州，与战破之。乘胜深入蛮，覆而败之。李身死军没，仲翔为虏。蛮夷利汉财物，其没落者，皆通音耗，令其家赎之，人三十匹。

保安既至姚州，适值军没，迟留未返。而仲翔于蛮中间关致书于保安曰："永固（保安之字）无恙。顷辱书未报，值大军已发，深入贼庭，果逢挠败。李公战没，吾为囚俘。假息偷生，天涯地角。顾身世已矣，念乡国窅然。才谢钟仪，居然受絷；身非箕子，日见为奴。海畔牧羊，有类于苏武；宫中射雁，宁期于李陵。吾自陷蛮夷，备尝艰苦，肌肤毁剔，血泪满池。生人至艰，吾身尽受。以中华世族，为绝域穷囚。日居月诸，暑退寒袭，思老亲于旧国，望松槚于先茔，忽忽发狂，膈臆流恸，不知涕之无从！行路见吾，犹为伤愍。吾与永固，虽未披款，而乡里先达，风味相亲，想睹光仪，不离梦寐。昨蒙枉问，承间便言。李公素知足下才名，则请为管记。大军去远，足下来迟。乃足下自后于戎行，非仆遗于乡曲也。足下门传余庆，天祚积善，果事期不入，而身名并全。向若早事麾下，同参幕府，则绝域之人，与仆何异。吾今在厄，力屈计穷，而蛮俗没留，许亲族往赎。以吾国相之侄，不同众人，仍苦相邀，求绢千匹。此信通闻，仍索百缣。愿足下早附白书，报吾伯父。宜以时到，得赎吾还。使亡魂复归，死骨更肉，唯望足下耳。今日之事，请不辞劳苦。吾伯父已去庙堂，难可谘启。即愿足下亲脱石父，解夷吾之骖；往赎华元，类宋人之事。济物之道，古人犹难。以足下道义素高，名节特著，故有斯请，而不生疑。若足下不见哀矜，猥同流俗，则仆生为俘囚之竖，死则蛮夷之鬼耳。更何望哉！已矣，吴君，无落吾事！"

保安得书，甚伤之。时元振已卒，保安乃为报，许赎仲翔。仍倾其家，得绢二百匹，往，因住巂州，十年不归。经营财物，前后得绢七百匹，数犹未至。保安素贫窭，妻子犹在遂州。贪赎仲翔，遂与家绝。每于人有得，虽尺布升粟，皆渐而积之。后妻子饥寒，不能自立。其妻乃率弱子，驾一驴自往泸南，求保安所在。于途中粮尽，犹去姚州数百。其妻计无所出，因哭于路左，哀感行人。时姚州都督杨安居乘驿赴郡，见保安妻哭，异而访之。妻曰："妾夫遂州方义尉吴保安，以友人没蕃，丐而往赎。因住姚州，弃妾母子，十年不通音问。妾今贫苦，往寻保安。粮乏路长，是以悲泣。"安居大奇之，谓曰："吾前至驿，当候夫人，济其所乏。"既至驿，安居赐保安妻钱数千，给乘令进。

安居驰至郡，先求保安，见之。执其手升堂，谓保安曰："吾常读古人书，见古人行事，不谓今日亲睹于公。何分义情深，妻子意浅，捐弃家室，求赎友朋，而至是乎！吾见公妻来，思公道义,乃心勤仔,愿见颜色。吾今初到,无物助公,且于库中假官绢四百匹,济公此用。待友人到后,吾方徐为填还。"保安喜。取其绢,令蛮中通信者,持往,向二百日,而仲翔至姚州。形状憔悴,殆非人也。方与保安相识,语相泣也。安居曾事郭尚书,则为仲翔洗沐赐衣装,引与同坐宴乐之。

安居重保安行事,甚宠之。于是令仲翔摄治下尉。仲翔久于蛮中,且知其款曲,则使人于蛮洞市女口十人,皆有姿色。既至,因辞安居归北,且以蛮口赠之。安居不受,曰:"吾非市井之人,岂待报耶!钦吴生分义,故因人成事耳。公有老亲在北,且充甘膳之资。"仲翔谢曰:"鄙身得还,公之恩也;微命得全,公之赐也。翔虽瞑目,敢忘大造。但此蛮口,故为公求来。公今见辞,翔以死请。"安居难违,乃见其小女曰:"公既频繁有言,不敢违公雅意。此女最小,常所钟爱。今为此女受公一小口耳。"因辞其九人。而保安亦为安居厚遇,大获资粮而去。

仲翔到家,辞亲凡十五年矣。却至京,以功授蔚州录事参军。则迎亲到官。两岁,又以优授代州户曹参军。秩满,内忧,葬毕,因行服墓次,乃曰:"吾赖吴公见赎,故能拜职养亲。今亲殁服除,可以行吾志矣。"乃行求保安,而保安自方义尉选授眉州彭山丞,仲翔遂至蜀访之。保安秩满,不能归,与其妻皆卒于彼,权窆寺内。仲翔闻之,哭甚哀。因制缞麻,环绖加杖,自蜀郡徒跣,哭不绝声。至彭山,设祭酹毕。乃出其骨,每节皆墨记之(墨记骨节,书其次第,恐葬敛时有失之也),盛于练囊。又出其妻骨,亦墨记,贮于竹笼,而徒跣亲负之,徒行数千里,至魏郡。保安有一子，仲翔爱之如弟。于是尽以家财二十万厚葬保安，仍刻石颂美。仲翔亲庐其侧，行服三年。既而为岚州长史，又加朝散大夫。携保安子之官，为娶妻，恩养甚至。仲翔德保安不已，天宝十二年，诣阙，让朱绂及官于保安之子以报。时人甚高之。

初仲翔之没也，赐蛮首为奴，其主爱之，饮食与其主等。经岁，仲翔思北，因逃归，追而得之，转卖于南洞。洞主严恶，得仲翔苦役之，鞭笞甚至。仲翔弃而走，又被逐得，更卖南洞中，其洞号菩萨蛮。仲翔居中，经岁，困厄复走。蛮又追而得之，复卖他洞。洞主得仲翔，怒曰："奴好走，难禁止邪？"乃取两板，各长数尺，令仲翔立于板，以钉其足背钉之，钉达于木。每役使常带二木行。夜则纳地槛中，亲自锁闭。仲翔二足，经数年，疮方愈。木锁地槛，如此七年。仲翔初不堪其忧。保安之使人往赎也，初得仲翔之首主，展转为取之，故仲翔得归焉。

◆ ◆ ◆

按吴保安事盛传于时，此传当为实录。《太平广记》一百六十六引之。宋祁撰《唐书》，曾采其事，入《唐书·忠义传》，文可互参。特录存于此云。

《唐书》一百九十一云：

吴保安，字永固，魏州人。气挺特不俗。睿宗时，姚、嶲蛮叛，拜李蒙为姚州都督。宰相郭元振以弟之子仲翔托蒙，蒙表为判官。时保安罢义安尉，未得调。以仲翔里人也，不介而见，曰："愿因子得事李将军可乎？"仲翔虽无雅故，哀其穷，力荐之，蒙表掌书记。

保安后往，蒙已深入，与蛮战没，仲翔被执。蛮之俘华人，必厚责财，乃肯赎。闻仲翔贵胄也，求千缣。会元振物故，保安留巂州，营赎仲翔，苦无资。乃力居货，十年，得缣七百。妻子客遂州，间关求保安所在，困姚州不能进。都督杨安居知状，异其故，资以行。求保安得之，引与语曰："子弃家急朋友之患，至是乎！吾请贷官赀，助子之乏。"保安大喜，即委缣于蛮，得仲翔以归。

始仲翔为蛮所奴，三逃三获，乃转鬻远酋，酋严遇之，昼役夜囚，役凡十五年，乃还。安居亦丞相故吏，嘉保安之义，厚礼仲翔，遗衣服储用。檄领近县尉，久乃调蔚州录事参军，以优迁代州户曹。

母丧，服除，喟曰："吾赖吴公生吾死，今亲没，可行其志。"乃求保安。于时保安以彭山丞客死，其妻亦没，丧不克归。仲翔为服缞绖，囊其骨，徒跣负之，归葬魏州。庐墓三年，乃去。后为岚州长史，迎保安子，为娶，而让以官。

集异记

薛用弱 撰

按《集异记》三卷，唐薛用弱撰。《唐志》著录入子部小说家类。《宋志》同，但作一卷。晁公武《郡斋读书志》小说类《集异记》二卷，云："唐薛用弱撰。集隋唐间谲异奇诡之事。一题《古异记》。首载徐佐卿化鹤事。"马氏《文献通考》同。据此，则薛氏此书，固盛传于唐宋之间，惟卷帙互异耳。清《四库全书总目》收《集异记》一卷，称"记凡十六条，首载徐佐卿事，与晁志同"。（见《总目》一百四十二）然考明顾元庆《文房小说》重镌宋本《集异记》二卷，亦只十六条，首载徐佐卿化鹤事，与《四库》著录一卷本正合。则是薛氏此书，唐宋以来，虽有卷帙多寡之殊，其原书固无损也。《唐志》称："薛用弱，字中胜。长庆光州刺史。"唐末，皇甫枚《三水小牍》称："薛用弱于太和初，自仪曹出守弋阳。为政严而不残。"其生平官阶行事，可考者只此。是薛氏于长庆太和之间，亦尝徊翔中外，固以文士而兼良吏者也。此书虽为小说家言，然唐宋以来，其所以流传不废者，实以文辞雅饰，搜奇述异，隽永可观。其中如《徐佐卿》《蔡少霞》《王右丞》《王涣之》诸条，词人援引，遂成典实。固唐人小说中之魁垒也。《太平广记》采入颇多,惟字句时有删削,已非其旧。至明清通行之本,如《五朝小说》《唐人说荟》之类,讹误益多。今据顾氏《文房小说》本摘出五条,俾窥一斑。顾本阙误,则用《广记》补校,而仍分注于各条之下云。

徐佐卿
据《顾氏文房小说》本《集异记》校录

明皇天宝十三载,重阳日,猎于沙苑。云间有孤鹤徊翔焉。上亲御弧矢,一发而中。其鹤则带箭徐坠,将及地丈许,欻然矫翰,西南而逝,万众极目,良久乃灭。

益州城距郭十五里,有明月观焉。依山临水,松桂深寂。道流非修习精悫者,莫得而居。观之东廊第一院,尤为幽绝。每有自称青城道士徐佐卿者,风局清古,一岁率三四而至焉。观之耆旧,因虚其院之正堂,以俟其来。而佐卿至则栖焉,或三五日,或旬朔,言归青城,甚为道流之所倾仰。一日忽自外至,神爽不怡,谓院中人曰:"吾行山中,偶为飞矢所加,寻已无恙矣。然此箭非人间所有,吾留之于壁上,后年箭主到此,即宜付之,慎无坠失。"仍援毫记壁云:"留箭之时,则十三载九月九日也。"

及玄宗避狄幸蜀。暇日命驾行游,偶至斯观,乐其佳景,因遍幸道室。既入此堂,忽睹挂箭,则命侍臣取而玩之,盖御箭也。

深异之，因询观之道士，皆以实对。即是佐卿所题，乃前岁沙苑纵畋之日也，佐卿盖中箭孤鹤耳。究其题，乃沙苑翻飞，当日集于斯欤。上大奇之，因收其箭而宝焉。自后蜀人亦无复有逢佐卿者矣。

◆ ◆ ◆

按《太平广记》三十六引此文，下注出《广德神异录》，不云出《集异记》。此据明顾元庆《文房小说》校录。顾氏以宋本重刻。其书与宋晁公武《读书志》所称首载徐佐卿化鹤事合。知仍是宋时旧本也。

蔡少霞
据《顾氏文房小说》本《集异记》校录

蔡少霞者，陈留人也。性情恬和，幼而奉道。早岁明经得第，选蕲州参军，秩满，漂寓江淮者久之。再授兖州泗水丞。遂于县东二十里，买山筑室，为终焉之计。居处深僻，俯近龟蒙，水石云霞，境象殊胜。

少霞世累早祛，尤谐夙尚。于一日沿溪独行，忽得美荫，因就憩焉。神思昏然，不觉成寐。因为褐衣鹿帻人之梦中召去。随之远远，乃至城郭处所。碧天虚旷，瑞日曈昽，人俗洁清，卉木鲜茂。少霞举目移足，惶惑不宁。即被导之令前，经历门堂，深邃莫侧。遥见玉人，当轩独立。少霞遽修敬谒，玉人谓曰："愍子虔心，今宜领事。"少霞靡知所谓。复为鹿帻人引至东廊，止于石碑之侧，谓少霞曰："召君书此，贺遇良因。"少霞素不工书，即极辞让。鹿帻人曰："但按文而录，胡乃拒违。"俄有二青僮，自北而至。一捧牙箱，内有两幅紫绢文书；一赍笔砚，即付少霞曰："法此而写。"少霞凝神搦管，顷刻而毕。因览读之，已记于心矣。题云：

"苍龙溪新宫铭，紫阳真人山玄卿撰。良常西麓，源泽东潆。新宫宏宏，崇轩辚辚。雕玟盘础，镂檀辣棨。璧瓦鳞差，瑶阶肪截。阁凝瑞雾，楼横祥霓。驺虞巡徼，昌明捧阃。珠树规连，玉泉矩泄。灵飙遐集，圣日俯晢。太上游储，无极便阙。百神守护，诸真班列。仙翁鹄驾，道师冰洁。饮玉成浆，馔琼为屑。桂旗不动，兰屋互设。妙乐竞臻，流铃间发。天籁虚徐，风箫泠澈。凤歌谐律，鹤舞会节。三变玄云，九成绛阙。易迁虚语，童初浪说。如毁乾坤，自有日月。清宁二百三十一年四月十二日建。"

于是少霞方更周视，遂为鹿帻人促之，怱遽而返，醒然遂寤。急命纸笔，登即纪录。自是究豫好奇之人，多诣少霞，询访其事。有郑还古者，为立传焉。用弱亦常至其居，就求第一本视之，笔迹宛有书石之态。少霞无文，乃孝廉一叟耳。固知其不妄矣。少霞尔后修道尤剧。元和末，已云物故。

◆ ◆ ◆

按《太平广记》五十五引此文，注出《集异记》，惟字句互有异同。其尤显然者，则《广记》本于铭辞末段"童初浪说"句下阙二十六字；篇末"为立传焉"句下又阙二十二字；"固知其不妄矣"句下又阙十五字。《广记》尝删节旧文，惟"童初浪说"句下铭词，语意未完，似不可节，是脱漏而非删节也。本篇据《文房小说》校录，较《广记》本为胜。宋洪迈《容斋随笔》卷十三，东坡《罗浮诗》一条，称东坡游罗浮山，作诗《示叔党》，其末云："'负书从我盍归去，群仙正草《新宫铭》；汝应奴隶蔡少霞，我亦季孟山玄卿。'坡自注曰：'唐有梵书《新宫铭》者，云紫阳真人山玄卿撰，其略曰："良常西麓，原泽东泄。新宫宏宏，崇轩辙辙。"又有蔡少霞者，梦人遣书碑铭曰："公昔乘鱼车，今履瑞云。蹑空仰涂，绮辂轮囷。"其末题云："五云书阁吏蔡少霞。"'予按唐小说薛用弱《集异记》载蔡少霞梦人召去，令书碑，题云：苍龙溪新宫铭，紫阳真人山玄卿撰。其词三十八句，不闻有五云阁吏之说。鱼车瑞云之语，乃《逸史》所载陈幼霞事，云：'苍龙溪主欧阳某撰。'盖坡公误以幼霞为少霞耳。玄卿之文，严整高妙，非神仙中人嵇叔夜、李太白之流，不能作也。"云云。容斋订正坡公自注之误，与其评品之言，可谓确切。此铭在唐人小说中，自属奇作，后人摹拟，汗流莫及。容斋亦尝作《广州三清殿碑铭诗》，凡四十句，刻意效颦，当为宋人高手。然细加把玩，面貌颇近，精警则逊。容斋已自有"读者或许之，终不能近"之语，则杜公所谓"文章千古事，得失寸心知"者也。今录存于下，俾便互参云。

宋洪迈《广州三清殿碑铭》曰：

天池北阯，越岭东麓。银宫旂旂，瑶殿矗矗。陛纳九齿，间披四目。楯角储清，檐牙衺缛。雕牗谽间，镂楹熠煜。元尊端拱，泰上秉箓。绣黼周张，神光晔穆。宝帐流黄，温幭结绿。翠凤千旗，紫霓溜裯。星伯振鹭，仙翁立鹄，昌明侍几，眉连捧蘨。月节下堕，曦轮旁烛。冻雨清尘，矞云散縠。钩籁虚徐，流铃禄续。童初渟瀯，勾漏蓄缩。岳君有衡，海帝维鯠。中边呵护，时节朝宿。飓母沦威，虐妃谢毒。丹厓罢徼，赤子累福。亿龄圣寿，万世宋箓。

王维

据《顾氏文房小说》本《集异记》校录

又据《太平广记》校补

王维右丞，年未弱冠，文章得名。性娴音律，妙能琵琶，游历诸贵之间，尤为岐王之所眷重。时进士张九皋，声称籍甚。客有出入于公主之门者，为其致公主邑司牒京兆试官，令以九皋为解头。维方将应举，具其事言于岐王，仍求庇借。岐王曰："贵主之强，不可力争。吾为子画焉。子之旧诗清越者，可录十篇；琵琶之新声怨切者，可度一曲。后五日当诣此。"

维即依命，如期而至。岐王谓曰："子以文士，请谒贵主，何门可见哉？子能如吾之教乎？"维曰："谨奉命。"岐王则出锦绣衣服，鲜华奇异，遣维衣之，仍令赍琵琶，同至公主之第。岐王入曰："承贵主出内，故携酒乐奉谶。"即令张筵，诸伶旅进。维妙年洁白，风姿都美，立于前行。公主顾之，谓岐王曰："斯何人哉？"答曰："知音者也。"即令独奏新曲，声调哀切，满座动容。公主自询曰："此曲何名？"维起曰："号《郁轮袍》。"公主大奇之。岐王曰："此生非止音律，至于词学，无出其右。"公主尤异之，则曰："子有所为文乎？"维即出献怀中诗卷。公主览读，惊骇曰："皆我素所诵习者。常谓古人佳作，乃子之为乎？"因令更衣，升之客右。维风流蕴藉，语言谐戏，大为诸贵之所钦瞩。岐王因曰："若使京兆今年得此生为解头，诚为国华矣。"公主乃曰："何不遣其应举？"岐王曰："此生不得首荐，义不就试，然已承贵主论托张九皋矣。"公主曰："何预儿事，本为他人所托。"顾谓维曰："子诚取解，当为子力。"维起谦谢。公主则召试官至第，遣宫婢传教。维遂作解头而一举登第（《文房小说·集异记》本条止此）矣。及为太乐丞，为伶人舞《黄师子》，坐出官。《黄师子》者，非一人不舞也。

天宝末，禄山初陷西京。维及郑虔、张通等皆处贼庭。洎克复，俱囚于宣阳里杨国忠旧宅。崔圆因召于私第，令画数壁。当时皆以圆勋贵无二，望其救解。故运思精巧，颇绝其艺。后由此事，皆从宽典，至于贬黜，亦获善地。今崇义里窦丞相易直私第，即圆旧宅也，画尚在焉。维累为给事中，禄山授以伪官。及贼平，兄缙为北都副留守，请以己官爵赎之。由是免死。累为尚书右丞。于蓝田置别业，留心释典焉。（据《太平广记》补录）

◆◆◆

按此文据《顾氏文房小说·集异记》校录。《太平广记》一百七十九亦引之，下注出《集异记》。篇末"一举登第"句下，多出一百八十字，为《集异记》所无，今据以校补。王维，两《唐书》皆有传（《旧唐书》一百九十下《文苑传》，《唐书》二百二《文艺传》）。维以开元九年进士擢第，调大乐丞。坐累为济州司仓参军。与弟缙俱有俊才，博学多艺亦齐名。闺门友悌，多士推之。天宝末，陷贼中。维服药取痢，伪称瘖病。禄山怜之，遣人迎置洛阳，拘于普施寺，迫为给事中。禄山宴徒于凝碧宫，其工皆梨园子弟、故坊工人。维闻之悲恻。潜为诗曰："万户伤心生野烟，百官何日再朝天。秋槐花落空宫里，凝碧池头奏管弦。"及贼平，因陷贼，三等定罪。维以《凝碧诗》闻于行在，肃宗嘉之。会缙请削己刑部侍郎，以赎兄罪，特宥之，责授太子中允。并见本传。据此，则维之立身制行，大节耿然。陷贼既无失节之事，进身安有贪缘之理。薛氏此文，或即摭拾传闻，不定根于事实。虽《旧书》本传亦有"昆仲宦游两都，凡诸王驸马豪右贵势之门，无不拂席迎之，宁王、薛王待如师友"之语，亦不得指为干进之证。此又诵习本文者，所宜辨也。此事既传于唐时，薛用弱又采之入《集异记》，其事遂传于唐宋间，诗人引用，几成典实。明人王辰玉衡取其本事编为《郁轮袍杂剧》，又有自称西湖居士者扩为《全本郁轮袍记》。至清黄兆森亦有《郁轮袍杂剧》，其中事实之颠倒，人名之变乱，清黄文阳作《曲海提要》，疏证已详。治唐人小说及元明剧曲者，取而互参，当不难了然矣。

王涣之

据《顾氏文房小说》本《集异记》校录

开元中诗人，王昌龄、高适、王涣之齐名，时风尘未偶，而游处略同。一日，天寒微雪，三诗人共诣旗亭，贳酒小饮。忽有梨园伶官十数人，登楼会䜩。三诗人因避席隈映，拥炉火以观焉。俄有妙妓四辈，寻续而至，奢华艳曳，都冶颇极。旋则奏乐，皆当时之名部也。

昌龄等私相约曰："我辈各擅诗名，每不自定其甲乙，今者可以密观诸伶所讴，若诗入歌词之多者，则为优矣。"俄而一伶，拊节而唱曰："寒雨连江夜入吴，平明送客楚山孤。洛阳亲友如相问，一片冰心在玉壶。"昌龄则引手画壁曰："一绝句。"寻又一伶讴之曰："开箧泪沾臆，见君前日书。夜台何寂寞，犹是子云居。"适则引手画壁曰："一绝句。"寻又一伶讴曰："奉帚平明金殿开，强将团扇共徘徊。玉颜不及寒鸦色，犹带昭阳日影来。"昌龄则又引手画壁曰："二绝句。"涣之自以得名已久，因谓诸人曰："此辈皆潦倒乐官，所唱皆巴人下里之词耳，岂阳春白雪之曲俗物敢近哉？"因指诸妓之中最佳者曰："待此子所唱，如非我诗，吾即终身不敢与子争衡矣。脱是吾诗，子等当须拜床下，奉吾为师。"因欢笑而俟之。须臾次至双鬟发声，则曰："黄河远上白云间，一片孤城万仞山。羌笛何须怨杨柳，春风不度玉门关。"涣之即揶揄二子曰："田舍奴，我岂妄哉！"因大谐笑。

诸伶不喻其故，皆起诣曰："不知诸郎君何此欢噱？"昌龄等因话其事。诸伶竞拜曰："俗眼不识神仙，乞降清重，俯就筵席。"三子从之，饮醉竟日。

◆ ◆ ◆

按此事自见薛记，诗人引用，几成习见。演为剧本者，明郑之文有《旗亭记传奇》，见《曲海目》。清张龙文有《旗亭燕杂剧》，见《曲考》。卢见曾有《旗亭记传奇》，见《曲海目》。皆原本此文，而附会之者也。此事虽盛传于唐时，恐不足信。胡应麟《庄岳委谈》（《笔丛》卷四十一）云："唐妓女歌曲酒楼，恍忽与今俗类。薛用弱所记王昌龄、涣之、高适豪饮事，词人或间用之。考其故实，极为可笑。适五十始作诗，藉令酣燕狭斜，必当年少，何缘得以诗句与二王决赌，一也。又高适学诗后，则是龙标业为闾丘晓害，无缘复与高狎，二也。乐天《郑胪墓志》第言昌龄、涣之更唱迭和，绝不及高，高集亦无与涣之诗，三也。举此三端，审他悉诬妄可见。往尝读薛记《郁轮袍》，窃谓右丞不至是。天幸得此逗漏，为千载词场雪冤，不觉浮三大白。自恨不呼右丞庆之。"胡氏所言，虽未足以证明其诬妄，然兹事之不可信，昔人固尝疑之矣。

韦宥

据《顾氏文房小说》本《集异记》校录

元和中,故都尉韦宥出牧温州,忽忽不怡。江波修永,舟船燠热。一日晚凉,乃跨马登岸,依舟而行。忽逢浅沙乱流,芦苇青翠,因纵辔饮马,而芦枝有拂鞭者,宥因闲援熟视。忽见新丝筝弦,周缠芦心。宥即拔芦伸弦,其长倍寻,则试纵之,应手复结。宥奇骇,因置于怀。行次江馆,其家室皆已维舟入亭矣。宥,故驸马也,家有妓乐,即付筝妓曰:"我于芦心得之,颇甚新紧。然沙洲江徼,是物何自而来,吾甚异之。试施于器,以听其音。"妓将安之,更无少异,唯短二三寸耳。方馔,妓即置之赴食,随置复纫。及食罢就视,则已蜿蜒舒展,迤蠕摇动,妓乃惊。告众来竞观,而双眸了然矣。宥骇曰:"得非龙乎?"遽命衣冠焚香致敬,盛诸盂水之内,而投于江。才及中流,风浪皆作,蒸云走电,咫尺昏晦。俄有白龙长百丈,挐攫升天。众咸观之,良久乃灭。

◆ ◆ ◆

按《太平广记》四百二十二引此文。

甘泽谣

袁郊 撰

按《甘泽谣》一卷，唐袁郊撰。《唐志》著录入子部小说家类，《宋志》同。《唐书·宰相世系表》：郊，字之乾，官至虢州刺史。又《列传》（一百五十一）：袁滋，蔡州朗山人（《旧唐书》作陈郡汝南人）。子郊，翰林学士。（《旧唐书》郊作都，当误。《唐书·世系表》别有都，字子美。）此郊官职之见于《唐书》而互异者也。《唐诗纪事》六十五：袁郊，咸通时，为祠部郎中。《说郛》收《甘泽谣》二条，撰人下注同，又与《唐书》异。然郊固懿宗咸通间人，且与温庭筠酬倡。庭筠有"开成五年抱疾不得预计偕"诗寄郊云"逸足皆先路，穷交独向隅"（《唐诗纪事》六十五），是也。至《甘泽谣》命名之由，据晁公武《郡斋读书志》云："《甘泽谣》一卷，载谲异事九章。咸通中，久雨卧疾所著，故曰《甘泽谣》。"陈振孙《直斋书录解题》云："咸通戊子《自序》，以其春雨泽应，故有甘泽成谣之语，以名其书。"则是此书命名，与成于咸通九年，于本书《自序》，并可考见者也。今本为明人杨仪所传，亦作九条，惟缺其《自序》一篇。毛晋据以刊入《津逮秘书》。《四库全书总目》云："周亮工《书影》曰：'《甘泽谣》别自有书。今杨梦羽所传，皆从他书钞撮而成，伪本也。或曰，梦羽本未出时，已有钞《太平广记》二十余条为《甘泽谣》以行者，则梦羽本又赝书中之重儓也。'今考《书影》，所谓梦羽，即仪之字。其所称先出之一本，今未之见。钱希言《狯园簿》'明经为鱼'一条，称尝见唐人小说，有《甘泽谣》载《鱼服记》甚详，今此本无《鱼服记》。岂希言所见，乃先出一本耶？然据此本所载，与《太平广记》所引者，一一相符。则两本皆出《广记》，不得独指仪本为重儓。又裒辑散佚，重编成帙，亦不得谓之赝书也。"《四库》所辨如此。是本书于明时已由《广记》中辑出，差复旧观。而周亮工《书影》所称先出之一本，不尽可信也。今细玩其书，虽小说家流，事涉幽渺，然亦有资考证，如杜公《饮中八仙歌》、宋叶梦得《避暑录话》，谓焦遂不见书传。今郊书《陶岘》条，有布衣焦遂，天宝中为长安饮徒。钱谦益笺杜诗曾引之。则石林不见书传之语，要亦未谛。至其文辞之骀宕，设想之超奇，使之驰逐于裴铏、皇甫枚之间，正未策其后先也。今据明钞本《说郛》及《太平广记》二书，录其尤异者数条。俾治唐小说者，得省觉焉。

陶岘

据明钞本《说郛·甘泽谣》校录

陶岘者，彭泽之子孙也。开元末，家于昆山，富有田业，择家人不欺而了事者，悉付之。身则泛然江湖，遍游烟水，往往数岁不归，见其子孙成人，初不辨其名字也。岘之文学，可以经济；自谓疏脱，不谋宦游。有生之初，通于八音；命陶人为甓，潜记岁时，敲取其声，不失其验。撰《乐录》八章，以定八音之得失。自制三舟，备极坚巧：一舟自载，一舟致宾，一舟贮馔饮。客有前进士孟彦深、进士孟云卿、布衣焦遂，各置仆妾，共载。而岘有女乐一部，奏清商曲。逢奇遇兴，则穷其景物，兴尽而行。岘且闻名朝廷，又值天下无事，经过郡邑，无不招延，岘拒之曰："某麋鹿闲人，非王公上客。"亦有未招而自诣者。系方伯（《广记》作水仙）之为人，江山之可驻耳；吴越之士，号为水仙。

曾有亲戚，为南海守，因访韶石，遂往省焉。郡守嘉其远来，赠钱百万，遗古剑，长二尺许，玉环径四寸，海舶昆仑奴，名摩诃，善游水而勇健，遂悉以所得归，曰"吾家之三宝也"。及回棹，下白芷，入湘江。每遇水色可爱，则遗环剑，令摩诃下取，以为戏笑也。如此数岁。因渡巢湖，亦投环剑而令取之，摩诃才入，获环剑，跳波而出焉。曰："为毒蛇所啮。"遽刃去一指，乃能得免。焦遂曰："摩诃所伤，得非阴灵为怒乎？"犀烛下照，果为所仇，盖水府不欲人窥也。岘曰："敬奉谕矣，然某尝慕谢康乐之为人，云终当乐死山水间。但徇所好，莫知其他。且栖于逆旅之中，载于大块之上，居布素之贱，擅贵游之权，浪迹怡情，垂三十年，固其分也。不得升玉墀，见天子，施功惠养，得志平生，亦其分也。"乃命移舟曰："要须一到襄阳山，复老吴郡也。"

行次西塞山，泊舟吉祥佛舍。见江水黑而不流，曰："此下必有怪物。"乃投环剑，命摩诃汩没波际。久而方出，气力危绝，殆不任持，曰："环剑不可取。有龙高二丈许，而环剑置前，某引手将取，龙辄怒目。"岘曰："汝与环剑，吾之三宝。今者既亡环剑，汝将安用，必须为我力争也。"摩诃不得已，被发大呼，目眦流血，穷命一入，不复出矣。久之，见摩诃支体磔裂，浮于水上，如有视于岘也。岘流涕水滨，乃命回棹。因赋诗自叙，不复议游江湖矣。诗曰："匡庐旧业是谁主？吴越新居安此生。白发数茎归未得，青山一望计还成。鸦翻枫叶夕阳动，鹭立芦根秋水鸣。从此舍舟何所诣？酒旗歌扇正相迎。"（《广记》止此，无以下六十一字）

孟彦深复游青琐，出为武昌令。孟云卿当时文学，乃南朝上品。焦遂，天宝中为长安饮徒，时好事者为《饮中八仙歌》曰云云：焦遂五斗方卓然，高谈雄辩惊四筵。

◆ ◆ ◆

按《太平广记》四百二十载此条，下注出《甘泽谣》。此据明钞原本《说郛》校录，字句与《广记》互异，而《说郛》为胜。如焦遂曰："摩诃所伤，得非阴灵为怒乎？"句下，广记无"犀烛下照，果为所仇"二句。诗末孟彦深以下六十一字，《广记》亦阙。此其尤著者也。

圆观

据《太平广记》校录

圆观者，大历末，洛阳惠林寺僧，能事田园，富有粟帛。梵学之外，音律贯通。时人以富僧为名，而莫知所自也。李谏议源，公卿之子。当天宝之际，以游宴歌酒为务。父憕居守，陷于贼中。乃脱粟布衣，止于惠林寺，悉将家业为寺公财，寺人日给一器食一杯饮而已。不置仆使，绝其知闻，唯与圆观为忘言交。促膝静话，自旦及昏，时人以清浊不沦，颇招讥诮，如此三十年。

二公一旦约游蜀州，抵青城、峨嵋，同访道求药。圆观欲游长安出斜谷，李公欲上荆州三峡，争此两途，半年未决。李公曰："吾已绝世事，岂取途两京？"圆观曰："行固不由人，请出从三峡而去。"遂自荆江上峡。

行次南浥。维舟山下，见妇女数人，繣达锦裆，负人而汲。圆观望而泣下，曰："某不欲至此，恐见其妇人也。"李公惊问曰："自此峡来，此徒不少，何独泣此数人？"圆观曰："其中孕妇姓王者，是某托身之所。逾三载尚未娩怀，以某未来之故也。今既见矣，即命有所归，释氏所谓循环也。"谓公曰："请假以符咒，遣某速生。少驻行舟，葬某山下，浴儿三日亦访临。若相顾一笑，即其认公也。更后十二年中秋月夜，杭州天竺寺外，与相见公之期也。"李公遂悔此行，为之一恸。遂召妇人，告以方书。其妇人喜跃还家。顷之，亲族举至，以枯鱼酒献于水滨。李公往为授朱字。圆观具汤沐，新其衣装。是夕圆观亡而孕妇产矣。李公三日往观新儿，襁褓就明，果致一笑。李公泣下，具告于王。王乃多出家财，厚葬

324

圆观。明日李公回棹，言归惠林。询问观家，方知已有理命。

后十二年秋八月，直诣余杭，赴其所约。时天竺寺，山雨初晴，月色满川，无处寻访。忽闻葛洪川畔，有牧竖歌《竹枝词》者，乘牛叱角，双髻短衣，俄至寺前，乃圆观也。李公就谒曰："观公健否？"却问李公曰："真信士矣，与公殊途，慎勿相近。俗缘未尽，但愿勤修，勤修不堕，即遂相见。"李公以无由叙话，望之潸然。圆观又唱《竹枝》，步步前去。山长水远，尚闻歌声，词切韵高，莫知所谓。初到寺前，歌曰："三生石上旧精魂，赏月吟风不要论。惭愧情人远相访，此身虽异性长存。"又歌曰："身前身后事茫茫，欲话因缘恐断肠。吴越溪山寻已遍，却回烟棹上瞿塘。"

后三年，李公拜谏议大夫。二年，亡。

◆ ◆ ◆

按《太平广记》三百八十七载此条，注出《甘泽谣》。

懒残
据《太平广记》校录

懒残者，天宝初，衡岳寺执役僧也。退食，即收所余而食，性懒而食残，故号懒残也。昼专一寺之工，夜止群牛之下，曾无倦色，已二十年矣。

时邺侯李泌寺中读书，察懒残所为，曰："非凡物也。"听其中宵梵唱，响彻山林，李公情颇知音，能辨休戚，谓："懒残经音凄惋，而后喜悦，必谪堕之人，时将去矣。"候中夜，李公潜往谒焉，望席门通名而拜。懒残大诟，仰空而唾曰："是将贼我。"李公愈加敬谨，惟拜而已。懒残正拨牛粪火，出芋啖之，良久，乃曰："可以席地。"取所啖芋之半，以授焉，李公捧承尽食而谢。谓李公曰："慎勿多言，领取十年宰相。"公又拜而退。

居一月，刺史祭岳，修道甚严。忽中夜风雷，而一峰颓下，其缘山磴道，为大石所拦。乃以十牛縻绊以挽之，又以数百人鼓噪以推之，力竭而愈固，更无他途，可以修事。懒残曰："不假人力，我试去之。"众皆大笑，以为狂人。懒残曰："何必见嗤，试可乃已。"寺僧笑而许之。遂履石而动，忽转盘而下，声若雷震。山路既开，众僧皆罗拜，一郡皆呼至圣，刺史奉之如神。懒残悄然，乃怀去意。

寺外虎豹，忽尔成群，日有杀伤，无由禁止。懒残曰："授我棰，为尔尽驱除。"众皆曰："大石犹可推，虎豹当易制。"遂与之荆梃。皆蹑而观之。才出门，见一虎衔之而去。懒残既去之后，虎豹亦绝踪迹。后李公果十年为相也。

❖ ❖ ❖

按《太平广记》九十六引此条，注出《甘泽谣》。

红线

据明钞本《说郛·甘泽谣》校录

红线，潞州节度使薛嵩青衣，善弹阮，又通经史，嵩遣掌笺表，号曰内记室。时军中大宴，红线谓嵩曰："羯鼓之音调颇悲，其击者必有事也。"嵩亦明晓音律，曰："如汝所言。"乃召而问之，云："某妻昨夜亡，不敢乞假。"嵩遽遣放归。

时至德之后，两河未宁，初置昭义军，以釜阳为镇，命嵩固守，控压山东。杀伤之余，军府草创。朝廷复遣嵩女嫁魏博节度使田承嗣男，男娶滑州节度使令狐彰女，三镇互为姻娅，人使日浃往来。而田承嗣常患热毒风，遇夏增剧。每曰："我若移镇山东，纳其凉冷，可缓数年之命。"乃募军中武勇十倍者得三千人，号外宅男，而厚恤养之。常令三百人夜直州宅。卜选良日，将迁潞州。嵩闻之，日夜忧闷，咄咄自语，计无所出。

时夜漏将传，辕门已闭。杖策庭除，唯红线从行。红线曰："主自一月，不遑寝食。意有所属，岂非邻境乎？"嵩曰："事系安危，非汝能料。"红线曰："某虽贱品，亦有解主忧者。"嵩乃具告其事，曰："我承祖父遗业，受国家重恩，一旦失其疆土，即数百年勋业尽矣。"红线曰："易尔。不足劳主忧。乞放某一到魏郡，看其形势，觇其有无。今一更首途，三更可以复命。请先定一走马兼具寒暄书，其他即俟某却回也。"嵩大惊曰："不知汝是异人，我之暗也。然事若不济，反速其祸，奈何？"红线曰："某之行，无不济者。"乃入闺房，饰其行具。梳乌蛮髻，攒金凤钗，衣紫绣短袍,系青丝轻屦,胸前佩龙文匕首,额上书太乙神名。再拜而倏忽不见。

嵩乃返身闭户,背烛危坐。常时饮酒,不过数合,是夕举觞十余不醉。忽闻晓角吟风,一叶坠露,惊而试问,即红线回矣。嵩喜而慰问曰:"事谐否?"曰:"不敢辱命。"又问曰:"无伤杀否?"曰:"不至是。但取床头金合为信耳。"红线曰:"某子夜前三刻,即到魏郡,凡历数门,遂及寝所。闻外宅男止于房廊,睡声雷动。见中军士卒,步于庭庑,传呼风生。某发其左扉,抵其寝帐。见田亲家翁正于帐内,鼓跌酣眠,头枕文犀,髻包黄縠,枕前露一七星剑。剑前仰开一金合,合内书生身甲子与北斗神名。复有名香美珍,散覆其上。扬威玉帐,但期心豁于生前;同梦兰堂,不觉命悬于手下。宁劳擒纵,只益伤嗟。时则蜡炬光凝,炉香烬煨,侍人四布,兵器森罗。或头触屏风,鼾而犕者;或手持巾拂,寝而伸者。某拔其簪珥,縻其襦裳,如病如昏,皆不能寤。遂持金合以归。既出魏城西门,将行二百里,见铜台高揭,而漳水东注;晨飙动野,斜月在林。忧往喜还,顿忘于行役;感知酬德,聊副于心期。所以夜漏三时,往返七百里;入危邦,经五六城;冀减主忧,敢言其苦。"

嵩乃发使遗承嗣书曰:"昨夜有客从魏中来,云自元帅头边获一金合,不敢留驻,谨却封纳。"专使星驰,夜半方到。见搜捕金合,一军忧疑。使者以马挝扣门,非时请见。承嗣遽出,以金合授之,捧承之时,惊怛绝倒。遂驻使者止于宅中,狎以宴私,多其赐赉。明日遣使赍缯帛三万匹,名马二百匹,他物称是,以献于嵩曰："某之首领，系在恩私。便宜知过自新，不复更贻伊戚。专膺指使，敢议姻亲。役当奉毂后车，来则挥鞭前马。所置纪纲仆号为外宅男者，本防它盗，亦非异图。今并脱其甲裳，放归田亩矣。"

由是一两月内，河北河南，人使交至。而红线辞去。嵩曰："汝生我家，而今欲安往？又方赖汝，岂可议行？"红线曰："某前世本男子，历江湖间，读神农药书，救世人灾患。时里有孕妇，忽患蛊症，某以芫花酒下之，妇人与腹中二子俱毙。是某一举，杀三人。阴司见诛，降为女子。使身居贱隶，而气禀贼星，所幸生于公家，今十九年矣。身厌罗绮，口穷甘鲜，宠待有加，荣亦至矣。况国家建极，庆且无疆。此辈背违天理，当尽弭患。昨往魏郡，以示报恩。两地保其城池，万人全其性命，使乱臣知惧，烈士安谋。某一妇人，功亦不小。固可赎其前罪，还其本身。便当遁迹尘中，栖心物外，澄清一气，生死长存。"嵩曰："不然，遗尔千金为居山之所给。"红线曰："事关来世，安可预谋。"嵩知不可驻，乃广为饯别，悉集宾客，夜宴中堂。嵩以歌送红线，请座客冷朝阳为词曰："采菱歌怨木兰舟，送别魂消百尺楼。还似洛妃乘雾去，碧天无际水长流。"歌毕，嵩不胜悲。红线拜且泣，因伪醉离席，遂亡其所在。

◆◆◆

按明刊《五朝小说》载此篇，而下题杨巨源撰。《说荟》本之。

其实此文已收入《太平广记》一百九十五,下注出《甘泽谣》,则当署袁郊矣。明人刻书,不稽所出,妄题撰人,如此类者甚多。词人引用,遂多歧误。是小说虽属小道,固不可不订正也。红线事,盛传于唐。元明以后,播诸歌咏。清乐钧《青芝山馆诗集》,有《咏红线》诗曰:"田家外宅男,薛家内记室。铁甲三千人,那敌青衣一。金合书生年,床头子夜失,强邻魂胆消,首领向公乞。功成辞罗绮,奇气洵无匹。洛妃去不还,千古怀烟质。"当可作本传论赞也。

许云封

据《太平广记》校录

许云封,乐工之笛者。贞元初,韦应物自兰台郎出为和州牧,非所宜愿,颇不得志。轻舟东下,夜泊灵璧驿。时云天初莹,秋露凝冷,舟中吟瓢,将以属词。忽闻云封笛声,嗟叹良久。韦公洞晓音律,谓其笛声酷似天宝中梨园法曲李謩所吹者。遂召云封问之,乃是李謩外孙也。

云封曰:"某任城旧土,多年不归。天宝改元,初生一月,时东封回驾,次至任城。外祖闻某初生,相见甚喜,乃抱诣李白学士乞撰令名。李公方坐旗亭,高声命酒,当垆贺兰氏,年且九十余,邀李置饮于楼上。外祖送酒,李公握管,醉书某胸前,曰:'树下彼何人?不语真吾好。语若及日中,烟霏谢成宝。'外祖辞曰：'本于李氏乞名，今不解所书之语。'李公曰：'此即名在其间也。树下人是木子；木子，李字也。不语是莫言；莫言，薯也。好，是女子；女子，外孙也。语及日中，是言午；言午，是许也。烟霏谢成宝，是云出封中，乃是云封也。即李薯外孙许云封也。'后遂名之。某才始十年，身便孤立。因乘义马，西入长安。外祖悯以远来，令齿诸舅学业。谓某性知音律，教以横笛。每一曲成，必抚背赏叹。值梨园法部置小部音声，凡三十余人，皆十五以下。天宝十四载六月日，时骊山驻跸，是贵妃诞辰。上命小部音声乐长生殿，仍奏新曲，未有名。会南海进荔枝，因以曲名《荔子香》。左右欢呼，声动山谷。其年安禄山叛，车驾还京。自后俱逢离乱，漂流南海近四十载。今者近访诸亲，将抵龙丘。"

韦公曰："我有乳母之子，其名千金。尝于天宝中受笛李供奉，艺成身死，每所悲嗟。旧吹之笛，即李君所赐也。"遂囊出旧笛。云封跪捧悲切，抚而观之，曰："信是佳笛，但非外祖所吹者。"乃为韦公曰："竹生云梦之南，鉴在柯亭之下。以今年七月望前生，明年七月望前伐。过期不伐，则其音窒；未期而伐，则其音浮。浮者，外泽中干；干者，受气不全；气不全，则其竹夭。凡发扬一声，出入九息。古之至音者，一叠十二节，一节十二敲，今之名乐也。至如落梅流韵，感金谷之游人；折柳传情，悲玉关之戍客。诚为清响，且异至音，无以降神而祈福也。其已夭之竹，遇至音必破，所以知非外祖所吹者。"韦公曰："欲旌汝鉴，笛破无伤。"云封乃捧笛吹《六州遍》一叠，未尽，骁然中裂，韦公惊叹久之。遂礼云封于曲部。

◆ ◆ ◆

按《太平广记》二百四引此文，而下注出《甘泽谣》。李謩为开元中乐工之善笛者，相传逸事至多，《广记》曾载其一二。此记许云封，能传李氏之技者，颇亦振奇自喜。兹复移录李謩二则，以资参证。而吕乡筠亦以善笛，遂致湘江老父之指点，亦足异矣。老父之诗，为东坡盛称。《侯鲭录》曾载之，以为非子建、太白不能也。

《国史补·李謩》一条曰：

李舟好事，尝得村舍烟竹，截为笛，坚如铁石，以遗李謩。謩吹笛天下第一，月夜泛江，与同舟人吹，寥亮逸发。俄有客于岸，呼舟请载。既至，请笛而吹，甚为精妙，山石可裂，謩平生未尝见。及入破，呼吸盘擗，应指粉碎。客散不知所之，舟人著记疑其蛟龙也。謩尝秋夜吹笛于瓜洲，楫载甚隘。初发调，群动皆息；及数奏，微风飒然立至。有顷，舟人贾客，有怨叹悲泣之声。（《太平广记》二百四引）

《逸史·李謩》一条曰：

謩开元中吹笛为第一部，近代无比。有故自教坊，请假至越州，公私更宴，以观其妙。时州客举进士者十人，皆有资业，乃醵二千文，同会镜湖，欲邀李生湖上吹之。想其风韵，尤敬人神。以费多人少，遂相约各召一客。会中有一人，以日晚方记得，不遑他请。其邻居有独孤生者，年老，久处田野，人事不知，茅屋数间，尝呼为独孤丈，至是遂以应命。

到会所，澄波万顷，景物皆奇。李生拂笛，渐移舟于湖心，时轻云蒙笼，微风拂浪，波澜陡起。李生捧笛，其声始发之后，昏曀齐开，水木森然，仿佛如有鬼神之来。坐客皆更赞咏之，以为钧天之乐不如也。独孤生乃无一言，会者皆怒。李生为轻己，意甚忿之。良久，又静思作一曲，更加绝妙，无不赏骇。独孤生又无言。邻居召至者甚惭悔，白于众曰："独孤村落幽处，城郭稀至，音乐之类，率所不通。"会客同诮责之。独孤生不答，但微笑而已。李生曰："公如是，是轻薄，为复是好手？"独孤生乃徐曰："公安知仆不会也。"坐客皆为李生改容谢之。独孤曰："公试吹《凉州》。"至曲终，独孤生曰："公亦甚能妙。然声调杂夷乐，得无有龟兹之侣乎？"李生大骇，起拜曰："丈人神绝，某亦不自知，本师实龟兹人也。"又曰："第十三叠误入水调，足下知之乎？"李生曰："某顽蒙，实不觉。"独孤生乃取吹之。李生更有一笛，拂拭以进。独孤视之，曰："此都不堪取，执者粗通耳。"乃换之，曰："此至入破，必裂，得无吝惜否？"李生曰："不敢。"遂吹。声发入云，四座震栗，李生蹙踖不敢动。至第十三叠，揭示谬误之处。敬伏将拜。及入破，笛遂败裂，不复终曲。李生再拜，众皆帖息。乃散。

明旦，李生并会客，皆往候之。至，则唯茅舍尚存，独孤生不见矣。越人知者皆访之，竟不知其所去。

《博异志·吕乡筠》一条云：

洞庭贾客吕乡筠，常以货殖贩江西杂货，逐什一之利。利外有羨,即施贫亲戚,次及贫人,更无余贮。善吹笛。每遇好山水,无不维舟探讨,吹笛而去。

尝于中春月,夜泊于君山侧,命樽酒独饮,饮一杯而吹笛数曲。忽见波上有渔舟而来者,渐近,乃一老父,鬓眉皤然,去就异常。乡筠置笛起立,迎上舟。老父维渔舟于乡筠舟而上,各问所宜,老父曰:"闻君笛声嘹亮,曲调非常,我是以来。"乡筠饮之数杯。老父曰:"老人少业笛,子可教乎?"乡筠素所耽味,起拜,愿为末学。老父遂于怀袖间,出笛三管:其一大如合拱;其次大如常人之蓄者;其一绝小,如细笔管。乡筠复拜请老父一吹,老父曰:"其大者不可发,次者亦然。其小者为子吹一曲,不知得终否?"乡筠曰:"愿闻其不可发者。"老父曰:"其第一者,在诸天对诸上帝或元君或上元夫人,合上天之乐而吹之。若于人间吹之,人消地坼,日月无光,五星失次,山岳崩圮,不暇言其余也。第二者,对诸洞府仙人、蓬莱姑射、昆邱王母及诸真君等,合仙乐而吹之。若人间吹之,飞沙走石,翔鸟坠地,走兽脑裂,五星内错,稚幼振死,人民缠路,不暇言余也。其小者,是老身与朋侪可乐者,庶类杂而听之,吹的不安,未知可终曲否?"

言毕,抽笛吹三声,湖上风动,波涛汹漾,鱼鳖跳喷,乡筠及童仆,恐耸謇栗。五声六声,君山上鸟兽叫噪,月色昏昧,舟楫大恐。老父遂止。引满数杯,乃吟曰:"湘中老人读黄老,手援紫藟坐翠草。春至不知湘水深,日暮忘却巴陵道。"又饮数杯,谓乡筠曰:"明年社,与君期于此。"遂棹渔舟而去,隐隐渐没于波间。至明年秋,乡筠十旬于君山伺之,终不复见也。(二条并《太平广记》二百四引)

传　奇

裴铏　撰

　　按《传奇》三卷，唐裴铏撰。《唐志》著录子部小说家类，而下注高骈从事。《宋志》亦著录，卷数与《唐志》同。铏事迹不见史传。计有功《唐诗纪事》六十七云："乾符五年，铏以御史大夫为成都节度副使。题《石室诗》曰：'文翁石室有仪形，庠序千秋播德声。古柏尚留今日翠，高岷犹蔼旧时青。人心未肯抛膻蚁，弟子依前学聚萤。更叹沱江无限水，争流只愿到沧溟。'时高骈为使，时乱矣，故铏诗有'愿到沧溟'之句，有微旨也。"《全唐文》八百五录裴铏文一篇，称"铏咸通中为静海军节度使高骈掌书记，加侍御史内供奉，后官成都节度使副使，加御史大夫。"此铏官职之可考者也。惟其书盛传于赵宋之世，故宋人辄目唐人小说之涉及神仙诡谲之事，概称之曰"传奇"。陈振孙《直斋书录解题》既取此书入小说类，并云："尹师鲁初见范文正《岳阳楼记》，曰：'传奇体耳。'文体随时，理胜为贵，文正岂可与传奇同日语哉？盖一时戏笑之谈耳。"观于振孙辨驳之语，则宋时鄙薄之辞，又可概见。晁公武称"铏为高骈客，故其书多记神仙恢谲之事；骈之惑于吕用之，未始非裴铏辈导谀所致"云云。是又以高骈之惑溺神仙，归罪裴氏，虽为宋世著录家一时推测之语，然其时士夫崇道之心理，与其抨击诞妄猥琐之小说，不能两立。即就晁、陈二氏之言，从可识矣。惟铏于唐末之时，文采典赡，拟诸皇甫枚、苏鹗之伦，未能轩轾。今其书既不可见，即就《太平广记》所录诸条观之，文奇事奇，藻丽之中，出以绵渺，则固一时巨手也。今从《广记》中录出数篇，以备唐人小说一种。惟《聂隐娘》一篇，袁郊《甘泽谣》亦收入，或系杨仪撰集之误。今仍从《广记》，录入《传奇》，并为附记于此云。

昆仑奴

据《太平广记》校录

大历中有崔生者，其父为显僚，与盖代之勋臣一品者熟。生是时为千牛，其父使往省一品疾。生少年，容貌如玉，性禀孤介，举止安详，发言清雅。一品命妓轴帘召生入室，生拜传父命，一品忻然爱慕，命坐与语。时三妓人，艳皆绝代，居前以金瓯贮含桃而擘之，沃以甘酪而进。一品遂命衣红绡妓者，擎一瓯与生食，生少年，赧妓辈，终不食。一品命红绡妓以匙而进之，生不得已而食，妓哂之。遂告辞而去。一品曰："郎君闲暇，必须一相访，无间老夫也。"命红绡送出院，时生回顾，妓立三指，又反三掌者，然后指胸前小镜子，云："记取。"余更无言。

生归达一品意,返学院,神迷意夺,语减容沮,恍然凝思,日不暇食,但吟诗曰:"误到蓬山顶上游,明珰玉女动星眸。朱扉半掩深宫月,应照琼芝雪艳愁。"左右莫能究其意。时家中有昆仑奴磨勒,顾瞻郎君曰:"心中有何事,如此抱恨不已?何不报老奴?"生曰:"汝辈何知,而问我襟怀间事?"磨勒曰:"但言,当为郎君解释,远近必能成之。"生骇其言异,遂具告知。磨勒曰:"此小事耳,何不早言之,而自苦耶?"生又白其隐语。勒曰:"有何难会。立三指者,一品宅中有十院歌姬,此乃第三院耳。返掌三者,数十五指,以应十五日之数。胸前小镜子,十五夜月圆如镜,令郎来耶?"生大喜,不自胜,谓磨勒曰:"何计而能导达我郁结?"磨勒笑曰:"后夜乃十五夜,请深青绢两匹,为郎君制束身之衣。一品宅有猛犬守歌妓院门,非常人不得辄入,入必噬杀之,其警如神,其猛如虎,即曹州孟海之犬也。世间非老奴不能毙此犬耳,今夕当为郎君挝杀之。"遂宴犒以酒肉,至三更,携链椎而往,食顷而回曰:"犬已毙讫,固无障塞耳。"

是夜三更,与生衣青衣,遂负而逾十重垣,乃入歌妓院内,止第三门。绣户不扃,金釭微明,惟闻妓长叹而坐,若有所俟。翠环初坠,红脸才舒,玉恨无妍,珠愁转莹。但吟诗曰:"深洞莺啼恨阮郎,偷来花下解珠珰。碧云飘断音书绝,空倚玉箫愁凤凰。"侍卫皆寝,邻近阒然。生遂缓搴帘而入。良久,验是生。姬跃下榻执生手曰:"知郎君颖悟,必能默识,所以手语耳。又不知郎君有何神术,而能至此?"生具告磨勒之谋,负荷而至。姬曰:"磨勒何在?"曰:"帘外耳。"遂召入,以金瓯酌酒而饮之。姬白生曰："某家本富，居在朔方。主人拥旄，逼为姬仆。不能自死，尚且偷生，脸虽铅华，心颇郁结。纵玉筯举馔，金炉泛香，云屏而每进绮罗，绣被而常眠珠翠，皆非所愿，如在桎梏。贤爪牙既有神术，何妨为脱狴牢。所愿既申，虽死不悔。请为仆隶，愿侍光容。又不知郎君高意如何？"生愀然不语。磨勒曰："娘子既坚确如是，此亦小事耳。"姬甚喜。磨勒请先为姬负其囊橐妆奁，如此三复焉。然后曰："恐迟明。"遂负生与姬而飞出峻垣十余重。一品家之守御，无有警者。遂归学院而匿之。及旦，一品家方觉，又见犬已毙。一品大骇曰："我家门垣，从来邃密，扃锁甚严，势似飞腾，寂无形迹，此必侠士而挈之。无更声闻，徒为患祸耳。"

姬隐崔生家二载，因花时驾小车而游曲江，为一品家人潜志认。遂白一品。一品异之。召崔生而诘之事，惧而不敢隐。遂细言端由，皆因奴磨勒负荷而去。一品曰："是姬大罪过。但郎君驱使逾年，即不能问是非。某须为天下人除害。"命甲士五十人，严持兵仗，围崔生院，使擒磨勒。磨勒遂持匕首飞出高垣，瞥若翅翎，疾同鹰隼，攒矢如雨，莫能中之。顷刻之间，不知所向。然崔家大惊愕。后一品悔惧，每夕多以家童持剑戟自卫，如此周岁方止。

后十余年，崔家有人见磨勒卖药于洛阳市，容颜如旧耳。

❖ ❖ ❖

按《太平广记》一百九十四采此条。明梁伯龙本此作《红绡杂剧》，与旧传《红线女》，并称双红剧。又梅禹金亦有《昆仑奴杂剧》。

聂隐娘

据《太平广记》校录

聂隐娘者，贞元中魏博大将聂锋之女也。年方十岁，有尼乞食于锋舍，见隐娘，悦之，云："问押衙乞取此女教。"锋大怒，叱尼。尼曰："任押衙铁柜中盛，亦须偷去矣。"及夜，果失隐娘所向。锋大惊骇，令人搜寻，曾无影响。父母每思之，相对涕泣而已。

后五年，尼送隐娘归，告锋曰："教已成矣，子却领取。"尼欻亦不见。一家悲喜，问其所学，曰："初但读经念咒，余无他也。"锋不信，恳诘。隐娘曰："真说又恐不信，如何？"锋曰："但真说之。"曰："隐娘初被尼挈，不知行几里。及明，至大石穴之嵌空，数十步寂无居人。猿狖极多，松萝益邃。已有二女，亦各十岁。皆聪明婉丽，不食，能于峭壁上飞走，若捷猱登木，无有蹶失。尼与我药一粒，兼令长执宝剑一口，长二尺许，锋利，吹毛令刲。逐二女攀缘，渐觉身轻如风。一年后，刺猿狖百无一失。后刺虎豹，皆决其首而归。三年后能飞，使刺鹰隼，无不中。剑之刃渐减五寸，飞禽遇之，不知其来也。至四年，留二女守穴，挈我于都市，不知何处也。指其人者，一一数其过，曰：'为我刺其首来，无使知觉。定其胆，若飞鸟之容易也。'受以羊角匕首，刀广三寸，遂白日刺其人于都市，人莫能见。以首入囊，返主人舍，以药化之为水。五年，又曰：'某大僚有罪，无故害人若干，夜可入其室，决其首来。'又携匕首入室，度其门隙无有障碍，伏之梁上。至暝，持得其首而归。尼大怒曰：'何太晚如是？'某云：'见前人戏弄一儿，可爱，未忍便下手。'尼叱曰：'已后遇此辈，先断其所爱，然后决之。'某拜谢。尼曰：'吾为汝开脑后，藏匕首而无所伤，用即抽之。'曰：'汝术已成，可归家。'遂送还，云：'后二十年，方可一见。'"锋闻语甚惧。

后遇夜即失踪，及明而返。锋已不敢诘之，因兹亦不甚怜爱。忽值磨镜少年及门，女曰："此人可与我为夫。"白父，父不敢不从，遂嫁之。其夫但能淬镜，余无他能。父乃给衣食甚丰，外室而居。

数年后，父卒。魏帅稍知其异，遂以金帛署为左右吏。如此又数年。至元和间，魏帅与陈许节度使刘昌裔不协，使隐娘贼其首。隐娘辞帅之许。刘能神算，已知其来。召衙将，令来日早至城北，候一丈夫一女子各跨白黑卫至门，遇有鹊前噪，丈夫以弓弹之不中。妻夺夫弹，一丸而毙鹊者，揖之云："吾欲相见，故远相祗迎也。"衙将受约束。遇之，隐娘夫妻曰："刘仆射果神人。不然者，何以洞吾也。愿见刘公。"刘劳之。隐娘夫妻拜曰："合负仆射万死。"刘曰："不然，各亲其主，人之常事。魏今与许何异。愿请留此，勿相疑也。"隐娘谢曰："仆射左右无人，愿舍彼而就此，服公神明也。"知魏帅之不及刘。刘问其所须，曰："每日只要钱二百文足矣。"乃依所请。忽不见二卫所之，刘使人寻之，不知所向。后潜收布囊中，见二纸卫，一黑一白。

后月余，白刘曰："彼未知住，必使人继至。今宵请剪发，系之以红绡，送于魏帅枕前，以表不回。"刘听之，至四更，却返曰："送其信了。后夜必使精精儿来杀某及贼仆射之首。此时亦万计杀之，乞不忧耳。"刘豁达大度，亦无畏色。是夜明烛，半宵之后，果有二幡子，一红一白，飘飘然如相击于床四隅。良久，见一人望空而踣，身首异处。隐娘亦出曰："精精儿已毙。"拽出于堂之下，以药化为水，毛发不存矣。隐娘曰："后夜当使妙手空空儿继至。空空儿之神术，人莫能窥其用，鬼莫得蹑其踪。能从空虚而入冥，善无形而灭影，隐娘之艺，故不能造其境。此即系仆射之福耳。但以于阗玉周其颈，拥以衾，隐娘当化为蠛蠓，潜入仆射肠中听伺，其余无逃避处。"刘如言。至三更，瞑目未熟。果闻项上铿然，声甚厉。隐娘自刘口中跃出，贺曰："仆射无患矣。此人如俊鹘，一抟不中，即翩然远逝，耻其不中，才未逾一更，已千里矣。"后视其玉，果有匕首划处，痕逾数分。自此刘转厚礼之。

自元和八年，刘自许入觐，隐娘不愿从焉，云："自此寻山水访至人，但乞一虚给与其夫。"刘如约，后渐不知所之。及刘薨于统军，隐娘亦鞭驴而一至京师柩前，恸哭而去。开成年，昌裔子纵除陵州刺史，至蜀栈道，遇隐娘，貌若当时。甚喜相见，依前跨白卫如故。语纵曰："郎君大灾，不合适此。"出药一粒，令纵吞之，云："来年火急抛官归洛，方脱此祸。吾药力只保一年患耳。"纵亦不甚信。遗其缯彩，隐娘一无所受，但沉醉而去。后一年，纵不休官，果卒于陵州。自此无复有人见隐娘矣。

◆ ◆ ◆

按《太平广记》一百九十四采此条。清尤侗本此作《黑白卫》。卫俗好蓄驴，故人以驴为卫。刘昌裔，《唐书》一百七十有传。

裴航
据《太平广记》校录

长庆中，有裴航秀才，因下第游于鄂渚，谒故旧友人崔相国。值相国赠钱二十万，远挈归于京，因佣巨舟载于湘汉。同载有樊夫人，乃国色也。言词问接，帷帐昵洽。航虽亲切，无计道达而会面焉。因赂侍妾袅烟而求达诗一章，曰："同为胡越犹怀想，况遇天仙隔锦屏。倘若玉京朝会去，愿随鸾鹤入青云。"诗往，久而无答。航数诘袅烟，烟曰："娘子见诗若不闻，如何？"航无计，因在道求名酝珍果而献之，夫人乃使袅烟召航相识。及褰帷，而玉莹光寒，花明丽景，云低鬟鬓，月淡修眉，举止烟霞外人，肯与尘俗为偶。航再拜揖，睇盼良久之。夫人曰："妾有夫在汉南，将欲弃官而幽栖岩谷，召某一诀耳。深哀草扰，虑不及期，岂更有情留盼他人，的不然耶？但喜与郎君同舟共济，无以谐谑为意耳。"航曰："不敢。"饮讫而归。操比冰霜，不可干冒。夫人后使袅烟持诗一章，曰："一饮琼浆百感生，玄霜捣尽见云英。蓝桥便是神仙窟，何必崎岖上玉清。"航览之，空愧佩而已，然亦不能洞达诗之旨趣。后更不复见，但使袅烟达寒暄而已。

遂抵襄汉，与使婢挈妆奁，不告辞而去，人不能知其所造。航遍求访之，灭迹匿形，竟无踪兆，遂饰妆归辇下。经蓝桥驿侧近，因渴甚，遂下道求浆而饮。见茅屋三四间，低而复隘，有老妪缉麻苎。航揖之，求浆。妪咄曰："云英，擎一瓯浆来，郎君要饮。"航讶之，忆樊夫人诗有云英之句，深不自会。俄于苇箔之下，出双玉手，捧瓷。航接饮之，真玉液也。但觉异香氤郁，透于户外。因还瓯，遽揭箔，睹一女子，露裛琼英，春融雪彩，脸欺腻玉，鬓若浓云，娇而掩面蔽身，虽红兰之隐幽谷，不足比其芳丽也。航惊怛植足，而不能去，因白妪曰："某仆马甚饥，愿憩于此，当厚答谢，幸无见阻。"妪曰："任郎君自便。"且遂饭仆秣马。良久，谓妪曰："向睹小娘子，艳丽惊人，姿容擢世，所以踌躇而不能适。愿纳厚礼而娶之，可乎？"妪曰："渠已许嫁一人，但时未就耳。我今老病，只有此女孙。昨有神仙遗灵丹一刀圭，但须玉杵臼，捣之百日，方可就吞，当得后天而老。君约取此女者，得玉杵臼，吾当与之也。其余金帛，吾无用处耳。"航拜谢曰："愿以百日为期，必携杵臼而至，更无他许人。"妪曰："然。"航恨恨而去。

及至京国，殊不以举事为意。但于坊曲、闹市、喧衢而高声访其玉杵臼，曾无影响。或遇朋友，若不相识，众言为狂人。数月余日，或遇一货玉老翁曰："近得虢州药铺卞老书云：'有玉杵臼货之。'郎君恳求如此，此君吾当为书导达。"航愧荷珍重，果获杵臼，卞老曰："非二百缗不可得。"航乃泻囊，兼货仆货马，方及其数。遂步骤独挈而抵蓝桥。昔日妪大笑曰："有如是信士乎？吾岂爱惜女子而不酬其劳哉。"女亦微笑曰："虽然，更为吾捣药百日，方议姻好。"妪于襟带间解药，航即捣之。昼为而夜息，夜则妪收药臼于内室。航又闻捣药声，因窥之，有玉兔持杵臼，而雪光辉室，可鉴毫芒。于是航之意愈坚。如此日足，妪持而吞之曰："吾当入洞，而告姻戚为裴郎具帐帏。"遂挈女入山，谓航曰："但少留此。"

逡巡，车马仆隶，迎航而往。别见一大第连云，珠扉晃日，内有帐幄屏帏，珠翠珍玩，莫不臻至，愈如贵戚家焉。仙童侍女，引航入帐就礼讫。航拜妪，悲泣感荷。妪曰："裴郎自是清冷裴真人子孙，业当出世，不足深愧老妪也。"及引见诸宾，多神仙中人也。后有仙女，鬟髻霓衣，云是妻之姊耳。航拜讫，女曰："裴郎不相识耶？"航曰："昔非姻好，不醒拜侍。"女曰："不忆鄂渚同舟回而抵襄汉乎？"航深惊恒，恳悃陈谢。后问左右，曰："是小娘子之姊，云翘夫人，刘纲仙君之妻也。已是高真，为玉皇之女吏。"妪遂遣航将妻入玉峰洞中，琼楼珠室而居之，饵以绛雪琼英之丹，体性清虚，毛发绀绿，神化自在，超为上仙。

至太和中，友人卢颢遇之于蓝桥驿之西。因说得道之事，遂赠蓝田美玉十斤，紫府云丹一粒，叙话永日，使达书于亲爱。卢颢稽颡曰："兄既得道，如何乞一言而教授？"航曰："老子曰：'虚其心，实其腹。'今之人，心愈实，何由得道之理。"卢子憪然，而语之曰："心多妄想，腹漏精溢，即虚实可知矣。凡人自有不死之术，还丹之方，但子未便可教，异日言之。"卢子知不可请，但终宴而去。后世人莫有遇者。

◆ ◆ ◆

按《太平广记》五十采此条。明万历中龙朱陵本此作《蓝桥记》。明末余姚杨之炯又合裴航、崔护事，为《玉杵记》。

崔炜
据《太平广记》校录

贞元中，有崔炜者，故监察向之子也，向有诗名于人间，终于南海从事。炜居南海，意豁然也。不事家产，多尚豪侠，不数年，财业殚尽，多栖止佛舍。

时中元日，番禺人多陈设珍异于佛庙，集百戏于开元寺。炜因窥之，见乞食老妪，因蹶而覆人之酒瓮，当垆者殴之。计其直，仅一缗耳。炜怜之，脱衣为偿其所直，妪不谢而去。异日又来，告炜曰："谢子为脱吾难。吾善炙赘疣。今有越井冈艾少许奉子。每遇赘疣，只一炷耳。不独愈苦，兼获美艳。"炜笑而受之，妪倏亦不见。

后数日，因游海光寺，遇老僧赘于耳。炜因出艾试灸之，而如其说。僧感之甚，谓炜曰："贫道无以奉酬，但转经以资郎君之福佑耳。此山下有一任翁者，藏镪巨万，亦有斯疾。君子能疗之，当有厚报。请为书导之。"炜曰："然。"任翁一闻，喜跃，礼请甚谨。炜因出艾，一爇而愈。任翁告炜曰："谢君子痊我所苦，无以厚酬。有钱十万，奉子，幸从容，无草草而去。"炜因留彼。炜善丝竹之妙，闻主人堂前弹琴声，诘家童，对曰："主人之爱女也。"因请其琴而弹之。女潜听而有意焉。

时任翁家事鬼，曰独脚神，每三岁必杀一人飨之。时已逼矣，求人不获。任翁俄负心，召其子计之曰："门下客既不来，无血属可以为飨。吾闻大恩尚不报，况愈小疾耳。"遂令具神馔，夜将半，拟杀炜。已潜扃炜所处之室，而炜莫觉。女密知之，潜持刃于窗隙间告炜曰："吾家事鬼，今夜当杀汝而祭之，汝可持此破窗遁去。不然者，少顷死矣。此刃亦望持去，无相累也。"炜恐悸汗流，挥刃携艾，断窗棂跃出，拔键而走。任翁俄觉，率家僮十余辈，持刃秉炬，追之六七里，几及之。炜因迷道失足，坠于大枯井中，追者失踪而返。

炜虽坠井，为槁叶所藉而无伤。及晓视之，乃一巨穴，深百余丈，无计可出。四旁嵌空，宛转可容千人，中有一白蛇，盘屈可长数丈。前有石臼岩，上有物滴下，如饴蜜，注臼中。蛇就饮之。炜察蛇有异，乃叩首祝之曰："龙王，某不幸坠于此，愿王悯之！"幸不相害。因饮其余，亦不饥渴。细视蛇之唇吻，亦有疣焉。炜感蛇之见悯，欲为炙之，奈无从得火。既久，有遥火飘入于穴。炜乃燃艾启蛇而炙之，是赘应手坠地。蛇之饮食久妨碍，及去，颇以为便，遂吐径寸珠酬炜，炜不受，而启蛇曰："龙王能施云雨，阴阳莫测，神变由心，行藏在己，必能有道拯援沉沦。倘赐挈维，得还人世，则死生感激，铭在肌肤。但得一归，不愿瑰宝。"蛇遂咽珠，蜿蜒将有所适，炜遂再拜，跨蛇而去。不由穴口，只于洞中行。可数十里，其中幽暗若漆。但蛇之光烛两壁，时见绘画古丈夫，咸有冠带。最后触一石门，门有金兽啮环，洞然明朗。蛇低首不进，而卸下炜，炜将谓已达人世矣。

入户，但见一室，空阔可百余步。穴之四壁，皆镌为房室。当中有锦绣帏帐数间，垂金泥紫，更饰以珠翠，炫晃如明星之连缀。帐前有金炉，炉上有蛟龙、鸾凤、龟蛇、鸾雀，皆张口喷出香烟，芳芬蓊郁。傍有小池，砌以金璧，贮以水银，凫鹥之类，皆琢以琼瑶而泛之。四壁有床，咸饰以犀象，上有琴瑟、笙簧、鼗鼓、柷敔，不可胜记。炜细视手泽尚新。炜乃恍然，莫测是何洞府也。良久，取琴试弹之，四壁户牖咸启。有小青衣出而笑曰："玉京子已送崔家郎君至矣。"遂却走入。须臾，有四女，皆古鬟髻，曳霓裳之衣，谓炜曰："何崔子擅入皇帝玄宫耶？"炜乃舍琴再拜，女亦酬拜。炜曰："既是皇帝玄宫，皇帝何在？"曰："暂赴祝融宴尔。"遂命炜就榻鼓琴，炜乃弹《胡笳》。女曰："何曲也？"曰："《胡笳》也。"曰："何为《胡笳》？吾不晓也。"炜曰："汉蔡文姬，即中郎邕之女也，没于胡中。及归，感胡中故事，因抚琴而成斯弄，像胡中吹筘哀咽之韵。"女皆怡然曰："大是新曲。"遂命酌醴传觞。炜乃叩首，求归之意颇切，女曰："崔子既来，皆是宿分，何必匆遽，幸且淹驻。羊城使者少顷当来，可以随往。"谓崔子曰："皇帝已许田夫人奉箕箒，便可相见。"崔子莫测端倪，不敢应答。遂命侍女召田夫人，夫人不肯至，曰："未奉皇帝诏，不敢见崔家郎也。"再命不至，谓炜曰："田夫人淑德美丽，世无俦匹，愿君子善奉之，亦宿业耳。夫人，即齐王女也。"崔子曰："齐王何人也？"女曰："王讳横，昔汉初亡齐而居海岛者。"

逡巡，有日影入照坐中。炜因举首上见一穴，隐隐然睹人间天汉耳。四女曰："羊城使者至矣。"遂有一白羊自空冉冉而下，须臾至座。背有一丈夫，衣冠俨然，执大笔，兼封一青竹简，上有篆字，进于香几上，四女命侍女读之曰："广州刺史徐绅死，安南都护赵昌充替。"女酌醴饮使者曰："崔子欲归番禺，愿为挈往。"使者唱诺，回谓炜曰："他日须与使者易服绮宇，以相酬劳。"炜但唯唯。四女曰："皇帝有敕令与郎君国宝阳燧珠，将往至彼，当有胡人具十万缗而易之。"遂命侍女开玉函取珠授炜。炜再拜捧受，谓四女曰："炜不曾朝谒皇帝，又非亲族，何遽贶遗如是？"女曰："郎君先人有诗于越台，感悟徐绅，遂见修葺。皇帝愧之，亦有诗继和。赍珠之意，已露诗中，不假仆说。郎君岂不晓耶？"炜曰："不识皇帝何诗？"女命侍女书题于羊城使者笔管上云："千载荒台隳路隅，一烦太守重椒涂。感君拂拭意何极，报尔美妇与明珠。"炜曰："皇帝原何姓字？"女曰："已后当自知耳。"

女谓炜曰:"中元日须具美酒丰馔于广州蒲涧寺静室,吾辈当送田夫人往。"炜遂再拜告去,欲蹑使者之羊背。女曰:"知有鲍姑艾,可留少许。"炜但留艾,即不知鲍姑是何人也,遂留之。瞬息而出穴,履于平地,遂失使者与羊所在。望星汉,时已五更矣。俄闻蒲涧寺钟声,遂抵寺。僧人早糜见饷,遂归广州。

崔子先有舍税居,至日往舍询之,曰:"已三年矣。"主人谓崔炜曰:"子何所适而三秋不返?"炜不实告。开其户,尘榻俨然,颇怀凄怆。问刺史,则徐绅果死,而赵昌替矣。乃抵波斯邸,潜鬻是珠。有老胡人一见,遂匍匐礼手曰:"郎君的入南越王赵佗墓中来。不然者,不合得斯宝。"盖赵佗以珠为殉故也。崔子乃具实告,方知皇帝是赵佗。佗亦曾称南越武帝,故耳。遂具十万缗易之。崔子诘胡人曰:"何以辨之?"曰:"我大食国宝阳燧珠也。昔汉初赵佗使异人梯山航海,盗归番禺,今仅千载矣。我国有能玄象者,言来岁国宝当归,故我王召我具大舶重资抵番禺而搜索。今日果有所获矣。"遂出玉液而洗之,光鉴一室。胡人遽泛舶归大食去。

炜得金,遂具家产。然访羊城使者,竟无影响。后有事于城隍庙,忽见神像有类使者,又睹神笔上有细字,乃侍女所题也。方具酒脯而奠之,兼重粉缋及广其宇,是知羊城即广州城,庙有五羊焉。又征任翁之室,则村老云:"南越尉任嚣之墓耳。"又登越王殿台,睹先人诗云:"越井冈头松柏老,越王台上生秋草。古墓多年无子孙,野人踏践成官道。"兼越王继和诗,踪迹颇异。乃询主者,主者曰:"徐大夫绅,因登此台,感崔侍御诗,故重粉饰台殿,所以焕赫耳。"

后将及中元日,遂丰洁香馔甘醴,留蒲涧寺僧室。夜将半,果四女伴田夫人至。容仪艳逸，言旨雅澹。四女与崔生进觞谐谑，将晓告去。崔子遂再拜讫，致书达于越王，卑辞厚礼，敬荷而已。遂与夫人归室。炜诘夫人曰："既是齐王女，何以配南越人？"夫人曰："某国破家亡，遭越王所虏，为嫔御。王崩，因以为殉。乃不知今是几时也。看烹郦生，如昨日耳。每忆故事，辄一潸然。"炜问曰："四女何人？"曰："其二，瓯越王摇所献；其二，闽越王无诸所进。俱为殉者。"又问曰："昔四女云鲍姑，何人也？"曰："鲍靓女，葛洪妻也。多行炙于南海。"炜方叹骇昔日之妪耳。又："呼蛇为玉京子何也？"曰："昔安期生长跨斯龙而朝玉京，故号之玉京子。"

炜因在穴饮龙余沫，肌肤少嫩，筋力轻健。后居南海十余载，遂散金破产，栖心道门，乃挈室往罗浮访鲍姑，后竟不知所适。

◆ ◆ ◆

按《太平广记》三十四采此条。

孙恪

据《太平广记》校录

广德中有孙恪秀才者，因下第游于洛中。至魏王池畔，忽有一大第，土木皆新，路人指云："斯袁氏之第也。"恪径往叩扉，无有应声。户侧有小房，帘帷颇洁，谓伺客之所。恪遂褰帘而入。

良久，忽闻启关者一女子，光容鉴物，艳丽惊人：珠初涤其月华，柳乍含其烟媚；兰芬灵濯，玉莹尘清。恪疑主人之处子，但潜窥而已。女摘庭中之萱草，凝思久立，遂吟诗曰："彼见是忘忧，此看同腐草，青山与白雪，方展我怀抱。"吟讽惨容。后因来褰帘，忽睹恪，遂惊惭入户。使青衣诘之曰："子何人，而夕向于此？"恪乃语以税居之事，曰："不幸冲突，颇益惭骇。幸望陈达于小娘子。"青衣具以告。女曰："某之丑拙，况不修容，郎君久盼帘帷，当尽所睹，岂敢更回避耶？愿郎君少伫内厅，当暂饰装而出。"恪慕其容美，喜不自胜。诘青衣曰："谁氏之子？"曰："故袁长官之女，少孤，更无姻戚，唯与妾辈三五人，据此第耳。小娘子见求适人，但未售也。"良久，乃出见恪，美艳愈于向者所睹。命侍婢进茶果，曰："郎君即无第舍，便可迁囊橐于此厅院中。"指青衣谓恪曰："少有所须，但告此辈。"恪愧荷而已。恪未室，又睹女子之妍丽如是，乃进媒而请之，女亦忻然相受，遂纳为室。

袁氏赡足，巨有金缯，而恪久贫，忽车马焕若，服玩华丽，颇为亲友之疑讶。多来诘恪，恪竟不实对。恪因骄倨，不求名第，日洽豪贵，纵酒狂歌，如此三四岁，不离洛中。

忽遇表兄张闲云处士，恪谓曰："既久睽闲，颇思从容，愿携衾裯，一来宵话。"张生如其所约。及夜半将寝，张生握恪手，密谓之曰："愚兄于道门，曾有所授，适观弟词色，妖气颇浓，未审别有何所遇？事之巨细，必愿见陈，不然者，当受祸耳。"恪曰：

"未尝有所遇也。"张生又曰:"夫人禀阳精,妖受阴气;魂掩魄尽,人则长生,魄掩魂消,人则立死。故鬼怪无形而全阴也,仙人无影而全阳也,阴阳之盛衰,魂魄之交战;在体而微有失位,莫不表白于气色。向观弟神采,阴夺阳位,邪干正腑,真精已耗,识用渐隳,津液倾输,根蒂荡动,骨将化土,颜非渥丹,必为怪异所铄,何坚隐而不剖其由也?"恪方惊悟,遂陈娶纳之因。张生大骇曰:"只此是也,其奈之何。"恪曰:"弟忖度之,有何异焉?"张曰:"岂有袁氏海内无瓜葛之亲哉!又辨慧多能,足为可异矣。"遂告张曰:"某一生遭迍,久处冻馁,因滋婚娶,颇似苏息;不能负义,何以为计?"张生怒曰:"大丈夫未能事人,焉能事鬼?《传》云:'妖由人兴,人无衅焉,妖不自作。'且义与身孰亲?身受其灾,而顾其鬼怪之恩义;三尺童子,尚以为不可,何况大丈夫乎!"张又曰:"吾有宝剑,亦干将之俦亚也。凡有魍魉,见者灭没。前后神验,不可备数。诘朝奉借,倘携密室,必睹其狼狈,不下昔日王君携宝镜而照鹦鹉也。不然者,则不断恩爱耳。"明日恪遂受剑。张生告去,执手曰:"善伺其便。"

恪遂携剑,隐于室内,而终有难色。袁氏俄觉。大怒而责恪曰:"子之穷愁,我使畅泰,不顾恩义,遂兴非为,如此用心,则犬彘不食其余,岂能立节行于人世也。"恪既被责,惭颜惕虑,叩头曰:"受教于表兄,非宿心也,愿以饮血为盟,更不敢有他意。"汗落伏地。袁氏遂搜得其剑,寸折之,若断轻藕耳。恪愈惧,似欲奔迸,袁氏乃笑曰:"张生一小子,不能以道义诲其表弟,使行其凶险,来当辱之。然观子之心,的应不如是。然吾匹君已数岁也，子何虑哉？"恪方稍安。后数日，因出，遇张生曰："无何使我撩虎须，几不脱虎口耳。"张生问剑之所在，具以实对。张生大骇曰："非吾所知也。"深惧而不敢来谒。后十余年，袁氏已鞠育二子。治家甚严，不喜参杂。

后恪之长安，谒旧友人王相国缙，遂荐于南康张万顷大夫为经略判官，挈家而往。袁氏每遇青松高山，凝睇久之，若有不快意。到端州，袁氏曰："去此半程，江壖有峡山寺，我家旧有门徒僧惠幽居于此寺。别来数十年，僧行夏腊极高，能别形骸，善出尘垢。倘经彼设食，颇益南行之福。"恪曰："然。"遂具斋蔬之类。及抵寺，袁氏欣然，易服理妆，携二子诣老僧院，若熟其径者。恪颇异之。遂将碧玉环子以献僧，曰："此是院中旧物。"僧亦不晓。及斋罢，有野猿数十，连臂下于高松，而食于生台上；后悲笑扪萝而跃，袁氏恻然。俄命笔题僧壁曰："刚被恩情役此心，无端变化几湮沉。不如逐伴归山去，长笑一声烟雾深。"乃掷笔于地，抚二子咽泣数声，语恪曰："好住！好住！吾当永诀矣。"遂裂衣化为老猿，追笑者跃树而去。将抵深山，而复返视。

恪乃惊惧，若魂飞神丧，良久抚二子一恸。乃询于老僧，僧方悟："此猿是贫道为沙弥时所养。开元中，有天使高力士经过此，怜其慧黠，以束帛而易之。闻抵洛京，献于天子。时有天使来往，多说其慧黠过人，长驯扰于上阳宫内。及安史之乱，即不知所之。於戏！不期今日更睹其怪异耳！碧玉环者，本诃陵胡人所施，当时亦随猿颈而往，今方悟矣。"恪遂惆怅。舣舟六七日，携二子而回棹。不复能之任也。

❖❖❖

按《太平广记》四百四十五引此,下注出《传奇》。

韦自东
据《太平广记》校录

贞元中有韦自东者,义烈之士也。尝游太白山,栖止段将军庄;段亦素知其壮勇者。一日与自东眺望山谷,见一径甚微,若旧有行迹。自东问主人曰:"此何诣也?"段将军曰:"昔有二僧,居此山顶,殿宇宏壮,林泉甚佳;盖开元中万回师弟子之所建也;似驱役鬼工,非人力所能及。或闻樵者说:其僧为怪物所食。今绝踪二三年矣。又闻人说:有二夜叉于此。山亦无人敢窥焉。"自东怒曰:"余操心在平侵暴,夜叉何类,而敢噬人?今夕必挈夜叉首至于门下。"将军止曰:"暴虎冯河,死而无悔。"自东不顾,仗剑奋衣而往,势不可遏。将军悄然曰:"韦生当其咎耳。"

自东扪萝蹑石至精舍,悄寂无人。睹二僧房,大敞其户,履锡俱全,衾枕俨然,而尘埃凝积其上。又见佛堂内,细草茸茸,似有巨物偃寝之处。四壁多挂野麂玄熊之类,或庖炙之余;亦有锅镬薪。自东乃知是樵者之言不谬耳。度其夜叉未至,遂拔柏树,径大如碗,去枝叶为大杖。扃其户,以石佛拒之。

是夜，月白如昼。夜未分，夜叉挈鹿而至。怒其肩镴，大叫，以首触户，折其石佛而踣于地。自东以柏树挝其脑，再举而死之。拽之入室，又阖其扉。顷之，复有夜叉继至，似怒前归者不接己，亦哮吼，触其扉，复踣于户阈，又挝之，亦死。自东知雌雄已殒，应无俦类，遂掩关，烹鹿而食。

及明，断二夜叉首，挈余鹿而示段。段大骇曰："真周处之俦矣。"乃烹鹿饮酒尽欢；远近观者如堵。有道士出于稠人中，揖自东曰："某有衷恳，欲披告于长者，可乎？"自东曰："某一生济人之急，何为不可。"道士曰："某栖心道门，恳志灵药，非一朝一夕耳。三二年前，神仙为吾配合龙虎丹一炉，据其洞而修之，有日矣。今灵药将成，而数有妖魔入洞，就炉击触，药几废散。思得刚烈之士，仗剑卫之。灵药倘成，当有分惠，未知能一行否？"自东踊跃曰："乃平生所愿也。"遂仗剑从道士而去。济险蹑峻，当太白之高峰，将半，有一石洞，可百余步，即道士烧丹之室；唯弟子一人。道士约曰："明晨五更初，请君仗剑当洞门而立，见有怪物，但以剑击之。"自东曰："谨奉教。"久立烛于洞门外以伺之。

俄顷，果有巨虺长数丈，金目雪牙，毒气氤郁，将欲入洞。自东以剑击之，似中其首，俄顷，若轻雾而化去。食顷，有一女子，颜色绝丽，执芰荷之花，缓步而至。自东又以剑拂之，若云气而灭。食顷，将欲曙。有道士乘云驾鹤，导从甚严，劳自东曰："妖魔已尽，吾弟子丹将成矣！吾当来为证也。"盘旋候明而入。语自东曰："喜汝道士丹成，今有诗一首，汝可继和。"诗曰："三秋稽颡叩真灵，龙虎交时金液成。绛雪既凝身可度，蓬壶顶上有云生。"自东详之,意曰:此道士之师。遂释剑而礼之。俄而突入,药鼎爆烈,更无遗在,道士恸哭。自东悔恨自咎而已。二人因以泉涤其鼎器而饮之。自东后更有少容,而适南岳,莫知所止。今段将军庄,尚有夜叉骷髅见在。道士亦莫知所之。

◆ ◆ ◆

按《太平广记》三百五十六引此文。

陶尹二君
据《太平广记》校录

大中初,有陶太白、尹子虚二老人,相契为友。多游嵩华二峰,采松脂茯苓为业。二人因携酿酝,陟芙蓉峰,寻异境,憩于大松林下,因倾壶饮。闻松梢有二人抚掌笑声。二公起而问曰:"莫非神仙乎?岂不能下降而饮斯一爵?"笑者曰:"吾二人非山精木魅,仆是秦役夫,彼即秦宫女子,闻君酒馨,颇思一醉。但形体改易,毛发怪异,恐子悸栗,未能便降。子但安心徐待,吾当返穴易衣而至,幸无遽舍我去。"二公曰:"敬闻命矣。"遂久伺之。

忽松下见一丈夫,古服俨雅,一女子鬟髻彩衣俱至。二公拜谒,忻然还坐。顷之,陶君启:"神仙何代人?何以至此?既获拜侍,愿怯未晤!"古丈夫曰:"余秦之役夫也,家本秦人。及稍成童,值始皇帝好神仙术,求不死药,因为徐福所惑,搜童男童女千人,将之海岛。余为童子,乃在其选。但见鲸涛蹵雪,蜃阁排空,石桥之柱欹危,蓬岫之烟杳渺,恐葬鱼腹,犹贪雀生。于难厄之中,遂出奇计,因脱斯祸。归而易姓业儒,不数年中,又遭始皇煨烬典坟,坑杀儒士,缙绅泣血,簪绂悲号。余当此时,复在其数。时于危惧之中,又出奇计,乃脱斯苦。又改姓氏为板筑夫,又遭秦皇欻信妖妄,遂筑长城,西起临洮,东之海曲,陇雁悲昼,塞雪咽空,乡关之思魂飘,砂碛之劳力竭,堕趾伤骨,唉雪触冰。余为役夫,复在其数。遂于辛勤之中,又出奇计,得脱斯难。又改姓氏而业工,乃属秦皇帝崩,穿凿骊山,大修茔域,玉墀金砌,珠树琼枝,绮殿锦宫,云楼霞阁,工人匠石,尽闭幽隧。念为工匠,复在数中,又出奇谋,得脱斯苦。凡四设权奇之计,俱脱大祸。知不遇世,遂逃此山,食松脂木实,乃得延龄耳。此毛女者,乃秦之宫人,同为殉者。余乃同与脱骊山之祸,共匿于此。不知于今经几甲子耶?"二子曰:"秦于今世,继正统者九代,千余年兴亡之事,不可历数。"

二公遂俱稽颡曰:"余二小子,幸遇大仙,多劫因依,使今谐遇;金丹大药,可得闻乎?朽骨腐肌,实冀庥荫!"古丈夫曰:"余本凡人,但能绝其世虑。因食木实,乃得凌虚,岁久日深,毛发绀绿。不觉生之与死,俗之与仙,鸟兽为邻,猱狖同乐;飞腾自在,云气相随,亡形得形,无性无情。不知金丹大药,为何物也。"二公曰:"大仙食木实之法,可得闻乎?"曰:"余初饵柏子,后食松脂，遍体疮疡，肠中痛楚。不及旬朔，肌肤莹滑，毛发泽润。未经数年，凌虚若有梯，步险如履地，飘飘然顺风而翔，皓皓然随云而升。渐混合虚无，潜孚造化，彼之与我，视无二物。凝神而神爽，养气而气清；保守胎根，含藏命带；天地尚能覆载，云气尚能郁蒸，日月尚能晦明，川岳尚能融结；即余之体，莫能败坏矣。"二公拜曰："敬闻命矣。"

饮将尽，古丈夫折松枝，叩玉壶，而吟曰："饵柏身轻叠嶂间，是非无意到尘寰。冠裳暂备论浮世，一饷云游碧落间。"毛女继和曰："谁知古是与今非，闲蹑青霞远翠微。箫管秦楼应寂寂，彩云空惹薜萝衣。"古丈夫曰："吾与子邂逅相遇，那无恋恋耶。吾有万岁松脂、千秋柏子少许，汝可各分饵之，亦应出世。"二公捧受拜荷，以酒吞之。二仙曰："吾当去矣！善自道养，无令漏泄伐性，使神气暴露于窟舍耳！"二公拜别，但觉超然，莫知其踪去矣。旋见所衣之衣，因风化为花片蝶翅而扬空中。

陶尹二公，今巢居莲花峰上，颜脸微红，毛发尽绿，言语而芳馨满口，履步而尘埃去身。云台观道士，往往遇之，亦时细话得道之来由尔。

◆ ◆ ◆

按《太平广记》四十引此文。

三水小牍

皇甫枚 撰

按《三水小牍》，唐皇甫枚撰。两《唐志》未著录。宋陈直斋《书录解题》小说类，始载《三水小牍》三卷，唐皇甫枚遵美撰。(《文献通考》，枚作牧。清聚珍本亦同。)马氏《经籍考》《宋史·艺文志》并载之，卷数与直斋同。明杨仪有二卷本。姚咨于嘉靖甲寅，从杨写福。后十一年，秦汴据以锓木。《天一阁书目》所载之二卷本即此书也。清乾隆间，卢文弨刻入《抱经堂丛书》。阮元《揅经堂外集》又据钱曾影写姚本入录。近人缪荃孙复据卢本，而校以《广记》《续谈助》《说郛》《说海》，并辑逸文十二条，刊入《云自在龛丛书》，皆二卷本也。宋时既称三卷，今只二卷，知此书在明时，已佚其一。缪氏益以葺补，虽未能遽复旧观，然已十得六七，在今日当以此本为最完善。皇甫枚生平颇晦。《直斋书录解题》仅云："字遵美，天祐中人。三水者，安定属邑也。"亦不详其他。惟就本书考之，知枚于唐懿宗咸通末年，曾为汝州鲁山令。(缪本卷下《夏侯祯黩女神》一条)是年，由汝入秦。(缪本卷上《王玄冲登华山莲花峰》一条)光启中，僖宗在梁州，秋月，枚赴调行在。(缪本卷下《高平县所见》一条)枚著籍三水，而汝坟温泉，复有别业（缪本卷上《冠盖山获古铜斗》条，又卷下《广明庚子大风雨之异》一条）。其平生行事，可考者只此。惟姚咨、秦汴并称："枚于天祐庚午岁，旅食汾晋，手纪咸通中事，而为此书。"今本无考。故卢抱经疑旧本原有枚序，否则姚氏无从知之。颇以未见为憾。然嘉靖间文籍尚繁，姚或别有采获，不必定出自序。果其有之，以姚咨之媚古成癖，秦汴之搜采逸文，（姚、秦二本，并出于海虞杨梦羽家藏本。姚录于嘉靖甲寅。秦刻于嘉靖甲子。前后相距只十一年，序不当亡佚也。又秦序云："余录得《三水小牍》八则，又从《古今说海》得七则。及得海虞杨仪部梦羽二卷，似乎已备，及检《通考》，知尚亡一卷。"是秦固尝致力搜采矣。）当不致轻于割弃，可断言也。至唐天祐庚午，唐已亡四年，晋时犹称天祐。枚既旅食晋汾，无复眷顾汝坟之意，其不肯奉梁正朔，固自附于罗昭谏、韩致光辈矣。今细绎其书，虽多纪仙灵怪异，而每及义烈，亦复凛凛有生气。（卢文弨序云："书中所载烈丈夫如董汉勋，烈妇人如李庭妻崔氏、殷保晦妻封夫人，皆凛凛有生气。《郏城令遇贼偷生》而下，即系之以崔氏之骂贼被杀。此与欧阳公传长乐老相似，垂诫亦深矣。"）是于侈陈灵异之余，隐寓垂诫之旨。至文辞雅饰，不失唐人轨范，又未可以猥琐诞妄视之也。今移录数则，俾资赏玩。喜治唐说部者，欲窥其全，则缪刻尚在，取而览观可也。

王玄冲

据缪本《三水小牍》校录

　　咸通癸巳岁，余从鼎臣兄自汝入秦。冬十二月，宿于华野狐泉店。鼎臣兄与余同登南坡兰若，访主僧曰义海，因话三峰事。海曰："去秋有士人王玄冲者，来自天姥，云游涉名山，亦尽东南之美矣。惟有华山莲华峰，今则方伺（《续谈助》作候）一登耳。计其五千仞，为一旬之程。既上，当爇烟为信。翌日，发笈，取一药壶，并火金以去。及期，海至桃林以俟（《续谈助》作伫立）。数息间，有白烟欻起莲花峰。"海秘之不言。后二旬，而玄冲至。言曰："前者既入华阳山，寻微径至莲华峰下。初登，虽峻险，犹可重足一迹。既及峰三分之一，则劣容半足，乃以死誓志，作气而登。时遇石室，上下悬绝，则有茑萝及石发垂下，接之以升。果一旬，而及峰顶。顶广约百亩，中有池，亦数亩。菡萏方盛，浓碧鲜妍。四旁则巨桧乔松。池侧，有破铁舟，触之则碎。既周览矣，乃爇火焉。而循池玩花，探取落叶数片，及铁舟寸许怀之，一宿乃下。下之危栗，复倍于登陟时。"海不觉其执玄冲（原本作云，据《续谈助》校改）手曰："君固三清之奇士也。"于是玄冲尽以莲叶铁舟铁（原本无上铁字，据《续谈助》校增）赠海。明日，复负笈而去，莫知所终。则尚子寻五岳，亦斯人之徒与。

❖ ❖ ❖

按此文叙玄冲登莲花峰一节，令人神骇。华山有三峰：即莲花、王女、松桧也。《太平御览》三十九引《华山记》云："山顶有池，生千叶莲花，服之羽化，因曰华山。"此文或因此而玄想实境；或果有其人其事，皆未可知。然境固奇绝矣。唐前写华山者，以郦元《水经注》为巨制。后则明洪武间有昆山王履《游华山诗》百五十首（《列朝诗集》甲集十六选录），颇能状难写之景于目前，又郦注后别开生面者也。

王知古
据明钞原本《说郛》及《太平广记》互校

咸通庚寅岁，卢龙军节度使检校尚书左仆射张直方抗表，请修入觐之礼，优诏允焉。先是张氏世莅燕土，民亦世服其恩。礼昭台之嘉宾，抚易水之壮士；地沃兵庶，朝廷每姑息之。洎直方之嗣事也，出绮纨之中，据方岳之上，未尝以民间休戚为意；而酣酒于室，淫兽于原，巨赏狎于皮冠，厚宠袭于绿帻，暮年而三军大怨。直方稍不自安。左右有为其计者，乃尽室西上至京，懿宗授之左武卫大将军。而直方飞苍走黄，莫亲徼道之职，往往设置罘于通道，则犬彘无遗。臧获有不如意者，立杀之。或曰："辇縠之下，不可专戮。"其母曰："尚有尊于我子者乎？"则僭轶可知也。于是谏官列状上，请收付廷尉。天子不忍置于法，乃降为昭王府司马，俾分务洛师焉。直方至东京，既不自新，而慢游愈亟。洛阳四旁骞者走者，见皆识之，必群噪长嗥而去。

有王知古者，东诸侯之贡士也，虽薄涉儒术，而数奇不中春官选，乃退处于三川之上，以击鞠飞觞为事，遨游于南邻北里间。至是有闻于直方者，直方延之。睹其利喙赡辞，不觉前席，自是日相狎。壬辰岁，冬十一月，知古尝晨兴，僦舍无烟，愁云塞望，悄然弗怡。乃徒步造直方第，至则直方急趋，将出畋也。谓知古曰："能相从乎？"而知古以祈寒有难色，直方顾谓僮曰："取短皂袍来。"请知古衣之，知古乃上加麻衣焉，遂联辔而去。出长夏门，则凝霰始零，由阙塞而密雪如注。乃渡伊水而东，南践万安山之阴麓，而韝采之获甚夥。倾羽觞，烧兔肩，殊不觉有严冬意。及乎霞开雪霁，日将夕焉，忽有封狐突起于知古马首，乘酒驰之数里，不能及，又与猎徒相失。须臾雀噪烟暝，莫知所如；隐隐闻洛城暮钟，但彷徨于樵径古陌之上。俄而山川黯然，若一鼓将半，试长望，有炬火甚明，乃依积雪光而赴之。

复若十余里，至则乔木交柯，而朱门中开，皓壁横亘，真北阙之甲第也。知古及门，下马，将徙倚以达旦。无何，小驷顿辔，闻者觉之，隔壁而问阿谁，知古应曰："成周贡士太原王知古也。今旦有友人将归于崆峒旧隐者，仆饯之伊水滨，不胜离觞，既掺袂，马逸，复不能止，失道至此耳。迟明将去，幸无见让。"闻曰："此乃南海副使崔中丞之庄也。主父近承天书赴阙，郎君复随计吏西征，此惟闺闱中人耳，岂可淹久乎。某不敢去留，请闻于内。"知古虽怵惕不宁，自度中宵矣，去将安适？乃拱立以候。

少顷，有秉蜜炬自内至者，振钥管辟扉，引保母出。知古前拜，仍述厥由。母曰："夫人传语：'主与小子，皆不在家，于礼无延客之道。然僻居于山薮，接轸豺狼所噬，若固相拒，是见溺不救也。请舍外厅，翌日可去。'"知古辞谢，乃从保母而入。过重门，门侧厅事，栾栌宏敞，帷幕鲜华，张银灯，设绮席，命知古坐焉。酒三行，陈方丈之馔，豹胎鲂腴，穷水陆之美，保母亦时来相勉。食毕，保母复问知古世嗣宦族及内外姻党，知古具言之。乃曰："秀才轩裳令胄，金玉奇标，既富春秋，又洁操履，斯实淑媛之贤夫也。小君以钟爱稚女，将及笄年，尝托媒妁，为求谐对久矣。今夕何夕，获遘良人。潘杨之睦可遵，凤凰之兆斯在。未知雅抱何如耳？"知古敛容曰："仆文愧金声，才非玉润，岂家室为望，惟泥涂是忧。不谓宠及迷津，庆逢子夜。聆好音于鲁馆，逼佳气于秦台。二客游神，方兹莫及；三星委照，唯恐不扬。倘获托彼强宗，眷以佳耦，则生平所志，毕在斯乎。"保母喜，谑浪而入白，复出，致小君之命。曰："儿自移天崔门，实秉懿范；奉蘋蘩之敬，如琴瑟之和。惟以稚女是怀，思配君子，既辱高义，乃叶夙心。上京飞书，路且不远；百两陈礼，事亦非赊。忻慰孔多，倾瞩而已。"知古磬折而答曰："某虫沙微类，分及湮沦，而钟鼎高门，忽蒙采拾；有如白水，以奉清尘，鹤企凫趋，惟待休旨。"知古复拜。保母戏曰："他日锦雉之衣欲解，青鸾之匣全开；

貌如月华，室若云邃。此际颇相念否？"知古谢曰："以凡近仙，自地登汉，不有所举，孰能自媒。谨当誓彼襟灵，志之绅带；期于没齿，佩以周旋。"复拜。

少时，则燎沉当庭，良夜将艾。保母请知古脱服以休，既解麻衣，而皂袍见。保母诮曰："岂有逢掖之士，而服从役之衣耶？"知古谢曰："此乃假之于与游所熟者，固非己有。"又问所从，答曰："乃卢龙张直方仆射所借耳。"保母忽惊叫仆地，色如死灰。既起，不顾而走入宅。遥闻大叱曰："夫人差事，宿客乃张直方之徒也。"复闻夫人者叫曰："火急斥去，无启寇仇。"于是婢子小竖辈，群出秉猛炬，曳白梴而登阶。知古偃儴，避于庭中，四顾逊谢。骂言狎至，仅得出门。既出，已横关阖扉，犹闻喧哗未已。知古愕立道左，自怛久之。将隐颓垣，乃得马于其下，遂驰走。遥望大火若燎原者，乃纵辔赴之。至则输租车方饭牛附火耳。询其所，则伊水东草店之南也。复枕辔假寐。食顷，而震方洞然，心思稍安。乃扬鞭于大道，比及都门，已有张直方骑数辈来迹矣。

遥至其第，既见直方，而知古愤懑不能言，直方慰之。坐定，知古乃述宵中怪事。直方起而抚髀曰："山魈木魅，亦知人间有张直方耶？"且止知古。复益其徒数十人，皆射皮饮胃者，享以卮酒豚肩。与知古复南出，既至万安之北，知古前导，雪中马迹宛然。直诣柏林下，则碑板废于荒坎，樵苏残于茂林。中列大冢十余，皆狐兔之窟宅，其下成蹊。于是直方命四周张瞉弓以侍。内则秉蕴荷锸，且掘且薰。少焉，有群狐突出，焦头烂额者，罝罗罥挂

者，应弦饮羽者，凡获狐大小百余头以归。(《广记》止此)

三水人曰：嗟乎！王生，生世不谐，而为狐貉所侮，况其大者乎。向若无张公之皂袍，则强死于秽兽之穴也。余时在洛敦化里第，于宴集中，博士渤海徐公说为余言之。岂曰语怪，亦以摭实，故传之焉。

◆ ◆ ◆

按《太平广记》四百五十五引此文，题曰《张直方》。明人丛刻，有改题为《猎狐记》者，则因事命题，非其旧也。今不取。

步飞烟

据明钞原本《说郛》校录

临淮武公业，咸通中任河南府功曹参军。爱妾曰飞烟，姓步氏，容止纤丽，若不胜绮罗。善秦声，好文墨，尤工击瓯，其韵与丝竹合。公业甚嬖之。其比邻，天水赵氏第也，亦衣缨之族。其子曰象，端秀有文，才弱冠矣。时方居丧礼。忽一日，于南垣隙中窥见飞烟，神气俱丧，废食忘寐。乃厚赂公业之阍，以情告之。阍有难色，复为厚利所动。乃令其妻伺飞烟闲处，具以象意言焉。飞烟闻之，但含笑凝睇而不答。门媪尽以语象。象发狂心荡，不知所持，乃取薛涛笺题绝句曰："一睹倾城貌，尘心只自猜。不随萧史去，拟学阿兰来。"以所题密缄之，祈门媪达飞烟。烟读毕，吁嗟良久，谓媪曰："我亦曾窥见赵郎，大好才貌。此生薄福，不得当之。"盖鄙武生粗悍，非良配耳。乃复酬一篇，写于金凤笺，曰："绿惨双娥不自持，只缘幽恨在新诗。郎心应似琴心怨，脉脉春情更泥谁。"封付门媪，令遗象。象启缄，吟讽数四，拊掌喜曰："吾事谐矣。"又以剡溪玉叶纸，赋诗以谢，曰："珍重佳人赠好音，彩笺芳翰两情深。薄于蝉翼难供恨，密似蝇头未写心。疑是落花迷碧洞，只思轻雨洒幽襟。百回消息千回梦，裁作长谣寄绿琴。"诗去旬日，门媪不复来。

象幽懑，恐事泄，或飞烟追悔。春夕，于前庭独坐，赋诗曰："绿暗红藏起暝烟，独将幽恨小庭前。沉沉良夜与谁语，星隔银河月半天。"明日，晨起吟际，而门媪来。传飞烟语曰："勿讶旬日无信，盖以微有不安。"因授象以连蝉锦香囊并碧苔笺，诗曰："无力严妆倚绣栊，暗题蝉锦思难穷。近来赢得伤春病，柳弱花欹怯晓风。"象结锦香囊于怀，细读小简，又恐飞烟幽思增疾，乃剪乌丝阑为回械，曰："春日迟迟，人心悄悄。自因窥觌，长役梦魂。虽羽驾尘襟，难于会合，而丹诚皎日，誓以周旋。昨日瑶台青鸟忽来，殷勤寄语。蝉锦香囊之赠，芬馥盈怀，佩服徒增，翘恋弥切。况又闻乘春多感，芳履乖和，耗冰雪之妍姿，郁蕙兰之佳气。忧抑之极，恨不翻飞。且望宽情，无至憔悴。莫孤短愿，宁爽后期。惝恍寸心，书岂能尽？兼持斐什，仰继华篇。伏惟试赐凝睇。"诗曰:"见说伤情为见春,想封蝉锦绿蛾颦。叩头为报烟卿道,第一风流最损人。"阎媪既得回报,径赍诣飞烟阁中。

武生为府掾属,公务繁夥,或数夜一直,或竟日不归,此时恰值入府曹。飞烟拆书,得以款曲寻绎。既而长太息曰:"丈夫之情,心契魂交,远如近也。"于是阖户垂幌,为书曰:"下妾不幸,垂髫而孤。中间为媒妁所欺,遂匹合于琐类。每至清风明月,移玉柱以增怀,秋帐冬缸,泛金徽而寄恨。岂谓公子,忽贻好音。发华缄而思飞,讽丽句而目断。所恨洛川波隔,贾午墙高。连云不及于秦台,荐梦尚遥于楚岫。犹望天从素恳,神假微机,一拜清光,就殒无恨。兼题短什,用寄幽怀。伏惟特赐吟讽也。"诗曰:"画檐春燕须同宿,兰浦双鸳肯独飞。长恨桃源诸女伴,等闲花里送郎归。"封讫,召阎媪,令达于象。象览书及诗,以飞烟意切,喜不自持,但静室焚香,虔祷以候。

忽一日,将夕,阎媪促步而至,笑且拜曰:"赵郎愿见神仙否?"象惊,连问之。传飞烟语曰:"值今夜功曹府直,可谓良时。妾家后亭,即君之前垣也。若不渝惠好,专望来仪。方寸万重,悉候晤语。"既曛黑,象乃乘梯而登,飞烟已令重榻于下。既下,见飞烟靓妆盛服,立于庭前。交拜讫,俱以喜极不能言。乃相携自后门入房中,遂背缸解幌,尽缱绻之意焉。及晓钟初动,复送象于垣下。飞烟执象手曰:"今日相遇,乃前生因缘耳。勿谓妾无玉洁松贞之志,放荡如斯。直以郎之风调,不能自固。愿深鉴之。"象曰:"挹希世之貌,见出人之心。已誓幽庸,永奉欢洽。"

言讫，象逾垣而归。明托阍媪赠诗曰："十洞三清虽路阻，有心还得傍瑶台。瑞香风引思深夜，知是蕊宫仙驭来。"飞烟览诗微笑，复赠象诗曰："相思只怕不相识，相见还愁却别君。愿得化为松下鹤，一双飞去入行云。"付阍媪，仍令语象曰："赖值儿家有小小篇咏。不然，君作几许大才面目？"兹不盈旬，常得一期于后庭。展幽微之思，罄宿昔之心；以为鬼神不知，天人相助；或景物寓目，歌咏寄情；来往便繁，不能悉载。如是者周岁。

无何，飞烟数以细过挞其女奴，奴阴衔之，乘间尽以告公业。公业曰："汝慎勿扬声！我当伺察之。"后至直日，乃伪陈状请假。迨夜，如常入直，遂潜于里门。街鼓既作，匍伏而归。循墙至后庭，见飞烟方倚户微吟，象则据垣斜睇。公业不胜其愤，挺前欲擒。象觉，跳去，公业搏之，得其半襦。乃入室，呼飞烟诘之。飞烟色动声颤，而不以实告。公业愈怒，缚之大柱，鞭楚血流。但云："生得相亲，死亦何恨。"深夜，公业怠而假寐。飞烟呼其所爱女仆曰："与我一杯水。"水至，饮尽而绝。公业起，将复笞之，已死矣。乃解缚，举置阁中，连呼之，声言飞烟暴疾致殒。数日，窆之北邙。而里巷间皆知其强死矣。

象因变服，易名远，自窜于江浙间。洛中才士，有崔、李二生，尝与武掾游处。崔诗末句云："恰似传花人饮散，空床抛下最繁枝。"其夕，梦飞烟谢曰："妾貌虽不迨桃李，而零落过之。捧君佳什，愧抑无已。"李生诗末句云："艳魄香魂如有在，还应羞见坠楼人。"其夕，梦飞烟戟手而詈曰："士有百行，君得全乎？何至务矜片言，苦相诋斥。当屈君于地下面证之。"数日，李生卒。时人异焉。远后调授汝州鲁山县主簿，陇西李垣代之。咸通末，予复代垣，而与远少相狎，故洛中秘事亦知之。而垣复为手记，故得以传焉。

三水人曰：噫！艳冶之貌，则代有之矣；洁朗之操，则人鲜闻。故士矜才则德薄，女炫色则情私。若能如执盈，如临深，则皆为端士淑女矣。飞烟之罪，虽不可道，察其心，亦可悲矣！

◆ ◆ ◆

按缪刻《三水小牍》，其自序既称检《续谈助》《说郛》《说海》校得误处，并补葺逸文。而原本《说郛》载此文，篇末百余字，并未补辑。盖《说郛正续》，清初陶珽本，多不可据。原本流传亦少。或缪氏校刊时，第据陶珽之本，而未及检校原本之故也。兹篇据旧藏明钞本《说郛》校录，故与缪刻本字句间互有异同云。

绿翘
据《太平广记》校录

西京咸宜观女道士鱼玄机，字幼微，长安里家女也。色既倾国，思乃入神，喜读书属文，尤致意于一吟一咏。破瓜之岁，志慕清虚。咸通初，遂从冠帔于咸宜；而风月赏玩之佳句，往往播于士林。然蕙兰弱质，不能自持，复为豪侠所调，乃从游处焉。于是风流之士，争修饰以求狎，或载酒诣之者，必鸣琴赋诗，间以谑浪，懵学辈自视缺然。其诗有"绮陌春望远，瑶徽秋兴多"，又"殷勤不得语，红泪一双流"，又"焚香登玉坛，端简礼金阙"，又"云情自郁争同梦，仙貌长芳又胜花"，此数联为绝矣。

一女僮曰绿翘，亦明慧有色。忽一日，机为邻院所邀，将行，诫翘曰："无出，若有客，但云在某处。"机为女伴所留，迨暮方归院。绿翘迎门，曰："适某客来，知炼师不在，不舍辔而去矣。"客乃机素相昵者，意翘与之私。及夜，张灯扃户，乃命翘入卧内，讯之。翘曰："自执巾盥数年，实自检御，不令有似是之过，致忤尊意。且某客至，款扉，翘隔阖报云：'炼师不在。'客无言，策马而去。若云情爱，不蓄于胸襟有年矣。幸炼师无疑。"机愈怒，裸而答百数，但言无之。既委顿，请杯水酹地曰："炼师欲求三清长生之道，而未能忘解佩荐枕之欢，反以沉猜，厚诬贞正。翘今必毙于毒手矣！无天则无所诉，若有，谁能抑我强魂，誓不蠢蠢于冥冥之中，纵尔淫佚。"言讫，绝于地。机恐，乃坎后庭，瘗之。自谓人无知者。时咸通戊子春正月也。有问翘者，则曰："春雨霁，逃矣。"

客有宴于机室者，因溲于后庭，当瘗上见青蝇数十集于地，驱去复来，详视之，如有血痕且腥。客既出，窃语其仆，仆归复语其兄。其兄为府街卒，尝求金于机，机不顾，卒深衔之。闻此，遽至观门觇伺，见偶语者，乃讶不睹绿翘之出入。街卒复呼数卒，携锸具，突入玄机院，发之，而绿翘貌如生平。遂录玄机京兆府，吏诘之辞伏，而朝士多为言者。府乃表列上。至秋，竟戮之。在狱中亦有诗曰："易求无价宝，难得有心郎。""明月照幽隙，清风开短襟。"此其美者也。

◆ ◆ ◆

按《太平广记》一百三十引此文。

却要

据《太平广记》校录

湖南观察使李庚之女奴，曰却要。美容止，善辞令，朔望通礼谒于亲姻家，惟却要主之，李侍婢数十，莫之偕也。而巧媚才捷，能承顺颜色，姻党亦多怜之。李四子：长曰延禧，次曰延范，次曰延祚，所谓大郎而下五郎也。皆年少狂侠，咸欲蒸却要而不能也。

尝遇清明节，时纤月娟娟，庭花烂发，中堂垂绣幕，背银缸，而却要遇大郎于樱桃花影中，大郎乃持之求偶。却要取茵席授之，曰："可于庭中东南隅伫立相待，候堂前眠熟，当至。"大郎既去至廊下，又逢二郎调之。却要复取茵席授之，曰："可于厅中东北隅相待。"二郎既去，又遇三郎束之，却要复取茵席授之，曰："可于厅中西南隅相待。"三郎既去，又五郎遇着，握手不可解。却要亦取茵席授之，曰："可于厅中西北隅相待。"四郎皆去。延禧于厅角中，屏息以待。厅门斜闭，见其三弟比比而至，各趋一隅。心虽讶之，而不敢发。少顷，却要突燃炬，疾向厅事，豁双扉而照之，谓延禧辈曰："阿堵贫儿，争敢向造里觅宿处。"皆弃所携，掩面而走，却要复从而咍之。自是诸子怀慁，不敢失敬。

◆◆◆

按《太平广记》二百七十五引此文。

王公直

据《太平广记》校录

咸通庚寅岁，洛师大饥，谷价腾贵，民有殍于沟塍者。至蚕月而桑多为虫食，叶一斤直一镪。新安县慈涧店北村民王公直者，有桑数十株，特茂盛荫翳。公直与妻谋曰："歉俭若此，家无见粮，徒竭力于此，蚕尚未知其得失。以我计者，莫若弃蚕。乘贵货叶，可获钱十万；蓄一月之粮，则接麦矣。岂不胜为馁死乎？"

妻曰："善。"乃携锸坎地，卷蚕数箔瘗焉。

明日，凌晨，荷桑诣都市鬻之，得三千文，市彘肩及饼饵以归。至徽安门，门吏见囊中殷血，连洒于地。遂止诘之。公直曰："适卖叶得钱，市彘肉及饼饵，贮囊无他也。"请吏搜索之，既发囊，唯有人左臂，若新支解焉。群吏乃反接，送于居守。居守命付河南府，尹正琅琊王公凝，令纲纪鞫之，其款示某瘗蚕卖桑叶，市肉以归，实不杀人，特请检验。尹判差所由监领就村检埋蚕之处。所由领公直至村，先集邻保，责手状皆称实，知王公直埋蚕，实无恶迹。乃与村众及公直同发蚕坑，中唯有箔角一死人，而缺其左臂，取得臂附之，宛然符合。遂复领公直诣府白尹，尹曰："王公直虽无杀人之事，且有坑蚕之咎，法或可恕，情在难容。蚕者，天地灵虫，绵帛之本，故加剿绝，与杀人不殊。当置严刑，以绝凶丑。"遂命于市杖杀之。使验死者，则复为腐蚕矣。

◆ ◆ ◆

按《太平广记》一百三十三引此文。